闯滩者

夏盛 著

上海文艺出版社

代序

　　二十年前，我从上海警备区转业到宝钢工作，与本书作者夏盛先生相识相交。夏先生1982年毕业于东北工学院液压传动及控制专业，长期在宝钢（宝武）从事生产技术、企业管理方面的工作，撰写过数十篇现代企业管理或专业技术方面的论文，是一位优秀的企业管理者。近年来，夏先生开始学习创作了数十篇科（奇）幻类的中短篇小说，并在国内一些知名文学网站上发表，获得较高点击与较好评价。

　　在众多次的交流中，我了解到，夏先生一直琢磨要创作一部从一九二七年四月十二日（"四一二"）到一九四九年五月二十七日（上海解放）的，有关上海滩上发生的革命与反革命、抗日与救亡、压迫与反抗等方面的长篇小说。我曾按自己的工作经验，认真建议："那段历史已经远去，要在素材来源或基础史料上做大量的工作。"夏先生答曰："有一些积累，但再收集的确更为重要。"据我所知，夏先生花了大量时间去图书馆、博物馆查找历史资料，去历史原址找寻创作灵感，去本地高校访谈专家学者，形成了足量、可靠的基础资料。

　　《闯滩者》这部小说，我阅读之后留下的印象和记忆特别深刻，其历史跨度长达二十二年，从开办夜校思想启蒙、租界与帮会风云、淞沪会战、国民党血腥镇压、日本军国主义侵华，到共产党人前赴后继浴血斗争与上海解放。书中的不少故事都鲜为人知，隐藏在那个时代的洪流之中，值得我们去追忆和回味，故事的发生地点多是今天追梦者的打卡地。书中人物个性突出、有血有肉、有棱有角，故事情节跌宕起伏、环环相扣，文字流畅优美、引人入胜。

《闯滩者》这部小说，字里行间体现了伟大的爱国主义精神和民族大义，彰显了中国共产党代表中国工人阶级及爱国同胞不忘初心、不辱使命、不畏强暴、不怕牺牲的英雄气概和可歌可泣的高尚情怀，映射了理想信念之光、民族复兴之魂。小说的精工之笔是结尾部分男女主人公的对话，即对"路"的诠释。"为什么中国人把人走的路说成是马路？"答曰："中国走的是马克思主义道路。""我们脚下的路叫什么？"答曰："以前叫中正路，现在叫延安东路。就是说，我们现在走的是延安路。"这个时代之问，与我们今天所提出的马克思主义为什么行的道理一脉相承。可以说，这是一部有温度、有高度、有力度之作。相信每位读者都会有共同的体验和认知。

《闯滩者》这部小说，我理解其闯滩者，闯的是上海滩，闯的是中国新民主主义革命时期的激流险滩。他们是闯出一片新天地的上海工人阶级之代表，是闯出一个新中国的共产党人之代表，是闯出一个新世界的中华民族之代表。

冯兆龙

二〇二四年十二月　上海

目 录

楔子：初春时分　乍暖还寒	001
一、初冬时分　三友事件	011
二、滴水成冰　东方图书馆	025
三、子夜时分　"一·二八"淞沪抗战	041
四、"党有差遣，坚决从之"	055
五、冬日黄昏　血肉之躯	069
六、华灯初上　外白渡桥	084
七、午夜时分　小古董店	097
八、淅沥春雨　徐家汇天主教堂	111
九、癸酉仲春　杜鹃繁盛	125
十、一九三三　雷声隆隆	141
十一、苏家花园　玉兰绽放	156
十二、一九三六　纱厂抗争	167
十三、金山渔村　潮来潮往	183
十四、圣约翰大学　岸边翠柳	197

十五、董家渡天主堂　盛夏梧桐	213
十六、练祁河边　罗店苦战	227
十七、秋风瑟瑟　好生活书店	242
十八、四川北路　弘仁茶馆	256
十九、大雪纷飞　上海北站	272
二十、龙华宝塔　钟声袅袅	287
二十一、梅雨滂沱　浒墅关口	303
二十二、大自鸣钟下　里弄交错	319
二十三、七十六号　圣诞玫瑰	335
二十四、一夜风雨　梨花零落	348
二十五、静安寺旁　刺杀疑云	363
二十六、深夜烛光　薪火支部	379
二十七、辛巳初春　沧浪书画	394
二十八、夜霭深重　南市酒楼	409
二十九、反法西斯　初现曙光	425
三十、仲夏苦夜　震旦大学	442
三十一、民生困顿　申九惨案	458
三十二、春去秋来　三案并案	475
三十三、阳光灿烂　延安路上	493
后　记	505

楔子：初春时分　乍暖还寒

初春时分，乍暖还寒。上海龙华的一处花园里柳吐新翠，只是一夜暴风骤雨，地上残枝败叶。花园大门外侧墙上，一块"国民革命军东路军前敌总指挥部"的木牌随风有点晃荡，两侧各四位兵士立正站岗，大门前方铁棘拒马森严狰狞。

二楼办公室，总指挥白崇禧一身戎装正襟危坐，双眼紧盯台历，一九二七年三月二十六日。

突然，办公桌上的电话急促响起。

白崇禧拿起电话。听筒中传出（浙江口音）声音："健生吗？"

听到这个声音，白崇禧即起立立正，"报告蒋总司令，我正在等您电话"。

电话筒声音："我前天从芜湖乘楚同舰到上海，这几天已经对即将开始的清党工作作了全面的安排。"

白崇禧回道："总司令的韬略、决心和行动之迅速，令健生佩服。"

电话筒声音："共产党受苏俄之豢养，诪张为幻，违背三民主义，欺骗无产阶级，不惜以武装同志血染山河为万劫不复之共产试验，迹其罪恶不可胜言。若不迅速铲除，流毒伊于胡底。"

白崇禧应道："是，是，所有共逆均应铲除，传檄世界，严缉拿办，以谢天下，而安众心。"

电话筒声音："很好。"

白崇禧报告："自北伐军占领上海后，工人纠察队封锁租界。他们有自己的武器，有自己的指挥系统，不服从军事长官的指挥。他们要冲入租界，占领租界。现在外国领事馆已经提出严重警告，黄浦江上布满了外国军舰，舰上的大炮都卸了炮衣指向我们。如果发生冲突，不但全国最精华的上海完了，北伐事业也完了。"

电话筒声音："我知道。不过昨日我在徐家汇接见上海总工会代表时跟他们说了，'工人纠察队本应武装，断无缴械之理，如有人意欲缴械，余可担保不缴一枪一械。如有流氓乘机捣乱，由余严行制止，尽可放心'。我的意思，你明白吧？"

白崇禧回道："明白，总司令。"

电话筒声音："不愧小诸葛，明白我的苦衷。国民党党内现在有严重的不同意见，还要做工作，但我的心思你该知道的。"

白崇禧接道："是，是。"

突然，窗外空中一道闪电，紧接着一阵惊雷隆隆，大雨瓢泼而下。

电话筒声音："长话短说吧。近几天内，上海滩支持我们的帮会大佬们会恢复'中华共进会'，解决上海清党和工人纠察队的问题，由他们打头阵比较稳妥。后续的任务包括查封一切工会组织、成立上海工联总会、查封北伐军上海政治部、制止工人罢工等，由你解决。"

安静了一下，电话筒声音再起："总之，我将上海清党任务交由你负责，行动必须在一个月内完成。"

白崇禧双腿一并，挺胸大声回道："是，保证在下月中旬前完成。" 放下电话，白崇禧稍作思考后，伸手按下办公桌上的副官电铃。

一个身着北伐军军服的年轻军人进来，立正敬礼："白总指挥，请指示！"

白崇禧道："钟离志，你立即通知，召开军事会议。"副官回道"是"，立正，转身出了办公室。

清明时节，天阴沉沉的，冷雨淅淅沥沥下个不停。清晨，马路上不多的行人匆匆，只有几个蓬头垢面的报童撑着雨伞，胸前怀抱的布袋里装满了散发着劣质油墨味的报纸，他们用稚嫩的童声叫卖："卖报，卖报，连日来国民党要人在上海莫利爱路孙总理遗宅及总司令部，因党事纠纷开重要谈话会。《申报》《申报》。"

弹格路上，一个身材修长、撑着黑色大雨伞、学生打扮的男青年突然停下脚步，回身对报童说："给我来张报纸。"报童一手交报，一手收钱，口中道谢，转身又开始叫卖。

男青年看到前面十字街角处可以避雨，便三步并作两步走了过去，收起雨伞，顺势坐在一架靠墙竹梯的最下面的一个横档上，打开报纸，低声读了起来："与会者蒋介石等十余人，讨论近来国民党之形势，拟定暂应急之办法数条。凡工会纠察队等武装团体，应归总司令部指挥，否则认其为对政府之阴谋团体，不准存在。"心中顿时一惊，收起报纸，眼睛正好看到报纸出版日，四月八日，随即起身欲行。

几乎同时，男青年猛然听到远处传来了"站住""站住"的刺耳吼叫及急促、杂乱的脚步声，刚站起来就与从十字街角另一条路转奔过来的女孩撞到了一起，毫无准备的双方几乎都是一个大趔趄。

男青年稳了稳身体，看到对方是一个齐耳短发、豆蔻年华的女孩，她正涨红了脸，喘着粗气又不知所措。男青年心火减了一大半，关切地问道："你怎么啦？冒冒失失的。"

女孩急道："坏人追我。"正要再跑时，男青年拉住她接道："你这样跑是逃不出他们的魔爪的。"又指了指竹梯，续道："你赶紧爬上二楼去，关上窗户，我帮你。"

女孩看了看男青年，信任地点了点头道："谢谢，我相信你。"说罢，十分利索地上了竹梯，爬进了二楼窗户后随手关上。

男青年把竹梯靠墙放倒，倚墙站好，掏出《申报》展开。

两个黑衣黑裤、凶神恶煞的男人追了过来，转过十字街角，没看见女孩，突然回过身来。两人面对男青年，其中一位满脸横肉、年纪稍大的人凶巴巴问："喂，侬看到一个小姑娘从这里跑过去了伐？"

男青年看了看他们，摇了摇头，又低头读报。

"侬聋啦？"另一个五短身材、满脸麻点的黑衣人一把抢过男青年手中的报纸，搂了几把后砸到了湿漉漉的马路上，报纸正好被一阵大风吹跑。

男青年站起身，微微欠了欠身，道："不好意思，我听不懂你们刚刚说的上海话什么意思。"

此人闻之，伸手就给年轻人一个大耳光。年纪稍大的黑衣人摇了摇手，说："阿生，算了，辰光来不及再去追那个小姑娘了。苏老头子关照过，要阿拉两个人马上去浦东高桥，运回悄悄地在那里定做的'工纠队'袖标，接着晚上还要去枫林桥办大事。"

被称为阿生的人应声道："哦。听侬的，阿三兄。"两人恶狠狠地又瞪了男青年一眼，急忙转身走了。

看着两个黑衣人走远了，男青年竖起竹梯，爬到二楼推开虚掩的窗户，看到的只是一间空房，简单的家具，静悄悄的，并无半点人影。男青年微微一笑，下梯后不自觉地摸了几下自己的脸庞，自言自语道："许一清，你今天助了一人，挨了一巴掌，好像不亏本！"说罢，又苦笑着摇了摇头。

宝山路商务印书馆印刷厂，上海工人纠察队分驻地之一。铁栅大门紧闭，边门有六人日夜守卫，他们警惕地盯着门前路过的行人，盘问欲进入工厂的人员当日口令。一位左臂上缠着白布黑"工"字标记袖标的守卫，对远处匆忙来门前，一手持黑色长柄雨伞，满脸倦态的男青年低声喝问，"口令"。

男青年近前微微鞠了一躬，谦恭道："我不懂口令，我是来找李泊之的。"

守卫警惕问道："你找他？你是他什么人？"

男青年应道："我是他外甥，从天津来找他谋生计的。"

守卫回头看了看当班头领。

当班头领打量了一下男青年，接道："我知道李师傅是天津人，但他现在不在。所以你现在不能进去。"又善意地提醒："你可以到对面马路边上去坐等他来。"

男青年谢了一声，又问："不知道他啥时能回来？"先前那个问话的守卫突然学了一句天津土话："俺也不知道。"几个守卫一齐哄笑。

无巧不成书。男青年刚刚走到对面马路边上坐下，就看到几个人从远处疾步而来。守卫头领看到李泊之后，赶紧报告："李师傅，你外甥从天津来找你。"说罢朝马路对面的男青年招手让他快过来，指着李泊之笑道："还不快叫老娘舅？"

男青年赶紧走过去，用天津方言大声叫了一声"舅舅"。

李泊之闻声，抬头仔细看了看迎面而来的男青年，无意中怔了怔。男青年赶紧又说："舅舅，我是你外甥啊。"说罢，把手中的黑伞扛到了左肩上。

"嘿嘿，你咋突然来上海了？"李泊之看到这个动作，接着说,"旅途辛苦,赶紧跟我进去先休息一下再说。"

两个人一前一后进入了工纠队的工人办事室,靠墙立柜上一台破旧的三五牌自鸣钟正好敲响了下午四点的钟声。男青年坐在中间会议桌边的一把旧椅子上,一手接过李泊之递过来的刚倒了白开水的茶杯,另一只手从口袋里取出一本薄薄的《唐诗三百首》线装书,放在桌上道:"可惜了这本家传的唐诗,被这几天下的雨弄湿了。"

李泊之拿起书轻轻地翻了一下,接道:"现在正好是四月,我喜欢白居易的《大林寺桃花》,'人间四月芳菲尽,山寺桃花始盛开'。"说罢把书推给了男青年。

"非常应时。"男青年接道,"不过我更喜欢刘禹锡的'长恨人心不如水,等闲平地起波澜'。"

暗号对上了。

李泊之问:"你是南京党组织(后文通称地下党)派来的。有什么事吗?"

男青年介绍:"上月二十四日,北伐军攻入南京。同日,停泊下关的英、美帝国主义军舰,向城内开炮,制造了'南京惨案',民众伤亡了两千余人。然后国民党要员诬陷是共产党所制造。南京的我党组织作了有力回击,并设法请相对同情革命的第六军、第二军暂时不撤出南京,但未能达成。现在,这两个军已被调离,拥蒋的一个军已进南京。所以,南京形势已严重不利于北伐革命。昨天走在马路上还偶尔听说蒋介石已于四月九日进入了南京。"

李泊之催道:"说重点吧。事多,马上有几个重要的会要开。"

男青年闻之，顺手拿起黑伞，卸下伞柄，从中空的伞杆里面取出一卷书信，递给了李泊之，接道："这份材料是南京的党组织与北伐军中党组织商定的下一步工作计划。由于特务活动猖獗，原有的联络通道都已不合适，组织派我送到上海，希望通过您这位中共五大候补代表的相关渠道尽快上报党中央。"

李泊之点点头，收好材料。"放心吧，我们一定尽快上报。"忽然又问，"你认识我外甥梁泓光？"

"我俩是金陵大学同窗、同一个宿舍、最好的兄弟，也同时参加了学校的地下党组织。这次他另有任务。"男青年指了指那把黑伞，接道，"那把大黑伞是他给我的，他说您认识它，又了解他习惯的左肩扛大伞动作。"

李泊之接问："你叫什么名字？"

男青年笑回："许一清。"

"好名字。"李泊之接道，"问渠哪得清如许，为有源头活水来。"

许一清看见会议桌上有不少工纠队员袖标，心中忽有疑惑，忍不住续问："李叔，你们工纠队员的袖标是在浦东高桥制作的？"

李泊之摇头回道："不，去浦东高桥要过江，运输不方便。基本上都是在吴淞那边制作的，那家工厂很可靠。"

许一清吃惊，随即向李泊之报告了路遇歹人追打女孩，女孩得助逃脱之事，以及听到两个黑衣歹人急着要去浦东高桥取回那里制作的工纠队员袖章的对话。

李泊之听后，紧急思索。

许一清忍不住提醒："今天是四月十一日，我到上海已经四天，四处找你的消息，发现报纸上刊登了中华共进会的好几期公告。特别是四月八日第三号公告'召集旧日同志，维护国徽，巩固民气，一致服从三民主义，投袂奋起，因我子弟之兵，甘作前驱，共扫凶残之孽'。"顿了一下又进一步判断："这一定是国民党中的右派，借上海滩帮会之手，用中华共进会名义，冒充总工会工纠队员名义先行作恶的危险信号。"

李泊之站起来道："你的判断很有道理，我要马上把这一情况报告给上海总工会汪委员长，还要提醒他今晚不能单刀去闯帮会苏老头子的虎穴，更要立即通知上海所有工纠分部，注意有歹人冒充工纠队员搞破坏。"又叮嘱："今晚你就在此过夜休息，不要外出，小心提防。"

许一清再三提醒李泊之自己出去也要注意安全。李走后，许一清实在太疲劳，很快就趴在桌上睡着了。

自鸣钟刚刚报过清晨五点，睡梦中的许一清被楼下枪声一下惊醒，急至窗前向外观察，发现有六个臂缠黑"工"字白布袖标、手握盒子炮的人向耳门守卫和后面的小楼猛烈攻击，守卫与之对抗，但楼上纠察队已有被弹击伤者。

忽然，有一大队军人从宝兴路方向开了过来，大喊"不要打，我们都是自己人，不要误会，我们是来调解的"。急抵门前便令守卫开门谈话。守卫不疑有他，依言开门，大队军人一哄而入，进屋收缴工纠队员枪械后，开始拘捕、殴打工纠队员。

　　许一清环境不熟,无法逃脱,被拘解至北伐军第二十六军二师师部。

一、初冬时分　三友事件

四年后。

初冬的沈阳，"九一八"事变刚过不久，天是灰蒙蒙的，阵阵寒风吹落树枝上残存的枯叶，被吹落的枯叶在地面上凄凄跳动。太阳下山后，街巷冷清。清故宫西侧正阳街上，行人稀少。一家挂着日式灯笼"和盛丼"招牌的日式料理店中，两位身着和服、跪坐在榻榻米上的日本男子正在对酌。

"田中君，你这么快就从上海赶到沈阳了，旅途辛苦。来，欢迎你。"脑袋奇大、身材矮小的日本男子，举起清酒杯，与对面男子碰杯后，双方杯底朝天。

日本驻上海特务机关长田中隆吉回道："板垣君，谢谢你的热情招待。您说有特别重要的事要找我面议，为什么不在办公室呢？"

日本关东军高级参谋、关东军第二课课长板垣征四郎哈哈一笑，道："田中君，大日本关东军司令本庄繁大将有重要的任务要我交给你，并让我代表他宴请你，以答谢你们驻上海特务机关的高效工作。"

田中隆吉闻言，立即起身弯腰，高声"是"。

板垣伸手示意田中坐下，端起一杯清酒，自饮后道："你知道，鲸吞中国是大日本帝国多少代人的宏图夙愿。所幸，我们这代人利用了中国人的大规模内斗，用想象不到的速度占领了满洲，并将扶持满洲国的建立。"

田中回道："这是大日本陆军的荣光。"

"是的。问题是现在全世界的眼光都盯着这里，有必要分散国际注意力。"两人碰了一下清酒杯后，俱是一饮而尽，板垣征四郎接道："所以，本庄繁司令密令你要立即行动，在上海激起事变。"

田中冷笑应道："如此一来，一可分散国际社会对满洲的注意力，二可增加大日本帝国的国际影响力。而且，上海是中国的经济中心、最大的对外港口。大日本帝国早晚必然占领上海并将之紧紧地攥在手里。"

板垣点头道："占领上海，还可以直接威胁中国首都南京，对中国人造成重大心理打击。"顿了一顿，提醒："近几年，大日本帝国已在上海安扎了三万多侨民，你要好好利用这个力量。哦，对了，今天上午我已安排，通过上海横滨正金银行给你汇去了两万活动经费。"

田中"是"，端起一杯清酒一口喝了下去。

板垣看了一下田中隆吉，低声嘱咐："帝国外务省驻上海总领事馆的情报科长岩井英一另有两项重要的任务，需要你全力的支持才能完成。"

田中说着"是",又略带鄙视道:"就是那位在外务省带头反对降薪,刚被贬到上海领事馆任职的岩井英一?"

板垣举杯,接道:"不要小瞧他,此人极有能力和政治野心。"

两只清酒杯发出碰撞之声后,田中接道:"敬请转报本庄繁司令放心,我心中已经有计划了。"

两人一阵狞笑,接着就是日本浪人的狂饮。

隆冬的上海,天空偶尔飘起几片小雪,阴冷颤人。

上海引翔港,几位爱国商人于一九一一年合作创办的三友实业社,经过二十年的发展,有近万名员工,所生产的三角牌毛巾等纺织产品在一九二六年费城世界博览会上荣获丙等金奖章,被称为"国货之光",深受国人欢迎,畅销全国。"九一八"事变后,三友社的工人们爱国热情高涨,在厂方的全力支持下,工友们成立了有四百多人的抗日义勇军,组成三个连的编制,每天利用早上和晚上进行军训。总厂的围墙上,贴或画着多幅如"收复东三省""保卫大中华""铁拳镇妖魔""巨石砸倭寇"等巨型宣传画或大字标语。

星期一下班后,三友抗日义勇军队员照例于厂内空地上练兵。他们臂戴"三友"袖标,精神抖擞,或队列操练,或拳脚搏击,或刺杀对攻,龙腾虎跃,虽寒风凛冽却热火朝天。忽然,队员方秋明向三连连长许一清报告:"有人从工厂围墙外向里扔石块,砸中了两名队员。"

许一清闻之，即带着方秋明和另一位工友队员秦可军出工厂大门察看。

只见五个日本僧人正在围墙外面鬼鬼祟祟，似乎在做法事。方秋明大声询问："喂！你们在做什么？"一僧人用半通不通的中国话回道："我们是日莲宗僧人，正在进行'寒中修行'。"

许一清扫了一眼几位日僧，低沉而不失威严劝道："这里是中国工厂。你们要修行，最好回到你们自己的道场里面进行。因为下班时外出的工人很多，万一语言不通，可能会发生误会。"话音未落，只见两名日僧不约而同地弯腰又从地上捡起石块、砖块，从围墙外砸向工厂内。

秦可军冲着日僧愤怒责问："你们干什么？到底想干什么？"

五位日僧鄙视般地浪笑起来，蔑视地看着三人，下班后走出工厂大门的数十位工友听到动静，不约而同地奔了过来，并把几位日僧围了起来。

许一清隐隐感觉不对，急劝所有工友离开，急催日僧快走。

突然，一辆疾驰路过的黄包车在路边停了下来，一位身材婀娜、着中式蜡染蓝布花袄、头裹蓝色围巾，小家碧玉的年轻女子坐在车上，用糯糯的上海话问道："你们在吵啥？嘴巴吵吵没啥用场的。"下车后走进人群，又道："这么多中国人，打不过五个日本人，太差了。应该好好教训教训他们。"

听到这样挑拨的言语,加上长期以来受日本侵略者的欺凌,几位三友社年轻工友立马摆开架势,要饱揍这五个日僧。

许一清瞪了一眼年轻女子,告诫众工友:"不要打架,会损害三友社名声的。"转身让方秋明赶紧把工厂大门口的情况,去向厂里报告。

年轻女子见状,又阴阳怪气挑拨道:"哎哟,哎哟,日本和尚又没武功的,对付五个日本和尚还要再找人来帮忙?"

黄包车夫跟着嚷道:"你们不敢动手,我来。"说时迟,那时快,车夫迅速从车上拿下一根棍棒,朝几个日僧冲了过去,并用力揍打其中一位,没几下子,该日僧就满脸血污,倒在了地上。

许一清正大声诘责车夫不要打人。突然,从公共租界方向窜过来几十位三友社工友打扮的人,他们高喊着抗日口号,冲进人群就暴击日僧。许一清及听其劝解而未动手的一众工友也遭到了冲击。

年轻女子见状,轻蔑地扫了一眼许一清和他身边的秦可军,上了黄包车扬长而去。

次日中午,日本陆军驻上海武官官邸。

"报告",一声清脆女中音在门外响起,田中隆吉回"进"。

那位在三友社总厂大门外现场卖力挑拨引起冲突的年轻女子一身戎装推门进屋,立正敬礼。

"芳子,你把我计划的第一步工作,就是'煽动嫁祸'完成得很好,接下来的两项具体的重要任务在里面。"田中隆吉顺手递给川岛芳子一个信封，又叮嘱道："你是帝国的一把利刃。上海是国民党、共产党、众多帮会、西方势力和大日本帝国等各种力量复杂交错的地方。所以，你平时还要主动出击，发挥貌美与机警、风流与聪敏、精通日华英俄多国语言的优势，尽可能多地收集各种情报。"

田中隆吉看了看手表，接道："重藤千春宪兵大尉马上就到，你们先认识一下，以方便今后的工作。"川岛芳子"是"，随即将信封放入口袋。

门外传进"报告"，田中隆吉回"进"。重藤千春进门后，立正并道："请机关长指示。"

田中微微点头道："重藤君，这位是川岛芳子小姐，你们认识一下。"

重藤转向川岛芳子微躬，接道："芳子小姐，久仰。"

川岛芳子侧身还礼，回道："重滕君，幸会！"

田中接道："芳子小姐，你可以走了。"川岛芳子"是"，朝两人各自微躬，转身离开。

大门关上后，田中隆吉道："昨天傍晚，我大日本帝国有五位日莲宗僧人，在进行寒中修行的途中，经过三友实业社总厂时，被那里的中国工人围殴，一死四伤。这一定是中国政府唆使的。"

重滕千春怒道："这实在是是可忍孰不可忍。"

"是的。"田中隆吉低头看了一眼办公桌上的台历后，接着命令，"你于明天，也就是二十日凌晨带上六十位日本青年同志会的成员，对三友实业社总厂进行报复。当然，日本驻上海军方将给予必要的掩护。"

重藤千春立正大声"是",转身离开。

次日傍晚,震旦大学博物馆(现上海自然博物馆前身)中国古文物研究室。许一清按原计划,与自己的单线联系上级——中共江苏省委(兼上海市委)华九日副书记见了面。(从一九二七年六月到一九三五年初,中共江苏省委先后九次遭到重大破坏,十六次重建、改组或更名,先后有五位省委书记和二十多位省委领导壮烈牺牲。受篇幅限,本书简述。)

人到中年的华教授是青铜器修复方面的知名专家。两人面对面坐在一块铺着灰色台布的工作台边上,台上摆着一件器型不小的破损待修复青铜鼎,旁边放着一些修复材料、工具。

华教授一边拿着放大镜看着青铜鼎的裂隙,一边低声问道:"一清同志,最近一周的工作,进行得咋样?"

"华老师,一切都很顺利。"许一清把近一周的工作作了汇报后,补充道,"只是在我们三友实业社总厂门口发生了一起怪事。"接着把昨天傍晚在工厂门口发生的事情经过一五一十地作了详细报告。由于严重的白色恐怖,为便于工作联系,许一清在震旦大学选择了一些旁听课程,所以有时就直接称呼华九日教授为老师。一般情况下,每周当面汇报三友实业社总厂地下党支部的工作,听取上级组织的指示。

华教授听着听着,双眉拧成了重结,不自觉地放下了手中的放大镜,抬头盯着许一清问道:"这是重大信号。依我的直接判断,这是日本侵略者有意的寻衅滋事,目的是挑起'九一八'那样的事变,重大危机就在面前。"

门外进来了几个学生模样的青年看研究室陈列的实物。许一清高声问:"老师,为什么判断这只青铜鼎是西周的?"

教授头也不抬,回道:"铭文是西周青铜器的重要特征,较商代相比数字上有了明显增加,格式也独具特征,而且有的可以与文献相对应。你看。"说着用右手指了一下破鼎内壁。许一清站起来弯腰低头端详起铜鼎。

同学们离开后,许一清即低声回道:"老师说得对。我刚刚仔细想了一下,三个依据可以佐证此事确是日本人故意为之的。"

华九日道:"你说说看。"

许一清回道:"一是他们虽然刻意换装隐藏起日本人身份,但我隐隐听到了从租界方向冲过来的几十个人中,有人用日语骂骂咧咧;二是黄包车夫用来殴打日僧的短棍,居然与那几十个打手中的一部分人所持棍棒式样看上去完全一样;三是黄包车上下来的女子的语气,细听就是挑拨,而且那几十个打手冲过来后,我曾在无意中看到她用了日式鞠躬。不过当时现场混乱嘈杂,我也没有仔细去想。"

华九日肯定道:"你们的观察十分仔细,这个判断是精准的。我要马上向上级报告。"顿了一顿又道:"最近上级党组织也发来指示,要求密切关注日军在上海的动向,充分提高警惕。"

许一清接问:"我们咋办?"

一、初冬时分　三友事件《《《

"你回到厂里后，要立即召集党支部的同志，充分利用三友实业社工厂工人基础好的优势，动员广大工友，争取实业社老板的支持，坚决开展护厂斗争、做好护厂工作。同时，你们要学会利用报纸舆论的力量。"华九日接道，"依我看，你们工厂现在已经很危险了。一是三友工厂的'三角牌'毛巾产品，比日本商人在沪生产的'铁锚牌'产品，更受市场欢迎，直接把日商工厂干停工、干歇业，日本商人憎恨你们工厂；二是你们三友实业社的广大工人抗日热情很高，他们说三友实业社是'非常共产主义的、排日的根据地'，在你们厂挑起重大事端的推测应该是合理的。"

许一清认真地接受任务。

"看来上海又要生灵涂炭了。四年前的'四一二'反革命事变，戕害了多少共产党人、善良民众。"华九日不无忧虑接道，"一清同志，你的身体顶得住吧？"

"没问题，放心吧。"站起身昂首挺胸道，"如果上级党组织有什么工作，尽管指示。"许一清知道，这是华书记关心自己。四年前，他被中共南京地下党组织派往上海送文件，被北伐叛军抓捕，身体遭受严重摧残，但始终坚贞不屈，因为没有证据，被关押半年后才释放。

两人握手告别，许一清匆匆回到工厂已近深夜，急与地下党支部的几个同志商量。他们决定马上行动，由相忠年跟中国国民党机关报《民国日报》报讯息并对接，许一清与厂方协调布置护厂事宜，其他人回到三友义勇军做应急动员工作。

《民国日报》总编值班室的电话铃声骤然响起。当晚值班的副刊部主任钟离志刚拿起电话,话筒里边就传来了急促的声音:"《民国日报》吗?我这里有重要新闻,请你们派记者速来!"

钟离志问道:"你是谁?能不能把大致情况先说一说?"

电话筒声音:"我是三友实业社的工长相忠年。昨天下班时,有几十个不明身份的打手在工厂门口寻衅滋事,打伤了几个日本僧人,但我保证不是我们厂的工友干的。事后我跟踪了他们一路,发现他们中的一些人脱去了三友实业社总厂的工装,进入了虹口日侨俱乐部。据刚刚赶来上晚班的工友说,这个俱乐部已经聚集了不少受到煽动的日本侨民,可能会出大事。"

钟离志回道:"你的新闻线索很重要,谢谢。我马上派记者去现场。"随即挂断了电话。稍作思考后,钟离志来到隔壁新闻采编部办公室的门口并敲门而入。

"钟离主任,您有事?"正在埋头改稿的苏曼云,看到钟离志进来,抬头问道。

"我知道你在加班。"钟离志如此这般地把刚刚接到的电话内容跟苏曼云重复了一遍,不好意思道,"派你一个年轻的女记者到那种乱糟糟的场合,实在不妥。"又解释:"我现在也实在走不开,临时有一篇重要稿件,总编要求发在明天一早出版的副刊'觉悟'的头条位置上。"

"主任,都说新闻记者要'铁肩担道义,妙手著文章',我马上去。"长发飘逸、年轻干练的苏曼云马上起身,边收拾文稿，边回应钟离志。

钟离志双手抱拳，接道："谢谢苏小姐！千万注意安全。还好你精通日语，万一遇到日本人要挟，千万机灵点啊！"

苏曼云几乎是跑出办公室的，一路自行车骑得飞快。

虹口日侨俱乐部。受到煽动的数千日侨狂躁不安，其中不乏日本浪人和在三友实业社总厂门口打人者的身影，太阳旗、旭日旗被疯狂舞动，抗议中国反日暴行的声音此起彼伏，乌烟瘴气、魔怪翩跹。

苏曼云赶到现场时，正值日本驻上海总领事馆官员岩井英一宣布抗议"四要求"："第一，上海市市长向日本总领事道歉；第二，应该逮捕加害者，对其加以处罚，而且要迅速实施；第三，对五名日僧受害者赔偿医疗费及抚恤金；第四，取消一切排日、侮日行为。"接着又威胁道："如果中国不答应这四个要求，日本就要开战。"

岩井英一话音未落，众暴民就开始对周边中国人开的商店橱窗、公共设施进行打砸抢，顷刻间满目疮痍、遍地狼藉。

苏曼云着实震惊，观察、采访获得一手资料后，又骑着自行车奔向三友实业社总厂。职业敏感告诉她，三友工厂那边一定还有大事要发生。

隆冬夜，风刺骨。苏曼云在三友实业社工厂门房，终于找到了电话报信的工长相忠年及另外几个当时也在现场的工友。

大家竹筒倒豆般地把下午工厂门前发生的日僧被打事情的经过、各人的直觉等一股脑儿地全部说予苏曼云，期望《民国时报》作为中国人办的报纸,仗义执言,声讨日本浪人的丑行。

苏曼云询问着、记录着,突然问道:"歹人为什么要殴打日本在沪的方外人士?"

许一清正好进来,扫了一眼在座的每一位,然后看着苏曼云分析道:"完全可能是因为一般人都认为宗教人士与世无争,殴打他们更容易引起人们的愤怒,尤其是日本人,他们对佛教人士大多比较尊重。"接着提示道:"现在情况紧急。"突然他脑海中有一闪念,这个女记者好像哪里见过。

就在这时,窗外传来"起火了""起火了"的紧急呐喊声。数人透过窗户向外一看,车间浓烟滚滚、火势冲天。许一清冲着苏曼云大声道:"这火蹊跷。外面危险,你就在这里,我们去救火。"又对相忠年急道:"你赶紧打电话给公共租界警察报警。"

苏曼云看了许一清一眼,她发现这个青年人睿智、沉稳、果敢,也有一种好像在哪里见过的感觉。

众人冲出门房,会同其他工友一起开始救火。现场充斥着硫磺味、煤油味,许一清对相忠年大声道:"这一定是有人纵火。"话音未落,几十个头扎太阳布条的黑衣男子手握棍棒冲了过来,其中有人大喊要给日僧复仇,对着正忙于救火的三友社工人就阵阵猛殴。一些工友被迫还手。

门房里的苏曼云也冲了出来参与救火。许一清对她大声吼道:"这里危险,你快回去,用你的笔把今天发生的事,发表在《民国日报》上,这对你来说是最重要的,对三友社总厂也是最重要的。"

接到三友实业社报警电话的三名公共租界里的中国警察赶来现场，结果其中的两位被早有准备的暴徒殴打重伤，一位被刺死，鲜血流淌、腥味弥漫。

苏曼云强忍悲愤，看到不远处有位看似头目的黑衣歹人挥舞着双拳，冲了过去，拿出记者证正要开口责问，此人却抢先开口："我是重藤千春，这些人都是日本青年同志会的成员，正在跟三友工厂讨还血债，你马上滚开。"

苏曼云强压怒火，想起许一清刚刚的叮嘱，急急赶回报社。

一大早，上海租界及大街小巷又响起了报童卖报的稚声："卖报，卖报，《民国日报》，日本人在三友实业总厂纵火，有人员伤亡。卖报，卖报。"

当日下午，《民国日报》大门口，已被数十位日本海军陆战队士兵堵着。在总编室，日本海军陆战队的一位中尉军官受命宣布："鉴于《民国日报》的报道故意破坏日本声誉，要求《民国日报》在报纸上公开向日本谢罪。谢罪书要占头版半版以上。同时，一、《民国日报》总编要带着书面文件到日本陆战队谢罪；二、保证以后不再发生这样的事情；三、辞退有直接责任的记者。"

日本军人离开后，报社员工义愤填膺，坚决抵制。

《民国日报》顶住了日本人的压力。日本海军陆战队一计不成又施一计，其司令官直接打电话给公共租界工部局施压。没过几天，公共租界工部局派员前往民国日报社，强行封闭报社。

办公室内,钟离志阴沉着脸,对苏曼云道:"苏小姐,都是我考虑不周,派你去搞了这么个大条新闻,惹恼了日本人,连累了报社。实在是该当问斩。咳。"

"日本歹人对三友实业社工厂犯下的累累罪行,我们不报道,谁去报道?正可谓'我不下地狱,谁下地狱'。"苏曼云朗声回道,"我们的报道又一次促进了国人的觉醒,值!"

二、滴水成冰　东方图书馆

　　元月份是上海一年中最冷的时候，几乎滴水成冰，马路上只有些许行色匆匆的路人。日军即将攻城的传言四起，佐证的是在宝山路等不少地方，日军已开始堆积沙袋，架起铁丝网，设置路障。

　　位于宝山路上的商务印书馆所属的东方图书馆，战争的阴影使得阅览室读者寥寥。

　　东方图书馆号称"世界第三、远东第一"，由中国近代杰出的教育家、出版家、实业家张元济先生与数位爱国人士创办，一九二六年对外开放，藏书五十一万余册，舆图、碑帖五千余件。宋、元、明、清善本孤本极多，藏书质量和规模居当时全国图书馆之首。

　　阅览室最里面靠窗处，华九日教授与许一清面对而坐，以便一人可以观察窗外，一人可以观察室内。华教授一边认真查阅着北宋赵明诚所撰《金石录》，一边给许一清沉声传达指示："一清同志，上级党组织紧急通知我并要求我向所属各党支部和党小组，尤其是你们三友实业社总厂的党支部传达，日军近几日会向上海守军第十九路军发起进攻，计划四小时攻占上海的消息。只是由于日本陆军与海军的长期矛盾，有些事情尚未协调好，所以稍拖延了几日。你们三友实业社总厂是日本人的眼中钉、肉中刺，侵略者会重点报复你们，甚至毁掉你们的工厂。要告诉厂方和工友们，必须提前准备。"说罢，警惕地环视了一下阅览室内。

"华老师，具体要求呢？"许一清一边回应，一边手里翻阅着北宋吕与叔所著《考古图》，此书是一部金文著录，著录了当时宫廷和民间收藏的铜器、玉器等古物，包括商周及以后的鼎、簋、爵、鬲等各种青铜器。

华九日坚定指令："一是组织工友护厂；二是以三友社义勇军为骨干，组建上海抗日义勇军。如果日军进攻上海，就配合第十九路军做好物资运输、伤员后撤、宣传鼓动的重大协同工作，必要时亦可直接上前线杀敌。"

"请组织放心，我们坚决执行党的指示。"许一清刚接口，猛然看见窗外楼下一女子匆匆而行，她正是前几天在三友实业社总厂门口，挑唆工友斗殴的青年女子。不过此时她穿着的是黑格呢立领男装，但那脸相与神态，许一清自上次见过后就刻下了深刻印记，心中一惊自问道："她来图书馆干什么？"

华教授只听到许一清回应了一句，正想再问他还有什么要求，抬头忽见一位瘦高如冬季田野间玉米枯秆、看上去是图书馆职员的中年人走了过来。瘦职员向上推了推眼镜,慢条斯理道:"不好意思叨扰,原来末卷《金石录》在您这里。"

华九日微笑道:"怎么啦?"

瘦职员回道:"刚刚有位小姐来图书馆,指名要借这部书。说她从小就敬佩宋代女词人李清照,还说爱屋及乌,《金石录》是李清照丈夫赵明诚所著,共有三十卷,著录古代金石、器物、碑刻、书画近两千件,并考据相关时间、地点等内容。说该书考据精核、评论卓识。"

华教授接道:"原来如此,这是我的不是了。"

瘦职员却道:"不不,她说不急,很快会得到全套的。"说罢,微微躬腰,转身离开时又自言自语:"这部书几个月没人借了,今天咋成香饽饽了。"

许一清仍然低头看书,头也没抬接道:"刚刚我观察窗外,巧合的是又一次看到了那天在三友工厂门口挑事的年轻女子。她到这里干什么?"

华教授双眉紧皱,回道:"日本觊觎中国由来已久,其盗抢中国的文化古籍,更是不择手段。早在一九二三年,日本就颁布了《对支文化事业特别会计法》,一九二四年五月在北京成立东方文化事业总委员会,一九三一年四月在上海设立自然科学研究所,这些全是对中国进行文化侵略的特务机构。现在,日本在华的各类文化侵略机构遍布了全中国。"

"如此看来,"许一清急道,"他们要对商务印书馆下手。"

华教授沉重应道:"是的,尤其是东方图书馆,这里有太多的中华文化瑰宝。"认真叮嘱:"一清同志,你们三友义勇军一方面要护厂,另一方面要组织力量,随时增援东方图书馆护宝。"又沉声道:"我马上把这个情况跟上级组织汇报。"说罢,把笔记本放入公文包,起身先行离开了。

大约十分钟后,许一清也起身离开了阅览室,赶回了三友实业社工厂。

川岛芳子急匆匆离开了东方图书馆,上了路边的一辆黄包车,她感到了有一双眼睛在背后盯着她。

"叮铃铃",办公桌上的电话铃准时响起,田中隆吉拿起电话:"喂。"

"是我,"电话筒中传来川岛芳子声音,"按机关长前几天交给我的任务计划,我已与上海自然科学研究所的新城新藏所长取得了联系。他把研究所近几年收集到的各种矿石样品、地理资料、文物古籍等,打包成一百个铁箱,内衬防水布,并贴上了从岩井英一科长那里取来的'外交专用封条'。慎重起见,按您分批运输的要求,除部分文化古物外,先运的大半已于昨晚装上了从十六铺开往大阪的货轮,不日可上交陆军省相关部门。"

"好,"田中隆吉接问,"东方图书馆的事情进展如何?"

电话筒声音:"报告机关长,有点意外。"

田中一下站起身来,对电话大声问:"什么意思?"

电话筒声音:"我按您交代的计划,下午三点准时到东方图书馆借阅赵明诚的《金石录》，只在首部首卷里发现了一张纸条，没有您说的东方图书馆涵芬楼地库宝藏阁的铁门钥匙。我逐卷查阅都没有，而最后那部当时正被一位中国教授借阅。我高度怀疑是被那个中国人拿走了。"

田中"哦"了一声，即问："纸条上写的什么？"

电话筒声音："一组数字。"田中隆吉随即坐下，拿起纸笔后道："你报我记。"

电话筒声音："1、32、4，15、11、3，14、15、3，12、28、3，7、14、1。"

田中隆吉道："我马上让技术科的人破译，你即刻赶回我办公室。"

电话筒声音"是"。

徐家汇天主教堂，正式名称为圣依纳爵主教座堂，是一座法国中世纪样式建筑，大堂顶部两侧是哥特式钟楼，尖顶上的两个十字架高耸入云，墙上有巨大圆形花窗，其上镶嵌彩色玻璃，建筑造型庄严，大堂内有六十四根苏州产金山石雕柱，圣母怀抱小耶稣立于主祭台之巅，俯视全堂。

苏曼云手捧黑色封面的日文版《圣经》，坐在大堂倒数第五排近墙侧位置上，旁边坐着的是一位身着深色大衣、脖子上挂着深色针织围巾的男青年。

苏曼云微微观察了一下环侧，低身问道："梁先生，今天你紧急约见我，是因为《民国日报》被封，党组织要重新考虑我的工作吗？"

梁先生微微点了点头，回道："是的。组织考虑到你十几岁就去日本留学，有日本的老师和同学可以给你作证明，身份不易被怀疑，这甚至可能给你提供想象不到的工作便利。所以，希望你能到日本人控制的上海自然科学研究所工作。"

苏曼云略显吃惊，马上应道："可是我对自然科学实在不在行。"

梁先生道："没关系。这个所号称是研究自然科学，但实质上是日本军部在中国的一家特务机构，主要收集我国矿产地质、地理地貌、水文环境等方面的情报。据了解，这几天所里有大量的基础资料、矿产样品不见了；而从十六铺码头工人那边获得的消息，近期有几十箱贴着日本驻沪总领事馆外交专用封条的出境免检物品，被装上了开往大阪的货轮。以前从没见过这么大量的外交物品出境。所以，自然所内不见的那些矿产样品与资料等，一定是被日本特务偷盗运回他们本土了。"

"不入虎穴，焉得虎子。"苏曼云接问，"只是我该如何打入呢？"

"日本驻上海总领事馆官员岩井英一有个钟爱的义女岩井惠子，她是你在日本留学时的同学吧？她现来上海了。"梁先生接道，"你就直接去找她，直说《民国日报》关闭了，目前失业无法自食其力。请她父亲帮忙介绍一份能从事文化方面的工作。据了解，岩井英一与上海自然科学所所长关系不错。"

苏曼云"好的"。

刚说到这里,恰好唱诗班圣歌声轻起。梁先生接道:"苏小姐,我俩相识多时,你虽然年轻,但你利用父亲的关系,协助我们地下党先后从租界巡捕房救出了被捕的两位地下交通员、一位负重伤秘密转来上海治疗的红军指挥员。根据你本人的多次请求,组织经过慎重考察,批准你为我们党的特别党员。"说罢,朝苏曼云热情地伸出了右手,真挚道:"组织欢迎你!"

两人紧紧握手。

苏曼云激动道:"我俩从偶然相遇到相识,你和你的那些同志那种为民族解放、为中华崛起不惜牺牲的奋斗精神震撼了我、唤醒了我,所以,我真切希望加入中国共产党,与你们一起奋斗。"顿了一下,严肃问道:"那我以后可以称您梁同志了吧?"

"那当然。再自我介绍一下,我是梁泓光,以前使用的名字'驿使',实乃本人读初中前使用的曾用名。"梁泓光歉意解释,"为了你我的安全,极端恶劣环境下生存所迫。"话锋一转,续道:"在今后很长的一段时间内,你可能都会战斗在敌人的心脏里。为了安全起见,组织为你启用'暗香'这个代号。另外,我们之间的联系方式、紧急联络方式和此处的见面地点暂时不变。"

"暗香?这个名字好,我喜欢。"苏曼云接道,"梁同志,以后你不要再提我以前帮忙救同志啥的。我早说过,那是因为你和别的同志把营救方案和工作做到了万事俱备,我不过使了点巧劲而已。"稍稍顿了一下,又俏皮道:"不过,我还是喜欢叫你驿使。"

"你的帮助可是东风。"梁泓光环视了一下周边,再三叮嘱,"但年轻有时也意味着经验不足,所以你一定要加倍小心!"

田中隆吉机关长办公室外响起了清脆的报告声,田中"进"。

川岛芳子快速步入立正于办公桌前,双手呈上从《金石录》书中找到的纸条。

田中隆吉看了一眼纸条,随手把桌子上的一个文件夹递给了川岛芳子,接道:"芳子小姐,从你刚才的电话到此刻不到半个小时,技术科已经把这组数字密码破译了,请看。"

川岛芳子接过文件夹,打开一看,公文稿纸上写的五组数字的每一组下面都有一个汉字,川岛芳子轻念起来:"立雪程门图。"接问:"什么意思?"

田中隆吉哈哈一笑:"障眼法而已。我猜想,可能是我们收买的东方图书馆的那位职员,碰到了突发情况或是过于谨慎,没有把他盗配的涵芬楼地库宝藏阁的钥匙夹入《金石录》首卷书内,而是临时转放到了图书馆阅览室里墙上挂着的《立雪程门图》的卷轴之内,只在《金石录》书内夹上了这张纸条。"

川岛芳子还是不解:"怎么讲?"

田中应道:"中国人喜欢在公共的读书场所内,悬挂一些他们传统的尊师重教图,以鞭策学生用功读书,典型如刺股悬梁图、凿壁偷光图、立雪程门图等。我猜想，那里的阅览室中一定挂有这张图。"

川岛芳子立马回道："是的，那里的墙上的确挂着数十张中国画的卷轴。"又问道："机关长是如何破译这组数字的呢？"

田中隆吉得意道："说穿了一钱不值。你出身满人，干我们这一行，对中国文化应该多加了解。"川岛芳子却是轻蔑不屑。

"作为帝国优秀特工，必须要知己知彼。那我就告诉你。这组数字是采用中国明朝著名的戚继光将军创造的军事密码，又叫'反切码'来编写的。"田中摇头晃脑卖弄道，"反切码用两首诗词作为'密码本'，一首为'柳边求气低，波他争日时。莺蒙语出喜，打掌与君知'。"

川岛芳子来了点劲，接问："另一首呢？"

田中续道："另一首是'春花香，秋山开，嘉宾欢歌须金杯，孤灯光辉烧银缸。之东郊，过西桥，鸡声催初天，奇梅歪遮沟'。"

川岛芳子又问："窍门在哪？"正好译码技术官"报告"进来。

田中隆吉对技术官道："芳子小姐问，窍门秘密在哪？"

技术官弯腰"是"后道："就是取前一首前十五个字的'声母'，依次分别排号1—15；取后一首的三十六字的'韵母'，顺序编号1—36；再将戚继光祖籍濠州定远当时的八种声调，也按顺序编号1—8；如此形成反切码体系。"

川岛芳子微微弯腰,向技术官道了声"谢谢",技术官回礼,放下手中的文件夹,向田中微躬后转身离开。

田中隆吉接道:"还好,没有耽误我们的行动计划,你马上按原定计划实施。还有,你要抓紧实施对日本驻中国大使重光葵的上海住所纵火的计划,以便找到更多地向中国开战的理由。当然,各项行动的具体实施时间,由你全权决定。"

川岛芳子微躬"是"后转身离开。

傍晚,寒风夹带雪花,马路上路灯惨淡、行人稀少。十九世纪末开张、位于租界的德大西菜社里,各式客人却还不少。这家主打德式风味的西餐馆装潢华丽、环境幽雅,是很多上海名流热衷的享受或社交场所。二楼小包房,钟离志在焦急中等待他今晚的贵客。

四年前,他作为北伐东路军白总司令的秘书,受其密令,退伍转入中国国民党机关报,即刚刚复刊的《民国日报》任职。钟离志脑海中深深烙印着白总司令交给自己的两大任务,"防住共产党,盯着CC,组建情报网,潜伏待唤醒",偶时也会想起白总司令效法古人周瑜打黄盖,把"莫须有"的罪名强按在自己头上,将自己关禁闭三天,责令退伍的记忆片段。想到这里,心中不免自叹。

忽然,几下敲门声传来,钟离志瞬间整理了一下自己的思绪,应道"请进"。

进来的中年男人微微点头,侧身脱下礼帽和黑色大衣,挂在衣架上,再转身对着钟离志道:"钟离老弟,不认识我了吗？"

钟离志定神一看，立即起身，用力握着来人双手，应道："原来是曾科长。几年没见，曾科长越来越精神焕发了。"

曾叶维是原北伐东路军前敌指挥部的情报科科长，据说还是学运专家，中等个头，半秃着脑袋，左脸侧还有一道重重的疤痕，据说是年轻时被仇家用刀所伤。他皮笑肉不笑地回应："马马虎虎吧。"

言罢两人入座，钟离志先给曾叶维斟上小半杯红酒，再给自己倒上近半杯红酒后，举杯道："欢迎曾科长莅临上海。我先干为敬。"言罢一饮而尽。

曾叶维应道："就这一杯，下不为例。你知道我从不喝酒的，耽误工作。"

"哦，是我疏忽了。"钟离志起身，走到包房门外，让按其要求站在远处的服务生来壶西湖龙井，回座后接着道，"说到工作，请曾科长指教。"

曾叶维点头道："这里不会隔墙有耳吧？"

钟离志应道："不会的，这间包房是二楼角落里的，独一间，没有别的包房相连接，西面、北面的两扇不同窗户可以观察十字街景。"

"刚刚进来前，我也观察过了，还不错。"曾叶维接道，"去年九月十八日，日本侵入东三省。东北沦陷后，全国各界呼吁停止内战一致抗日。黄埔四期有位叫滕杰的青年军人，曾经留学日本。他分析世界各国尤其是德国的发展历史，惊奇地发现一个规律，就是当一个国家陷入危机时，领袖专制和民粹主义双管齐下是一个行之有效的解决方法。滕杰建议以黄埔学生为骨干，建立一个法西斯风格组织。他的这个想法得到了号称'黄埔三杰'之一的贺衷寒的大力支持。贺是蒋校长的宠臣，当然就得到了校长的全力支持。现在，这个组织正在筹组，初步名称为'三民主义革命同志力行社'，蒋校长会兼任社长。"接着又叮嘱："目前这是绝密，而且可能永远是秘密。"

曾叶维停顿了一下，喝了一口热茶。钟离志则切下一块牛排，听得有味就一直未曾入口，看着曾叶维不住地点头。

"力行社的组织体系尚未完全确定，大概主要效法法西斯组织褐衫党来建立。当然，作为一个秘密组织，其中肯定会设一个特务处来负责相应的专门工作。"曾叶维续道，"现在，我就是受滕杰和贺衷寒的指示，到上海筹建力行社上海支社、力行社特务处上海站的。"

"恭喜高升。"钟离志举杯，转而续问，"不知找我做啥？我可是被退伍的，帮不了什么忙。"

曾叶维阴阴一笑，接道："四年前，你被白长官以'现役军人晕血是为不合格'的罪名关禁闭后退伍，这是白长官刻意安排的吧？"

钟离志看着曾叶维，没有吱声。

曾叶维接道："白长官号称小诸葛，知道上海滩是国内各种政治力量、西方列强侵华的长期角力重地或者说激流险滩，自然深谋远虑，他给你布置了明确的潜伏及组织上海情报网络的任务。你放心，让你出任特务处上海站的情报科科长,已经得到了白长官的认可。要不然,我也不可能拿到唤醒你的暗号并顺利找到你。"说罢,从西装内口袋里摸出一把手枪放在餐桌上,右手推给钟离志后问:"这把手枪,你认识吧?"

钟离志拿起来看了一下后道:"这是白长官最喜欢的勃朗宁。咋在你手上?"

曾叶维回道:"这是白长官让我转交给你的。明白了吧?"

"是",钟离志起身,双脚一并挺胸立正,这个动作已经多年没做了。曾叶维也随之站了起来。

"好。军人以服从命令为天职。你目前的主要任务,一是推荐人才,协助我筹组特务处上海站,进站人员必须要苛审,严防共产党分子渗入,同时也要对你已经建立起来的情报网络进行一次人员复核,疑人一概切断联系;二是学习马王爷,长出三只眼。第一只眼是盯死共产党,据了解,'四一二'后他们在上海市级层面的组织已屡次被查获,但恢复得总是很快,而且基层组织也一直在发展中。第二只眼是盯着日本人,他们最近活动猖狂,一定会挑起战事。第三只眼是盯住第十九路军高层的行动,蒋校长一直对他们可能的亲共思想很不满意。"曾叶维一口气将任务布置完毕,伸手示意钟离志坐下。

接着,钟离志报告了近期刚刚得到的日方的各种情报。两人匆匆用餐、闲聊沪上杂闻后,曾叶维留下联络方式,然后起身,钟离志欲起身相送,曾叶维摇摇手并示意钟离志坐下,自己下楼上了一辆路边等候着的黑色轿车。

钟离志微掀窗帘,从窗口目送曾叶维离开,外面纷纷扬扬飘起了大雪。坐回桌边后,钟离志开始自斟自饮自捉摸,问题的关键是:"那么想在上海发展势力的白长官,为什么把自己多年来在上海辛苦建立起来的情报网全部白送于蒋某人?而且还跟这个人矛盾重重。"

想来想去没头绪,钟离志决定,如果以后曾叶维跟自己要在沪情报人员总联络图,只能给一半。如其日后追问,理由正可借用曾叶维刚刚自己提出的"进站人员要苛审"的要求,汝矛戳汝盾。

又喝了一大口红酒,琢磨着让哪一半人先进到力行社特务处上海站时,想起了苏曼云,直觉是这个女孩不简单,发展她加入或许会有意外的大收获。

风雪夜,曾叶维乘坐的汽车一路颠簸来到北新泾真如站。战事一触即发,第十九路军在这里设立了临时指挥部。

曾叶维一身戎装,持南京国民政府军政部签发的特别通行证,通过多重军人岗哨的检查,进入了第十九路军黄参谋长的办公室。

立正、敬礼,按军人礼节行礼完毕,曾叶维递上公文信函:"报告黄参谋长,这是'黄埔三杰'之一的贺衷寒和黄埔四期滕杰两位学长共同签发的函件,蒋校长让我先上呈给您。"

黄参谋长接过,打开并看了一下这份用国民党军委会抬头的便笺公文纸写的文件,其实只有短短一行字:"蒋总指挥、蔡军长钧鉴,兹举荐曾叶维同志到第十九路军任情报处副处长。"阅后将文件后放在桌上，起身并做了一个请坐的手势。

两人在办公室沙发面对面坐下，黄参谋长开言道："蒋总指挥、蔡军长正在前方视察备战，实是不巧。"

"是。"曾叶维回道，"贺、滕二位学长联名举荐我到第十九路军任职，主要是因为我在上海滩已经建立了一个高效的情报系统，可以为驻守上海的第十九路军抵御日军提供准确并及时的情报支持。"

"那好极了，谢谢贺、滕两位将军的雪中送炭。"黄参谋长接道，"我们第十九路军非黄埔之嫡系，但绝对支持'中国人不打中国人''枪口一致对外'的主张。目前所有的迹象表明，日本军队近期会向上海发起大规模进攻。顺便说一句，我们第十九路军即使是孤军，也会战斗到底。"

曾叶维接道："黄参谋长，我曾某人是堂堂正正中国人，对鬼子汉奸绝不会手软。刚提到的为第十九路军提供及时、准确的情报，更不是随口说说的。现在就有重要情报要报告。"

见黄参谋长点头，曾叶维续道："一、前天晚上日本驻华大使重光葵上海寓所发生的火灾，是日本陆军省特务所为，他们再一次栽赃中国人，目的是为开战找更多的借口。另外，这几天已有大量的日本侨民迁住租界，租界内房租飙升。一般来说，战前撤侨是惯例，所以战争就在眼前，一触即发。二、日本海军已在上海布下了二十三艘军舰、一艘出云号航母、二十余架飞机和海军陆战队员四千余人。之所以没有马上开战，大概率是因为日本海军与陆军的固有矛盾。日本海军把大上海看成自己的嘴边肥肉和势力范围，日本陆军也妄想在远东第一大城市捞尽好处。近期几项重大的挑衅行为,都是陆军省特务所为。另外,综合目前的各种情报,按日本海军的现有实力,在我们第十九路军的坚决抵抗下,双方会有短暂的休战。待日本陆军增援后,还会继续开打,不能不从长计议。"

黄参谋长不由自主地伸出大拇指,赞道:"精准的情报分析。"

"不敢。"曾叶维接道,"另外还了解到,上海有一个著名帮会组织的锄奸团,他们计划用几十只大的空油桶,捆绑上高爆水雷,以水下潜浮的方式,从水底潜炸日舰'出云号'。您是军事专家,这样可行吗?"一口气讲完,低头喝了一大口茶,抬头看着黄参谋长。

黄参谋长应道:"单从军事技术角度判断,空油桶加水雷潜炸日舰,很难有实质效果,毕竟水上风浪太大,不好掌握。"

曾叶维回道:"哦。不过,不管最终攻击效果如何,至少也是中国人对日本侵略者的又一次严重抗议吧!"

三、子夜时分 "一·二八"淞沪抗战

一九三二年一月二十八日,子夜时分,日军发起了隆隆炮声,"一·二八"淞沪抗战全面爆发。第十九路军与上海人民奋起抗击。

在日军炮火的重点攻击下,三友实业社总厂大火四起、浓烟滚滚,爆炸声、痛喊声交织一片,许一清与地下党支部的几位同志、工人义勇军队员及众工友全力救人、救火、救设备,现场混乱不堪,惨不忍睹。

突然,许一清想起了前几天华九日书记的嘱托,心中一惊,马上找到正在救火的地下党员相忠年,急切道:"你在这里指挥,我带人去东方图书馆护宝。"

相忠年回应:"好,千万小心。"

许一清"会的"。然后迅速让方秋明、秦可军各将一组近月来强化训练过的三友义勇军队员召集到一起,立即赶往东方图书馆。

按照日本特务机关长田中隆吉的计划,开战后,日军先对商务印书馆及东方图书馆进行象征性炮击，主要目的是将那里面的中国人全部吓跑，然后川岛芳子可以带人，用从画轴中取得钥匙打开涵芬楼宝藏阁，将收藏在那里的全部的中华古籍珍宝打包入箱、偷偷运走，然后再派人纵火将东方图书馆烧毁，清除所有的盗宝痕迹。

午夜二点多，川岛芳子与重藤千春宪兵大尉带领着换了中国平民服饰的十几位日本宪兵一起，开了一辆隐去日军标志的大卡车，驶入了早已被内应打开了大门的东方图书馆大院。

为安全起见，川岛芳子让重藤大尉带两个人先进楼内搜索，看看有没有中国人在楼内。约过了十分钟，重藤千春跑过来，悄悄报告："芳子小姐，楼内干净了。"

川岛芳子问："没人？"

重藤千春回道："有三位，但是都被我们（做了一个割喉的动作）。"

川岛芳子接道："重藤君做事利落。你把人分成两组，一组人少点，负责院内警戒；另一组人多点，负责把空的装运箱搬进楼。不过我得先带一人进去，找到钥匙打开宝藏阁保险铁门后，发信号给你们，搬运的人再进去。"

重藤千春低声"是"。

川岛芳子前几日到东方图书馆踩过点，熟门熟路摸进了阅览室。两人找寻挂在墙上的《立雪程门》画轴，手电扫过去，只见阅览桌边、书架边歪倒着三位刚刚被杀的图书馆职员，血污满地、惨不忍睹。

三、子夜时分 "一·二八"淞沪抗战

手电光在《立雪程门》画上扫了几下后,川岛芳子拧开下轴端头,取出一把明晃晃的黄色铜钥匙。随即到窗前,打开手电对窗外开关了三次。

重藤看到信号,急命搬运组每人携一空木箱,进馆搬运。

许一清带着二十余名三友社义勇军队员,疾行至东方图书馆门口,正巧也看到了那里的三下手电光信号,心中一想,不妙,日本盗贼可能已经得手了。

按照事先计划方案,许一清低声让众工友停下,对方秋明道:"阿秋,你进门后,不能纠缠,直去图书馆北角的消防工具库,那里是不会上锁的。你取出消防专用斧,然后立刻去砍破日本卡车的轮胎,让汽车无法开动。"

方秋明惊奇问:"夜色这么暗,距离又那么远,还隔着围墙,你看到卡车了?"

许一清轻声回:"日本人来盗宝,肯定贪得无厌,书又那么重,不用汽车搬不了几本。"

众人打心里佩服许一清的精准判断。

"硬拼肯定不行,得智取。其他人随我冲进院中。秦可军一组负责院内,任务是把院内日本军人吸引到离卡车较远的地方,与之缠斗,方便阿秋取斧砍破汽车轮胎。我带另一组进入馆内抓贼。"又再三叮嘱大家,"千万注意,尽量不发生流血事件,不是怕他们,而是防止日本人再搞栽赃的恶行。"顿了一下,续道:"这也是我不让大家带铁棍、木棒的原因。注意,待会儿大家冲进大门后,一起分别呐喊抓贼。"

秦可军不解轻问:"这不是立即让他们发现了吗?"

"就是。"许一清接道,"全世界的贼,再强大也怕被抓贼的发现,这就是利用其做贼心虚的心态。如能吓走他们,把宝留下,明天再请报社记者发几篇新闻报道,这国宝就基本护成了。"

重藤千春虽是军人,但毕竟做贼,为方便盗宝后乘汽车撤退,馆院大门是虚掩的,门外也没留观察哨,主要是担心被路人发现异常。

说时迟那时快,二十几位工友手持砖块石块枯树干枝,一起用力砸铁门、高喊抓贼,瞬间突进图书馆院内。

川岛芳子用钥匙打开了宝藏阁大门。众盗按其在东方图书馆收买的内应在稀世孤本、善本上所作的重点标志先行装箱。只是标志太多,盗贼正手忙脚乱,忽听到院内传来阵阵抓贼的喊声与凶猛的打斗声,不知道院外发生了什么情况的川岛芳子,怕被关门打狗,急令搬运的众盗先行撤出。

许一清带着部分工友往里冲,川岛芳子带着众盗往外撤,双方形成对冲。许一清想,如果在馆内双方互拼,很有可能损毁藏书,于是带着众工友边拼边退到院内。

一会儿,双方人员各自汇合,摆开决战阵势。只是众人离卡车有了相当距离。

方秋明顺利从消防工具库中取出了消防斧后,悄悄潜行到卡车旁,三下五除二就把卡车轮胎砍瘪了气。几乎与砍胎爆声同时,许一清灵机一动,突然用上海话大声骂道:"你们这帮小瘪三,日本人正在对中国开战,你们想趁机发国难财吗?还不快滚!"

川岛芳子见阴谋败露，虽然心有不甘，只能下令撤退，即用上海方言大声回："没有办法，家里过不下去了，干这一票下三烂的活是为了糊口。我们知错了，兄弟们高抬贵手。"说罢，用手电给重藤千春发出了撤退信号。

重藤把手一挥，日方众贼迅速回撤，爬上卡车却发现卡车无法行驶，只能再爬下车，灰溜溜地弃车逃逸而去。

秦可军用上海话再大声骂了一句："垃圾瘪三，现在做贼，一辈子贼骨头。"顺着声音，川岛芳子回过头来，用手电在秦可军的脸上扫了一下。再扫众人时，众工友一阵高声责骂。

见日本人走远了，许一清道："阿秋，干得好！你们那组的人在馆院大门口守着，防止日本贼人杀回马枪。我和秦可军这一组再全面搜查一下现场。"

午夜三点多，田中隆吉在自己的卧室接到了川岛芳子的电话，知道了盗宝行动失败，不禁气冲牛斗："你这个没用的东西！你是怎么跟我保证的？你太轻视中国人了。你必须遭到帝国的惩处。"

川岛芳子"是"，应道："机关长，我接受帝国对我行动失败的任何处罚。不过我想马上带人再杀个回马枪，中国人肯定想不到的。而且东方图书馆现场还留有我们刚才的行动痕迹，也必须尽快返回处理。"

田中隆吉道："不用了，天下所有偷盗的事，一旦失手就难以二次成功。"想了一想接道："你去完成另一项行动计划吧。消除东方图书馆现场痕迹的事，我来处理。我们得不到的，中国人也休想留着。"

川岛芳子"是"后，田中挂断了电话。

按照约定的时间，华九日教授在马路边上的一个公用电话亭里，接到了许一清的电话。许一清比较详细地报告了昨晚在东方图书馆护宝、智退日本人盗宝的情况。华教授非常高兴，但慎重提醒许一清，所有的义勇军队员需尽快离开东方图书馆，防止日本人报复，但也不能撤得太远，以便需要时能及时回援。最后，华九日道："一清同志，日本人的军事侵略已经开始，形势会越来越紧张。我们要抓紧碰个面，党组织要把下一阶段工作任务交给你。"

许一清顿时来了精神，坚定道："华老师，我期待党组织交给我任何艰巨的任务。"

冬日的阴霾、战争的魔魇笼罩着这座远东最大、最繁华的城市，毁灭的厄运也突然降临在商务印书馆这座远东最大的出版企业头上。八点刚过，两架日军战机就凶神恶煞般地飞临商务印书馆上空，恶狠狠地投下了六枚五百公斤重的炸弹，其中一颗炸弹又正好落在了油墨仓库里，仓库瞬间燃烧起来，加上图书馆满是图书、纸张、木制书架，实在是油助火势、纸助火威，现场烈焰腾腾、哀怨阵阵，纸灰飘飞到十里开外，五层大楼烧成空壳，印馆员工、附近居民全力自发灭火，然实在无可奈何。

留在附近准备随时援助商务印书馆的三友实业义勇军数十名队员，在方秋明带领下，一方面参加灭火，一方面协助印馆员工，从东方图书馆的残垣断壁中抢救出数百卷古书典籍。

不久，三友实业社总厂也遭到了日本军机的轰炸，损失惨重、被迫停产。

三友实业社总厂一处遭炸毁的破车间里，华九日教授与许一清面对面坐在破管道上，严肃地进行着一次重要谈话。

许一清沉重道："华老师，三友工厂已毁，绝大多数工友四处逃生去了，接下来我们该怎么办？"

华九日应道："一清同志，我今天赶来工厂，是想目睹工厂惨状，商量通过我们的工作如何帮助这里受苦受难的工友们，以及如何开展近期的工人运动，并策划如何组织全市抵制日货，以支援、声援第十九路军的战场行动。"

许一清点头。华九日接道："可以告诉你的是，地下党组织针对目前上海的严峻形势，已经制订了针对性的应变计划。"

"我们三友实业社总厂的基础很好，资方爱国、工人齐心、地下党支部有战斗力，抗日积极性非常高涨。"许一清接道，"应该还是我们党支部的工作重点。"

"你们党支部在三友社总厂的出色工作，上级组织非常满意。但是，一清同志，你不能只看到一个三友工厂。"华九日接道，"再说，虽然你们三友实业社总厂地下党支部有战斗力，但工厂已经停产，工友家庭要生活，暂时也会各奔东西。"

许一清凝视华九日教授，没有接话。

"这是一个黑铁时代。'四一二'后,上海地下党的基层组织和力量被严重削弱,但我们坚信星星之火,可以燎原。"华九日书记续道,"按应变计划,组织决定派你到租界静安寺那里的一家好生活书店担任经理,相忠年同志担任协理,这是你俩的公开身份。那里是市委的一个重要联络站,书店经理刚受组织特派,去江西苏区执行特别任务了。今后,通过书店进行的党的地下联络工作,由相忠年同志担任交通员。"

许一清点头,急问:"还有呢?"

"几个月来,民众正踊跃报名参加上海市民义勇军,规模最多时达到四千多人了。我们前几次见面都聊过,你也特别积极有想法。"华九日接道,"这么多人成分复杂又相对松散,肯定非长久之计。地下党组织会积极在上海市民义勇军中组建一支精编大队,必要时可直接开赴前线参加战斗,你们要尽可能发动原三友社工厂义勇军的骨干积极参加,以提升其行动能力。同时,你要负责在上海市民义勇军中建立起一支精干的特别支队,人数不宜多,以便必要时完成一些特别任务。"

许一清连声"这样好,这样好"。

华九日接道:"为此,组织决定撤销现三友实业社工厂地下党支部,所有同志将分散到上海滩不同的商企工作,以便成为那里发动群众的新火种。为此,成立一个新的薪火党支部,由你任书记。"

"党有差遣,坚决从之。"许一清坚定回答,"保证完成任务,牺牲自己在所不惜。"

"一定要杜绝无谓的牺牲。"华九日提醒,"生活书店是邹韬奋先生创办的,是一家重要的进步文化机构,它有好几家姐妹店,好生活书店就是其中之一。你俩去的这家好生活书店,是组织最重要的联络站之一,多年来都没发生任何意外,非常可靠。"

远方传来阵阵爆炸声。许一清续问:"我们三友社地下党支部另外同志的就业或者说公开身份咋办呢?"

"组织正在跟一些商企联系,协助方秋明同志进入华商永安第一棉纺织厂、秦可军同志进入租界大世界共舞台,其他一些同志的去向还在联系中。这是介绍他们前往工作的联络办法。"说罢,交给许一清一个草黄色的小信封,华九日又严肃提醒,"今后,我们俩之间还是单线联系,会面地点、联络方式、紧急联系方式暂时不变。一般情况下,我不会去你们书店。你们一定要注意安全,所有工作任务联络应由相忠年同志与其他同志保持单线联系。党员骨干之间不得发生直接的工作关系,必须完全遵守纪律。再三强调,你们薪火党支部如有任务也要坚决将活动内容严格保密,不能向包括自己亲人在内的任何一个人透露。"

许一清收下放好后,坚定应道:"请组织放心,一定按纪律执行。"想了一下不禁又问:"大世界共舞台是上海帮会苏老头子的产业,秦可军同志去工作安全吗?"

华九日笑道："这样的地方不是更安全吗？再说那里人流量大、鱼龙混杂，还可能获得不少有价值的情报呢。"

许一清瞬间明白了，因为"越危险的地方往往越安全"，而公开的职业，更能掩护自身，即回道："好。我马上给他们分别布置，让他们尽快进入新工作。"

华九日叮嘱："一定要告诉同志们，只要我们相信党，党一定会带领我们走向光辉的胜利！"

离开三友实业社工厂被炮火炸毁的车间，华九日马不停蹄来到位于租界里的上海古玩同业公会迷友记古玩店，与组织负责情报收集、分析任务的梁泓光会面。

迷友记古玩店是上海古玩同业公会中的会员单位，经营品种繁多。重要的一点是，商店盈利也是地下党活动经费的重要来源之一。华九日作为大学教授、青铜器专家，到这样的商店，身份恰当。进门后，华九日按例先到青铜器皿、玉器陶瓷、牙木竹雕、景泰珐琅、印章端砚、名人字画等专柜台前边驻足交流，边观察店外情况。

梁泓光给华九日沏了一杯热茶，递上一本当期的《生活周刊》杂志，对华九日道："华老师，我已把最近掌握的不少情报，如日本海军在上海的部署、南京政府筹划迁往洛阳逃避战事，都按老办法密写在这本杂志里了。"

华九日"嗯"，即刻放入随身公文包里，要求："泓光同志，你们这个地下党支部目前的工作重点，是尽量多摸淞沪抗战方面的情报。一条重要的军事情报能减少很多将士牺牲，能杀更多的日本侵略者,其意义是非常重大的。"接着又道:"当然,经济文化方面的情报也非常重要,它能从战略上遏制敌人,更广泛地沉重打击敌人。"

梁泓光应道:"好的。我们最近了解到,日本由于国内自然资源极其贫乏,只能靠掠夺更多的中国资源来支撑战争。所以,暗香已经顺利潜入日本在上海的经济与文化特务机构——上海自然科学研究所。还有一件要事,从上海帮会那边了解到,日本人正在跟他们中的一些缺德歪道之人策划合作做鸦片、红丸等毒品生意。相信一段时间后,暗香会形成相应的报告。"

华九日愤道:"从一八四〇年以来,外国侵略者最坑惨中国百姓的,我个人认为就是鸦片这类毒品。它是摧残中国经济、中国人精神和健康的最大瘟神。你们一定要多摸这方面的情报。待条件许可,地下党组织将会动员广大民众全力对付它。"放下端着的茶杯后,接道:"哦,有必要跟你通个气,我们新成立的薪火党支部的书记,跟你可是同学与好友哦。"

梁泓光一听,急问:"谁?"

"为了安全,现在只能告诉你这点,相信你们一定会在今后的革命斗争中胜利会师。"华九日接问,"暗香的近况咋样?"

梁泓光回道:"工作很努力,很有效率!"

"你一定要全力支持她并保证她的安全。"华九日叮嘱,"她是上海大帮会苏老头子的庶出女儿。父亲对她不错,大房对她甚恶。组织关心她是必须的,这么年轻就深入虎穴。"

日军原本非常自信,以为上海守军还是像东北军那样会一触即溃,再加上南京政府软弱,日本驻上海军司令狂言"四小时占领上海",结果遭到了第十九路军的顽强抵抗,进攻严重受阻,感到了兵力不足,开战没几天便停止了进攻,双方进入了短暂停战。

吴淞中国公学,这里是曾叶维确定的力行社上海支社的筹组地。冬日的院内,残雪枯树、寒风落叶,肃杀无比。楼梯口、拐角处,头戴礼帽、身着黑色大衣的年轻人肃立警卫。

曾叶维站在窗前,望了一会窗外,回身坐到钟离志对面,端起咖啡又放下,对钟离志道:"近来上海战事停了下来,估计日军增援部队到达后,战争又会马上重起。我的意思,不管跟日本人是战是和、是打是停,我们都不能忘记做更重要的事。"

钟离志回道:"啥事?"

曾叶维瞪了一眼对方,接道:"当然是剿共!"

钟离志"是"。曾叶维接道:"'四一二'没能斩草除根、剿尽共产党、消弭赤祸,几年来他们在上海的力量恢复了不少。所以,前些日子,蒋总司令在南昌又提醒说'中国亡于帝国主义,我们仍能当亡国奴,尚可苟延残喘。若亡于共产党,则纵肯为奴隶亦不可得'。"

钟离志接道:"是。有情报显示,三友实业社总厂、东方图书馆都出现了共产党的身影。"

三、子夜时分 "一·二八"淞沪抗战

"现在三友实业社、商务印书馆、东方图书馆都已基本被毁,即使这些地方原来有共产党,也应该散摊了,这是日本人帮我们做的工作。"曾叶维续道,"你在《民国日报》工作过,应该了解舆论的力量有多大。你要派人盯紧了邹韬奋那些人创办的《生活周刊》,此刊标榜青年之友,经常严厉批评、挖苦讽刺国民政府在淞沪战争中的妥协行为。包括那些生活书店,背后或有共产党的身影。所以,你要派人把他们盯死,一旦发现确凿证据,特务处上海站该立即行动、严惩不贷。"顿了一顿,补充道:"当然,如果在租界动手,我们要善于与巡捕房合作,必要时可请上海帮会协助。"

"这么一说还真是提醒我了。"钟离志喝了一口咖啡,接道,"我原来在《民国日报》工作时,有一位叫苏曼云的女记者,父亲是帮会大佬,她留学过日本,很有正义感,对三友实业社总厂等相关事件进行的报道,曾引起日本人的强烈不满。能不能把她发展到我们正在筹组的上海站里来?"

曾叶维回道:"如果确有能力、本人可靠,当然可以吸收。"

钟离志补充:"请曾站长相信我的判断。"

曾叶维点头,又介绍情况:"最近,力行社在南京成立的筹备工作紧锣密鼓,三月一日将召开成立大会。"说着从口袋里掏出一本六十四开的小册子,大概只有七八页,递给钟离志后道:"这是南京筹备总部转来的,是力行社社刊《司令塔》。它是阐明组织宗旨、统一成员思想的指南,其中也有命令的下达、情报的汇编等。你现在看一下就还给我,它可是现在力行社组织最重要的秘密刊物。"

钟离志接过《司令塔》，全神贯注翻阅起来。

两人安静了一会儿，曾叶维提醒："钟离科长，将来的力行社是一级组织，主要由黄埔军人参加，人数严控，是为绝密，其下设特务处在各地的站点当然也是秘密的。同时，为便于迅速壮大组织力量，会下设二级组织，即公开的外围组织革命青年同志会、青年军人同志会。两会的领导由力行社的核心社员兼任。不过，我个人猜测这两个会今后有可能合二为一。这样的结构，可确保实现'以黄埔军人为骨干，结合全国文武青年之精英'的理念。今后你在工作时，不要提及一级组织之名；不得不提时，只提及外围组织。另外，听说力行社特务处处长，会由蒋总司令的同乡、黄埔六期的戴笠担任。"

钟离志归还《司令塔》，回道："是。"

曾叶维道强调："看来，我们力行社上海支社、力行社特务处上海站的筹组工作要抓紧了，下个月必须开张。"

面对日军进攻严重受挫后的大举增兵新情况，更迫于国内民众的压力和形势发展，国民政府从最初不想作战，转变为该有所作为。所以，将坚决主张抗日的"黄埔系"第五军投入了上海战场，装备精良的上海税警团也在番号上改为第五军下的独立旅。

各级地下党组织有力策动了广大民众开展声势浩大的抵制日货运动，组织了几十家日商工厂的七万员工进行罢工斗争，推动支持各种抗日救亡义捐活动，全力支援前线。

四、"党有差遣，坚决从之"

刚到下班时间，苏曼云就匆匆锁上资料室铁门，出了上海自然科学研究所的大门，拦了一辆黄包车直奔徐家汇天主教堂。苏曼云主动紧急约见自己的上线梁泓光，只有遇到紧急情况才可以。

车夫拉着黄包车疾驶。苏曼云想起了自己发明的与梁泓光的联络方式，具体是在自己居所靠十字街口的露台上，挂上不同款式的日式风铃。正常情况时不挂风铃；如果请求当天紧急见面，挂岩手南部铁风铃，这种风铃用南部地方出产的铁制作，声音轻柔悠长；如果要求暂停联络，挂会津喜多方风铃，这种风铃用传统漆器工艺制作，音色沉静悠远；如果危急撤离，挂江户风铃，这种风铃用手工吹制的玻璃制作，与其他风铃音色差异很大。

女佣不解却也不敢问，为什么苏小姐必须亲手挂铃，而且是有时挂有时不挂。

苏曼云其实并不知道梁泓光住在哪里、在哪

里工作等任何个人情况，这当然是为了双方的安全，但梁泓光保证，能及时收到苏曼云发出的任何信息。不过两人之间按梁泓光的建议，还另设了一种紧急联系方式和地点，以备万一。

苏曼云进入教堂后，发现梁泓光已在教堂的老位置长条椅上坐着，环顾了一下四周情况，走了过去并坐到了他的左侧。

梁泓光低声问："暗香要紧急见面，什么事呢？"

苏曼云一边从随身包里拿出黑皮日文《圣经》并捧在手上，一边低声回答："驿使，日军近日正在大举增兵上海，具体都秘写在这纸条上了。"说罢，从《圣经》里拿出一张折叠纸条悄悄塞到了梁泓光脱放在长条椅座位上的呢帽里面。

梁泓光先警惕地看了看周边，接问："如何得知？"

苏曼云低声道："日本海军前天派人到自然科学研究所资料室查找吴淞港口水文资料、庙行地区河汊分布详图，还邀请了两位研究所的研究人员一起到日本驻沪海军陆战队司令部研究。这两位研究人员回到所里后，一位感到没受到尊重，受了窝囊气，愤愤不平，大发牢骚；另一位劝其'进攻第十九路军不顺利，现任日军总指挥被撤职，继任总指挥马上抵沪，理解海军那帮混蛋吧'。"

梁泓光问："后来呢？"

"后来，两人就他们会上听到的相关军事部署争论了起来，我都已汇总到那纸条上了。"苏曼云应道。

四、"党有差遣，坚决从之"

"暗香，这情报太重要了，我立即送交组织。"梁泓光又问，"还有什么事吗？"

苏曼云回道："就是我过去在《民国日报》的老同事钟离志找到我，邀我加入国民党即将成立的一个秘密组织。"

梁泓光眉头紧皱，叮嘱："你先不要答应，也不要否定。一切待我向组织汇报后确定。"说罢，拿起脱放在一旁座位上的呢帽，起身离开。

过了不久，苏曼云也离开了教堂。

苏曼云的父亲是上海滩有名大帮会中有身份的老头子——这是当时帮会中有非常高的地位的人才有的一种尊称。苏曼云因为庶出又长相甜美，非常不受自己膝下无子女的长房夫人的待见，小时候经常挨长房夫人的毒揍。挨揍后就外逃，夫人就派人去追，追回再揍，如此挨过了幼年童年。耙耳朵的父亲无奈，托自己帮中的好友帮忙，将苏曼云带到日本留学。学成归国后，其父亲在法租界霞飞路给苏曼云搞了一处不大的洋房，又给女儿找了一个几乎同龄的女佣人，平时两个人就住在这里。

第二天一早，佣人按苏小姐的习惯，准备好早餐。待苏曼云在餐厅用餐时，再收拾房间，但有一条是雷打不动的，每天要不要在二楼露台上挂日式风铃或挂啥样的风铃，必须苏曼云自己定、自己挂。按苏曼云自己的说法是，每天挂不挂、挂上何种风铃，关系到当天的心情和运气，不能由别人代劳，别人更不能乱动。

早餐后,苏曼云整理了一下自己的妆容,出门上班。正要伸手拦车,突然发现一辆黄包车正停在家门口街边的邮筒近侧,戴着乌毡帽的车夫看到她,左手拿下帽子抖了三抖再戴在头上。苏曼云走近,看清车的编号为889后,啥也没说就直接上了车,这是她与梁泓光约定的一种紧急联络方式。

黄包车直奔上海自然科学研究所而去。苏曼云在车上,伸手从车座右侧缝中摸出了一张纸条,打开看到上书"上级组织同意你加入国民党即将成立的秘密组织。昨日的情报可以与其共享,毕竟正面战场是第十九路军及即将抵沪增援的国民党第五军",落款是一个太阳笑脸。苏曼云知道这代表了梁泓光的光字。接着,把纸团搂了一下,塞进自己嘴里嚼烂。

好生活书店的业务开展得不错。为避风险,许一清与相忠年商定,禁止任何"左倾"甚至偏"左倾"刊物,并适当地多一些西方文学刊物,最好是新版的,以便吸引在租界生活的外国人多多光顾。外国顾客多了,生意既好了,巡捕房又会少关注点。

战事越来越紧,参加上海市民义勇军的各界人士越来越多。许一清曾担任过原三友工厂义勇军的连长,有经验、有阅历、有热情,从而被发起上海市民义勇军的相关人士看中,协助训练以原三友实业社工厂义勇军的部分老骨干和进步青年学生为主要队员所精编的上海市民义勇军大队。同时,许一清悄悄组织起了另一支小而精的特别支队。

四、"党有差遣,坚决从之"

在社会各界大力支持及地下党组织的有力推动下,精编后的这支二百人的上海市民义勇军大队联系了第十九路军,表达了参战的决心。第十九路军被上海市民义勇军的抗日热情所感动,拨给其步枪六十四支、子弹数万发、手榴弹四百枚。嗣后,这支义勇军大队奉命驻守宝山。(后多次作誓死之抵抗,痛击日军,旋奉命退守第二防线苏州唯亭。第一次淞沪战争后期,被改编为第十九路军随营学生义勇军第二大队。战役结束后,有五十三人参加上海学生义勇军东北志愿团。此为后话。)

地下党组织向特别支队推荐了一位名叫余剑南的从南洋归国的华侨大学生。余家是武术世家。余剑南除打小下苦功练习家传功夫南拳外,酷爱练习弩机,故其枪法也百步穿杨。每天四更余剑南起床练习桩功,以坐桩为主,还有丁桩、跪桩等,辅之以练习铁砂掌、点穴功、罗汉功、青龙功、排打功等,手法多变、短手近打、步伐稳健、攻击勇猛,队员们都积极向其学习功夫,经常个个练得手掌淤血,甚至皮开肉绽。天寒地冻、无薪无饷、缺吃少穿,人人都抱定以死报国的赤诚之心。

一天,米粥咸菜早餐后,许一清对余剑南要求道:"小余,这几天训练,大家体力消耗太大,你能不能给大家讲解一些日军常用枪械方面的知识,这样边休息体能,边提高军事素养。"

看上去斯斯文文的余剑南道:"队长,我一直以来就深有此意。只是看大家对练功太过热情,就没有提及。"

许一清征询大家伙意见，众人齐声回应"好"，随即在破厂房里四处择位而坐，静待余剑南的讲授。

余剑南从一位队员手中拿过一把日式步枪，大声讲解："这款步枪，大家一般都叫它'三八大盖'，就是日军三八式步枪，枪身铭文'明治三十八年'。日军从一九〇五年开始配装，这是日军步兵的主要武器。此枪防尘盖的前面有一个可以立起来的标尺，标尺射程2400公尺。但并不代表在这个距离内能指哪打哪，因为子弹打出去并不是一条直线，而是一条抛物线。所以，三八大盖的有效射程，最大是1000公尺，就是国人所说的二里路，但有效射程是460—600公尺。"

有组员插话问："余秀才，三八大盖为什么能打那么远？"

余剑南答道："这个原因有二，一是枪管长，三八大盖全长127.5公分，枪管长76.9公分。枪管长，使得子弹内装的火药被击发之后能够在密闭的空间里燃烧得更充分，故而子弹的动能更大；二是三八大盖属于来复枪，枪管内部有螺旋状的凹槽，这也叫膛线，弹头在里面打转，出膛后飞得更直更远。"

众人钦佩，很快进入了包括刺杀等战术与搏击的讨论中。

许一清骑着一辆破旧自行车，风风火火回到上海市民义勇军特别支队训练的破车间。刚刚跟华九日书记紧急会面，接受了两项新任务，一是由义勇军特别支队派出队员，协助保护上海著名的民主人士何香凝等为第十九路军抗日进行的募捐,因为这第十九路军部队几乎得不到国民政府的军备与军饷的支持。另外要派人协助维护民主人士为救治伤兵所创办的医院的秩序。二是由义勇军特别支队派出队员,阻止日本特务机关计划近期将另外一部分中国的珍贵文物、地质样品等偷运出境,前几天他们已经盗运出去了一部分,不过具体时间地点要等情报,而且整个事情要严格保密。

华九日书记特别介绍,数月前"九一八"事变发生后,远在法国巴黎的何先生立即启程回国,回到上海后就联系各界人士,为抗日救亡募捐资金,与杨铨等社会名流一起亲往真如慰问抗日将士,还给黄埔军校学生将领写诗,鼓励军人杀敌报国:"枉自称男儿,甘受倭奴气。不战送山河,万世同羞耻。吾侪妇女们,愿往沙场死。将我巾帼裳,换你征衣去!"

第一次读到华九日书记抄转的何先生此诗,许一清彻夜未眠,真想马上去拜访如此伟大的女性,能为何先生哪怕做点小事。只是机缘未到,如今地下党组织交办如此光荣的任务,许一清下定决心,哪怕万死,也要保护好何先生及其他爱国民主人士的义举。

此后,每遇到重大募捐或其他活动,许一清必定带着上海市民义勇军特别支队的队员,近距守望、及时相助,特别是何先生亲往她自己与其他爱国人士共同创办的红十字第十一伤兵医院、国难战士救护临时伤兵医院、国民伤兵医院时,许一清总是打起十二分精神尽心维护。何先生也感到了一种强大的支撑力量和浓浓的善意。

据说，淞沪抗战中第十九路军连续八个月没得到国民政府的分文军饷，基本上是依靠上海市民的捐款度日。十九路军蒋总指挥非常感动："淞沪之役，我军得民众莫大之帮助，近者箪食壶浆，远者输财捐助，慰劳奖励，永不敢忘。此同仇敌忾之心，使吾人感奋欲涕。"

期盼中终于等来了华九日书记传递来的情报，日谍机关将部分极其重要的中国文物、样本资料偷运出中国的时间是二月十三日晚上，开车运输的起点是上海自然科学研究所，终点是十六铺码头，然后装上日本货轮。

许一清召集余剑南等数位市民义勇军特别支队骨干开会商量行动方案，关键的问题有四个：一是起运时间，二是卡车路径，三是日谍所派押送人员是多少，四是截留后运到何处存放。

队员们各提想法。见许一清沉默不语，余剑南问："许队，你有什么高见？"

许一清微笑回道："我在仔细听各位队友的发言。关于起运时间，我想只要查到十六铺码头当天开往日本货轮的时间，基本上可以倒推，因为这么重要的东西，一般不可能存进码头仓库再费劲搬出来，很不安全，一定是直送货轮边侧即时装运。这就需要卡车运输路径以计算路程时间。"

余剑南抢道："运输路径一定是最短的那条，以便减少陆运风险。"

许一清点头，笑道："我认可这个想法。而且推断押送军人不会太多,一是前次他们偷运很顺利,没有任何意外;二是广大民众现在只关心战事。另外,由于租界不允许外国军队随意进入,他们一定会化装为中国平民,车辆也必然抹去军色。"

余剑南插话:"关键是卡车截下后,东西送到哪里为妥?"

"当然是送到江西瑞金了。去年,也就是一九三一年十一月七日,中华苏维埃第一次全国代表大会在那里召开,中华苏维埃共和国诞生。"另一队员接道,"这是我们上海工人阶级赠送的开国大礼物。"

众说纷纭,激情四射。

余剑南见许一清又没有吱声,忍不住催问:"许队,你有啥想法?"

许一清缓道:"大家想法非常好。可是从上海到江西瑞金,关山险阻。国民政府嫡系军队正在江西'围剿'红军,不愿把几十万大军调到上海增援第十九路军抗日。更有'剿共'的前方指挥官叫嚷'夫倭寇如割肉之痛,赤匪乃烂心之痛,此时两方兼顾,则两方俱不能顾也'。也就是说,送到苏区现时肯定做不到。"

众人一下冷静下来。

许一清接道:"我有一主意,大家看行不行。现在上海北部的宝山、吴淞、庙行等地正在激战,只有往南方向稍显可行。所以,截获这批东西后应即刻运到黄浦江边合适的地方,转船水运到浙江宁波,那里远离上海,民风淳朴,山寺甚多,正是藏宝的好去处。"

众队员交口称赞，接下来就是讨论行动方案。

天寒地冻、北风呼啸、滴水成冰。

十三日下午，租界的一条不那么显眼的马路上，两位工人刚刚更换好窨井盖，一位清洁工人正在清扫马路。突然，他用来清洗马路的水斗车底下漏了，一车水全部倾泻到了地上并流向下水道窨井盖低洼处，不多时马路半侧全部结冰。

当晚十点多，一辆帆布篷重卡车不疾不徐开了过来，路过冰面时，突然车轮打滑，瞬间卡车右前轮胎巨大的转向冲击力将窨井盖撞破并卡进井口，卡车一下子动弹不得。

驾驶室两侧车门打开，先后跳下三名穿着灰色棉衣棉裤的驾驶员和随车人，陷此困境正束手无计间，后面跟着的一辆电力公司工程车只好停下，有两人下车见此情况，催促前车赶快想办法，工程车要赶赴电力事故现场抢修。

前车三人中有一人开口道："这么个鬼天气，碰到这种事。我们既无工具又没有办法。咋整？"

后车两人中有一人发牢骚："碰到你们真是倒了八辈子霉了。"另一人接道："你们没办法，我们搞工程维修的有的是办法。这样吧，你们出钱，我们来整。咋样？"

前车人一听顿时道："好。一块大洋可以不？"

后车人把脑袋摇成拨浪鼓："至少五块，少一块都不干。"

前车三人互视了一下，一人道："五块就五块，但一刻钟必须弄好，我们也没本事做帮手，只好去后面路边那家德国人开的咖啡店等你们弄好。"

后车一人伸手道："大洋拿来。"前车三个人凑了五块

四、"党有差遣，坚决从之"

大洋，放在后车人手上，又道："弄好了招呼我们一声。"后车两个人"得咧"。

见前车三人进了咖啡馆，后车人立马从工程车的后车厢中叫下另外三名工友赶紧开干。他们拿出事先准备好的大型千斤顶，将卡车右前轮迅速升了起来，再在下面塞进一块厚铁板，五分钟搞定。余剑南迅速坐上前车驾驶位，许一清与另一位下午出现在现场作清洁工人的队员也坐进前车驾驶室，其余两名队员回到后面的工程车上。两辆车一溜烟开走了。

重藤千春刚进入咖啡馆后稍感不那么放心，又出咖啡馆大门老远看了一下，一看有五个人在那里干活，就放心了，心想："中国人难怪要五块大洋，因为有五个人，这肯定不是故意设计的陷阱。天太冷，十分钟肯定完不成，我就坐十分钟，完全没有问题。"

十分钟后，三人走出咖啡馆，哪里还有两辆汽车的影子？急忙奔到窨井盖处，发现只有一块铁板留在原地。

重藤千春又赶紧折回咖啡馆，跟吧台后面的服务员要了电话机，直接打给了川岛芳子。

川岛芳子正在睡梦中，听到情况大骂"八嘎"，刚想给田中隆吉打电话报告，田中的电话就进来了。

川岛芳子对电话道："机关长，我正要向您报告。"

电话筒声音："什么报告？十六铺码头催问，我们的货怎么还没到？"

川岛芳子道："机关长，发生了意外。"接着就如此这般地把重藤千春报告的经过转给了田中。

电话筒暴音:"八嘎,八嘎,我要把你们送上军事法庭。"

川岛芳子"是,是",然后小心翼翼问道:"要不要先找租界巡捕房,当然我们亦一起参与追查。"

电话筒声音:"那还等什么?"接着是怒摔电话的声音。

田中隆吉真的很愤怒。这一卡车四十箱物品中,有两箱是属于自己的,为安全特意放在第二批船运,是自己在中国这几年来想尽各种办法掠得来的华夏古代文物。一箱要捎回老家岛根县,以作为家族的荣耀;另一箱要捎给陆军省的一位高官,这位高官酷爱中国古代青铜器,尤其是各种古铜镜。这箱古铜镜中就有其梦寐以求的战国中期错金银纹镜、汉代的七乳四神禽兽纹镜、三国两晋时期的画文带佛兽镜、唐代的瑞兽葡萄镜、宋代的人物故事镜等二十二块,都属于中国珍稀文物。这位高官答应田中隆吉,收到后会立即将其从目前的少佐升至中佐,并调到关东军参谋部。

卡车在原本泥泞却被冻硬的黄浦江岸边公路上行驶。许一清问余剑南:"你车开得不错,是在南洋学的吧?"余剑南"嗯"。另一队员道:"许队,我们也要学习开车,这太方便了。"

许一清接道:"既是为了方便,更是抗日斗争的需要。"又道:"小余,以后有机会,你就作为我们支队的汽车驾驶教练员吧。"

余剑南道:"当仁不让。不过你们俩得把刚才收缴的银元给我作为拜师费。""财迷。"另一队员笑道。

许一清接道:"小余是开玩笑的。我看他一定会建议把五块银元给何先生的抗日救亡基金。这样,他就更有理由去伤兵医院找哪个小护士了。"

三人一路欢歌。

大概开了一个小时,卡车停在黄浦江上的一处港汊口,远处停着一条河船。

许一清先下车前去接头,一切正常后,船上又下来几位壮汉一起帮卸卡车上的木箱并将之全部搬到船上。

河船升起了风帆,开往江心。卡车掉转车头回程,行至中途,许一清对两人道:"把车换个方向再开一段,然后我们弃车步行回去。"

三人边走边聊,队员问:"许队,你是如何想到用'井盖替换加冰术'的?"

余剑南抢话道:"肯定不能用枪支炸药硬来,那一定会招来巡捕,还可能会损毁物品。"

许一清回道:"小余说得对。中国人做事讲天时、地利、人和,所以我就利用了寒冬结冰的必然道理。另外就是'劣币驱良币'的启发,用破旧开裂的窨井盖替换原本好的,浇上水结冰后根本看不出来,而且非重载卡车一般也压不坏。"

边上两位不住点赞,队员又问:"许队,那河船要开到哪里去?那些朋友是哪条道上的?"

许一清沉默了一下,回道:"他们是我大学老师的朋友,总之宝物是留在了中国。"

余剑南悄声道:"他们是共产党吧?许队,我看你也像共产党。"

没等许一清回答,余剑南自言自语道:"这样的共产党,我也想加入。"

许一清微笑着,右手握拳在余剑南的左肩上亲密地砸了两下。

五、冬日黄昏　血肉之躯

日军战事不如预期，不但增兵，还调换了主将。在全国民众的空前压力下，国民政府同意派著名爱国将领张治中率第五军投入上海战场。

钟离志坐在办公室沙发上，阅读着张治中将军上任后于二月十五日发表的《告全军将士书》。反复看了三遍，尤其看到"深望我全体将士，人抱必死之心，以救国家，以救民族，假如日军犹有一兵一卒留我国内，我们的责任即未完成，反之，我们如尚有一兵一卒，必与敌人拼命到底！记着，最后的胜利，终属我们最后的努力者！"之处，目不忍移，情不自禁呐喊："只能这样，必须这样，中国才有希望！"接着拿起电话，把刚从苏曼云处得到的情报，传递给了曾叶维。

一周后，上海北部庙行镇。

清早，大雾弥漫。日军用大炮开路，一阵狂轰之后，大批兵士向守军阵地纵深突进。天色大亮后，日军再用飞机增援，滥炸守军阵地。

双方很快交火，多处阵地反复争夺，战况惨烈。许一清带领上海市民义勇军特别行动支队深入前线，协助救运伤兵，多次遭敌机定向轰炸，人员损失惨重。

日军从庙行镇南面进攻失败后，又从庙行镇北面集结了一万余兵力，按原定作战计划推进。中国守军根据情报，及时调整战法，用三个师对日军形成了包围圈。虽然没有飞机大炮等重型武器，但他们用血肉之躯与侵略军近身肉搏，最终取得了歼灭三千余日军的重大胜利。国民政府亦致电嘉奖。

庙行之役的胜利，坚定了中国守军必胜之信念。

情报不力，日本特务机关长田中隆吉少佐受到了陆军省高层的严厉苛责，谓其再不扭转局面则必须切腹谢罪。

川岛芳子受命监控和跟踪中国守军高级军官的行踪，直至刺杀、绑架，只为不惜一切代价拿到最有价值的军事情报。其实，川岛芳子已经盯上一个重要人物很久了，他就是第十九路军所属独立旅的王旅长。

独立旅不久前由国民政府财政部直属税警团改编而来。税警团原驻地为黄浦江东岸，因开战后撤退无路，临时划归第十九路军节制指挥。王旅长乃美国西点军校毕业的精英。据说毕业时，在全校二百多毕业生中排名第十二，名将巴顿排名第四十五位。王旅长出身于无锡世家，是"民国才女"陆小曼的首任丈夫，过惯了锦衣玉食的生活，根本受不住残酷战争期间艰辛的军中生活，每隔几天就要溜进租界享受一

五、冬日黄昏　血肉之躯

番。

临近春节，恰巧国民政府财政部宋部长电话交代，委托王旅长去公共租界的美国领事馆办理一些临时重要机密事务。王旅长一想，正好借机顺便去慰藉一下卧病在榻，又刚刚失去了第二任丈夫徐志摩大诗人的前妻。

冬日黄昏，残阳毫无生机地照在外白渡桥上。王旅长参加军部的军事会议后，一人单骑军用摩托车进入了公共租界。川岛芳子等日谍数人坐在后面的一辆黑色轿车上，保持着不远的跟踪距离。

摩托车疾驶，猛然间反光镜中出现一辆黑色轿车，它已跟在车后多时。王旅长情知不妙，立即开车冲进了外白渡桥北的礼查饭店。跳下摩托车，抓着黑色公文包迅速冲进大堂，拿出自己的军方证件扔给大堂副理，急奔盥洗室，掏出打火机，将下午军事会议上发给与会人员的"第十九路军部署地图""作战计划"点燃焚烧。

川岛芳子带手下人冲到盥洗室，门被"嘭"的一声被撞开，随之而产生的一阵风将纸灰吹散满地，烟尘飞扬。川岛芳子冲着一脸尬笑的王旅长连声怒吼"八嘎"。闻声而来的租界巡捕，或慑于日军间谍的霸道，或是双方眉来眼去已久，以避免扰乱租界为由，将王旅长交给日谍带走。

虹口的一处日谍秘密办公地点。

川岛芳子从缴获的王旅长公文包里，只找到了一本支票和若干名单。无论如何软硬兼施，王旅长均称"自己只管收税，别事毫无兴趣"。碍于王旅长与美国驻沪总领事坎宁安将军是好友,日谍不便对王旅长施以酷刑以达目的。

又过了几天,在美国领事馆的干预下,王旅长被释放。(数月后,王旅长被军事法庭以"擅离戒严地点"为由,判处有期徒刑两年零六个月。此为后话。)

江南二月底,春寒料峭。法租界的一处私邸里,院中梅花盛开、高朋满座、其乐融融,日本驻沪总领事馆官员岩井英一正在为义女岩井惠子举办二十岁生日宴会。

身着和服的岩井惠子与身着紫酱色旗袍的苏曼云各端一杯红酒,正在窗前,隔着玻璃欣赏满园梅花。

岩井惠子道:"梅花的确不凡,与我国樱花相比,各有醉美之处。"

苏曼云接道:"你说的是,但这个院子里的梅花,与苏州香雪海相比,不足其万一。"

岩井惠子吃惊道:"是吗?"

苏曼云微笑回道:"当然。太湖之滨的姑苏邓尉山麓,梅花遍地三十余里,一眼望去,如大海荡漾,若大雪遍地,历史悠久、品种繁多,是中国四大赏梅胜地之首。日本扶植的'满洲国康德皇帝',其老祖宗康熙皇帝、乾隆皇帝都是一生数次下江南,每到江南必然前往。山崖至今镌刻着的'香雪海'三个大字,还是康熙皇帝御笔呢。"

岩井惠子接道:"听你这么一说,我也想啥时与你一起去看香雪海看看呢,而且还要去寒山寺,这家寺院在日本更加有名。"说罢,情不自禁用日语朗读起张继的枫桥夜泊:"月

落ち烏啼いて霜天に満っ（月落乌啼霜满天），江枫渔火愁眠に対す（江枫渔火对愁眠）。姑蘇城外の寒山寺（姑苏城外寒山寺），夜半の鐘声客船に到る（夜半钟声到客船）。"

苏曼云朝岩井惠子伸出左手大拇指，连夸"好好"。两人"嘻嘻"碰杯。

"梅花虽好，却比不上我们日本的樱花。"岩井惠子接道，"樱花是日本的国花，至少三百个品种。每当春阳暴暖时，满山遍野璀璨盛开，只是一阵风雨后，满山遍野凋谢落英。现今不少日本人常常借樱花的'早开早凋'叹武士道精神。说真的，我也时常会想起家乡上野公园里花瓣多达三百余片的菊樱。婆娑红尘苦，樱花自绽放。"

"樱花骄，梅花傲。樱花只会享受春天的温暖，经不得风雨。梅花却是傲雪斗霜，冰封大地花枝尤俏，是春天的使者。"苏曼云接道，"中国历代咏梅的诗词数不胜数，单单南宋大诗人陆游一人，就写了一百几十首有关梅花的诗，'雪虐风饕愈凛然，花中气节最高坚'。唐宋八大家之一的柳宗元，更有'朔风飘夜香，繁霜滋晓白'的赞美。"

"你是在夸耀中国人有耐性、善于忍耐吧？"岩井惠子接道，"日本学者安岗秀夫通过研究中国的多部古典小说，写了一本叫《从小说所见中国国民性》的书，共十篇，除了第四篇耐性，其他就是拘泥虚礼、流于虚文、迷性很重、个人主义，过度节俭、不正当的金钱欲。"

苏曼云正要反驳，岩井英一把田中隆吉机关长和另一位日本大佐军官领了过来并作介绍。

"我们刚刚听到,樱花梅花正在这边争奇斗艳。这位是林大八大佐,是日本上海派遣军第七联队的联队长,率部刚抵上海。他曾经担任过日军驻吉林特务机关长,是关东军里晋升速度最快的一位,是我要学习的榜样。"岩井英一接道,"田中机关长你们是熟悉的。"

田中隆吉恭维道:"惠子小姐,今天你可是主角哦。"

苏曼云、岩井惠子施礼。

林大八大佐接道:"岩井君客气了。军人就要以在前线面对面杀敌为最高荣耀。我第九师团步兵第七联队作为增援部队,从吴淞码头登陆到现在半月有余,寸功未立却伤亡惨重。昨天,我的部队已经运动到江湾镇一带了,明天一早七点就要出其不意杀向中国守军。"顿了一顿,又恨恨地道:"我将第一个冲出战壕。"

众人又聊了一会儿,开始入座,观看日本歌舞伎的表演。

寒夜,许一清按约定的时间,途经租界一处公共电话亭,正好亭内电话铃响起。许一清环顾了一下四周,见没有异常情况,便迅速闪入亭内,并随手关上木门。

电话听筒中传来了华九日书记的声音,许一清回答"是我"。

"我刚刚得到内线报告,侵华日军明天一早七点会发动对江湾镇中国守军的行动,其指挥官是林大八大佐。此人非常残暴,屠杀过不少无辜的中国民众,并扬言这次会第一个冲出战壕,带头冲锋。"华九日在电话中介绍情况并发出命令,"地下党组织决定,由你们上海市民义勇军特别行动支队,对其予以毁灭性的狙击。"

许一清压住内心的激动,低声而有力地回道:"保证完成任务。"

华九日叮嘱:"一定要胆大心细、仔细策划、安全撤退。"说罢挂断了电话。

许一清匆匆找到了余剑南,说明了自己的想法,余剑南闻之挥了挥拳头,坚定道:"早就想这么干了。"

两人计划了一下行动方案,各自骑上自行车,悄悄赶到离江湾镇不远的三友实业社总厂的废弃车间,从废墟中挖出一个木箱,打开后取出一把三八大盖并轻轻地试了一下后,许一清把一包子弹放进衣兜里。

许一清问道:"兄弟,你有把握一枪毙敌酋吗?"

"放心。你知道的,我出身南拳世家,自幼习武,而且打小就拜师学习弓弩。在南洋时参加大学射击队,正宗的射击比赛冠军。"余剑南回道,"只是我路不熟,现在时间已经不早,我们得抓紧赶过去找到狙击位置。"

许一清充满自信,回道:"没问题,我在上海四年多,别的本事没学会,熟门熟路的本事还是有的。狙击地点我也想好了,到现场你再确认一下。"

仗着路熟,两人灵活躲过好几拨巡夜的警察及不明身份的人,悄悄潜入到许一清设想的狙击地点。此时东方已露出了鱼肚白,余剑南看了一下这个地方,一座被炮火炸掉了大半截的独立自来水塔。用枪实际比划了几次,余剑南对这个位置十分满意。

此时对垒的两军的阵地上仍是静悄悄的。

许一清摸出怀表，一看时间正好指向七点整。只见日军阵地上一位军官跳出阵地，右手挥舞指挥刀，大吼一声："冲！"

说时迟那时快，众多日军士兵正要冲出战壕的一刹那，余剑南扣动了三八大盖的扳机，只听得"砰"的一声枪响，日本军官应声倒地。

中国守军的阵地上，瞬间也响起了机枪与步枪震耳欲聋的"突突"声。

两人丢下步枪，急步下楼，跑出没多远，不知何处打来的一发迫击炮弹砸向了他们。

没有任何许一清的行动及本人消息，华九日一整天都在焦急等待中。

傍晚时分，梁泓光以紧急联络方式送来了暗香得到的消息："日本步兵第七联队队长林大八大佐，在今早交战冲出战壕时中弹阵亡。在战场清理时，日军发现了两位平民装的中国人，一位已经被炸死，另一位侥幸躲过迫击炮弹，只是被炸昏迷，现被拘押在日军宪兵大队。"（林大八是侵华日军在'一·二八'淞沪战争中阵亡的第一位高阶军官，后被日军追封陆军少将。此为后话。）

华九日无法确定牺牲的是谁，被捕的是谁，紧急要求梁泓光让暗香想尽一切办法，救出被捕的那位同志，但前提是不能暴露自己的身份。

午后，苏曼云带着女佣拎着岩井惠子送给自己的一大

五、冬日黄昏　血肉之躯

盒父亲老头子爱吃的日本点心,回到了法租界里的苏家花园。

园内,殿阁飞檐楹柱,曲廊漆红画绿,只是寒冬中花木凋敝。进入大厅,上方匾额为蒋委员长亲书"文行忠信"四个鎏金大字,正座背后,立八丈屏风,挂猛虎啸月,左右两侧各摆放六张红木大椅。

父亲老头子今天心情不错,听说女儿要回来了,已经坐在正堂等候。苏曼云进来,甜甜地叫了一声"阿爹"后近侧坐下,佣人站立一旁身后。

父亲老头子端起茶碗,笑道:"囡囡啊,你是无事不登三宝殿的,今天怎么想起回来看看我了!也是有事吧?"

苏曼云道:"阿爹不要这么说,现今我在日本人开设的上海自然科学研究所工作。日本人工作上的严苛,阿爹是知道的,的确很少有时间回家看您。"

父亲老头子点头后道:"日本人是这个样子,我跟他们做生意,合同文本反复修改,用词精细、条款明晰,还要每页签字。嘿。"

苏曼云正色道:"阿爹,说到生意,听说你在跟日本人做得火热而且很大。现在可是全民抵制日货哦。"

父亲老头子问:"怎么讲?"

"日本总领事馆情报科科长岩井英一的女儿跟我讲这事,其实就是让我提醒你,日本人收到情报,说上海市民义勇军大队有人扬言并策划,要放火烧掉那些破坏抵制日货,还在大肆跟日本人做生意、发国难财的汉奸的货物，甚至房子、院子。"苏曼云顿了一下，又道，"这是岩井惠子再三让我一定要早点告诉你的。"

父亲老头子哈哈大笑，接道："就我们帮会现有的实力，完全不用担心，嘿。"

苏曼云续道："日本人的情报是蛮灵的。他们让我带话提醒你，是因为他们亦知道上海市民义勇军言必信、行必果，他们担心，如果你遭殃，就会影响到你们双方的大买卖。"

父亲老头子闻言开始踌躇，不自觉地站了起来，在厅内踱起方步，自言自语道："哪能办呢？怎么办呢？是的，那帮穷光蛋组织起来了，听说背后还发现了共产党的影子。不是我惹不起，现在还没必要。"

苏曼云又道："对了。我听我所里的日本同事讲，日本宪兵队前几天在江湾南边抓了一个中国小伙子，酷刑多次，小伙子坚称只是迷路，误入前线。如果真是这样，您跟田中机关长打个电话，让他把小伙子放了。这样，你这救出一位无辜中国青年的英雄故事就会迅速传遍上海滩，义勇军的那些人感念此德，就不会来骚扰您了。"

父亲老头子盯着苏曼云，有点疑惑："寻死啊？囡囡不是给阿爹挖坑吧？"

苏曼云调侃道："您百年后的坑么，肯定是我挖。现在么，您想都不要想。"

父亲老头子又琢磨了一下，果断应道："你说得有一定

五、冬日黄昏　血肉之躯

道理，中国人落入日本宪兵队手里，不死也要扒层皮，凶多吉少。俗话说救人一命胜造七级浮屠，也算是我做好事吧。"顿了一下又道："我马上给田中隆吉特务机关长打电话让他放人。这个人贪财，从我这里拿走了不少金条不算，还顺走了好几块青铜古镜。"

许一清被迫击炮弹震昏过去，醒来时发现自己被关在牢房中，一间不足十平方米的房间关着八个人，屋内还有一只粪桶，空气污浊。

重藤千春宪兵大尉今天是第一次提审许一清。惊讶的是，他总觉得在哪里见过许一清，但就是想不起来。

许一清坚持说是夜晚走迷了路，所以出现在江湾附近，听到枪炮声，两人夺路而逃，没想到中了炮弹。

重藤千春作为日本宪兵大尉，实乃莽夫，其审讯理念就是："中国人是叫不醒的，只有酷刑下的惨痛才能助其清醒。"不再啰嗦，吩咐手下直接上刑。刚扒下许一清的上衣，就发现了其身上的多处受刑旧伤。

重藤千春狞笑问："先说说你身上旧伤的来历。"

许一清回道："前几年帮村里的农户运粮去卖，路过太湖被水匪抢劫，寡不敌众被绑后受的私刑所伤。"

重藤千春"呸"，几个日本宪兵先是轮流用浸过水的牛皮鞭严刑拷打，许一清被打得皮开肉绽，待兵士都打累了，换坐"老虎凳"。身体被绑在木架上，两条大腿再绑在长凳上，然后一块块地在两只脚跟下加砖，一阵阵钻心刺骨的剧痛，一次次昏死过去又被泼冷水再浇醒过来。上刑"数排骨"，被脱光破烂的上衣，绑在木柱上，两个打手在两侧，同时用三八大盖的子弹头，死命刮其肋骨，痛彻心扉不欲生。

审讯两天一次。到了第四次，重藤千春正在琢磨再用何种酷刑时，有值班宪兵过来请接电话。电话是田中隆吉机关长打过来的，通知其"即刻放人，有人具保"。重藤"是"。

不一会儿，好生活书店的协理相忠年赶到宪兵大队，把许一清接了出来，并送进了红十字第十一伤兵医院疗伤。

吴淞烟雨，雨丝蒙蒙。

三月下旬的一天，吴淞中国公学的一间会议室里，对着与会的十数人，身着黄埔戎装的曾叶维宣读了特务处长戴笠签发的命令："即日起成立特务处上海站，任命曾叶维为站长，钟离志为情报科长，尤岩烒为行动组长。"

受曾叶维站长委托，尤岩烒起立，宣读了《纪律条例》：

"一、不得违背主义和领袖；

"二、不得违抗命令；

"三、不得泄露机密。

"违反以上各条之一者，处以死刑。

"四、不得搞小团体活动；

"五、不得贪生怕死；

"六、不得贪赃枉法；

"七、不得吸食鸦片；

"八、不得娶妾。

五、冬日黄昏　血肉之躯

"违反以上各条之一者,处以有期徒刑至无期徒刑。"

最后,曾叶维起身,重申了蒋委员长的训令:"我们革命团体,以对革命的认识与共同的信仰为基础,用严密的组织和铁的纪律将所有革命党员结为整个的一条生命。"接着鼓励道:"各位同仁要为自己的前途,团体的前途,革命的前途,民族的前途,自觉自强,发奋努力。"

会后,尤岩桄随曾叶维回到办公室。两人坐下后,曾叶维开言道:"尤组长,你是蒋委员长跟前的大红人黄埔三期康泽的得力干将,到上海站任行动组长,是他推荐的,可是有点委屈?"

尤岩桄回道:"能成为鼎鼎大名的学运专家曾站长的手下是卑职的荣幸。从此以后,一定唯曾站长马首是瞻。"言罢起身,挺胸并脚立正。曾叶维示意请坐并问道:"你对下一步工作计划有啥打算?"

尤岩桄回道:"站长,我们的主要任务,一是铲共,二是驱日。"又从西装内衣口袋里摸出一份文件递给曾叶维后,道:"这是昨天康处长传来的在南京截获的中共高层给其各地地下党组织的指示,指示提出了今后一段时间的工作方针。"

曾叶维接过来稍稍看了一下,道:"经过'四一二'清党,加上近几年的多次精确打击,共产党在上海的组织本已基本被荡涤。但现在似乎恢复得很快,这方面的情报工作钟离志在做,看起来成效还不错。"

尤岩桄犹豫了一下,还是问道:"听说钟离志是白长官多年前在上海预伏下来的,这几年在上海发展得不错。我纳闷的是,白长官那帮人与黄埔系是离心离德、争权夺利的,怎么会让渡自己的重大利益?"

"你提的这个问题,我也想过。至少是因为这两点吧,一是上海滩的各种势力复杂而强大,相比之下钟离志积蓄的力量不足一提;二是双方利益互换,听说白长官又要升官了,终归要表示一下忠心。"曾叶维续道,"这个方面你可不要问钟离志本人,要精诚团结。"

尤岩烑蔑笑。

曾叶维接道:"据钟离科长搞来的可靠情报,东方图书馆被炸毁前,日谍机关曾派人潜入,妄想先行盗宝,而后炸毁灭迹。这个过程中,图书馆内有被日本特务收买的内应,对这种汉奸,你要立即实施制裁,以儆效尤,正好给上海站开张祭旗。"说罢从办公桌抽屉中拿出一张照片交给尤岩烑,续道:"就是此人。"

几天后。

曾叶维正翻看当日报纸,一则新闻就是闸北发生了一起交通事故,一位枯瘦的中年男子被高速行驶的汽车撞出十公尺开外,当场殒命。

"叮铃铃",办公桌上电话突然响起,曾叶维拿起电话,听筒里传来了行动组长尤岩烑的声音:"曾站长,看到报纸了吗?"

"看到了,做得不错。"曾叶维停了一下,续道,"钟离科长刚刚也来电话,他的手下紧急报告,说他们在德大西菜社的线人报告，他们跟踪了一年多的一个共产党嫌疑人，最近特别反常。"

电话筒声音："站长是要我们立即实施抓捕吗？"

曾叶维回道："蒋委员长一直强调，对共产党'宁可错杀三千，决不放走一个'，虽然淞沪战争正酣，但剿共也刻不容缓。再说，我们特务处上海站刚刚成立，更需要行动来证明自己的能力和对党国的忠诚。抓捕计划你跟钟离科长商定，具体实施由你们行动组负责。"

尤岩犹"是"后，对方挂断了电话。

六、华灯初上　外白渡桥

位于租界的共舞台是大世界游乐场的一部分，属上海帮会苏老头子用下三烂的手段挣来的产业，共有二千多个观众座位，是出了名的上海四大京剧舞台之一。三友实业社总厂被日军炮火炸毁之后，为了生计，也为了工作，秦可军在地下党组织的牵线下，来这里做了一名修理工。按纪律约定，秦可军只能跟好生活书店协理相忠年保持单线联系。

这一天晚上，华灯初上，共舞台里正演出名剧《捉放曹》。

七点刚到，舞台上鼓点响、锣声起，大幕徐开。场内倒数第三排靠墙侧，梁泓光一人端坐看戏，过了一会儿，华九日手提黑色公文包，穿着深色袍袄，悄悄进场坐在了梁泓光侧座上。

华九日观察了一下周边环境，低声问："泓光同志，有何急事？"

梁泓光从口袋里拿出一本卷起的《生活周刊》，

递给华九日后道："都写在里面了。"

华九日迫切问道："主要内容呢？"

梁泓光低声回道："三个方面，一是西方列强根据自身利益，已协调中日双方从本月二十四日开始谈判；二是力行社特务处上海站已经组织并开始工作，主要任务就是'铲除共产党，驱除日本'；三是有人正策划在四月底日本人在虹口公园举办的'天长节'上，刺杀侵华日军高阶军官。"

华九日想了一想，对梁泓光道："第三条情报，我现在就可以明确答复你，我们决不能介入。我党开展隐蔽战线的斗争，历来反对绑架、色诱、暗杀那一套。"接着又补充道："以前党中央专门强调过，只能消灭危害党的叛徒和暗藏的特务内奸，对反动统治阶级头面人物包括公开的特务头子都不能刺杀，否则会偏离政治斗争的正确方向。"

梁泓光应道："是，或者我们把这个情报通过暗香转给钟离志，看看他们是否有兴趣。"

华九日微微点头，正准备起身先行离去。突然传来一阵嘈杂声，剧场里进来了数十位租界巡捕，剧场出口也全部被堵住。领头的巡捕高声嚷嚷："有人举报这里有共产党，现在停演，其他出口都已封闭，只能走唯一出口逐个出门，接受检查。"华九日、梁泓光微有吃惊。

剧场内灯光全部亮了，观众递上自己的证件受检后，逐一离开。华九日、梁泓光两位临危不惧，沉着通过门控，从容步出大门。

川岛芳子近来任务完成不顺，受到了田中隆吉机关长的严厉批评，偶到共舞台散心，无意撞见了在这里上班的秦可军。由于在三友实业社总厂大门挑事，后来在东方图书馆盗宝，跟秦可军打过两次照面。专业的能力让她迅速判断这位肯定是共产党或共产党的外围人员，共舞台或有共产党活动或者是接头地点。川岛芳子想到了一招叫"敲山震虎"或者叫"搂草打兔子"，所以就当即到公用电话亭，打电话给巡捕房报案说共舞台有共产党正在活动。能突击查出共产党活动甚至抓到几个最好，查不出来也可以惊一下秦可军的反应后再作打算。

租界巡捕房一听有共产党活动，不敢怠慢、立即出动，但共舞台又是上海帮会老头子的产业，也不便造次，认认真真挨个查，马马虎虎走过场。

对观众的检查当然一无所获。川岛芳子确信自己的判断：如果秦可军没有被惊走，不能说明他不是共产党，更可能是老奸巨猾的大鱼；如果秦可军被惊走了，那他肯定是共产党，顺着这条线索查下去，只要坐实了共舞台"容共"之罪，不但个人可索得不少钱财，还能逼帮会苏老头子同意与日本人进一步做大鸦片毒品生意，而这就是田中隆吉交给川岛芳子的另一项行动任务。于是，川岛芳子派人盯住了秦可军。

清明时节，春雨绵绵，河柳吐翠。

上海站站长办公室，尤岩烑坐在办公桌对面的座位上，把一个土黄色织锦方盒推给曾叶维。

曾叶维问道："尤组长，这是什么？"

尤岩妣笑应："曾站长打开自知。"曾叶维闻之，打开锦盒一看，是一颗硕大的珍珠，即问："什么意思？"

"这是海关从一家古董店出口法国的货物中查获的。自清东陵盗宝案发，全国舆论哗然，主谋为逃避罪责，四处活动行贿，听说在请托戴处长将所盗物品老佛爷口中的夜明珠送给了蒋委员长夫人、金玉西瓜送给了宋子文等以后，此案不了了之。有人估计东陵被盗物品价值过亿两白银。当然，其中大量的物品是被盗墓贼运到上海、天津市场上进行交易换取现银。"尤岩妣媚笑着解释，"我听说曾站长喜欢研究古董，所以想方设法搞到这颗价值连城的东珠，据说是老佛爷那串最好朝珠中最好的一颗，不成敬意。"

曾叶维仔细看了一会儿，爱不释手，不过还是合上锦盒，推还给尤岩妣，沉声道："尤组长，心意领了。这是好东西，甚至是珍宝，但我不能收，做人是要有底线的。"

尤岩妣把锦盒再推过去，笑道："这跟那么多国民政府高官所收的宝物相比，小巫中的小巫。"

"别人是别人，我们是我们，不要再说了。"曾叶维接着问道，"关于日本人在上海要举办'天长节'的情报，你们怎么考虑的？"

尤岩妣尚未及作答，门外传来"报告声"，曾叶维边喊"进"，边迅速将桌上当天的报纸压叠在锦盒上。

年轻女秘书送来一叠文件，放在办公桌上，敬礼后转身离开。

尤岩妣报告："我很想干这一票，既给上海站扬名，又给站长您立万。"

曾叶维轻轻摇手，接道："没那么简单。这是一个消灭日酋的绝好机会，但你想过没有？如果我们直接介入，万一留下破绽，完全可能导致正在进行的中日双方的谈判破裂，本来国民政府就不想打这一仗，好不容易有了谈判的机会，即使让步再多，毕竟体面结束了战争。所以，还是不要介入为好。"

尤岩炕接道："站长讲得很在理。"

曾叶维想了想又道："这样吧，钟离科长搞到的新情报是，有在沪的朝鲜抗日团体决心干这一票。你可派行动组的外围人员予以部分协助。"

尤岩炕起身"是"，离开办公室。曾叶维打开锦盒，心如蜜罐。

春暖花开，鸟语花香。法租界顾家宅花园，这座早期由法国人设计施工的公园，整体风格和许多布局带有浓浓的欧洲风味，花卉、树木、亭榭、山池，移步换景。

内湖畔垂柳下，华九日与梁泓光坐在长椅上低声热烈交谈着，递给梁泓光一张当日的《申报》，指着其中"虹口公园爆炸特稿"道："泓光同志，这条新闻你已经看过了吧？"

"看过了，振奋人心！一颗炸弹就让淞沪战场上日军的前后三位总司令官遭了殃，一个炸断了左腿，一个炸瞎了左眼，一个直接被炸飞。不知道是谁干成的？"梁泓光想了一下，接道，"有关这件事的最早情报，肯定是来源于我们，但不是我们干的，因为您上次明确不同意，所以我们也没有再去细摸进一步的相关情报。"

华九日接道："也不可能是国民党特务处上海站干的，因为他们无法承担万一由此引起的中日两国正在进行的停战谈判破裂的风险。"

梁泓光推测："这是第三方朋友干的。我想起来了，四月廿九日'天长节'庆典正式举行之前，在上海的日本人自办的报纸《上海日日新闻》上刊登过这样的消息，'当天的参会人员都要自行携带午餐饭盒一只、水壶一只、太阳旗一面'。有心人就会利用这个破绽，将炸弹带入会场。"

"这个不久就会有明确说法。你们最近要做的事情，最重要的是及时探知日本方面会不会据此停止谈判，再提高要价。"华九日接道，"你要提醒暗香，尽量多收集日谍机关上海自然科学研究所获取的各方面的中国资料。虽然战事可能马上结束，但这些打着科研、文化旗号的日谍机构不仅不会停手，而且可能更加疯狂地收集中国各个方面的情报资料，日本人做战争准备的功课，在全世界都是出名的全面、仔细。我猜想，日本人将来会对中国发动更大规模的、全面的侵略战争。所以，泓光同志，所有这些都非常重要。"

梁泓光点头，环视周边后缓缓离开。

过了一会儿，华九日起身在公园内走了两圈，在另一张长椅上坐了下来。不久，许一清来到了这里。

华九日书记关切问道："一清同志，这几周身体恢复得还可以吧？"

许一清回道:"全部痊愈了。老师,有什么任务吧?"华九日道:"一定要全面恢复好。"接着又道:"我本来有点担心,不过看来可以放心不少了。"

许一清急问:"淞沪战争真的很快就要结束了?"

"肯定。"华九日又道,"停战谈判已经快四十天了。西方列强感到日本已经威胁到他们在中国的利益,所以积极调停;日本政府和日本军部高层综合日本国内外因素后,认为不能继续扩大战争,该结束战争了;当然国民政府和广大中国老百姓也想尽快结束战争。"

许一清点头。

"战争一结束,国民党新成立的特务处上海站一定会全力对付我们。"华九日神情严肃道,"必须早作打算:一是你要抓紧脱手上海市民抗日义勇军所有工作,二是要把市民义勇军特别支队中经过战火考验的优秀分子挑选出来,组成一个武装小组,但人数绝不宜多,十人以内,以便执行今后地下党组织的一些特殊任务。"

许一清叹道:"如果余剑南不牺牲,那就是第一人选。"

"流星,短暂却无比绚丽!"华九日沉重道,"让我们永远记住他吧!"

五月五日下午,田中隆吉机关长办公室。

川岛芳子戎装立正。田中隆吉道:"芳子小姐,今天上午,在英国驻上海总领事馆,由英国总领事先行宣读《中日上海停战及日方撤军协定》后,各国代表表决通过,正式签字了。

也就是说，中国通过自己耻辱的妥协，换来了战争的结束。"

"我已经听说，但没想到会这么快结束。"川岛芳子应道，"接下来我们怎么办？"

田中隆吉得意笑道："接下来，接下来请坐。"说罢伸手示意川岛芳子坐下，然后道："男装丽人呐。这几个月来，你为日本的战事获胜取得了许多关键情报，贡献甚大。听说你化装侦察，到第十九路军阵地说是第五军的人，到第五军阵地又说是第十九路军的人，搞到了不少军事情报。又譬如说，你用花蝴蝶般的手段，接近国民政府中央政治会议唐秘书长，获知国民政府的财政已濒于破产边缘，急于结束战争，从而使大日本帝国在谈判中占据主动；你单身潜入吴淞炮台，查清该炮台的炮数，这对帝国的作战起了重大作用。总之，不胜枚举，功勋卓著。所以，关东军司令本庄繁阁下决定调你回满洲，任婉容皇后的女官长，即日启程。"

川岛芳子随即起身，立正"是"后接道："前一段时间，我一直在跟踪大世界共舞台的一位修理工，可以确定他一定是共产党分子，该如何处理？"

田中隆吉问道："此人叫什么名字？"

川岛芳子回道："秦可军"。

"我会处理的。"田中隆吉又道，"芳子小姐，我来上海一年有余，记得是在三井物产的一次招待会上认识方龄二十三岁的你的，当时你身穿中式旗袍，令我留下深刻印象。期望今后能再见到你并能一起工作。祝旅途顺当。"

川岛芳子礼毕转身离去。（此后，川岛芳子到东北、华北等继续为虎作伥，戕害中国人民。战后被捕，并于一九四八年以汉奸罪被河北省高院处以极刑。此为后话。）

田中隆吉望着川岛离开的背影，心中自忖："此人貌美如花，却轻佻浮夸、心如蛇蝎，一直做着利用日本势力复辟清廷的美梦。"

日本海军与陆军之间有着长期的深刻矛盾。没过多久，田中隆吉将因炸弹事故伤亡的三名陆军士兵硬鼓吹成英雄，遭到日本海军的贬损，被调离上海，出任大阪野炮第四联队大队长，后来又到华北特务机关主持工作。（多年后升任陆军大佐，东京审判时形成司法交易，逃脱了罪责。此为后话。）

第一次淞沪战争历时三个多月，屈辱协议签订后，国民政府当年六月便从洛阳实际迁回南京。上海滩一切似乎也回归战前状态。

上海西北的南翔古镇上有座著名的古典园林，建于明代嘉靖年间。原名猗园，取自《诗·卫风·淇奥》中"绿竹猗猗"和嵇康《琴赋》"微风余音，靡靡猗猗，余音袅袅"，清代乾隆年间更名为古猗园。

自三月三日日军占领南翔，古猗园被日军占用两个多月。日军撤退后，园内亭台倒塌、假山崩颓、树木被伐、花草枯萎。仲夏的一个周六傍晚，钟离志与苏曼云对坐于园内鸳鸯湖边大石块垒起的石桌边上，似情侣正窃窃私语。

钟离志道："苏曼云小姐，鉴于你在淞沪会战的几次紧要关头获取重要情报，对战事获胜作出重要贡献，南京戴处长特别满意,说今后到上海,有机会一定要见见你,并让曾叶维站长将这个捎给你。"说罢,递给苏曼云一个粉色纸包装的小礼盒。

苏曼云一边接过,一边问道:"什么?"

钟离志笑道:"我可没敢打开礼盒。据说是一支顶级的派克钢笔。戴处长说,现在日本人侵华,国内有太多的大小知识分子直接去前线参加战斗,那是弃笔从戎,而你是执笔从戎。"

苏曼云打开礼盒,果然是一支最新款派克金笔。她爱不释手,连声谢谢,收好后又问道:"我下一步怎么做?"

钟离志道:"继续利用上海自然科学研究所的便利条件,拿到这个所收集的中国的各种文化地理资源方面的情报资料,还要收集日本在上海各种机构的活动情况。"

"我会尽力的。"苏曼云起身道,"我们走吧。以前我多次到过这个园子,那时处处鸟语花香、鹅戏鱼翔。可恨的日本侵略者把它糟蹋成这样,实在让人太伤感了。"

钟离志恨道:"别人说了我还不信,可恶的入侵者。"

徐家汇天主教堂,礼拜天弥撒正在进行。

梁泓光对侧坐的苏曼云道:"暗香,我收到了你发出的紧急联络信号,有事吗?"

苏曼云把昨天下午在南翔古猗园与钟离志见面,钟离志给她布置的任务等相关情况悄悄地全部报告了梁泓光。

梁泓光微微点头,低声应道:"你说的情况很重要,我会及时向上级组织报告。同时,上级也有重要任务向你传达。"说罢环顾周侧,对苏曼云道:"今天天气不错,教堂门口的小广场也刚刚被修缮一新,我们去外边坐坐吧。"

两人一前一后出了教堂,热风拂面,他们在小广场面对教堂的一张松阴蔽日的石凳上坐下。梁泓光道:"暗香,《三国演义》你读过吗?"

苏曼云笑着回道:"那当然,不过只读了一遍,因为那是有野心的男人喜欢看的书。"

"《三国》里面有个张松献地图的故事,刘备的军队之所以能顺利占领西蜀,全仗张松献图。没有张松所献地图,诸葛亮再有锦囊妙计,亦难让刘璋俯首称臣。"梁泓光循循善诱,"这次淞沪战争,第十九路军缴获的日军军事地图,是五万分之一的,即地图上一公分等于实地五百公尺,把淞沪地区的每一条河流、每一个村庄、每一条小路、每一座庙宇、每一块农田,都标得清清楚楚,这种地图对精密作战是非常关键的。据说有些日本军用海图,把吴淞口外航道、黄浦江与苏州河航道,也绘制得非常精确。"

苏曼云接道:"我也听说了。日军设有专门的'兵要地志'机构,专门负责调查绘制战场的兵要地志资料。"

梁泓光点点头,应道:"是的。多少年来,日本不仅派出大批谍报人员到中国实际调查'走路',而且收集大批资料,特别是收集中国人最喜欢编撰的方志。据说,日本有家文征堂,定期派人到北京琉璃厂、上海古玩市场购买各种方志,不看内容,一摞一尺高给一块钱拿走。"

苏曼云接道："都说日本在华有两大情报机构，南方盘踞的是东亚同文书院，北方最大的是南满铁路株式会社。其实，日本军方、政府部门、民间组织在中国设立的各类情报机构更是多如牛毛。你知道的，我所在的上海自然科学研究所与北京人文科学研究所一样，也是日本在华的间谍机构。"

梁泓光道："所以，你今后的主要任务，就是盯住日谍机构在这些方面的各种行动，掌握情况。"

苏曼云想了一下，接道："据岩井惠子讲，此次淞沪战争结束后，原来派在上海的重要日本间谍'男装丽人'川岛芳子、特务机关长田中隆吉已先后离开了上海。"

梁泓光接道："你要与岩井惠子进一步搞好关系。我猜想，你那位老同学，也不会简单的。"

苏曼云瞪大了眼睛，盯着梁泓光看了看，然后回道："知道了。"

礼查饭店位于上海外滩外白渡桥北侧，是一座维多利亚时期的巴洛克式建筑，这是中国第一家现代化意义的酒店，中国第一盏电灯在这里亮起，第一部电话在这里接通，这里第一个使用自来水，半有声电影首次在这里亮相，最早的交际舞会在这里举行。据记载，上海第一本电话簿里的礼查饭店的电话号码是"200"。

孔雀厅内，日光正透过一只开屏孔雀尾巴的图案投射进来，半迷半幻。一支英国乐队正在优雅演奏，雅士名媛、才子舞女翩翩起舞。在二楼的舞厅包厢里，岩井惠子与苏曼云聊得正欢。

岩井惠子微笑道:"云子,我在日本就听说过这家远东最大的酒店。到上海这么久了,谢谢你今天邀请我来。"说罢低头稍稍抿了一口牙买加蓝山咖啡后赞道:"味道的确正宗。"

"惠子,都是我的不是。自然所那边上班,整天忙忙叨叨的,你们日本人又喜欢加班,没能早点陪你来,实在不好意思。"苏曼云续道,"以后我俩可以经常到这里坐坐的。"

岩井惠子接道:"听说十九世纪担任过两届美国总统的格兰特,卸任后访问上海,在这里下榻整整一周呢。"

"还有英国大哲学家罗素、大科学家爱因斯坦、喜剧大师卓别林都在这家饭店住过。"苏曼云接着介绍,"听说在一八八二年七月,上海首次试用十五盏电灯,这里就亮了七盏。"

岩井惠子点头称赞,忽又问道:"你怎么还是像以前一样,咖啡不加糖?"

苏曼云叹道:"从小受苦,苦惯了。"说罢摇了摇头。

岩井惠子接道:"我知道你从小受大娘之气,不过父亲对你不错啊。对了,啥时,我也得去拜访令尊。"又意味深长地道:"或许我们可以合作做点大生意。"

七、午夜时分　小古董店

近午夜,一位头戴呢帽、身着长袍的男子从德大西菜社楼梯上踉踉跄跄下楼,服务生急来扶着,关切道:"先生,我送你到门口喊车。"

西菜社门口,正好一辆黑色轿车停着,两人刚近车身,车门打开,服务生顺势一把将醉酒男子推入车中并顺手关上车门,汽车疾驶而去,前后不足十秒钟。

车内,醉酒男子似乎有点受惊吓,朦胧问道:"你们谁呀?我好像不认识你们呐。"

"是朋友。"尤岩炼笑道,"你是酒喝多了,一下子想不起来了。"

醉酒男子又问:"去哪儿啊?"

尤岩炼回道:"好地方,到了你就知道了。"瞟一眼看,醉汉已经"呼噜"上了。

见此情景,行动组长尤岩炼心中犯了嘀咕:"这种酒鬼能是共产党吗?钟离志十有八九是想冒功。"

回到特务处上海站里后,派两手下在留置室里看着,自己到值班室睡觉去了。

大概是让尿憋急了,四脚朝天躺在留置室铁床上的醉汉醒来了,刚想起身却发现双手各被一只手铐铐在铁床架上,当即大喊:"你们什么人?是不是绑票?"

尤岩炀坐在床边的一张椅子上,狞笑道:"绑你?你有多少钱?"接着厉声道:"抓你,因为你是共产党分子。"

醉汉显然吃了一惊,道:"有话好说,先让我上卫生间。"

尤岩炀坏笑道:"活人能让尿憋死吗?我们是把你当死人的。"

沉默了一会,醉汉求道:"我承认我是共产党,但你级别不够,不配跟我说话,去把你们长官叫来。"

接到尤岩炀电话,曾叶维站长想了一想,对着电话筒吩咐:"让你手下的行动队长曹利均带他先去洗个澡,收拾一下后吃个早餐,然后带来我的办公室。"

餐桌上摆放的食物还挺丰盛,典型的沪式早餐,油条、粢饭糕和豆腐浆,还加了一碟绿豆糕、一碗奥灶面。醉汉看了一眼,挥手道:"把这些都端走,我要德大西菜社刚出炉的吐司、香肠、烤番茄、培根、茄汁黄豆,外加咖啡和热牛奶。"

尤岩炀又一次请示曾站长,获其首肯后,派人作了重新安排。如此前后折腾了两个小时。

曾叶维站长办公室,两人沙发对面而坐。曾叶维开口道:"这位先生,我们对你已经非常尊重,让你一早能洗浴,要什么早餐就上什么品种。所以,你也该尊重一下我们。"稍停了一下接道:"尊姓大名?何处高就?"

醉汉抬眼盯着曾叶维几秒钟,回道:"你以为我真的离不开那个西式早餐?其实,我就是想争取点时间,冷静思考一下。"然后道:"我叫王克全,原任中共江苏省委常委。你们是中统的?"

曾叶维听后心中一阵狂喜,没想到是"一条大鱼",回道:"我们是南京特务处上海站的,鄙人姓曾,忝为站长。"不过,其有意回避了力行社这个关键词。

"没听说过这个组织。"王克全听后茫然道,"曾站长,你说你们是南京特务处的,那就该直属国民政府喽。但汪管行政,蒋管军事,所以,你们该姓蒋而不姓汪。"

"精准的判断,不愧是共产党的高官。"曾叶维伸出了大拇指,又道,"这个以后你会知道。"

王克全端起咖啡杯闻了闻香味,放下后自言:"咳,真应了那句话,当时代抛弃你的时候,连一句再见都不会说。"

"何必如此悲观。"曾叶维催道,"先说说你们的组织吧。"

王克全苦笑了一下,喃喃细声:"说出来怕你不相信,我不久前刚刚被中共高层决定开除党籍、解除职务,我的上下线及了解的其他共产党组织都已被切断了关系。"

"什么?"曾叶维闻之一惊,"啪"的一巴掌拍在桌上,站起身来厉声道,"你不要心存侥幸,敬酒不吃吃罚酒。是不是只知中统刑具厉害,欺我特务处比不了他们吧?"

王克全似乎下定了决心,道:"你还是去问南京吧,或许你们南京特务处的高层领导会了解我的情况。你去问他们吧。"言罢沉默，不再言语。

一封紧急电报发往力行社特务处。当日下午两点，戴笠处长回电："王克全的供述基本属实，此人原任中共江苏省委常委兼宣传部长，中共六届四中全会上被推荐为政治局候补委员候选人，后参与分裂中共高层活动，已在去年初被中共开除党籍、解除职务。鉴于此人了解中共，如确有能力并愿意将功赎罪，或可吸收加入本组织。"

这封回电让曾叶维站长似泄了气的皮球，一个人在办公室琢磨了半天，打电话让尤岩犹把王克全带到办公室。

曾叶维深深吸了一口气，稳定了一下自己的情绪，对王克全道："王先生，你的身份已经得到了南京方面的确认。我们欢迎你这样对共产党内幕了解深厚的朋友加入我们的组织。"

"人嘛，抱着希望才有今天，揣着梦想期待明天。"王克全挺胸道，"曾站长，承蒙党国这么看得起我，我一定肝脑涂地，为党国效力。"

曾叶维点点头，对尤岩犹命令道："尤组长，王先生就安排在你的行动组，先担任你的副手。你要注意发挥他的作用。"说罢阴阴地干笑了几声，又很不甘心问道："王克全，你真的回忆不出在上海的任何共产党组织了吗？"

王克全干咳了几声，接道："曾站长，与我有直接、间接联系的共产党组织的确都切断了与我的联系，但思来想去，有这么一个地方，可能是上海地下党所使用的情报站，与本人并非同一体系。我偶然听说过，但不太吃得准。"欲言又止。

尤岩烒破口大骂："你他妈的是小脚娘们啊，有话直说，有屁快放。"

曾叶维心里解气，嘴上却道："尤组长，给王副组长留点面子。"

位于租界的迷友记古玩店。梁泓光按例开门营业、打理生意，但近几日感觉总是怪怪的，周边似乎总有异样的眼光瞅着这边，每天都有几拨或一人或两位的来店里挑选古董，但依据多年来从商的经验，他发现这些人肯定不是正经看古董的，不由得提高了警觉。

下午商店打烊时，他顺手把挂在门档上的风铃取了下来，这是向前来商店接头的华九日书记及其他来此接头的同志发出了"危险并停止接头"的信号。晚餐时，梁泓光对店里唯一的小伙计道："小柱子，我明天要出趟远门，去天津进货。最近总听古玩公会的同行们说，那边的清廷遗老遗少迫于生计，把自家祖上从清宫得到的赏赐物品或其他渠道弄到的故宫古董拿出来变现，好东西应该不少。"接着拿出来五块银元，续道："这是你这三个月的工钱，一直存在我这里，连同后面两个月的一并预支给你，吃好晚饭后你就走吧。银元包好，放在贴身衣兜里，回家后交给你奶奶，她会留给你将来娶媳妇用。"又强调："别的行李都不要拿，放在房间里，以后回来好再用。"

小柱子点点头，对梁泓光道："老板，您一个人出远门，一定要当心保重，听有些顾客说北方可乱了。"餐后洗了一把脸，简单收拾了一下，朝梁泓光鞠了一个大躬，道："老板，您回来一定要通知我啊。您对我这么好，我是愿意跟您在店里干一辈子的。"

"嘻，俗话说天下没有不散的筵席嘛。"梁泓光笑着，看着小柱子，又拿给他一块银元，续道，"你这几天抓紧去一趟《申报》，一定要在本周五的报纸上刊发一个广告，内容就八个字'北方进货，停业几天'，落款阳光公司。记住了吗？千万别弄错了。"

小柱子似乎也听出了别的味道，重复了一遍广告内容、刊登时间与落款要求，红着眼转身出店而去。

尤岩烌派出的曹利均等几个特务在迷友记古玩商店周边监视了好几天，没有发现店里有什么异常动静，明显已经沉不住气。突然接到特务电话报告："迷友记的小伙计每天打烊后都不出门，今天晚餐后突然离开了。而且，打烊时一直挂着的大门风铃被拿下来了。"

"共产党这是要跑。"尤岩烌自己寻思着，急召王克全过来商量。

王克全道："不用担心，只要店老板在，把他看住了就问题不大。今晚可加派人手加强监视。"顿了一顿又道："明天我先去店里转转，看看能不能撞见几个熟面孔。"

尤岩烌接道："那个小伙计要不要抓？有人跟着呢。"

王克全自信满满，回道："尤组长，依我的经验，那个小伙计啥也不会知道，算了吧。"

第二天一早，尤岩炕带着王克全等十数人就封锁了迷友记古董店所在市场周边不远处的所有道口。与整夜监视的特务确认店老板没有脱线后，长袍马褂的王克全一手提个黑色公文包，一个人先大咧咧走进刚刚开门的迷友记古玩商店。

"早。"梁泓光打了个招呼。王克全点了点头，在店里稍微转了一下，指了指商店货柜中陈列的几个铜绿斑驳三棱箭镞，问道："掌柜的，这几支镞品相不错，是秦制吧？"

梁泓光回道："先生好眼力。贾谊《过秦论》云'秦无亡矢遗镞之费，而天下诸侯已困矣'。正宗秦制。"

王克全笑道："掌柜的是文化人哪。我正好想讨教讨教。"梁泓光伸手示意，道："先生有兴趣，可以聊一会儿嘛。那边请坐。"

两人刚刚入座，还没沏茶，早已沉不住气的尤岩炕就带了几位着蓝衫黄裤的特务冲了进来，把两人团团围住。

梁泓光大声抗议道："本店合法经营，你们是什么人？是要在租界里打劫吗？"

尤岩炕哈哈一笑，道："我们抓共产党，你对面的这位可当过共产党的大官。所以，你有共产党嫌疑。"接着一挥手"搜"。

众特务翻箱倒柜，仔细搜查，瞬间一地狼藉。梁泓光大声提醒："轻点、小心点，都是古董，贵着呢。"

尤岩炕自说自话，倒了一杯茶，坐在梁泓光一侧，等待特务们的搜查结果，自饮自品。

不多一会儿，行动队长曹利均怀抱一只青铜盨走了过来，向尤岩炔报告："尤组长，墙角有一堆古董，在这只破铜炉里面发现了一把手枪和一包子弹。"边说着边把青铜盨放在众人面前的茶几上面。

"这个不叫铜炉，是青铜盨，古代人用来盛放黍、稷、稻、粱等饭食的器具。"梁泓光沉着笑道，"盨，体形椭方、鼓腹、双耳、圈足，盖可仰置盛物，出现于西周中期，流行于西周晚期，消失于春秋早期。"

尤岩炔粗暴打断道："我不关心是炉还是盨，我关心的是这里面为什么有手枪有子弹！"

这时，另一个特务手拿一只贴有"硫酸铜"字样的玻璃瓶，过来后也放在了茶几上。尤岩炔拿起玻璃瓶，端详了一下后冷笑道："掌柜的，硫酸铜溶液的蓝色很美，你不会说店里放了一瓶，只是为了欣赏蓝色美吧。"

梁泓光微笑道："这位长官，这瓶硫酸铜溶液，是我想用来试着清洗一些青铜古董上的污垢的。"

尤岩炔冷笑道："但更重要的作用是用来密写文件。干我们这一行的谁不知道，用稀释的硫酸铜溶液在白纸上写字，字迹是蓝色的，干后无色，浸入水中可重新变成蓝色。"接着对手下特务道："既然人赃并获，你们就把这个掌柜的带回去，要好生款待。"

几个特务过来，前后左右把梁泓光围在当中，一起走出了古玩市场。

尤岩炕看他们走远了，对一个手下特务道："你去把那个报警的风铃找出来，再挂到门档上。"转身又对王克全道："你和曹队长等几个兄弟守在这里，守株待兔。只要是进店的人，一律拿问。"

王克全"是"，又催促那特务赶紧去找出那串风铃，然后一定要挂在大门那里的原位处。

待尤岩炕离开，几个特务沏好茶刚坐下，王克全就卖弄道："唐朝《开元天宝遗事》记载，岐王宫中于竹林内悬碎玉片子，每夜闻玉片子相触之声，即知有风，号为占风铎。可知中国古人将碎玉悬在一起，风吹玉振，用来知风。想象，风铎应该是风铃之起源。"

曹利均阴笑道："王先生，我们不管什么风铃起源，只求能抓到共产党去领赏。"王克全一听甚不高兴，心中骂曰"粗人"。

一辆黑色轿车早已停靠在市场的大门外，前后四个特务将梁泓光挟持于中，朝车辆方向疾走。为首的尤岩炕对梁泓光低声警告道："提醒你，不要以为这里是租界，你就可以为所欲为，党国不能对你怎么样。告诉你，不要喊叫，不要想逃，这附近的租界巡捕，我们已经事先作了通融。你好好看看，这四周有没有他们的影子？"

梁泓光微笑道："不用看，反正我就是一个正当生意人。"

尤岩炕冷笑道："正当不正当，审了才知道。"几个人上车后，车门刚关上，尤岩炕稍加示意，另一侧特务给梁泓光戴上了黑色头套。

汽车在大雨中疾驶了不小一会儿,开进了闸北的一处院子里,这是特务处上海站行动组的秘密据点之一。梁泓光被两个特务左右拽着,进入二楼一间会议室,坐下后,一特务摘下梁泓光戴着的黑色头套。

梁泓光双手在太阳穴上略作按摩后,定了定神,睁眼四周打量了一下,尤岩烑正坐在会议桌对面,侧边坐着一位蓝衣黄裤特务,似乎正待记录。

尤岩烑开审:"我们不用兜圈子,开门见山吧。叫什么?住哪里?什么职业?何时何地来上海?"

梁泓光回道:"鄙人梁泓光,赣州人,古玩店掌柜,民国十六年下半年从金陵来上海。"

"说说这把手枪的来历吧。"尤岩烑皮笑肉不笑道,"这可是从你店里当面搜出来的,肯定不是古董吧。"说罢,把从迷友记古董店里搜出的手枪和一包子弹摆上了会议桌。

梁泓光回道:"那批古董是朋友寄存在我店里的。受人之托,忠人之事,我也没权利打开每个包装箱去检查。"

"编,接着编。"尤岩烑接问,"寄存人叫什么名字?在哪里?做什么的?"

"他叫卢焕文,现名卢芹斋,浙江湖州卢家渡人。"梁泓光续道,"卢先生的总公司设在法国巴黎,那是一座五层中式红楼,应该是巴黎市内最正宗的或者说很少见的一座中国式建筑,在当地非常有名。当然,卢先生的公司在其他不少世界名城都设有分号。"

"编，继续编。"尤岩烑续道，"我这点耐心还是有的。"

"长话短说吧，卢先生去年以二十九万大洋从拍卖行拍到了包括春秋晚期牺尊在内的三十五件中国青铜器古董。为安全起见，分别寄放在几个朋友处，迷友记受托也存放了其中的十件，准备将来在适当的时候运往美国。"梁泓光肯定道，"这都是事实。"

尤岩烑转头对一旁做笔录的特务道："梁先生故事编得辛苦，你去给他拿一杯水吧。"

特务起身倒了一杯水并放在了梁泓光面前桌上。

梁泓光道了一声"谢谢"，端起水杯喝了一口。尤岩烑拿着从迷友记搜出的那瓶硫酸铜溶液，接道："梁先生，这瓶硫酸铜溶液可是间谍们常用的秘写工具哦。"

"那是我尝试用来清洗古董表面污垢的。"梁泓光回道，"不能因为菜刀能杀人，就否定它最主要的'切菜'功能吧。"

尤岩烑阴笑，看了看手表，对门外喊了一声"来人"。

门开后进来两特务。尤岩烑对他们道："你们把梁先生带到地下室，好好款待，好好看住。我另外还有事要办。"

几个特务守住店里，半天时间，前前后后进店的十一位顾客全部被悄悄锁拿缉问。

说来也巧，当天还正是华九日书记到店接头的日子。下午两点半，华九日来到古玩城，老远就看到风铃在晃动，漫步走到迷友记店门口不远处，突然发现正在晃动的风铃，中间最长的挂着玉牌的那根已经不见。华九日大吃一惊，因为这是他与梁泓光约定的发生最危险状况的撤离信号。他们早就预测过万一接头地点被特务发现，对方很快会发现风铃示警的作用。如果再被特务挂出来，那就会出大事。

华九日在大门外的这个迟疑，引起了店内特务的注意，曹利均走出大门，皮笑肉不笑道："这位先生，想看古玩就进来。"

"不好意思，王雨记古玩店怎么走？"华九日急中生智问道。曹利均不耐烦回道："不知道，你前面问别人吧。"

华九日书记强压悲愤，大步走出了古玩市场。

许一清收到了华九日书记发来的紧急联络信号。两个小时后，两人在法租界顾家花园临湖长椅处见了面。

华九日书记神情严肃，对许一清低声道："组织出事了。"

许一清闻惊："咋啦？"华九日回道："刚刚我去古玩城的一家联络站接头。发现大门上出现了紧急撤离信号，店里有三四个身份不明的可疑人员，其中一个穿着蓝衣黄裤的还出店招呼我，我是急中生智未进店里。现在可以断定，这家联络站已经暴露。"

"我们联络站的同志呢？还有与其联系的其他同志呢？"许一清急道，"但愿不要出事。"

华九日应道："出事是肯定的，因为这个同志启用的是我俩之间约定的最紧急的切断联络信号。具体要看本周五《申报》上是否有'北方进货，停业几天，落款阳光公司'的广告。这是这位同志通知与他联络的所有同志紧急切断联系的

七、午夜时分 小古董店

暗号。"稍顿又道:"这是地下党组织最重要的情报站。问题的关键是不知道是国民党,还是租界巡捕或是帮会所为,又是什么原因暴露的。"

许一清急问:"老师,需要我做什么?"

"我已经把突发情况向组织作了汇报,很快会有消息。但上级要求我们不能等。"华九日又道,"现在可以告诉你的是,那位同志叫梁泓光,是你金陵大学的同学好友,是组织负责情报方面的同志。"

许一清瞬间惊愕:"梁泓光?是他?他也在组织里面工作?"

"梁泓光同志比你到上海的时间稍晚几个月,这几年负责的情报网络发展很快,工作卓有成效。"华九日点点头,眼环四周后接道,"其中有一位年轻的姑娘,她在日本的特务机构上海自然科学研究所工作,代号暗香。这是一位特别党员,身份极为特殊,她一直为组织提供许多重要的情报。"

许一清敏感接问:"是要我跟她直接联系吗?"

"由于梁泓光同志的情况不明,他所负责的工作又不能断,组织决定由你先接过来。"华九日接道,"你要抓紧找到暗香,相信目前也只有她可以尽快搞清楚梁泓光同志现在的状况。"

许一清又问:"我怎样与暗香联系?"

华九日回道:"据我所知,他俩之间正常的接头地点主要是徐家汇天主教堂。我想,暗香发现情况异常后,会启用梁泓光同志与其约定的紧急联络方案,紧急见面地点是公共

109

租界近外滩的华懋饭店酒吧，紧急接头暗号是那则《申报》广告，接头时间是广告日顺延下周的周日正午。"想了一想又道："只是你没见过暗香。梁泓光说过他俩约定，暗香每次与他见面，都会带上一本黑色封面的日文版《圣经》。还有关键一点，暗香见接头的人不是梁泓光同志，会非常敏感，所以你最好带上暗香熟悉的梁泓光常用的物品。"

许一清坚定回应："老师放心，我最了解梁泓光的生活习惯，一定能与暗香安全联系上。"

"艰难困苦，玉汝于成。"华九日接道，"一清同志，从今以后你的工作职责会有很大的调整，你必须要慎之又慎。"

许一清严肃回道："绝不辜负组织的信任。"

八、淅沥春雨　徐家汇天主教堂

苏曼云按常例来到了徐家汇天主教堂，今天有重要的情报要交给梁泓光。可是在规定的时间，没有等到梁泓光出现。按两人以前的约定，超过五分钟立即撤离，停止接头。

这是从来没有发生过的情况，苏曼云迅速离开教堂，来到路边招手要了一辆黄包车，上车后向静安寺方向驶去，这样可以顺道路过自己家门口，察看自己家二楼靠街窗户上的窗帘颜色。如果是红色，那就是家里来了不速之客。这是她给女佣定好的规矩，理由是可以进门前预整妆容，免得让人笑话。

还好，看起来一切正常。

按照与梁泓光以前确定的另外一处备用的联络地点和时间，当日正午，搭乘黄包车过来的苏曼云在外滩华懋饭店门口下了车，提前一刻钟坐在了酒吧中间靠窗的卡座上，跟服务生要了一杯红粉佳人鸡尾酒后，眼睛一直紧盯着玻璃窗外的大马路。马路上只有淅淅沥沥的春雨和行色匆匆的路人，就是没有看到梁泓光的身影出现。过了接头时间五分钟后，苏曼云心有不甘地离开了酒吧。

好生活书店的营业还算正常，读者三三两两，相忠年前后照应着。二楼经理室里，许一清正在沉思，努力回忆跟梁泓光同学在金陵大学交往的点点滴滴。

南京作为六朝古都，中华文明的重要发祥地，是世界上第一个人口超过百万的城市，古迹名胜甚多，秦淮河、夫子庙、乌衣巷……许一清想起了两人多次结伴游览乌衣巷的情景，每次梁泓光都会摇头晃脑大声吟诵刘禹锡的"朱雀桥边野草花，乌衣巷口夕阳斜。旧时王谢堂前燕，飞入寻常百姓家"，然后抬头四处找燕窝；想起了秦淮河边上，两人曾争论清代文学家孔尚任创作的传奇剧本《桃花扇》，探讨弘光政权衰亡的原因和明末政权与现实政权之腐败共性；想起了多少次风雨中，梁泓光与自己共伞的历历往事。不然的话，自己还真不知道老同学有扛大伞的习惯。想到这里，许一清自己也笑了。

思来想去，或忧或乐，或烦或谐，充满对老同学安危的担心。

特务处上海站长办公室。尤岩烑向曾叶维站长当面报告抓捕迷友记古玩店掌柜梁泓光的经过、预审的情况后，提出："站长，看来这个梁掌柜不一定就是共产党，这家古玩店也不一定是共产党情报站。"

曾叶维肯定道:"不。这个梁掌柜就是共产党,这家古玩店就是共产党情报站。"

尤岩炕不解。曾叶维示意其坐下,然后问:"他确定说了那堆青铜器的寄存人是卢芹斋?"尤岩炕点头肯定:"有笔录了。"

曾叶维接问:"你知道这个卢芹斋是何许人也?"

尤岩炕摇头。

"这个卢芹斋可不简单哪,我来给你稍稍讲点,今天还正好有点空。"曾叶维低头喝了两口洞庭碧螺春茶,盖上杯盖,续道,"我们国民党的'四大元老'之一,被中山先生尊为革命圣人,被蒋委员长尊为革命导师的张静江先生,你肯定是知道的。"

尤岩炕赶紧点头。

"张先生是浙江湖州南浔人,家中钟鸣鼎食富甲一方,号称南浔'四象'之一。当时南浔以蚕丝享誉海内外,有不少豪门望族,时间久了,镇上就有了'四象、八牛、七十二狗'之说。"曾叶维接着解释,"家产超一百万两白银的有资格称'狗',家产五百万到一千万两白银的可以称'牛',家产超过一千万两白银的才可以称'象'。"

尤岩炕瞪大了眼睛连声"哇哇"。

曾叶维接道:"张先生是张家二公子。这个卢芹斋那时年少,是张二公子的随身仆人。张先生对其父捐官助其发达的行为毫无兴趣,却大力支持辛亥革命,鼎力支持中山先生。"

曾叶维续道："有段时间张二公子侨居法国，其间为筹集革命经费，用部分随身细软在法国开办了一家公司。张先生回国后，就将那家公司交给这个卢芹斋打理。"

看着对面呆若木鸡的尤岩烑，曾叶维顿了一下，接道："事实证明，张先生不是做生意的料，卢芹斋却是生意天才。几年下来，公司居然发展得风生水起。"

尤岩烑插问："他的公司主要做什么业务？"

"问到关键点了。"曾叶维笑道，"卢芹斋接手后，这家公司主要就是做走私中国古董生意。卢芹斋背靠国民政要，建立了一个横跨欧美的古董帝国，成了西方社会不少人口中的'古董教父'。数十年来，经他走私出境的中国文物有数十万件。例如，中国国宝'唐太宗昭陵六骏'，其中两骏'飒露紫'和'拳毛䯄'，竟然被他以十二万五千美元的超低价，卖给了美国宾夕法尼亚大学。前几年还把高过半公尺的龙门石窟残缺佛手捐给美国大都会博物馆。"

尤岩烑听着两眼放光，忽然幻想着如有可能，自己也该去做这等大生意，不知不觉走了神。

曾叶维用茶水杯敲了两下办公桌，把尤岩烑的恍惚之神思一下子拉了回来。尤岩烑赶紧致歉："不好意思，故事太精彩了。"

"你说，这样的公司寄存在迷友记古董店的青铜古董，我们能说有问题吗？"曾叶维强调，"不但没有问题，手枪和子弹的事也与之无关。"

尤岩烑"是是"。

八、淅沥春雨　徐家汇天主教堂

"你抓紧联系，让卢氏公司的上海办事处赶紧派人把寄存物取走，免得夜长梦多、节外生枝，弄得我们担待不起。同时，就以共产党名义审讯梁泓光，这样就可以顺理成章地对迷友记古玩店里的货物予以没收、逐步变现，以充用上海站活动经费。"曾叶维叮嘱，"当然，做事要小心，货物要登记造册，特别要协调好与租界巡捕房的关系。"

尤岩烑顿时精神一振，领命而去。

细雨绵绵。下一个周日正午，许一清坐在外滩华懋饭店酒吧最里面靠窗一个卡座上，靠桌边放着一把长柄的黑色雨伞，桌面上放着的是一份周五出版的《申报》。一边慢慢品尝曼哈顿鸡尾酒，一边时时扫视吧内以及那些单身进入酒吧的年轻女子。

忽然，一位似曾相识的青年女子走下了黄包车，径自走了进来并直接走到酒吧最里面靠窗的另一个卡座上，路过时有意无意地看了看许一清，尤其是盯着黑色大伞看了几眼。

青年女子似乎有意识地面朝许一清的方向坐下，要了一杯血腥玛丽鸡尾酒后，就顺手从包里取出一本黑色封面的日文《圣经》放到了桌上。

许一清内心狂跳不止，终于等到了，但又不能冲动。该如何搭讪呢？苏曼云也在想，这年轻人肯定见过，这黑色大伞与梁泓光的一模一样，是否该接触呢？

大概三分钟后，许一清起身，路过苏曼云桌边，对其微笑道："姑娘，不好意思，我去趟洗手间，能不能帮我照看一下？"说罢，手指了指自己里面的卡座。

苏曼云微微点头，没有吱声。

不一会儿，许一清返回，对青年女子道了声"谢谢"后走前两步，突然回身道："姑娘，你好像看的是《圣经》，我能坐到你这边，请教你几个问题吗？"

苏曼云道："如果是教友，当然可以。"许一清"谢谢"后，到自己的卡座上搬移东西，顺手有意无意地把黑色大伞扛到了左肩之上。苏曼云认出了这个梁泓光的习惯动作，但也是梁泓光给她定的地下工作安全纪律，让其不得不小心应对。

许一清在苏曼云座位的对面坐下，有意无意地把《申报》折叠了一下，上面露出了"北方进货，停业几日，阳光公司"的广告，微笑道："谢谢教友。真心请教姑娘，都说上帝六日分别创造了光、苍穹、大地、星空、动物、人类，第七日安息。一周七天轮回是来自《圣经》的话，应该星期天是安息日，为什么《圣经》把周六作为安息日呢？"

苏曼云应道："上帝通过六天创造了天地万物，并把第七天设定为安息日。《圣经》中安息日是星期六，星期天是主日。《新约》中记载，因人不配进入上帝的安息日。这是我的理解。"

"你看的是日文版《圣经》？"许一清又道，"说个小笑话，按日文一周七天为'日月火水木金土'，我的金陵大学同班好友梁同学偏偏用他喜欢的'赤橙黄绿青蓝紫'七色来代替，日曜日偏说赤曜日。"

苏曼云笑道："'日'字读音与'赤'相似，大舌头讲出来很难分清。"

许一清接道:"我那位大舌头的梁同学,最近不知什么原因,其打理的商店突然关门了,人也不知去向,真是急人哪。但愿能像报纸上的这一位,是去北方进货了。"说罢,把报纸上的那则"北方进货,停业几日,阳光公司"的广告,指给了苏曼云看。

暗号、时间准确,长柄黑色雨伞、扛伞动作、梁同学、金陵大学等个人特征已明显旁证了坐在对面的人就是梁泓光的战友。两个人接着聊天,几乎同时认出对面这位就是那年"四一二"发生的前几天,在租界马路上偶然相遇的有缘人,都情不自禁地向对方伸出了右手并紧紧地握到了一起。

深夜,梁泓光被两个特务押进了特务处上海站行动组秘密据点的地下刑讯室。

尤岩烑狞笑道:"梁先生,你是自己说,还是让这里的各种刑具帮你说?"

梁泓光泰然道:"我就一良民、商人,不懂什么政治。再说,现在是民国,不是封建王朝,你们没有权利进行私刑。"

尤岩烑回道:"我可以告诉你,中统、淞沪警备司令部、日本人、租界巡捕,哪个不玩这个?我们是党国为铲共专门新成立的秘密组织,手段只比他们多。再说到了这里,你不是共产党也是共产党。我再劝你一句,还是老老实实招了吧。"

梁泓光冷笑不语。

尤岩烑又道:"再告诉你,一起去抓你的人中,先一个进去跟你对谈的叫王克全,他官至你们中共高层,比你在共产党内部的官位大多了,不是也投靠党国了吗?你们那里的线索就是他提供的。"

梁泓光沉默不答。终于,尤岩炕按捺不住,指示手下上刑。

皮鞭、老虎凳、辣椒水、铁钳拔牙、通红的烙铁,种种刑具,对梁泓光施用了遍,梁泓光多次昏死过去,又被冷水泼醒过来。整个下半夜,几个特务打手已有气无力。天亮时分,梁泓光被拖回了拘留室。

"叮铃铃",曾叶维办公室电话铃响起,拿起电话,听筒里传来了尤岩炕的声音:"报告站长,折腾了整个下半夜,各种大刑用遍,梁犯就不开口。"

曾叶维接道:"本来我还有点怀疑此人到底是不是共产党,现在可基本确认就是。"

电话筒声音:"为什么?"

曾叶维回道:"真正的共产党是不惧任何酷刑的,入行几十年,我已见识多次。如果不是真共产党,重刑之下大多会乱咬张三李四,以期别人来证明自己;如果不是真共产党,就会像王克全那样。"

电话筒声音:"后面怎么办?"

"刑讯先停一下,不要把人整死了,死了就真开不了口了。"曾叶维迟疑了一下后道,"你可让王克全找他好好谈谈,也可以把伙食搞得好一点,心理战、软刀子有时更管用。"

按照约定的时间,许一清正巧路过一家电话亭时,里面的电话铃响了起来,许一清一看周边没人,一转身闪了进去,拿起电话筒:"是我。"

电话筒里传来了华九日书记的声音:"一清同志,有进展吗?"

许一清按捺住自己的兴奋情绪,回道:"老师,已经联系上了。"接着把与暗香的接头过程简明扼要作了报告。

电话筒声音:"这太好了,今后你们一定是单线联系。目前最重要的是要她利用自己的家庭或其他优势条件,找出实施绑架的是谁,搞清楚囚禁地点在哪,以便我们能千方百计把人救出来。"

许一清"是"。

"内线消息,国民党上半年成立的那个秘密组织叫作三民主义革命同志力行社,以黄埔系精英军人为核心,强调'一个主义、一个政党、一个领袖',下设六处,分别是书记、组织、宣传、军事、特务和总务,其中特务处在上海等地设立了特务站。为工作方便,力行社是以中央各军校毕业生调查处作为'掩护和运用机关',而且活动愈来愈猖獗。"电话筒声音,"还有,据说由于权力斗争,力行社或将组织重构、角色淡化。但是,不管如何变化,这个组织一定会成为蒋某人在中国搞特务统治的重要抓手。我想,最近对民权民主人士的跟踪、利诱、恐吓,包括梁泓光同志的被捕,都是他们所为。"

许一清"是"。

电话筒声音:"所以,我们也要应敌而变,具体下次面谈。"

听到对方挂断电话的声音,许一清也挂上电话,走出电话亭。四周打量一下后,大步流星赶回书店。

"满园花菊郁金黄,中有孤丛色似霜。"法租界顾家花园,满园菊花盛开。湖边长椅上,钟离志与苏曼云正窃窃私语。

钟离志道:"苏小姐,国民政府前两个多月成立了全国禁烟委员会,目标以一九三六年元旦为全国禁烟的最后期限,以根绝百年烟患。"

苏曼云应道:"目标宏大,但不可能做到。一个以烟土收入充当政权军费、以黑土剿赤匪的政府,不可能全面、彻底地真心推行禁烟。"

"苏小姐,你这种想法是危险的,以后千万不要再对别人说起。"钟离志续道,"国民政府也有难处。"

苏曼云看了一下周边,道:"你看这个号称东方巴黎、西方纽约的上海。从第一次鸦片战争以后,鸦片走私的重心已经从华南一隅的广州转到了这里;从第二次鸦片战争以后,罪恶的鸦片变成了合法贸易,尤其是这个租界,更成了鸦片毒雾弥漫的飞地。"

钟离志接道:"是的,从十九世纪中叶起,上海实际上是世界上最大的鸦片进口口岸、最大的鸦片转口口岸和最大的鸦片消费口岸。"

"烟馆林立,毒氛尤烈。夫鸦片烟之废时、失事、荡产、倾家,甚则瘾深致病、促寿、戕生,这是对吸食者本身而言。对国家,鸦片就是亡中国之利刃。"苏曼云恨道,"连英国人蒙哥米尔·马尔丁都说贩卖奴隶同贩卖鸦片比较起来,还是善良的事情。"

"不要激动,不要激动。"钟离志冲苏曼云用力摇着手,沉声道,"我们只做分内之事。前次提到的日本对中国的鸦片毒品输出,情况摸得怎么样了?"

苏曼云从包中摸出一本号称"日本的莎士比亚"的近松门左卫门在一七一五年所著、以中国为舞台背景的大型历史剧《国姓爷合战》的剧本集,递给钟离志道:"都密写在这本书里了。"

钟离志接过书后,忿道:"这本书罔顾事实,把历史上中华民族的民族英雄郑成功写成了日本武士,给他起了一个日本名字'和藤内',所谓'和'就是日本,'藤'和当时日本称呼中国的'唐'字在日语中读音相同,而'和'在前,'藤'在后,明显有突出强调郑成功日本人身份的意图。你在读这本书?"

"钟离先生博学。"苏曼云笑道,"知己知彼,关键是有利于和岩井惠子的交流,因为她喜欢近松门左卫门的戏剧作品。"

钟离志点了点头,道:"对不起,我把话题扯远了。"

苏曼云介绍:"自然科学研究所以'文化习俗研究'为总课题,里面有一个较大的专项研究子课题,主要包括中国尤其是上海的烟毒现状,毒品种类,官方、传教士、帮会、租界、民众等各方面的态度和方略及政策,日本的毒化对策及效果分析与评估等。"

钟离志插话:"别的渠道报告,日本除了大肆贩卖鸦片外,还大力贩卖吗啡、海洛因等毒品,而且在上海等地就地大量生产和销售红丸。"

"是的。现在,日本向上海输入鸦片的运输线,大致有两条,一条是由神户直接贩运到上海;第二条线路是把毒品从神户运到北方青岛,然后通过日本人管理的铁路输入上海。"苏曼云接道,"毒品进入上海后,主要是日本侨民从事销售。日本人设置的药房,无一不贩卖吗啡等毒品。"

"据说,有些中国瘾君子将日本太阳旗认作是鸦片的产品商标。"钟离志续道,"是可忍孰不可忍。听说你父亲控制的那家帮会,与日本人合伙,控制了上海滩相当大的烟土生意,生意兴隆得很呢。"

苏曼云微笑道:"钟离先生什么意思?"

钟离志"嘿嘿"一笑,道:"我就这么一说,上海滩上谁都知道你父亲老头子与蒋委员长交情很深,委员长还赠送你父亲一块大匾,亲书'输财报国'。"

苏曼云默言,稍后道:"国民政府既想灭毒,又离不开烟捐,扭扭捏捏,既要当婊子又要立牌坊。"

"姑娘家家的,别这么说。咳,百年烟毒,禁何容易?国家积弱,靠谁?"钟离志长叹一声,接道,"当然就是靠我们这个新成立的秘密组织。最近以来,组织在全国发展得飞快,听说有可能'调结构,更名字'。"

苏曼云没接话。

"你的工作重点还是获取日本人的情报,但也不能忽视共产党方面的。"钟离志续道,"前几天我们就抓到了一个以前的共产党高层领导，不费吹灰之力就让其招供，顺手端掉了一个隐藏于租界的古玩店，那肯定是共产党的情报站。抓到了一名共产党情报人员，可惜其他的上下线共产党一个也没抓到。"

苏曼云大吃一惊，脸色稍变。钟离志观察到了，急问："苏小姐，怎么啦？"

迅速定了定神，苏曼云自嘲："听到还有共产党，吓我一跳。"接问："几年前'四一二'，不都清除了吗？"

钟离志回道："古人云'野火烧不尽，春风吹又生'。共产党组织的顽强，可谓'咬定青山不放松，立根原在破岩中。千磨万击还坚劲，任尔东西南北风'。"

苏曼云嘲道："钟离科长，注意你的言辞，这可是亲共。"

钟离志点头，接道："你提醒得对，也就是对你说说。不过中国现在的确是内忧外患哪。"

苏曼云强调："列强尤其是日本人在中国肆无忌惮。《诗经》曰'兄弟阋于墙，外御其侮'。国人应该团结一心先赶走外国人侵者。"

钟离志叹道："那是不可能的。'一·二八'淞沪战争那么紧张，蒋委员长也坚决不同意把当时正在江西围剿共产党的国军精锐调到上海增援。"

苏曼云不经意问："抓获的那名共产党，没有招供吗？"

"铜豌豆。"钟离志又道，"尤组长把所有的酷刑都用过了，他就是不承认自己是共产党，说冤枉。"

"那或许就是冤枉的，没证据，早晚只好放了。我父亲曾说过，这种特别有毅力的人，是可以做大买卖的。再说你今后升官了，将来在上海滩，抬头不见低头见。"苏曼云接道，"算了，就当我说白相的。"

"这话你也只能对我说说，别处千万不要说，碰到小人告你一个共产党同谋。"钟离志续道，"不过你父亲是帮会老头子，这是家传，哈哈。"

苏曼云笑道："谢谢钟离科长提醒。不放就得关，总不至于我们上海站专门去造个监狱吧？"

"行动组在闸北搞了一个秘密行动点，那里的地下室被重新改造过，不是监狱胜过监狱。尤岩烑又狠又毒又贪，无法形容。"钟离志接道，"不过听说曾站长已提出软刀子有时比硬刀子管用，下一步可能要用心理战这一招了。"

九、癸酉仲春　杜鹃繁盛

转眼农历癸酉年仲春。位于法租界的特务处上海站会议室内，数十人正襟危坐。曾叶维推门进来立于会议室正位后，集体起立，曾站长双手下压，示意大家坐下。

"各位同仁，我站成立一年多来，成绩斐然，戴处长多次嘉奖。"曾叶维开言道，"现在，我要宣布一件非常重要的大事。我们组织成立以来，比较强调精英模式。但多年来的实践证明，我们国民党最缺乏的就是社会动员能力。倘若没有数以万计的基层活动积极分子，则组织目标很难达成。因此，蒋委员长决定，将一年前随秘密组织力行社同时成立的其公开的外围组织'中国青年革命同志会'等改造成中华民族复兴社，我们特务处归其所属。"

会议室鸦雀无声。

曾叶维接道："复兴社主要任务，一是抗日备战，二是反共反苏，三是对地方军阀割据势力与诸藩的情报工作，四是对各军事集团的团结或瓦解工作。今后，每个入社会员都要由社员三人介绍并进行宣誓。当然，具体实施计划会很快下达。"接着又特别强调："复兴社有三大铁律，一是生的进来，死的出去，二是泄密者处以极刑，三是单线联系，只有纵的关系。如果有人违反这三大纪律，组织必予最严厉的制裁。"环视会场后，进一步强调："我们特务处是复兴社最重要的核心部门或者说是杀手锏，这里更要强调纪律。"

与会全体起立"是"。曾叶维宣布会议结束。

钟离志随曾叶维来到了站长办公室。两人站在窗前看着院内成片盛开的杜鹃花，钟离志突发感慨："诗云'子规啼血洒关山，一声落地一杜鹃'。我是最见不得这杜鹃花的。"

"所以，只让你负责搞情报，不让你太多参与行动。"曾叶维笑道，"你是真见不得血吗？"

钟离志回道："以前晕血，所以白长官看我不是前线搏杀的材料，就把我撵到上海搞情报工作了。"

"周瑜打黄盖——找个借口。的确也瞒过了军部所有人。"曾叶维接道，"不过你的情报工作搞得不错。坐吧。"

两人沙发对面坐下。曾叶维又道："你前段时间搞回来的日本人在上海从事鸦片毒品的相关材料，戴处长看了十分满意。"

钟离志"是"。

"不过呢，戴处长要我一定向你强调情况要摸准，行动须慎重。所以我特意在会议结束后，专门找你过来当面叮嘱一下。"曾叶维又道,"国民政府还指着这块税收呢。"

门外响起了"报告"声,曾叶维"进"。钟离志即道:"曾站长有事,我先走了。"起立时正好与尤岩烒打了个照面,两人点头后,钟离志离开站长办公室。

曾叶维看了看尤岩烒,指了指沙发道:"你坐。"尤岩烒坐下后,把手里的一个深灰色长条盒放在了曾叶维对面。

曾叶维问:"这是什么?"

尤岩烒得意回道:"自站长您前些日子给我讲了卢芹斋的故事后,我就找人悄悄去迷友记古玩店鉴宝,前后去了三位自称行家里手的,都说店里的货物大多一般,但一致认为这把古剑最开门、最值钱。我当时就问他们啥叫开门?"

曾叶维接道:"古玩市场行话,就是开门见山,也就是一眼就能看出是真品。"

尤岩烒谄媚道:"到底是学运专家,有文化。他们就是这么说呢。"说罢,打开了条盒,果真露出一把古剑。

曾叶维拿出来端详,剑长近六十公分,有中脊,两侧出刃,刃作两度弧曲状,顶端收聚成尖锋,剑首向外翻卷作圆饼形,内铸若干道细小的同心圆纹,剑茎为圆柱体并有两道突出的箍棱,铸造精良。曾叶维左看右看爱不释手,指着剑身近格的两行错金铭文笑道:"尤组长刚表扬我有文化,可这八个字我却看不懂。"

"我更看不懂了。"尤岩烒接着介绍,"所以,我让那几个人把这八个字用现今的国语写出来了,就是'越王州勾自作用剑'。"说罢从口袋里取出一张纸条奉上。

曾叶维接过纸条看了一下，惊道："这是越王州勾剑？听说州勾是越王勾践的重孙。这种古剑现在全国一共只发现了不到十把。"想了一想，续道："三国曹丕见到历经八百余年依旧寒光闪闪的越国古剑时，写下了'越民铸宝剑，出匣吐寒芒'的诗句。"

尤岩烒应道："那些专家也是这么说的，还说每把剑卖给卢芹斋的公司现价至少十万美元，有多少要多少。"

曾叶维点点头，接道："太贵重了，我可不敢收下呐。"

尤岩烒谄媚道："放心吧。查封物资的账上没记，或可就先留在站里作'镇宅'公用。"

"那就先这样。"曾叶维提醒，"也别亏待了办理此事的那几位兄弟，让他们嘴上安个把门的。"

尤岩烒"是是"，接着问："站长您今天提到的三大铁律，第一条、第二条容易理解，那第三条'单线联系，只有纵的关系'，我没明白。"

曾叶维解释："这简单，就是不得加入其他秘密组织，不得与复兴社内别的区、站、组、队发生任何工作关系。"

转眼过去了大概半年。

复兴社特务处上海站。尤岩烒专门到站长办公室请示："那个梁泓光已抓进来一年多了。要说这个人还真硬，既熬过了数十次酷刑，还当面怼过三次王克全的攻心劝降。没有结果，想到就烦，我看处理掉算了。"说罢右手做了一个开枪动作。

九、癸酉仲春　杜鹃繁盛

"只要有百分之一的希望，就要做百分之百的努力。"曾叶维站长问道，"他没有提过别的要求？"

"还真提过，看守他的几个兄弟报告，说此人对各种美食所知甚多，山珍海味、各地菜肴没有不懂的，就连牢里的水煮青菜，他都说火候不对。"尤岩烷摇头笑道，"前两天当面跟我提，说'秋风起，蟹脚痒'，现在已是菊黄蟹肥之时，能去王宝和酒店烫上一壶绍兴花雕黄酒，来上一对阳澄湖大闸蟹，赛过活神仙哪。结果让我手下一皮鞭抽在了脑门上，他当场咽回去了。"

曾叶维摇头道："这就是机会。世界上任何一个人都会有自己的个人嗜好，这些嗜好往往就是这个人的短板，最容易被别人攻破。"说罢用手指了指办公室墙上挂着的古董宝剑，自嘲般地笑了。

尤岩烷赶紧赔笑："这个可不是一回事啊，您这是玩文化，高雅着呢。"

"你让王克全陪他去一次王宝和吧，说不定有意想不到的效果。"曾叶维顿了一顿又道，"这么长时间，刑伤也该好得差不多了。给他穿戴整齐，让他感觉重新做人了。你呢，带兄弟们在楼下或外围盯住就行。"

几天后的一个傍晚时分，位于租界大马路上的王宝和酒店的一个优雅的小包房内，两个男人正在品酒尝蟹，不亦乐乎。

王克全举起一壶浸有姜丝并温过的绍兴花雕黄酒，给两只青花酒盅斟满后道:"老弟,来来来,我们先饮一杯,让你解解馋。"

梁泓光笑了一笑,端起酒盅一口喝下去后道:"真的有点馋了,你们胡乱抓人把我害苦了。"

王克全再给两只酒盅斟满,笑道:"都是千年的狐狸,谁不知道谁啊。识时务者为俊杰,就像为兄我一样,早年在共产党内做的官比你大得多,不也跳槽了?这叫'此地不留爷,自有留爷处',如今也是吃香喝辣,不像以前一天到晚东躲西藏,整天提心吊胆,那叫什么日子。"

梁泓光鄙视地看了对方一眼,笑道:"饭可以乱吃,话不能乱说。我开个小小的古玩店,谈不上整天吃香喝辣,小日子还行。你看这王宝和酒店,开业近一百六十年了,只选用正宗苏州阳澄湖大闸蟹。这里的蟹宴可以说天下一绝,清蒸大闸蟹、蟹黄牡丹虾、清炒蟹粉、蟹柳芦笋、蟹粉生煎、焗蟹斗,林林总总,我到上海这几年,每年深秋西风起,再穷也得来几次。是你们打扰了我的正常生活。"

服务生进来,又送上一壶刚温过的黄酒,梁泓光朝他不经意地看了一眼,把手中的酒盅反扣在桌上。

王克全接道:"我承认打扰了。不过你早点交代了、自新了,不就都结了,也省得过这牢狱生活,人不人鬼不鬼的。"

推杯换盏,不一会儿,二人均分八瓶黄酒下肚。梁泓光明显醺道:"全哥,我上个洗手间,回来再喝八瓶,就跟你回头。"

王克全自忖外面周边楼下都是尤岩桄组长的人,应该没

九、癸酉仲春　杜鹃繁盛

有问题，便点头，昏昏然道："你先去，喝点酒就憋不住要去洗手间，待会儿再喝这么多，我也可以不去。"

梁泓光醺道："你别吹了，你看你那只清蒸大闸蟹吃得像老牛啃的，哪像做过什么大领导的？你看我吃的蟹，吃完后的骨架还可以拼装成一只完整的，嘿嘿。"说罢，起身摇摇晃晃出了包房门。

王克全自饮了三盅黄酒，拆了两只蟹钳，见梁泓光还没回来，心中似有一惊，急忙赶到洗手间找人，哪有梁泓光的影子，赶紧大喊："来人，快来人，共产党跑了。"

尤岩烑及众特务赶到，稍加搜查后，朝楼外追去。

几分钟后，梁泓光换了一身酒店服务生衣服，从配菜间出来，从容下楼离去。

度过了与梁泓光失联后的多日烦恼，与许一清重新接上党组织关系后，苏曼云又开始了正常的每天去上海自然科学研究所上班下班的节奏。

这一天早餐后，苏曼云像往常一样出门上班，正待扬手招黄包车时，忽见街角不远处邮筒边上停了一辆黄包车，车夫老远看见他，左手脱下了头上戴着的乌毡帽，朝她挥了三下后又戴上。

苏曼云认出这是以前梁泓光与她约定的紧急联络方式之一，忍不住走了过去，看到车身上印着889号，便迅速坐了上去。

黄包车一路虎虎生风，跑了一段后，苏曼云发现不是去自然研究所上班的路径,便低声喝问:"你是谁?要去哪?"车夫简单回应了两字"放心"便不再回应。

苏曼云稳了稳心态,想到自己既是上海滩大帮会苏老头子的女儿,又在日本研究所工作,同时还是国民党复兴社特务处上海站的情报员,更是地下党组织的特别党员,也就不再追问。

大约二十分钟后,黄包车在苏州河边上一僻静处停了下来。车夫回头哈哈一笑,道:"暗香,不认识我啦?"说罢脱下了遮盖了大半个脸的乌毡帽。

苏曼云怔了一怔,随后急问:"驿使,这些日子干吗去了?"

梁泓光叹了一声,一手搭在黄包车一侧的轮子上,反问道:"断了联系这么长时间,你就没有想办法联系过我?"

"开始时,我把能与你联系的各种方式都用了个遍,都与你联系不上。"苏曼云接道,"后来才听说你被特务处上海站秘密抓走了。"

梁泓光接道:"是的,我是被国民党秘密组织特务处上海站抓走的,昨晚好不容易才逃了出来。"

"逃了出来?"苏曼云心中犯起了嘀咕,抓进去了那么容易逃出来?她曾跟许一清议论过以往此类事情发生后的各种可能的情景,害怕是放倒钩的,所以没有接话。

梁泓光见状笑了,接道:"你担心我叛变了,出来后诱捕地下党组织同志,是吧?"

苏曼云还是没说话。梁泓光道:"这段时间,你不是一

九、癸酉仲春 杜鹃繁盛

直太太平平的,没人找你的麻烦吧?证明我没有牵扯你。"

"没有牵扯我,不等于没有告密其他同志。"苏曼云坦荡道,"你我是单线联系,我只是你的下线。你逃出魔掌,应该直接找你的上线领导说明、报告情况才是正途。"

梁泓光肯定地点头回道:"你说得对。不过昨晚逃出来后,我想方设法用了以前约定的所有秘密联络渠道,结果发现全部被切断了。这个我能理解。"说罢略显无助,摇了摇头。

"所以,你就找到我了?"苏曼云又问,"你算定我不会撤退?"

"当然。你是我的单线下线,与党组织其他同志没有联系通道。"梁泓光试探道,"组织没有人试图联系你?或者说,我被捕后,你跟组织联系了没有?"

苏曼云坚定地摇了摇头。情况复杂,她不能把与许一清已接上组织关系的情况说出来,要由许一清确认梁泓光有没有叛变,这也是以前梁泓光教过她的。

梁泓光看出了苏曼云的刹那犹豫,不仅没有生气,相反却为苏曼云的稳健进步而高兴。接道:"我想组织一定会派人与你联系,主要是因为组织里的一位负责同志即我的上级了解你的基本情况,或许他们还想请你动用父亲老头子的关系救我出来。"

苏曼云被梁泓光精确的判断所折服,问道:"如果联系我,他们会派谁呢?怎么找到我呢?"

梁泓光想了一想,应道:"很大可能是我的一位大学好友,他了解我,我们相互知根知底。再说,有一次那位负责同志给我透过半个谜面,但没有说透。我知道那是为了保护我,保护组织。与你接头的地点应该是我俩之间约定的那处紧急地点——华懋饭店酒吧。"

苏曼云钦佩地看了看梁泓光,没有直接回答,却反问:"如果按你说的联系上了,要我做什么?"

梁泓光微笑道:"告诉他,我已经自己逃出魔掌,接受地下党组织按制度规定对我的一切必要的审查。"

"我相信你绝不会背叛党组织。"苏曼云认真地回应,"有了信息,必定在第一时间,会有人用我俩之间约定的第一联络方式和地点跟你见面。"

梁泓光很感动,接道:"日久见人心,谢谢暗香的信任。"

复兴社特务处上海站站长办公室内,因为走脱了共产党嫌犯,曾叶维正大发雷霆。尤岩羪像霜打的茄子,王克全像泄了气的皮球,低头站在办公桌前,大气不敢出,只能"是是"。

曾叶维站长茶杯摔掉了,嘴巴骂干了,呆坐在办公室后面靠椅上,过了好一会儿,大概心中想到了尤岩羪送自己的几件古董宝贝,火气小了不少,对尤岩羪道:"尤组长,这么骂你们,我也是恨铁不成钢。这件事你是有责任的,必须将功赎罪,要做到逃掉一个,抓回一双。明白吗?"

尤岩羪双脚一并,挺胸大声"是"。

曾叶维又道:"王副组长,这件事你要负主要责任。怎么处理看你的表现。你知道,戴处长最恨你这一号的。如果你不能用行动证明自己,我就定你一个相互串谋、私释共产党之罪。"

王克全双脚发抖,应道:"多谢站长不杀之恩,今后自当肝脑涂地,报效党国。"

曾叶维站起身,边踱步边沉声道:"这几个月来,上海一些自诩的所谓民主人士,号称为中国科学与民主精神的极力追求者和力行实践者,正在策划于年底成立中国民权保障同盟,要做许多目前共产党想做而做不到的事,成为党国的一大祸害。你们行动组要做好跟踪缉查工作,只等戴处长一声号令,立即予以制裁。这方面,钟离志那边已取得了不少一手资料,你们要精诚合作。"说罢,又狠道:"绝不可再出意外。否则,一律军法从事。"

几天后的一个周末,在徐家汇天主教堂倒数第五排的靠墙座位上,梁泓光终于与稍晚赶到的许一清相遇了。两人握手并稍坐一会儿,一前一后步出大厅,在教堂门外小广场的长椅上坐下后,诉衷情、聊私谊,十分激动。

"老同学,你逃出国民党特务魔掌的消息,经暗香传回后,领导和同志们都十分高兴。本来正在积极策划的营救方案也就自动中止了。"许一清接道,"不过,有个别同志对你能自行逃脱表示极大的不解或者说怀疑。所以,组织已经开启了对你的审查程序。"

梁泓光回道:"这一点完全理解、绝对服从,这个态度,我已让暗香向组织转报了。"

许一清接道:"是的。暗香还特别提到了你在王宝和酒店脱困时，受到线人帮助的细节。"

梁泓光点点头，接道："这个逃生计划，我已经精心策划好长时间了。一定要拖到深秋蟹季，一定要争取到王宝和，只要到了那里，就有逃生机会。因为那里环境熟悉，而且我以前曾经救过那个线人的命，所以他对我十分忠心并熟悉我的一些习惯，这是多年练就的，都不用说话，不用使脸色。当我把青花酒盅反扣在桌面上时，他就知道我要不动声色一个人脱身。于是帮我在配菜间准备了工作服，又马上回到包房帮王克全斟酒，以便拖住他一会儿。"

"这一点，组织已经找到那个线人并进行了核实，的确无误。现在最难的是要核实你在狱中，有没有跟他们合污。"许一清续道，"这个核实，时间会很长，一来这个特务处上海站是新成立的秘密组织，我方在其内部还没有潜伏的同志；二是通过暗香设法找钟离志核实，也有一个过程，而且钟离志还不是直接经办人。"

"我知道。我一定能做到上级党组织对地下情报工作者'有苦不说，有气不叫，顾全大局，任劳任怨'的要求。"梁泓光想了一下，续道，"但是长期等待，就浪费了为党工作的宝贵时间。"

"还有一点，那么多特务都已经认识你，你在上海就得做个隐形人，否则就会十分危险。"许一清直接道，"华老师建议你去江西苏区工作一段时间。"

"那是我梦寐以求的。"梁泓光激动地站立起来，接道，"我早就想去苏区直接参加反'围剿'的战斗了。"

九、癸酉仲春　杜鹃繁盛

许一清直接道:"我也一直有这个念头。"看了看周边,伸出右手示意梁泓光坐下,续道:"你再把所了解的叛徒王克全的情况、秘密特务处上海站的情况作点详细介绍。"

夕阳西下。租界里,日本驻上海总领事馆情报科科长岩井英一的私邸书房。身着和服的岩井英一一边喝茶,一边问女儿道:"惠子,这段时间的工作进展咋样?"

"回父亲,工作都在正常轨道上。主要是挑选一些大日本帝国在中国的年轻人,用文化沙龙的形式组织起来,形成严密的团体,为大日本帝国今后进行全面的'共荣战争'积蓄力量。"岩井惠子回道。

岩井英一点头,接道:"作为帝国外务省在上海的特工,一定要谨慎行事,因为淞沪战争已经结束,目前所有的行动都要隐秘进行。我希望,有朝一日在上海可以大张旗鼓开办一个岩井公馆,作为帝国外务省在中国收集战略情报的主要机构。"

"搞情报还能大张旗鼓?"岩井惠子似有不解。

"搞情报有千种途径、百种方式,有公开的,有秘密的。"岩井英一认真道,"到时候可以在岩井公馆里设立一个秘密部门,如同复兴社特务处一样。"

岩井惠子施礼回应"谨遵父亲教诲"。

"共产党在上海的势力,这几年大不如前,但决不可小觑他们,他们正用'星星之火,可以燎原'来鼓舞士气。据情报,上海不少的日商纱厂里也有了共产党活动的迹象,他们鼓动工人搞罢工、争权利,这方面你要全方位跟踪好。"岩井英一续道,"还有在大世界共舞台的共产党线索,那是田中隆吉这个老狐狸留给我们的,一定要细细把握,等待时机,一举击之。"

"苏曼云小姐,此人咋样?我想把她也吸收到我们的组织中来。"岩井惠子小心说道。

"非我族类,其心必异。"岩井英一回道,"不过,她看起来各方面都不错,尤其是其父亲在上海滩的影响力,或许对我们今后在上海的工作更有利。你可逐步引之,徐徐诱之。"

"啪",曾叶维站长把《生活周刊》等几种杂志摔在了钟离志科长面前,怒气冲冲道:"钟离科长,你看看,这些号称'非为私人谋利,而是致力于进步文化出版事业,置身于国家民族大局之中,为民族解放、民主政治和向读者提供精神食粮'的杂志,明里暗里讽刺、挖苦、对抗国民政府,你要抓紧让手下人把情况搞清楚,证据确凿后,争取年底把它及相关同类报刊全部查封掉。"

"证据方面,我们情报科已经收集了不少。是不是在查封前,给这些人一些严厉警告,如能幡然悔悟,对国民政府也是好事,至少可以争取民心。"钟离志续道,"我看中国民权保障同盟的那些人,闹腾得不是更厉害嘛。"

曾叶维接道:"你说得有点道理。这样吧,我们按轻重缓急,你做你们情报科该做的工作,先拟个大致的名单并搞清楚他们的住址。"

钟离志"是",拿起那几本杂志,转身离去。

不一会儿,尤岩烒门外"报告",曾叶维"进"。

曾叶维问:"尤组长,迷友记古玩店的所有事情,都了结清了吧?"

"墙上挂了一段时间的古剑已经帮站长您收好了,有人说古剑阴气太重,挂着会影响办公室风水。"尤岩烒指了指墙上,又递过去一个账本,又道,"所有账目都在这里写清楚了。"

曾叶维接过来大致翻了一下,接道:"你把它交给总务科的老钱吧。这次行动你功劳不小,只是让那个共产党疑犯逃走了,你们行动组要多派人出去,深入追踪把他逮回来。"

尤岩烒"是",转身要走。曾叶维赶紧用手招呼一下,道:"不急,还有重要的任务要交给你办。"

"一件事是刚刚钟离志提醒我的,你尽快安排人,给一些自诩社会名流的左倾分子,每人寄几颗子弹,以示严重警告。"顿了一顿,曾叶维接道,"具体名单钟离志正在落实。"

尤岩烒挺胸"是"。

曾叶维低声又道:"还有一件事是戴处长亲自下的密令,要对已被官方宣布为非法的中国民权保障同盟的主要骨干进行制裁,尤其是那位杨铨秘书长。此人前年去江西考察,在上海英文报纸《字林西报》上发表了《道中国共产党现状》的文章,不顾国民政府禁令,如实报道苏区。这是一位核心人物,此人一除,这个同盟就在无形中被解散掉了。"

尤岩烑看看曾叶维，没有吱声，其实心中已在琢磨暗杀方案。

"戴处长要求必须在其寓所附近将其清除，以对天下反骨形成震慑。"曾叶维接着布置道，"你抓紧做一个行动方案，行动人员中必须有王克全，以便考验他是否与梁姓共产党做了啥私下交易；必须有帮会打手，既是借力又可减少行动风险。"

十、一九三三　雷声隆隆

一九三三年六月中旬的一天下午，天空雷声隆隆，室外瓢泼大雨。昏暗的灯光下，位于法租界迈尔西爱路的一幢三层小楼内的特务处上海站行动组的秘密据点内，组长尤岩烑下达了刺杨行动方案，接着举行了不成功便成仁的宣誓。如果不幸被巡捕房抓获，应立即自杀而不能泄露秘密，否则将会被组织严厉制裁。接着，尤岩烑带领王克全等人前往行动方案中确定的刺杀现场勘察踩点。

第三天早上七点五十五分，一辆黑色汽车停在十字街拐角路口，尤岩烑坐在汽车上，其余几人分散在杨宅门口附近，还有两名特务在街道两侧望风掩护。

八时许，当杨秘书长从楼里出来，与家人共上一辆停在中央研究院家门口的轿车时，王克全带着几个杀手冲上前去，连发十枪，杨秘书长和司机当场重伤倒在血泊之中。特务们见目的达到，便向停在路口的汽车狂奔而去。尤岩燊听到枪响，开车准备接应众人逃走。只有一个帮会杀手慌忙中跑错了方向，等折转再去追汽车时，车已开出几十公尺。

附近正在巡逻的法租界巡捕听到枪声很快围捕过来，尤岩燊见状，立即甩手向后面正在狂追汽车的杀手开了一枪，但是没能击中要害，汽车仓皇逃走。

受伤杀手挣扎逃命，却被四周包抄过来的巡捕团团围住，只好举枪自裁，但是手抖，子弹又没有击中自身要害，结果被巡捕逮住。

受重伤的杨秘书长和司机被紧急送到广慈医院抢救，可惜伤重不治。

挨了两颗子弹的帮会杀手也被送到了广慈医院，急救后昏睡中被巡捕套出了实情。曾叶维得知情况十分恼怒，急命安插在巡捕房的秘密特务尽快下手灭除之。在广慈医院，特务乘人不备把一包毒药下入水杯中，杀手下午即被灭口。

国人为之震惊。大文豪鲁迅写下了传播一时的《悼杨铨》诗："岂有豪情似旧时，花开花落两由之。何期泪洒江南雨，又为斯民哭健儿。"

一周后，特务处上海站会议室里，正在举办一场小型表彰会。

曾叶维站长宣读了由戴处长签发的对尤岩燊、王克全等人的嘉奖令。接着，曾叶维要求行动组，必须给一些反蒋著名人士、左翼作家等发出实质性的警告。说罢，从桌上拿起一个土黄色信封递给尤岩烑,命令:"这里是一份五十三人名单,这些人的办公或家庭地址已经清楚。你们先给他们每个人寄上一颗子弹。"顿了一下,强调道:"这是'勾命单',你们行动组可以对名单内的任何人实行制裁。当然计划要精密。"

王克全冷笑道:"还有不成功便成仁吧。"(王克全,早年曾进入中共高层,后参加分裂党的阴谋活动,被开除党籍。之后入复兴社特务处,参与了刺杀杨铨等一系列罪恶活动。后任国民党重庆卫戍司令部稽查处副处长,因过自杀。此为后话。)

每年七月到九月,黄浦秋涛,上海滩老八景之一,那真是"江色分明练绕台,水天东望一徘徊;风翻白浪花千片,涛似连山喷雪来"。芦苇丛生的黄浦江岸边,一条渔船已升帆待航。

许一清与梁泓光正依依惜别。许一清深情道:"老同学,你这一走,不知何日能再见。华书记是要来送你的,临时实在脱不开身。他电话嘱我一定要跟你说清楚'非常相信你在被捕期间是清清白白的,但地下工作纪律要求必须审查,谁都不能搞特别待遇'。"

梁泓光坚定回道:"放心,我完全理解。而且地下党组织把这数箱贵重的西药交我带到苏区,本身就是极大的信任。"

许一清叮嘱:"此去关山万里,一路上千万小心。"

"你们在上海更要小心，这是国民党搞白色恐怖的中心城市。这几年上海地下党组织多次遭到了严重破坏，积蓄的力量几乎丧尽，你们一定要不断总结经验教训。"梁泓光接道，"还有，你一定要保护好暗香，她身处敌穴，对党组织获取敌方情报，实在是太重要了。"

"嗯。暗香，傲雪梅花。冰雪林中著此身，不同桃李混芳尘。"接着，许一清简述了组织下一步的工作方向，"中国共产党是无产阶级的先锋队。组织提出了下一步工作重点，就是扎入工厂，开办识字夜校，对穷苦工人进行启蒙教育、爱国主义教育和探求真理教育。作为近代最发达的纺织业中心，上海纺织工人的数量是全国之最，而且占到上海工人总量的三分之二左右。所以，工作的重中之重先放在上海的纺织行业里。起步力争在日商纱厂，因为他们盘剥中国工人最无道。"

两个人紧紧握手告别。

孤帆远影，许一清才转身回程。

方秋明进入永安一纺厂后，为了完成地下党组织交办的任务，必须要与广大贫苦工人打成一片，取得大家的信任，以便发展党组织，为进一步的斗争积蓄力量。作为设备维修工，他技术好、人热情，不久就得到了广大工友的认可，连拿摩温对他都有点另眼相看。

这一天下班后，纺织女童工宁咏春、塔维丽找到他，询问读书识字一事。两人穿着打着补丁的工作服，满脸是夜班下来的疲态。

宁咏春笑道:"方师傅,这几天我们听人说,在沪东公社中学门口看到了上海基督教女青年会举办劳动妇女补习夜校的招生通告。你看我们能去上上学、识识字吗?"

塔维丽也道:"没有文化,不识字在社会上会受人欺,被人看不起。再说这家夜校不收学杂费,只收少量书本费,可能适合我们这样贫穷的文盲童工吧?"

"我也听说了要办女工夜校的事,完全应该去、必须去,这是人生正事。"方秋明接着道,"我有几个过去的老同事、好朋友都会去这家夜校当老师,他们会好好帮助你们,算是近水楼台吧。"

"谢谢方师傅。"塔维丽又道,"就是我们每天工作十二小时,下班后已精疲力尽,不知道能不能坚持下去。"

方秋明鼓励道:"听说一种上课时间是早上七点到九点,适合夜班出来的;另一种是晚上七点到九点,适合下日班的。再说,上课是脑累,做工是体累,调剂好绝对没问题。我识得这点字,都是以前工余的时候跟我师兄学的。"

宁咏春道:"方师傅说得在理。我俩不但会去、会坚持,而且会鼓动那些与我们境遇一样的穷姐妹一起去。"

"孺子可教也。"方秋明伸出大拇指夸奖,再鼓励道,"人不可被命运左右。"

女工夜校如期开学。按学生的文化程度分为识字班、中级班、高小班,宁咏春、塔维丽等二十余名童工女学生被编入识字班，使用无锡版民众教育读本。

开学第一课，方秋明的挚友、语文兼音乐老师胡巧玉开课致辞："同学们，欢迎你们进入夜校学习！你们克服了各自的巨大困难，走进夜校，并将由此开始步入知识的海洋。英国有个著名哲学家叫培根，在其著名的哲学著作《沉思录》中，有一句放之四海而皆准的名言'知识就是力量'，你们今后将会深切感受到这句话的含义。老话说万事开头难，期望你们用毅力、用决心坚持到底。孟子曰'天降大任于斯人也，必先苦其心志，劳其筋骨，饿其体肤，空乏其身'。愿大家心想事成。"

同学们报以热烈的掌声。

"《夜校课文》的第一课《赶下田》，我先给大家朗读一遍：'四月天，五月天，哪有闲人在路边；人人都有一把秧在手，赤子当空赶下田'。"胡巧玉老师声情并茂地朗读后，接道，"我们今天就学习这篇课文的所有生字。"

冬去春来。礼查饭店咖吧，阳光穿过落地窗玻璃，给人暖洋洋的感觉。

苏曼云《圣经》不离手。钟离志喝了一口咖啡，放下杯后低声问："苏小姐，你今天约我，是有重要情报吗？"

苏曼云把日文版《圣经》往边上移了一点，笑道："没有情报，就不能约你了吗？"

"哪里，苏小姐是惜时如金的。"钟离志恭维后，接道，"我估计你是要把近年来日本自然科学研究所所窃取的中国文化与地理方面的一些资料及相应的分析报告交给我。这是国民政府非常关心的。"

"算你了解我。"苏曼云将左手侧的一盒老大房产苏式糕点递给了钟离志,接道,"都在这里面了。实在来不及密写,就冒险带出来了。"

钟离志提醒:"这太危险了,下不为例。"

苏曼云嫣然一笑,简单介绍:"日本人是花了很大心思的。这里面有一份日本陆军省的内部情报资料,题目为《关于中国的排日侮日》,列出了长达五十多页的表格,对'一·二八'淞沪战事前,在中国发生的九次大的排日浪潮事件进行分析,附录十六种所谓的中国反日侮日书籍,如《日本侵略满蒙史》《不平等条约》等。而且对中国中学教科书中的排日内容以图表罗列,甚至列出中国正在流行的排日歌曲并译成了日文,包括《国难歌》《打倒帝国主义》等。"

钟离志感慨:"可见日本人在中国搜集各类情报,真的十分细致入微。"

苏曼云抬头环视了一下周边,低声道:"还有一件事,岩井惠子告诉我,日本军部和外务省正准备在上海成立一家新闻通讯社,可能会叫中国通讯社,它将以'对中国情况进行迅速、准确的报道'为宗旨。她说我以前当过记者,长期在研究所做资料保管工作,人会傻掉的,建议我改回做老本行。"

钟离志接道:"如果能到有日本军方和外务省背景的通讯社工作,可能更有利于收集军事和其他方面的情报。也就是说,肯定更有利于情报工作。"

夜校启蒙，读书明理，同学们进步巨大。尤其是胡老师的语文课，识字同时常插入"故事"，讲保尔·柯察金，使大家知道了全世界最大的国家叫苏联，那里是工人掌权，人人有工做，人人有饭吃，人人有书读，实行的是八小时工作制；讲江西朱毛红军，打土豪，分田地，要走苏联的路，就是社会主义道路；又讲红军正在进行反"围剿"的战斗。

女同学们更喜欢的还是胡老师的音乐课，一架破旧风琴，边弹边教边唱，而宁咏春总是学得最快，像是天生百灵鸟。每节音乐课临近下课，胡老师总是让宁咏春把当天学的新歌试唱一下。久而久之，宁咏春的《劳工神圣》《马赛曲》《渔光曲》《新女性》等成了夜校每次晚会的压轴曲目。

以教会名义办的夜校，有时也会有教会中的人干涉。一天早课后，沪东公社的老牧师专门找到胡巧玉，当面警告："你教的歌曲都不是唱诗班所用的，歌词太多'打倒'，太激烈、很危险。因为许多女工都是日商纱厂的，会出问题的。再说，我们教会是反对'打倒'这种暴力行为的。"

胡巧玉笑着回道："老先生，那没有什么呀，耶稣不也用鞭子打过魔鬼吗？"

老牧师哑口无言，悻悻转身离开。

白色恐怖下的上海，当局绝不允许出现任何"非法""反动"的活动，常有隶属不同体系的暗探、特务打听夜校情况。

复兴社特务处上海站情报科长钟离志的手下已经跟踪宁咏春、塔维丽一段时间了。一天夜班下来，她们像往常一样到夜校去，刚出厂门就被两个特务紧紧盯上。她俩千方百计想摆脱，但狡猾的特务始终尾随着。

塔维丽似有点紧张，悄声道："咏春姐，狗尾巴一直甩不掉，怎么办？"

宁咏春沉着回道："不要急，我俩继续走，不能慌张。前面弄堂里面是一个夜校同学的家，我们前门进后门出。"

"砰、砰"的敲门声，引来了此屋主人，简单说明来意后，老人欣然让两位女工进了门，并安排她俩从后门迅速离开。绕道来到夜校，已经迟到了一节课。课间休息，胡巧玉老师问她俩为何迟到许久，宁咏春把刚才的经过讲了一遍。众人义愤填膺，商量了一个教训特务的办法。

第二天下班后，宁咏春、塔维丽两人，故意拎着藏有《圣经》的饭篮，慢慢向学校方向的街上步行。果然，昨天跟踪的两个特务又出现了。她俩将两个特务引至设定的弄堂位置后，突然转身。宁咏春大声责问："你们是什么人，为什么光天化日下跟在女人后面鬼鬼祟祟？"塔维丽则同时大喊："来人啊，有流氓欺负女人！"

这时，早已埋伏的方秋明带着十几个工人冲了过来，将两个跟踪特务饱揍一顿。特务痛得跪地求饶："下次再也不敢了。"

方秋明厉声警告道："下次再要欺负女人耍流氓，必定打断你们的狗腿。滚！"

两特务狼狈逃走，众人同时一阵欢呼。

黄浦江岸边，许一清与方秋明的双手紧紧地握在了一起。

方秋明激动道:"自撤离三友实业社工厂,一晃三年多没见面了。我们永安一纱厂党小组,按照老相同志每次传达的薪火党支部工作要求,以夜校教育为抓手,在夜校中循序渐进培养革命骨干,传播先进思想,将原先一盘散沙的工人群众凝聚到了一起。"

"我们原三友实业社地下党支部的同志,按照地下党组织的要求,开枝散叶后,在各家工厂密切联系工人群众,稳步进行先进思想教育,各项工作都取得了重很大进步。逐步建立起来的各个党小组正在发展壮大。"许一清接道,"革命导师列宁说过,'工人本来也不可能有社会主义意识,这种意识只能从外面灌输进去'。组织认为,实践证明办好一个夜校,就等于办好了一个强有力的基层工会。"

方秋明问:"接下来,怎么办?"

"利用夜校传播文化知识、传播先进思想、发展革命骨干,现在看来非常有效。"许一清接道,"日本正做着全面侵华的准备,日商工厂剥削我们中国工人,已经残酷到了无所不用其极的地步。所以从现在起,必须为组织日商工厂的工人大罢工做好准备。具体来说,一是发动各夜校的学生,积极鼓动各人在工厂做工的朋友,尤其是在日商工厂做工的朋友,到周边夜校读书;二是动员夜校中进步大的年轻工友,利用日商工厂扩大招工的机会,多进入日商工厂做工,作为今后组织日商工厂工人大罢工的骨干力量。"

方秋明点头后,许一清进一步提醒:"你作为一名老地下党员、永安一纱厂地下党小组长,不能再出现在前几天工人暴揍特务那样的现场了。历史的经验证明,这容易暴露,明白吗?"

"事后我也感到,我不应该去现场,万一被特务再跟踪,很容易暴露自己。"方秋明解释,"实在是因为当时宁咏春、塔维丽两人找到我说有特务跟踪她俩,让我想办法帮助她们。"

许一清微笑回道:"这我理解,只是今后一定要注意斗争方法。"

方秋明"嗯",接道:"这两位女工进入夜校后进步巨大,今后应该是罢工斗争的骨干。"

徐家汇天主教堂,早上八点左右,一身黑装的苏曼云按例坐在老座位上,双手捧着那本黑皮日文《圣经》认真祈祷冥思。不一会儿,许一清走了过来坐在身边。

苏曼云开言:"有好消息吗?"

许一清稍稍环顾了一下周边,微笑低声道:"有两个好消息要告诉你。"

"我也有两个消息。"苏曼云低声道,"一个好消息,一个坏消息。"

稍坐了一会,两人一前一后步出教堂,在门前小花园坐下。

许一清道:"暗香,先听你的坏消息吧。"

"不,我要先听好消息。"苏曼云俏皮回道。

"这样吧,为公平起见,我们各自把好消息写在手掌上。"许一清顽皮道,"谁也不吃亏。"

苏曼云"嗯",从随身包里拿出那支特务处戴处长嘉奖的派克钢笔，在手掌上写了几个字后，顺手把笔递给了许一清。

许一清接过钢笔，也在手掌上写了几个字，然后双方对视，同时伸开手掌，只见都是三个字——"吴起镇"。两人会心一笑，写着三字的手掌紧紧握到了一起。

苏曼云笑道："中国通讯社的消息一直很灵通，前几天发出的一期《中国情报》上说，高举北上抗日旗帜的中国共产党领导的中央红军近日将到达陕西省吴起镇，说陕北当地长期以来一直有红军在活动。"

许一清接道："中央红军一九三四年十月从江西瑞金、于都，福建长汀等地出发，于一九三五年十月十九日到达吴起镇，行程二万五千里。其间，最重要的是确立了新的党中央领导集体，他们带领红军克服难以想象的艰难险阻，取得了决定性的伟大胜利。"

苏曼云急问："另外一个好消息呢？"

许一清顿了一顿，看着苏曼云期待的神情，高兴道："那是关于梁泓光同志的。"

苏曼云："快说。"

许一清道："经过地下党组织的仔细调查，确认了梁泓光同志在上次被捕过程中，信仰坚定、没有叛党，是靠自己的智慧与能力，成功地从特务处上海站逃出来的。"

苏曼云情不自禁右手捏拳，小幅度用力地挥了几下。许一清接道："难能可贵的是，梁泓光同志从上海出发，由于带了一些西药那样的违禁品，一路上难上加难，甚至还被国民党抓去当了好几个月的壮丁。再次脱险到达江西苏区时，主力红军已经撤离，他又凭着自己的智慧和对党的无限忠诚，找到了留在赣南坚持斗争的南方游击队。在他的不懈努力下，上海地下党组织与南方游击队已经建立起联络渠道。"

"太好了，太好了。"苏曼云甚至有点泪光，接道，"期望有朝一日能够再次相见。"

"一定会有这一天的。"许一清接道，"说说你的坏消息吧。"

苏曼云回道："钟离志的两个手下特务，跟踪上夜校的两个年轻女纺织工人，结果被永安一纱厂的十几个工人暴打了一顿，理由是打流氓，但钟离志判断这件事实质上一定有共产党的背景。"

许一清警惕问道："暗香，钟离志为什么告诉你这些？"

苏曼云回道："当时我就问他为什么告诉我这些与我不相关的。他说，上海有那么多的纺织厂和其他工厂，有华商的，也有美商英商的，日商更不少。共产党的渗透绝不会只在华商工厂，要我把这个消息发在中国通讯社《中国情报》半月刊上，以便引起外国商人的注意，共同打击共产党渗透。"

许一清沉思后，接道："岩井惠子把你推荐到中国通讯社，这是在考察你的能力。你也需要适当透露一点情报给他们，以进一步得到日谍机构的信任。"

"是。"苏曼云介绍，"这家中国通讯社，没有用日本对中国的一贯的歧视叫法'支那'，因为'中国'这一名称更加有利于它在中国搞情报、获信任。"

许一清严肃提醒道:"今后,你在递交一些信息材料给《中国情报》时,一定要把握好分寸。"

苏曼云"嗯",接道:"新出的一期《中国情报》,我已将重要的内容密写在这本杂志里了。"说罢,递给许一清一本日本杂志。

许一清接过来,站起身踢腿伸腰,以观察一下周边情况。苏曼云续道:"这家中国通讯社另外还编辑出版《中国通信资料》半月刊,主要刊发有关中国人民的抗日真相,为日本进一步侵华做充分准备。其中的重要内容,我也都摘写在那里面了。"说罢,指了一指许一清手里的日文杂志。

一九三五年十二月九日,北平爆发了震惊中外的"一二·九"抗日救亡运动。寒冬朔风,大雪纷飞,上海公共租界。

"卖报,卖报,北平学生上街请愿游行,要求停止内战,一致对外。"几位衣服单薄简陋的报童在马路上喊道:"《申报》《申报》,北平学生要求恢复失地。"

钟离志正打算去特务处上海站,随手买了一份当天的《申报》。近来全国各地抗日声浪汹涌,下一步该如何做,钟离志要听听站长的指示。

一边喝着茶,一边翻阅了一下钟离志递过来的报纸,曾叶维抬头问:"钟离科长,你的看法呢?"

钟离志接道:"反共反日,当然两手都要一起抓。"

曾叶维笑道:"做任何事都有一个顺序,要一个先后,你说先反共呢,还是先反日呢?"

钟离志滑头般回话:"一切听站长的安排。"

曾叶维沉声道:"攘外必先安内,这是委员长定的国策。"

"可是,可是。"钟离志摸出一份材料,递给曾叶维站长。

"可是什么?"曾叶维问道。

"这是我们刚搞到的中国通讯社编辑的一篇内部资料,里面'善意地'提醒在华日商纱厂要关注'重压下的反弹'问题。"钟离志接道,"日本资本家对中国工人的盘剥实在是令人忍无可忍。"

曾叶维看着资料,低声读道:"案例一,日商纱厂的工人每天要做十二个小时,一个星期做七个班;星期天必须做满十八个小时,加时部分没有工资;纱厂工人吃饭不关车,上厕所受限,生病发烧不准停工,有怀孕女工不准停工,小孩坐在车脚下。案例二,为了获得更多的利润,大量从外地农村招用十岁左右的小女孩当童工,生活条件极差,一天只给两顿饭,几十个人挤在狭小的包房中,稍有失误,惨遭毒打。"

"是可忍孰不可忍。"钟离志接道,"国民政府应该出面制止。"

曾叶维放下手中资料,说道:"钟离科长不要聊发少年狂了。我想,共产党会组织工人闹事的,甚至是罢工、罢市、罢课,正好还能声援北平学生。"

钟离志接道:"站长是要我利用这机会,去找到共产党地下组织吧?"

"当然,戴处长就是此意。"曾叶维传达了命令。

十一、苏家花园　玉兰绽放

《申报》有关北平学生爱国请愿活动的消息一出，上海各界群情激奋。许一清通过相忠年，一天内就收到了方秋明等上海不少工厂地下党小组长的紧急报告，他们请示如何声援北平正在震动寰宇的"一二·九"学生救国运动。焦急等待中，交通员相忠年取回了副书记华九日的亲笔函：

一清同志：

　　今年八月一日，党中央驻共产国际代表团草拟了《八一宣言》，十月一日以中华苏维埃共和国中央政府和中国共产党中央委员会的名义在巴黎出版的《救国报》上发表。宣言书号召全国人民团结起来，停止内战、抗日救国。连同上个月十三日、二十八日中共中央的两个宣言，有力地推动了全国抗日救亡运动的高涨，以及抗日民族统一战线策略的基本形成。

也就是说，今后的抗日救国，要有钱的出钱，有枪的出枪，有粮的出粮，有力的出力，有专门技能的贡献专门技能，要把地主、资产阶级、一切军队都包括在统一战线之中。所以，我们地下党组织的工作策略必须作相应调整。

虽然经过多年来艰苦卓绝的努力，党在上海的力量有所恢复，但还是非常薄弱的。所以，只能采取最有效的针对性措施，包括推动组织在沪各大学的学生声援活动，即以学生运动声援学生运动；推动著名民主人士、社会翘楚参与到集会、游行中，以增强声援活动的影响力。当然，最主要的还是推动成立各界救国会，如文化界救国会、职业界救国会等，并于'一·二八'抗战四周年大会上正式成立'上海各界救国联合会'，并设立党的临时委员会，以此推动上海各界联合共同抗日，声援北平'一二·九'运动。

需要严肃指出的是，大规模发动工人罢工是非常复杂的系统工作，如必须考虑统一战线中对民族资本家的团结、罢工断薪后工人的生活来源等，日商工厂中党员骨干的力量非常薄弱，有的甚至是零，我们还面临日本在沪军队的暴力等非常情况，更要警惕国民政府军警的镇压、特务的破坏。

可以这么说，即使组织罢工，目前只能是为工人争取劳动条件的改善之类的权益，不能注入明显的政治诉求，否则一定会招致日商资本家、汉奸包工头、在沪日军、租界巡捕、国民党军警及特务等联合起来的粉碎性碾压。

一清同志，必须把上述情况向同志们讲清楚。当然，从现在起,你们可以筹划在沪日商纱厂发动罢工的方案,但必须补上相应的工作短板,并待党组织的一声令下。

我坚信,黑暗散尽后,阳光必然普照大地。

即日

三个月后,正是沪上白玉兰盛开的时节。一辆黑色轿车快速驶过街区,开进了法租界里的苏家花园,停在了一栋大宅的门口。

苏曼云陪着父亲老头子在大宅门口,迎接刚刚下车的岩井英一和女儿岩井惠子。免不了一整套的繁文缛礼,进入客厅后按宾主分坐。佣人送上茶盅施礼后退下。

苏父老头子开言:"岩井先生携女惠子小姐光临寒舍,蓬荜生辉呐。"

岩井英一笑道:"我在日本驻上海总领事馆工作多年,一直想有机会拜访海上闻人苏先生,只是公务繁重、俗务缠身,拖到了今天,还望苏先生海涵。"

苏父老头子接道:"岩井先生客气了。虽然你我乃首度会面,但我们的两个女儿却是多年同学和好友。在此正好谢谢您对小女多年的照应。"说罢双手抱拳表示感谢。

岩井英一微微欠身。苏父老头子对苏曼云道:"囡囡啊,我们两个老男人交流交流男人的俗事,你就尽地主之谊,陪惠子小姐院内赏花聊天吧。"

苏曼云接道:"女儿正有此意,却不敢直言。"

"好主意,"岩井英一道,"惠子,你们院内走走吧。"

苏曼云与岩井惠子对视一笑,起身施礼挽手而出。

看着两女离开的背影,苏老头子道:"岩井先生无事不登三宝殿,有事请吩咐。"

岩井英一笑道:"主要还是专程感谢。这几年苏先生与我们大日本帝国做鸦片等特种贸易成绩斐然,大家财源广进,你还协助大日本帝国处理一些租界事宜,功劳大大的。"

苏老头子嘿嘿:"有钱大家赚么,生意一个人是做不成的。"

"那是。待今后我的岩井公馆正式开张,还请多多关照。苏先生与日本各方朋友的生意合作,要优先选择我们啊。"说罢又微微弯腰,岩井英一续道,"当然,苏先生有何要求或建议,不妨也提出来。"

"那先算我多嘴。"苏老头子道,"中国人讲和气生财。可我听说前几天日商裕丰纱厂工人罢工,工人救国会提出爱国自由、组织工会自由、不准开除工人、改善工作条件等几项要求,工厂老板调动日本海军陆战队和租界巡捕,将工人赶出车间进行殴打,迫令工人复工时,共有一百多人被开除,近四十人被捕。还听说前几天大康纱厂工人进厂时被毒打致死,有这个事吧?"

"基本属实。此事由工人救国会发动,背后肯定有共产党的指使。"想了一想,岩井英一又道,"不瞒你说,大日本外务相广田弘毅已在日本议会上发表对华三原则,就是取缔中国的抗日运动,梳理中日'满'合作机制,中日'满'实行共同防共。"

苏老头子摇着手，满脸堆笑道："岩井先生不要说了，我不是共产党，也无意帮共产党说话。还是那句话，和气生财。我想，今后万一还有日商工厂罢工此类事情发生，如果岩井先生信得过，我亦可参与协调协调。"

"那是最好的，一言为定。"岩井英一右手拍桌，接道，"最近我可能要回国述职。女儿在上海，也请多多关照。"

苏曼云与岩井惠子二人坐在花园里的两张摇椅上，沐浴着春天的阳光，品尝着著名的明前洞庭碧螺春，欣赏着院内满树盛开的白玉兰花。

岩井惠子笑道："云子，记得你以前给我讲过这姑苏洞庭山碧螺春茶的故事，也介绍过明前茶的妙处，今日一品，果然不同凡响。"

"那是，"苏曼云笑道，"我还是个不懂茶的，下次有机会让我那佣人给你好好介绍。"

"佣人比小姐懂茶？不可能吧。"岩井惠子疑问。苏曼云笑回："没有什么可大惊小怪的，她家祖祖辈辈是洞庭山的茶农。"

岩井惠子点头道："云子，你看这白玉兰树株高大，花朵立于枝头、挺直向上，绚丽高雅、神采奕奕，迎风摇曳、款款大方，委实清新可人。应该有故事传说吧？"

"白玉兰代表着一种一往无前的孤寒气、挺拔向上的孤勇气，传说神奇着呢。"苏曼云似有意逗笑，"下次再讲哦。"

岩井惠子不依不饶，求道："今天先简介，下次再详解？"

"好吧，好吧。看在你多次不厌其烦地给我介绍樱花的份上。"苏曼云喝了一口茶，慢道："中国有一种古老的宗教，名曰道教。传说，道教的神仙始祖都在一座名曰昆仑山的仙山中的玉虚宫内修行，终日讲经论道。玉虚宫旁有棵神树，常年盛开四朵仙花，每花一色，分别为白色、黄色、紫红色、淡紫色。这一树四花常年听得神仙始祖讲解真经，终于修成人形。道教有一始祖，神算出这四花应该转世降临人间，享帝王将相家之富贵，受惨绝人寰之痛苦。后来，四女在凡间果然应验。周武王伐纣后，被册封为天地之四星，其分灵被太公望留在人间，并分别化为白玉兰、黄玉兰、紫玉兰和广玉兰。"

"精彩。"岩井惠子接问，"这故事叫什么名字？"

苏曼云答道："白玉兰的传奇，也是中国著名神话小说《封神榜》之续集。"

岩井惠子接道："我回去就找本此书，仔细阅读。"

正在叽喳交流，苏父老头子与岩井英一两人并行走了过来。四人站着稍稍又谈了一会儿，岩井英一父女告辞而去。

大门外送别客人后，苏老头子对苏曼云道："囡囡，你要我办的事，已经办好。我主动提出如有需要，可帮助日本厂商化解劳资纠纷。岩井也痛快答应了。"顿了一顿又道："这可是你的建议，我想想也有点道理。到时如果真的介入劳资双方的调解，深浅尺度我自会把握的。"

乍暖还寒。入夜，昏暗灯光下，纱厂工人集居地上海静安寺路石家宅的胡巧玉家中，许一清参加了方秋明党小组成员正在召开的会议。

许一清首先传达了组织对日商裕丰纱厂全厂罢工失败的几条重要认识。其一，头脑发热，没有正确估计形势；其二，主要提政治方面的条件，不与工人的切身利益相结合；其三，对日方资本家与日本海军陆战队和巡捕房相勾结的密切程度严重估计不足，结果日军铁甲炮车封锁了工厂大门，巡捕房派来了大量巡捕进厂，逢人乱打一气，打伤了不少工人，其中就有救国会成员和地下党党员。另外，裕丰纱厂党小组没有执行薪火党支部前期传达的地下党组织关于对日商纱厂组织罢工的相关要求，没有做到令行禁止。自行发起，这是严重错误的。

"完全正确。"方秋明接道，"今后开展罢工，要多用抗日救国会的名义开展工作。这样会有更广泛的群众基础，能吸引更多的工人参与到我们的工作中来。"

大家纷纷点头赞同。

许一清道："或者可以采用交替罢工方式，如今天四厂罢工，明天就复工；后天五厂罢工，很快也复工。然后扩大罢工范围，最后逐步同步罢工，从而实现上海日商纱厂工人一起总罢工。"

胡巧玉担忧道："这个办法是好，但不要忘记，有些日商纱厂里，如丰田，根本就没有地下党员，甚至救国会成员都没有，很难发动。"

"这就是我今天来参加你们党小组会议的主要原因。"许一清又道，"组织决定，派你前往丰田纱厂创办平民夜校，在工人学员中发展救国会成员以积蓄力量。"

方秋明建议："最好再带进去几个骨干，如宁咏春、塔维丽等，他们一定会对迅速开展起工作有很大的助力。"

胡巧玉接道："好办法。我明天就找她俩谈谈，利用丰田纱厂正在招工的机会进入工厂。她俩年轻、技术好，招工头必定一眼相中。"

许一清点头道："就这么办。另外，听说这两位在夜校学习过程中，各方面都进步很大，你们党小组可按程序，发展她们加入党组织。"

方秋明等"同意"。

许一清再三强调："组织要求，领导工人斗争，必须从争取胜利的角度出发，对于完全没有把握的斗争就应该停止。"

华灯初上。位于静安寺路上的跑马厅对面，一直号称"远东第一高楼"的上海四行储蓄会二十二层大厦，二楼餐厅小包房内，尤岩烑正在设宴，专门给刚从南京述职返沪的曾叶维站长接风。

"站长此次去总部述职，时间不短，可谓夙夜在公，旅途辛苦。所以，兄弟我特意安排在这家老百姓有'仰落帽'之称的派克饭店，给您接风洗尘，我先敬您一杯。"尤岩烑接道，"先干为敬。"说罢，举起半杯红酒一饮而尽。

曾叶维点头"谢谢"，端起白开水杯象征性地喝了一口，接道："尤组长，现在蒋委员长倡导新生活运动，你可要注意哦。"

"是是，我已经注意了。"尤岩烧问道，"不知总部对上海站的工作还满意不？"

"总体是满意的。"曾叶维又道，"自蒋委员长在南昌乐群电影院前，面对五万名官吏、保甲长及部分民众发表《新生活运动之要义》以来，各地纷纷响应，尤以我们复兴社为中坚骨干力量。记得我们上海站当天就行动，查禁了一百多种书籍。大名鼎鼎的鲁迅也有四本大作被查封，《呐喊》《坟》等均在其中。"曾叶维表扬："你功劳不小。"

尤岩烧脸上露出得意的神色。

曾叶维接道："我把我们站截获的鲁迅的一封书信递给戴处长，他当面就大声念了出来'上海靠笔墨很难生活，近日禁书至五百九余种之多。闻光华书局第一，现场书局次之，至少要算北新……，书局正因此不敢印书，一是怕出后被禁，二是不禁而无人要看，所以买卖就停顿起来了……'。戴处长念完，当时在座的齐声鼓掌。"

"能让大名鼎鼎的鲁迅为难，实在不容易。"尤岩烧笑道，"您见到康泽处长了吗？"

"他现在是总队长了，也非常关心你。"曾叶维接道，"不过，他的确很忙。你想，他从《前途》《社会新闻》开始，办了一百多种《扫荡报》之类的传媒报刊，全力宣传新生活运动。"

尤岩烧接道："听说蒋夫人在《美国论坛》杂志上，发表了《中国新生活运动》一文，引起美国友人的高度关注。"

"是的。不过这也引起了党国一些人的不满。说武汉十余所学堂、几千学生把成千上万的图书馆藏书付之一炬之事,以及后来蔓延到了我们上海、杭州等地的问题,让人想起了几个月前发生在纳粹德国的禁书事件和戈培尔疯狂的宣传鼓动行为。"曾叶维续道,"跟社会上不少人的看法一样,我们站里也有人认为新生活运动兼有儒家、三民主义、法西斯主义和基督教义的四重色彩。前所未有,荒诞怪异。"

"谁?如此大胆。我立即给予严厉制裁。"尤岩烑一下子站了起来,低声道,"我猜应该是钟离科长之流吧?我早看此人不顺眼了。"

曾叶维抬头看了一下尤岩烑,伸手示意坐下,接道:"尤组长,老话说'莫学蜘蛛各织网,要学蜜蜂共酿蜜',再说了,一粒小小的沙子虽然很不起眼,但落进你的鞋子里就会硌脚,精诚团结吧。"

尤岩烑没有吱声,坐下后又问道:"这几年国民政府为了整顿军队军衔乱象,对军衔制度进行了修订,民国二十四年三月颁布了新的军衔表。我们复兴社也该轮到了吧?"

曾叶维笑道:"这是当然。你有没有听说,几年前西北军阀马步芳把还在小学读书、只有十二岁的儿子委任为警备司令部的上校参谋长,上报南京后,南京方面竟然还给予了正式任命,发给了委任状。所以,尤组长你也可以弄个上校。"

尤岩烑闻言为之一振,大杯红酒一口干掉后,用手抹了一把嘴边,兴奋道:"那太好了。省得我们行动组整天蓝衣黄裤,在社会上被人戏称为'蓝衣社'了。或许我还可以弄个上校干干。"

"叫蓝衣社不好吗?干我们这一行既要威慑又要隐身。总不能成天穿着军服去跟踪、抓人、密裁吧?"曾叶维喝了口白开水,接道,"听说我们复兴社的章程也要修改,使命确定是'迅速地推动实现一个新的法西斯社会和国家'。"

尤岩烷没有接话,心里已经琢磨上校军衔的事了。

十二、一九三六 纱厂抗争

岁月如流。又一个初冬的清晨,上海静安寺路上,报童稚声:"卖报,卖报,看《上海每日新闻》,东洋纱厂工人联合罢工宣言。"

身着灰色长衫、手提黑色公文包的华九日书记停下匆匆脚步,从报童手里买了一份报纸,边走边粗略浏览宣言:

上海各日商纱厂工友共鉴:

亲爱的工友们,你们应该很快地觉悟,日本资本家是没有良心的,他们要把我们日本纱厂的工友折磨死,我们各厂代表讨论认为,我们不能再忍了,我们要靠我们自己团结的力量,团结起来迅速准备罢工!我们要求厂里立即承认下列条件:第一,增加工资百分之十;第二,吃饭停车一小时;第三,不准开除一个工人;第四,不许拷打工人;第五,星期天的工作时间不能多。

日本纱厂的工友们,立即团结起来,共同努力,夺取最后的胜利！

　　内外棉、上海、喜和、裕丰、同兴、东华、日华、公大、丰田、大康等纱厂代表同启。

　　看到这里，华九日脸上微露喜悦的笑容，不由自主地加快了去顾家花园的脚步。

　　顾家花园湖边长椅上，华九日与许一清正促膝交谈。

　　华九日指了指报纸上的"宣言"，轻声道："一清同志，你们这次组织日商纱厂大罢工，总结了一年多来的经验教训，既没有提泛泛的政治口号，也没有组织华商纱厂工人同时罢工，思虑比较周详。从方方面面得到的消息来看，你们起步不错。"

　　许一清回应道："几年来，日商纱厂的野蛮扩张，严重挤压了华商纱厂，华商纱厂几乎都开工不足。通过罢工，一方面集中力量打击日本帝国主义，一方面支持了民族工业，这几天申新纱厂、永安纱厂等华商工厂纷纷招工，开出了全日制或两班制。这无疑是对日本资本家的一个沉重打击，迫使他们不得不认真考虑工人提出的五项要求。"

　　"你们薪火党支部及每位党员同志都是这次罢工的核心中坚，一定要有勇有谋、未雨绸缪，深刻认识到帝国主义分子的残暴性、国民政府的软弱性和欺骗性。"华九日续道，"地下党组织将推动著名的民主人士及社会力量，大力声援此次日商纱厂的工人大罢工。"

　　许一清坚定回应："我们立即商定应对最严峻局面的措施方案。"

次日下午。

上海静安寺路基督教女青年会的大草坪上，上海各界救国联合会等正在举办纪念中国民主革命先驱孙中山先生诞辰的大会。

宁咏春代表日商纱厂罢工工人，控诉了日本厂主对中国工人的迫害和虐待，介绍了罢工的情况，呼吁社会各界给予支援。全场报以热烈的掌声。接着两名男工登台发言，从另外角度介绍纱厂工人受剥削、遭压迫的情况，会场中不断爆发出愤怒的声讨，声音一浪高过一浪。

著名的民主人士"七君子"分别作了对日商纱厂工人大罢工坚决支持和深表同情的演讲。会后，散发了《请全国同胞援助日商纱厂罢工工人》的呼吁书，并在全市开展募捐活动，支援因罢工而遭遇生活困难的工人家庭。这一切对日商纱厂工人的罢工，是极大的支持和鼓舞。

复兴社特务处上海站站长办公室，曾叶维站长正在独自欣赏战国越王州勾剑，办公桌上的电话铃声突然响起，电话是情报科科长钟离志打来的。

曾叶维将古剑放在办公桌上，定了定神，拿起电话筒问道："钟离科长，你们下午在那个大会会场的监视可有收获？"

电话筒声音："报告站长，收获不少，回站后给您详细汇报。先作一个简单报告，一是'七君子'的公开言论，严重危害党国；二是三位工人代表，有严重的共产党嫌疑。要不要让行动组立即予以抓捕？"

沉默数十秒钟后，曾叶维对电话筒道："钟离科长，'七君子'是著名人士，抓捕必须请示南京戴处长。至于有共党嫌疑的发言者，先派人盯着，你赶紧回站里写出书面报告，转呈上海淞沪警备司令部，由他们决定是否抓捕。"

电话筒声音"是"。

钟离志挂断电话，不由暗笑，猜出了曾站长的心思，参与罢工的工人可能会有数万人，涉及几乎所有的在沪日商纱厂，万一抓捕引起乱子，责任可不小，由警备司令部实施抓捕，如能确定是共产党，也必有上海站一份功劳。

丰田纱厂的罢工紧锣密鼓地准备着。忽然，一个令人不安的消息在工人中很快传开，参加孙中山纪念大会并发言的几位工友回到工厂后发现宁咏春失踪。地下党小组的几位党员紧急商讨后，方秋明将提前罢工的决定用紧急联络方式向许一清作了汇报，获得赞同。

"呜——"的汽笛声在厂里骤然响起，全厂工人的大罢工提前三个小时开始，工人们立即关车，朝工厂门口涌去。丰田大班见此情景，立即电话通知海军陆战队迅速派兵增援，已在工厂大门外警戒的日本士兵则立即用机枪封锁了大门，铁甲炮车的炮口也瞄准了罢工人群。

工人们群情激奋，在武装的敌人面前毫不退缩。

方秋明、塔维丽等按照事前的计划，组织工友将厂里面的丰田大班等数十位日本人全部分割包围起来，并誓言与其同归于尽。经过激烈对峙，丰田大班不得不电话日本海军陆战队士兵撤退，工人们全部冲出了工厂大门。

丰田大班拳头狂怒地砸在办公桌上，把工厂罢工的情况立即电话通报了日本驻沪总领事馆。

日本驻沪总领事馆请租界工部局协助，对丰田纱厂的罢工进行弹压。巡捕房派出五辆满载巡捕的警车呼啸冲向丰田工厂。刚驶进厂区，工人们就在厂房顶上用砖块、石头猛烈砸向驶入的汽车。不一会儿就有三辆汽车被打了回去。另外两辆汽车上的巡捕冲下车来，厂房顶上的工人停止了用砖块与石块的袭击，这是罢工前党小组定下的策略，要尽量防止罢工过程中出现伤亡伤害事件，也是许一清代表地下党组织向各纱厂罢工负责人提出明确的要求。

双方僵持了一夜，巡捕们抓了十几位罢工工人关上警车，更多的工人则是包围了警车和巡捕，使之无法行动。

几乎同时，更多的罢工工人自发地聚集在中山桥广场上举行群众大会，推举三百多人组成请愿团，到市政府去请愿，以此彰显工人罢工的正义性和合法性。

精疲力尽的巡捕头领开始服软，主动向层层包围他们的罢工工人求饶，声言要去丰田大班办公室，当面要求日方答应罢工的五项条件。人群里的方秋明大声道："我们罢工是实在迫不得已的，你去找日本老板，帮忙协调当然最好。"说罢悄悄示意，工人包围圈让出了一口子，警长自行前往丰田大班办公室。

"还要带句话，必须马上释放被日本人秘密抓捕的工人宁咏春。"人群里的塔维丽大声要求道。工人们随即呼应:"不放人,你们巡捕一个也别想离开丰田厂。"

几天后的一个下午,上海蓬莱路日本俱乐部二楼会议室,墙上挂钟刚刚敲响一点钟。日本驻上海总领事馆官员岩井英一的全权代表中村震二郎、在华日纺织业公会船津会长及各日商纱厂大班数十余人正在紧急商讨对策。

大班们挥舞着各自手中的"罢工损失统计表",犹如泼妇骂街、恶人告状。

公会会长船津叹道:"此次沪西区各厂工潮发生后,本会颇为重视,在沪西问题未解决时,上海其他厂又起罢工,使日商纱业前途几将动摇,损失惨不忍睹。今天会议主题是根据各厂情况慎重协商对策。目的就是必须尽快制止这场只针对日商的罢工。"顿了一下,又道:"中国人常说'擒贼先擒王',我多次到聚集在各工厂门口的罢工人群中,告诉他们提出的条件是传单宣传式的,不能算作正式条件,就是要他们派出代表,而这些代表极有可能就是组织领导者,这样就可以一网打尽,可惜他们没有这样做。现在看来,唯一的办法就是对稍有露面出头的人,马上就抓。"

"我厂细纱车间有个工人,用吹哨子的办法带领工人停车冲出车间到厂外参加罢工。我悬赏五百元抓他,后来又增加到一千元。可惜当警车开到其住所时,他已经跑掉了。"同兴大班叹道,"消息那么灵通,我看这背后有共产党的影子。"

"丰田纱厂的损失可能是最严重的。"丰田大班沮丧又狰狞道,"不过,我们协助淞沪警备司令部抓到了一个罢工女骨干。"

众人闻之,齐声狂呼:"太好了,太好了。"

中村震二郎挥手让与会人员安静,接着道:"诸位,此次在沪日商纱厂发生大规模的罢工风潮,日本朝野颇为关注。为此,第一,帝国驻上海总领事馆已向上海市政府提出了强烈抗议,要求他们积极作为,制止背后可能由共产党掀起的针对日商纱厂的全面罢工;第二,已协调日军驻上海海军陆战队给每家日商纱厂至少派两辆铁甲炮车,并派出五百名士兵,一旦罢工工人有破坏暴力倾向,一举击之;第三,与租界工部局作了协调,巡捕房会全力抓捕共产党及不法分子;第四,日本驻上海领事馆已和上海帮会进行了沟通,必要时其大佬会出面调停。"顿了一顿,严肃提醒:"帝国正在策划并推进全面的对华战争,目前最好不要节外生枝。"

苏曼云收到了许一清的紧急指示,要求其动员父亲老头子,利用他租界工部局华人董事的身份,协助日商纱厂罢工工人与资方谈判。认真琢磨了一会儿,苏曼云拿起电话打给父亲,只是电话那头总是占线。

好不容易打通父亲电话,苏曼云半嗔半嗲道:"阿爹,你电话咋回事嘛?一直占线。"

电话筒声音:"囡囡,有啥事情吗?"

苏曼云嗲道:"你后天过生日,岩井惠子约我明天一定要去提前给你拜拜寿。"

电话筒声音:"谢谢囡囡,实在没空。刚刚就是惠子父亲,岩井先生的全权代表打我电话,要我出面协调日商纱厂资方跟劳方的大矛盾。你肯定知道,这次日商纱厂工人罢工规模很大,可以说是总罢工或者大罢工级别的。"

苏曼云接道:"是的。我现在是日本的中国通讯社记者,天天听到的、看到的都是日本老板怎样压迫中国工人。前天在那场孙中山纪念大会上,受采访的上海各界救国联合会的一些工人,特别是'七君子'中的几位,都向我提出,能否请您出面,协调这场大罢工工潮呢。"

电话筒声音:"哦。要说日本人还是有所准备的,前些日子岩井父女造访我们家,就提出过类似的要求。"

苏曼云提醒:"阿爹,你可不能当汉奸啊。"

电话筒里传来"呵呵"大笑:"你刚刚不是说上海各界救国联合会的人和'七君子'都提出来,要我出面协调吗?"

"听说丰田纱厂的日本人还秘密绑架了一位中国女工,就是在那天大会上发言的那位。"苏曼云接道,"你好人做到底,一定要把她保释出来。"

"刚刚日本人电话里也提到了。说巡捕房的几十名巡捕现在被围在丰田厂里,不放那位女工,巡捕们不得离开。"电话筒声音,"囡囡,你说那位女工会不会是共产党?如果是就不大好办。听说已被拘在龙华警备司令部里了。"

苏曼云急道:"哪有那么多共产党分子啊?不过是家里穷被逼急了,也没念过啥书。俗话说官逼民反,何况日商纱厂对工人太过盘剥。再说了，我专门采访过很多各阶层的人，他们都说这次这么多日商纱厂大罢工没有提出什么政治诉求。"

电话筒声音："这倒是，我也听说了。那就一起协调吧。"

苏曼云鼓励："阿爹仗义。"

电话筒声音："你跟惠子明天不用专门回家一趟了，我去张罗协调。后天你们一定要回家。"

一九三六年十一月二十五日，法租界申江大楼。沪东、沪西日商纱厂罢工工人代表宁咏春等数十人，在上海市多位社会名流的调停下，同日本纱厂资方进行了谈判并达成了七点协议：一、工资增加百分之五；二、每月的赏工制改成奖励制；三、不准无故开除工人；四、不准打骂工人；五、每天工作十二小时，礼拜日工作十四小时，其多做的两小时工作另给工资；六、吃饭停车三十分钟；七、各厂工人一律次日一早复工。

十六铺聚宝茶楼，楼厅中间的小戏台上，两位苏州评弹演员正在表演长篇弹词《白蛇传》，闲坐喝茶的茶客们，泡上一壶香茗，其乐也融融。

许一清端起茶杯，轻轻地闻了一下沁人的茶香，对华九日笑道："老师，我到上海快十年了，记忆中，你是第一次约我到茶馆喝茶。今天咋突然大方了？"

"这不，前几天收到了一点稿费，今天就请你了，这就够意思了。"华九日接道,"这个地方现在是暗香父亲老头子的产业。原来是史姓的,因为离麦兰捕房比较近,她父亲每日下午三点到此喝茶,发现生意兴隆,便利用'装榫头'的办法强取豪夺,据为己有。"

许一清没听明白,便请教:"啥叫'装榫头'?"

华九日接道:"就是上海滩流氓敲诈勒索的一套做法,帮会中的切口又叫'软胡子',主要手法有三。一种是'移尸入门',把别处的死人搬你家里去,栽赃害人;二是'栽赃入室',把盗窃来的赃物放进你家里,然后去官府报案;三是'勾奸买奸',收买你家里的逆人。"

许一清恨道:"这实在太卑鄙了。"手中端着的茶杯被狠狠地放在了茶桌上。

"这种'榫头'一旦装在你门上,你就得服服帖帖依他条件,任其敲诈,否则轻则破财,重则家破人亡。"华九日续道,"'装榫头'手法非常多,举个小例子,如流氓在商店里看准对象后,先将皮夹子偷偷放在该人的口袋里,然后反咬一口,硬讲对方偷了他的钱,于是'人赃并获',打手们上来一顿暴揍,路人不知实情纷纷指责,最后必将对方全部掏空方才罢手。"

"这不是人。"许一清接道,"这几天我本来还挺感激他出面协调日商纱厂的罢工事宜呢。"

舞台上的评弹弹词正到情浓之刻,茶客们纷纷叫好。

"这些人极具多面性。"华九日机警地四周打量了一下,接道,"这次上海日商纱厂纺织工人的反日大罢工,参加人数达到四万五千人,也影响到了全国,据说青岛日商纱厂的三万工人也已经开展了罢工斗争,所以说胜利是空前的。更重要的是提升了广大贫苦工人的觉悟,让他们明白只有组织起来、勇敢地站起来,与日本帝国主义作斗争,才有生存权。同时,罢工的斗争壮大了革命力量,吸收了不少具有革命思想和顽强斗志的青年工人入党,使得地下党组织有了相当的发展。"

许一清认真听着、体会着。

华九日环顾了一下周边,接着要求:"一清同志,你们薪火党支部要尽快全面总结,并书面报告地下党组织。这对我党领导城市工人斗争有很重要的指导价值。"

场中又传来了茶客们的阵阵喝彩声。

华九日又道:"日本帝国主义的对华侵略战争已经全面升级,手段更是无所不用其极。近年来,与炮制伪满洲国的手法如出一辙,收买汉奸、强奸民意,凭空捏造出'地方自治'的假象。目前虽然暂停了对华北的军事侵略,但实质上是不取其名而取其实,以'自治'名义吞并华北进而全面吞华。也就是说,'九一八'以后国民政府的无底线妥协,不但没有满足侵略者的贪得无厌,也正在把中华民族拖入万劫不复的境地。"

许一清激愤:"依我看,去年以来发生的察哈尔事件、河北事件、张北事件、华北五省自治运动等,都是日本帝国主义对中国使用的'装榫头'的罪恶做法。"

"非常贴切。"华九日接道,"我一直很担心,上海作为中国最大、最发达、最富有的城市,日本侵略者也会很快使出'装榫头'的丑陋招数,侵占这座城市。"

"我们下一步怎么干?"许一清急报,"暗香近告,日本官方近日向国民政府提出三要求,即审判七君子、解散救国会、取缔大罢工。"

华九日坚定道:"进一步壮大革命力量。同时,积极推动开展营救被国民党政府抓捕的'七君子',并以此为抓手推动全民共同抗日。"

苏曼云低头看了看手表,便微笑着对岩井惠子道:"惠子小姐,现在离新年钟声敲响只有二十分钟了,我们现在出发,从礼查饭店步行到外滩海关大楼时间正好。"

"好的,云子。"岩井惠子应道。俩人起身穿上厚厚的外套,步出礼查饭店酒吧时,用围巾将头都缠个结实,只露出了各自明亮的一双大眼睛。一阵朔风吹来,都不由自主地打了个寒战。

苏曼云半嗔道:"都是你出的馊主意,要听海关大楼的新年乐响钟声,看来非得冻掉半条命不可。"

岩井惠子应道:"都说上海外滩海关大楼顶部的大钟,为亚太之冠、世界第三,采用英国伦敦大本钟的乐曲报时打点。我早就想来听它的新年报时乐了。"

"这个大钟高约四个楼层,分东西南北四个钟面,每一面用十二角形图案相拼,直径超过五公尺,钟面上指时的紫铜长针,重约有六十公斤。"苏曼云接道,"关键是整栋大楼高七十多公尺,这黑咕隆咚的也看不见哪。"

"不是要看,而是要听,用心听。"岩井惠子又道,"中国不是有个成语金声玉振吗?"

"金声玉振是亚圣称赞孔夫子圣德兼备。《孟子·万章下》曰'集大成也者,金声而玉振之也。金声也者,始条理也;玉振之也者,终条理也。始条理者,智之事也;终条理者,圣之事也'。"苏曼云笑道,"当然你用来比喻音韵响亮、和谐也有道理。"

岩井惠子感叹:"云子,你对中国古典的熟悉,远超我的想象。"

苏曼云微笑道:"哪里哪里,仅知点皮毛而已。"

两人刚刚步行到达海关大楼近处,楼顶大钟正好奏响英国皇家威斯敏斯特名曲。抬头仰望着黑沉沉的夜色,岩井惠子突然向上方笔直伸出双手,大声喊道:"一九三七年,你来了。"

苏曼云沉默。

不一会儿,一辆黑色的轿车驶到了两位姑娘身边。上车后,苏曼云问道:"惠子,前段时间你父亲回东京外务省述职,现在回中国了吗?"

岩井惠子应道:"去了没几天就回中国了。不过,他被日本外务省派到了四川,去那里筹办成都领事馆,并兼任领事。"

"成都既非通商口岸,又没有日本侨民,那里设领事馆没意义吧?"苏曼云接道,"岩井先生在那里应该很悠闲。

四川乃天府之国,成都名胜古迹甚多,川菜更是天下闻名,这实在是美差呢。"

"哪里是什么美差。设馆此举激起了四川各地人民的愤怒,他们集会游行,还向南京国民政府请愿,坚决反对日本设立成都领事馆。"岩井惠子接道,"父亲是中国通,本打算乘船先到重庆,再转飞机去成都,造成设立领馆的既成事实。但中国航空公司拒卖飞机票,他们一行人只好自己乘汽车到了成都。"

"是这样啊。"苏曼云接道,"只听说当地人涌入了有日本人下榻的大川饭店,打死打伤各两人,肯定没有岩井先生吧?"

岩井惠子接道:"父亲幸运,与被打伤的另两位被当地军警护出。"

"运气不错。"苏曼云接道,"惠子,你一定要劝劝父亲,让他早回上海吧。"

元旦后上班的第一天上午,复兴社特务处上海站召开了第一次全体会议。曾叶维站长在礼节性的开场白后,神情严肃道:"各位,近一个月以来,国内发生了多起重大事件,这些事件完全有可能改变中国历史的进程和未来发展方向。"

各部门高管正襟危坐,会议室内鸦雀无声。

曾叶维续道:"首先就是'双十二事变',军阀张、杨毫无礼义廉耻与做人之底线,扣押委员长,提出停止一切内战,释放上海爱国人士等八项主张,寇氛日亟,抗战紧张,任何内战,均足消耗国力,援敌可乘之机之类的议论,共产党方面派往西安的代表提出了'只要委员长答应抗日,就应尽快释放'的主张。"顿了一顿,又道:"各位,鄙人以为这次共产党的主张比那些想趁机置蒋委员长于死地的鼠辈,实乃人与非人之差别也。"

"戴处长命令。"说到这里,曾叶维扫视了一下会场,与会人员全体起立挺胸立正,接道,"委员长同意了第二次国共合作,共同抗日。"

与会人员"是"后坐下。

"第二件大事就是政府逮捕了七位所谓的爱国领袖,社会舆论现在把他们美化为'七君子'。依我看,这七个人的所作所为都是共产党想做、想说,又不敢做、不敢说的。"曾叶维接道,"第三件大事就是上海日商纱厂几万工人的大罢工,这件事没有有心人,没有组织在背后推动,依着中国人向来一盘散沙之状态,能做到吗?那么,是谁在背后推动呢?各位可以用脑子好好思考一下。"

会议结束后,钟离志、尤岩烍随曾叶维进入站长办公室。三人坐下后,尤岩烍按捺不住急忙开门:"站长,您刚传达南京戴处长的命令,以后国共合作,共同抗日,那我们行动组正在盯梢的、待证据确定之后准备密捕的那些指挥日商纱厂大罢工的共产党还抓不抓?"

"我刚才在会议室就看到你那欲言又止的样子,不在会上说就对了。"曾叶维笑道,"戴处长强调,国共合作只是权宜之计、应景而为，'攘外必先安内'是委员长不可动摇的最高治国方略。所以，那几位挑动罢工的共产党，不管是夜校教师还是一线工人，只是暂时不抓。"

钟离志接道："站长，我们最好应该乘合作之机派人潜入共产党组织内部，以待时局之变。"

曾叶维很满意，对尤岩犹批评道："尤组长，这个方面你要向钟离志科长好好学习，用脑子干活。"说罢，示意尤岩犹先行离开。

"钟离科长，你在纺织工人中培养自己人的做法，我很满意，现在用不着汇报什么。"曾叶维又道，"我留下你单聊，是要求你抓紧做好对日方情报的收集工作。"

钟离志"是"。

"岩井英一的主阵地在上海，我们却对他们策划在成都建立日本领事馆一事一无所知，搞得国民政府十分被动。"曾叶维接道，"虽然从头到尾中国政府并没有同意日方在成都设立领事馆。据说，日方提出处理此案的七条主张与事件本身毫不相关，就是侵华工作的进一步具体化，双方外交谈判陷入僵局。由于'双十二'事变，中国停止了内战，日方已关注于全面军事侵华，所以对此案的处理就不那么重要了。"

"站长，日本人在成都设领事馆的阴谋昭然若揭，就是在中国的大后方设一所间谍机构。"钟离志沉重道，"全面战争就在眼前了。"

十三、金山渔村　潮来潮往

　　金山嘴渔村是上海沿海陆地最早的渔村，临近杭州湾畔，与海中的金山三岛（大金山岛、小金山岛、浮山岛）隔水相望。快过年了，村里仅有的一条主要售卖海产品的老街还算热闹，采办年货的人不少。

　　凛冽的海风中，大衣紧裹的苏曼云和岩井惠子已顾不上刚下汽车时逛街的优雅，匆匆钻进了一家名叫"开一天"的百年老字号餐馆。

　　"亏你想得出来，这么个大冬天到海边来游玩，冻死了。"苏曼云埋怨后笑道，"不过呢，也终于能品到这家百年老店的镇店小吃黄鱼面了。"

　　"就是因为你说了那么多次这家百年老店的黄鱼面有名，所以我才趁父亲不在上海，让他的得意学生中村震二郎陆军少佐帮忙开车两个多小时，带我们来此品鲜。"岩井惠子笑道，"你们的孔圣人曰'朝闻道夕死可矣'。依我看，可以引用到我俩冒着严寒，赶路百里到此店尝鲜上。"

苏曼云苦笑道:"我父亲以前多次到金山办事,当地的士绅请他到此店品鲜,说是可以感受到大海的味道,还说这里的黄鱼是从码头直接运到店里的,鱼肉嫩白细腻,鱼汤煮至奶白色恰到好处,鲜而不腥,面条又嚼劲十足。另有两道风味别致的招牌菜,一是秘制土鸡,皮黑肉嫩、醇厚不腻;二是枫泾丁蹄,喷香可口、酥而不烂。所以,为了不枉此行,刚刚也各点了一份,撑死你。"

岩井惠子嘿嘿一笑,接道:"餐后正好去海边走走消消食,我带了望远镜,可以好好看看金山三岛,有可能的话,我还想租一条渔船上岛看看。"

"惠子,你这可是冻死、撑死、作死的做法。"苏曼云犹豫了一下,叹道,"既然如此,我好人做到底,你这几天想到哪里,我就陪你到哪里。"

"那太好了,我本来还不好意思跟你开口。"岩井惠子笑道,"我还想趁机到乍浦,还有平湖的金丝娘桥、虎啸桥、全公亭等地走走看看呢。"

苏曼云睁大了眼睛,嘴里发出"啊啊"的惊奇声。

岩井惠子笑道:"我到上海多年了,第一次到金山嘴地区走走,你就陪陪我啦。"

苏曼云较真道:"可以陪你,但你要补偿我。"

"那是应该的。"岩井惠子道,"如何补偿?"

苏曼云笑道:"你请我去一次远东第一舞厅仙乐斯,咋样?"

"那就说定了。"岩井惠子接问,"我们不是去过不少次了吗，又不是什么难事？"

"去了多次，却没喝过那里面顶级的法国红酒。"苏曼云笑道，"听说那位老板犹太人沙逊先生存有几瓶十八世纪中期的拉菲，那是法国国王路易十五最喜欢的，号称御酒。同款同年份，来一瓶尝尝，不是难事吧？"

"云子，你这个刁钻的鬼灵精，这肯定是难事啊。"岩井惠子微嗔道，"这可不是用钱就能搞定的事，谁不知道跷脚沙逊是堂堂上海滩的地产大王，因其貌不扬，偕友人去百乐门跳舞时被服务生嘲笑，一怒之下拨巨款，按美国纽约的仙乐斯舞宫的图纸建造此舞厅，极尽豪华远超百乐门。它安装的中央空调，现整个上海滩也只有三部。所以，钱并不一定能打动那位英国佬。"

谈笑间，两人餐后一同步出饭店，直接上了门口停着的黑色轿车。

几天后的一个周日下午，天上积压着厚厚的云层，偶有少许阳光透过云隙洒向大地。顾家花园湖畔，华九日与许一清缓步交流。

华九日沉思后道："你刚刚对暗香所报告的，她陪岩井惠子一起去金山卫一带兜了三天，汽车驾驶员居然是日本陆军少佐的情况及分析相当重要，很大可能是因为日本间谍机构开始对那里的地理地貌、海况水域等开始侦察与调查。"

"金山卫那一带我以前去过多次，游泳时总觉得水浅淤深，船只靠岸困难。"许一清又道，"如果日本侵略者再次进攻上海，很有可能还会像五年前的淞沪战争一样，大部分从上海北部的吴淞口、张华浜登陆，小部分从川沙口、浏河镇一线登陆吧。"

"可能性很大。"华九日严肃道，"'九一八'事变前，中国陆军大学曾聘请过日本高级军官任教。据说有一天，一位受聘的日本战术教官酒后吐真言说'中国的金山卫、大鹏湾、北海，都是登陆作战的好地方'。可是现在，金山卫一带连监测和瞭望哨都没有。"

"我让暗香尽快把这个情报告诉钟离志，让特务处上海站把这个情况尽快向南京通报，必须引起中国军方的严重关注。"许一清进一步分析，"如果发生第二次淞沪战争，战争肯定规模更大，中国守军一定会拼死抵抗。如果日军采用多点分批的战术，用小艇分载登陆上海南部金山卫，与从上海北部长江口登陆的日军形成夹击，中国军队立刻会陷入腹背受敌之大包围的严峻困境。"

"一定要尽快通报。"华九日叮嘱，"你让相忠年同志带领一二位武装小组的成员，跟踪好那几天帮岩井惠子她们开车的那个驾驶员，就是中村震二郎少佐。我估计，岩井惠子只是大致观察，详细的侦察应该是中村带人具体实施的。另外，要特别注意日谍在那边是否埋有暗桩。"

金山嘴渔村老街上，有一家三顺药铺，掌柜名叫聂三顺，开业已十年有余，本村渔民、周边农民有个头疼脑热的，都到这家抓药，都说药价公道、服务热心。药铺生意不错。

像往常一样，药铺里的大伙计天黑后就离店回家了，店中只剩下聂掌柜和另一个住店小伙计，以服务夜间随时来抓药的人。

柜台上的闹钟刚过晚上九点，药店里的一只哈巴狗突然"汪、汪"吠起来。不一会儿，铺门外传来了"砰、砰"的叩门声和"掌柜，抓药"的轻呼声。小伙计打开门，一阵刺骨寒风吹进，一个头戴棉帽、脖缠围巾、全身包裹严实的男人跨了进来，小伙计随即再将门虚掩上。

来人掏出药方递给小伙计，小伙计接过来左看右看没有明白，歉意道："这位先生，您请坐。我请掌柜下楼，您这龙飞凤舞的药方，我实在看不懂。"来人点头"好说，好说"。

聂三顺下楼，还未开口，只见来人手里拿着半张钞票，嘴里嚷嚷："哎呀，出门太过匆忙，竟只拿了半张钞票。"聂三顺看到递过来的半张钞票后，心中吃惊，稍颤道："没事没事，抓药看病要紧，你就先留下这半张钞票，改天把另外半张拿来就行了，也省得我现在找零。"来人点头称"是是"。

"您这药方不知是哪位郎中开的，字体狂草，有几味药还相冲相克。我得到楼上用药典核对一下，以免抓错酿祸。"聂三顺道，"有兴趣的话，这位先生也可上楼一起参详参详。"

来人点头称是，跟聂三顺后面上楼梯。聂三顺回头对小伙计吩咐道："把店门关上，门栓上好，外边海风太大。"

楼上，聂三顺从柜子里拿出一本书，找出夹着的另半张钞票，两半钞票严丝合缝对上后，来人脱下棉帽、解下围巾放在桌边，聂三顺递上了一杯热茶。

"我是中村震二郎少佐,大日本帝国驻上海总领事馆岩井英一情报科长的助手。"来人自我介绍后,续道,"小野顺三君,你这个中文名字、中文店名都改得不错哦。"

聂三顺有点激动,喃喃自语:"小野顺三,这个名字已经有十多年没有听到过了。"

中村震二郎闻之,即刻起身行礼,坐下后续道:"小野君独自一人,十余年时间在金山卫默默为帝国工作,收集了大量气象、海况、地理,以及人文方面的各类情报,还登上大金山岛侦察被毒蛇咬伤,租当地渔船出海侦测时突遇暴风雨,船只倾覆,数次几乎丧命,令人钦佩。"

小野顺三奇道:"这些情况,中村少佐如何知晓?"

"小野君有所不知,你每次通过邮局递出的情报,都是寄往老西门西仓桥6717号信箱的吧?"中村接道,"这些情报都是由我收译成密电,以上海领事馆总领事的名义拍发电报给帝国外务大臣,由他的专业秘书转给军部的。"

小野顺三默默点头。

中村续道:"最近几日,岩井科长连续发来电报指示,要全力加强对金山嘴海域的情报收集,加上华北方面的形势,我猜想第二次淞沪战争不久就会开战。"

小野顺三接道:"我以前在军部任过职。军令部的兵要地志清楚地标注着金山嘴海域水深很浅,不仅军舰从没有停靠过,就是大一点的商船也进不去,但我这几年观察测绘发现,这一带包括乍浦等,完全可以进行登陆作战。"

"这一点非常重要,我判断,第二次淞沪战争的规模会比第一次要大很多,会对上海实行南北夹击之包围大法。"中村接道,"据了解,中国军队竟长期认为这一带无法进行登陆作战,所以防御极为松懈。前几天我仔细观察,这里的广阔海域、陆域连个瞭望哨兵都没有。"

两人又交流了一会儿,起身下楼。小伙计按方抓药,中村震二郎离店而去。

许一清跟踪中村震二郎,见他深夜进入了三顺药店,就在马路对面的一家小茶馆坐了下来,要了一壶茉莉花茶和一碟绿豆糕点心,紧盯对门动静。

隆冬时节,店里客人不多,店掌柜正好有点闲暇。许一清问:"对门那家三顺药店正宗不正宗啊?我这老寒腿关节炎又发作了,想去买几张膏药贴上。"

"三顺药店,掌柜聂三顺,它在我们这一带也算是不错的药店了。"茶店掌柜热情道,"要不要我代你到对面买几张狗皮膏药来?"

"待会儿我自己去买吧,不好意思麻烦你。"许一清接道,"看来你跟药店掌柜也很熟悉嘛。"

店掌柜一听更来了劲,接道:"那当然,我俩还是钓友呢。"

许一清问道:"你们一起经常钓鱼吗?"

店掌柜笑道:"这几年我们钓遍了金山卫、乍浦等各处江海河湖的险要地方。说来好笑,这个聂掌柜很多时候钓鱼不用鱼钩,而用铅坠,说是追学姜太公钓鱼,愿者上钩。线上还打了不少结,说是结缘。"

"这么说聂掌柜是那种钓鱼怪人。"许一清接道,"再讲点怪事笑话来听听。"

"聂掌柜水性非常好,潮汐时居然可以潜入水中,说是摸鱼,但我却从来没见到他摸到过。"店掌柜笑道,"每次我笑话他,他总是说水太浅没鱼或水太深捉不住。"

许一清笑了笑,喝了一口热茶。隔壁桌上有顾客喊着"续开水",茶店掌柜也笑着干活去了。

旁边桌上有位有点年纪的老茶客,大概属于那种特别喜欢拉家常的碎嘴子那一类,接过话头道:"这个聂掌柜还喜欢一个人爬山,刚来金山卫时,独自租渔船出海去爬大金山,结果被毒蛇咬了,险些丧命,幸好被人救了。老话说一朝被蛇咬,十年怕井绳,但没过几天他又去爬山了。就我一个人这几年看到的,聂掌柜差不多每个月都去爬三山。"

"的确有点怪,虽然说大金山岛是上海最大基岩岛,但峰尚不过一百来公尺,面积不过三百来亩,常去爬山是没有意思。"许一清道,"你刚说聂掌柜刚来金山卫时,是什么意思?"

"意思就是聂掌柜不是本地人。"老茶客道,"十几年前刚来时,连本地话都听不大懂。不过这几年,聂掌柜的金山卫本地话,让一般人都已听不出他是外来户了。平时除了去上海进进货,也不见有什么亲戚来往。对了,聂掌柜还特别喜欢狗,除了药店里那只哈巴狗,马路上碰到啥狗都会去逗弄一下。"

许一清一边喝着茶,一边盯着对面,一边与茶店客人交流。突然,看到对面药店大门开了,有人穿戴着厚厚的冬衣,急匆匆离开。见此,许一清拿出一张钞票压在茶壶下面,高喊一声"老板结账",便悄悄地跟了过去。

钟离志科长带着手下,开着汽车沿苏曼云提供的岩井惠子金山乍浦旅游路线走了两天,没有发现特别可疑之处,回到特务处上海站,把情况向曾叶维站长作了当面汇报。

曾叶维站长静思了一会儿,提醒:"情报是战争的灵魂。蒋委员长曾引用法国人的话说'在国外的日本人个个是侦探'。总部传来情报,日本人似乎正在准备进行第二次淞沪战争。所以,对日情报现在非常重要。"

钟离志不自觉地挠了挠鬓角,接道:"我们对日本的情报收集能力,与日本搜集中国军事、政治、经济、文化等方面情报的能力相差太大了。事后诸葛亮看来,日本在'九一八'事变前对东北的情报工作已接近万无一失,有十分把握了。"

"日本的地理环境条件下的民族文化心态使得他们对中国的兵书《孙子兵法》情有独钟。在从幕府时代开始的战争行动中,他们就将'上兵伐谋,其下攻城'作为确定战略、战术的主要原则,将'知己知彼,百战百胜'视为经典原则。"曾叶维侃侃而谈,"一九〇五年的日俄战争,日本以一偏弱的小国打败当时十分强盛的俄罗斯,情报的作用是最重要的因素之一。这也是日本近十年来'大东亚共荣'野心的重大助力剂。"

钟离志接道:"听说十六世纪末,日本的丰臣秀吉在统一日本全境的战争中,就是通过大量派遣细作赢得了战争的主动权,就连当时非常有名的高僧显曜也成了他的高级细作。后来,丰臣给了显曜和尚一大笔酬金,他就用这笔钱建起了宏伟壮观的、被誉为日本建筑奇迹的西本愿寺。"

"所以,日本间谍都把丰臣秀吉视为他们的开山鼻祖。"曾叶维道,"你这提醒了我,日本人是否也早就派了间谍在金山卫、乍浦、平湖那边长期潜伏侦察呢?世界公认,日谍有着超强的长期潜伏能力。"

钟离志把手中茶杯用力按在了桌上,沉声道:"曾站长提醒有理,不能光沿着岩井惠子的汽车运动轨迹看一圈了事。我马上找苏曼云,看看她还有什么线索提供。"

曾叶维接道:"对。我要立即给南京总部的戴处长汇报,请他看看能不能协调军方,派测绘人员去金山卫那边进行仔细勘查,一定要确定那边能不能进行登陆作战。"

数周后,中村震二郎收到了小野顺三通过邮局寄来的信件,报告说近来发现金山卫海边有中国的测绘人员在活动,经过多次化装侦察,甚至直接与相关人士交流,发现他们属中国陆军大学的学员,带队的军官还多次穿着皮马靴涉水过滩。

迅速找出密码本,中村少佐将情报译成密码,以日本驻上海总领事的名义,发给东京的日本外务大臣。接着,中村拨通了岩井惠子的电话,把相关情况作了通报。

放下电话,岩井惠子收了收神,坐在办公桌后的椅子上,双手托腮陷入沉思。城市乃各种信息交汇地,也是情报来源重地。上海作为中国中心城市,更是情报来源的黄金地。几年前，日本在上海设立了中国通讯社作为外务省的间谍机构，岩井惠子出任了通讯社行政部高级副主管。通讯总社设在黄浦路二十五号日本领事馆内。另有二处分址，一处在沪西戈登路日商内外棉纱厂内，一处在虹口《日日新闻》报馆内。通讯社的大部分职员被派驻中国各地，专门收集中国国内政治、经济、文化、军事等各方面情报，而中国沿海港口地带，尤其是上海及周边的军情、政情等更是重中之重。

在日本驻华大使馆新闻处的协助下，日日报馆还收买了数十名中国的新闻工作人员，按照岩井惠子的要求，他们的主要任务是：一、调查国民政府最高层的重要秘密信息；二、调查国民政府要员及民间团体成员背景、活动、在沪住址等；三、调查中国国防建设、军方行动、军火制造、军事设施、战时动员能力等方面的信息；四、调查国民政府财政情况，以及从欧美借款内情、抵押品状况等；五、潜入共产党苏区，收集军情、军火、民兵等情况；六、探查共产党地下党在沪组织及日商工厂中的共产党活动情况；七、调查中国民族工业、民众习俗情况；八、侦测中国自然资源、地理地貌、港口水文、气象测绘情况等，尤其是各地要隘、交通枢纽的布置等。

这些新闻工作人员几年来的情报收集工作非常出色，多次受到日本军部情报机关的嘉奖，尤其是通讯社采编二部记者苏曼云采访得来的一些材料，总有参考价值。想到这里，岩井惠子起身倒了一杯咖啡，边喝边想，这次金山卫之行，顺便也完成了对苏曼云的最后一次考察，非常满意。是不是可以跟苏曼云交底，把她正式吸收到日谍组织中来，还是继续采取用之不点破的模糊策略?想来想去,还是非我族类,其心必异的想法占了上风。

思绪聚焦到了金山卫,想起了小野顺三,这个日谍是多年前日本驻上海特务机关长田中隆吉组建的谍网中有名的忍者。田中离开上海时把自己打造的上海日谍网,几乎毫无保留交给了好友岩井英一。随着日本全面侵华战争的步伐越来越近,第二次淞沪战争的可能性越来越大。所以,义父岩井英一近来多次在电报中指示,要发挥好小野顺三的作用,确保其安全。想到这里,岩井惠子又拿起电话,拨给了中村震二郎。

复兴社特务处上海站长办公室。曾叶维站长向尤岩烑下达了南京戴处长命令:"已确认金山卫的三顺药店的掌柜聂三顺是日本间谍小野顺三。日本全面侵华战争已然就要开始,鉴于以往中外战争中间谍危害的历史教训,尤其是日寇侵略东三省时日本间谍造成重大危害的经验教训,命令你们行动组尽快采取有效的诛杀措施,但不得引起外交纠纷。"

尤岩烑立正,严肃接受"杀谍令"后,问道:"戴处长的命令果断,但不知道是如何侦察发现这个日本间谍的?"

"听说是共产党上海地下组织发现了端倪,如当地老百姓反映此人经常用铅坠、结绳的方法在重要水域勘测水深。共产党现大力推动第二次国共合作,所以通过相关渠道通报了国民政府。说实在话,我没想到共产党这次能这么快发现日谍。"曾叶维接道,"前几天钟离志得到信息后,二次到金山卫跟踪已证实此情况。"

十三、金山渔村　潮来潮往

尤岩炂道："不能引发两国间的外交纠纷，又要除掉此人，只能是制造意外事故的老办法，确保船过水无痕。"

曾叶维点头，提醒："小野顺三是间谍，只杀他一人，不得诛杀、错杀药店里的其他伙计和顾客。另外，药店里的财物连一个铜钱也不能拿，谁拿谁违反军法。事成后另有重赏。"

尤岩炂"是"后，道："曾站长，我有个初步行动计划了，短到一周，长则三月，日谍必然被清除。"

曾叶维听后笑道："那就说来听听，一起研究研究。"

尤岩炂把初步想到的行动方案如此这般说给曾叶维听后，曾叶维听了阴笑了几声，接道："这个计划大有创意，间谍史上闻所未闻，与以往所有的车祸、坠落、溺水等无痕杀谍方式完全不一样，能否执行？我得请示戴处长。"

正值清明时节，金山卫田间的油菜花烂漫盛开，海风吹过，涌起一波又一波金色的波浪。这一天是农历二月十九日，按小野顺三数十年的观潮经验，这一天的第一次涨潮时间是3：12，落潮时间在9：24；第二次涨潮时间在15：36，落潮时间是21：48。海水涨潮和落潮是一种自然现象，一般一天有两次。涨潮时，海水隆隆上升，波涛滚滚，场面壮观；退潮时，海水悄然退去，近海浅滩露出。

一大早，小野顺三来到约定的海边，登上了多年来一直租用的一条渔船。船老大热情招呼道："掌柜早！聂掌柜总是那么守时。"

"多年登岛，已经养成习惯。有时为看日出，有时为瞅晚霞，有时为体验雨中的海岛，有时为欣赏台风中的大海。"小野顺三解释，"反正一嘎头（当地土话，意指单身），自由得很哪。"

船老大接道："有时也为病人采草药。"说罢解缆开船。

"天气不错，你把船靠在大金山岛岸边等我，今天要早点回药店。"小野顺三叮嘱船老大，忽见船头摆着一个狗笼，里面有一条黑色的大狗两耳直立、双目瞪视，狂吠不已，接道，"船老大，多年未见你带狗上船，今天为何？"

"这是我家隔壁邻居养了多年的狗，近期不知从哪里学会了偷吃自家和邻居鸡舍里母鸡刚下的鸡蛋，邻居气愤不已却又不忍杀害，让我带到大金山岛上让其自生自灭。"船老大叹道，"狗是人类的好朋友，可惜了。"

大金山岛距离大陆有六点多公里，渔船需要一段时间才能驶抵。看到黑狗狂吠不已，船老大似乎有点心慌。小野顺三笑道："我喜欢狗，也了解狗。都说不叫的狗最会咬人，而狂吠应该是狗内心恐惧的表现。"说罢摇摇晃晃走到渔船船头，蹲下身子，用手伸入笼中打算安抚一下黑狗。说时迟，那时快，大狗一口咬住了小野顺三伸入的右手手掌。其右手顿时鲜血直流，疼得他哇哇乱叫。

船老大见状，忙问："聂掌柜，船只要不要调头，你回陆包扎一下？"

小野顺三暴怒："不回头。"转身狠劲一脚把黑狗连笼踹入海中。

十四、圣约翰大学　岸边翠柳

"铛、铛、铛",圣约翰大学怀施堂楼顶大钟的悠扬钟声回荡在苏州河的上空。岸边翠柳下,紧急相约的许一清与苏曼云正窃窃私语。

许一清环顾周边后,问道:"暗香,有紧急情况?"

苏曼云调皮道:"怎么,没有紧急情况就不能紧急约你,人家想你了,不行吗?"

许一清"嘿嘿"一笑,道:"这是不可能的。我猜,约我到此处见面,事情与苏州河有关吧。"

"睿智。"苏曼云心里点赞,回道,"昨日,我所在的采编二部高级主任专门找到我,要求我尽快围绕苏州河写出数篇深度调查报告。这不,还要求我尽量多拍一些沿岸风光、跨河桥梁、沿河建筑的照片。"说罢,顺手从包里掏出了一部小型照相机。

许一清没有接话,苏曼云又道:"给个思路吧!"

"哦,要说苏州河,就从那栋楼开说。"许一清理了一下思路，右手指了指怀施堂，回道："那栋钟楼是上海圣约翰大学的第一建筑物，由该校美籍犹太血统的第一位校长从欧美募资两万美元、中国募资六千美元筹建，建筑图纸在美国绘就，以中国四合院式为建筑特点，一八九五年底落成。他在华传教，能读二十国文字，讲十三种语言，对中国语言文字颇有研究，教会译《圣经》及《公祷书》为中文时，颇为用力。"说罢，又指了指苏曼云手中的《圣经》。

苏曼云"嗯"，接道："刚刚的钟声还真有点妙不可言的感觉。这钟声既方便师生，也方便了附近的百姓生活。从这里下笔开说苏州河的确好，起码能一下子吸引不少老外的兴趣。"

"至于苏州河，可以说是河从苏州来。"许一清接道，"唐代大诗人杜甫诗曰'焉得并州快剪刀，剪取吴淞半江水'。唐宋时期吴淞江浩荡奔流，宽处十公里以上，绝非今日可比，是太湖水泄东海之主要通道。"许一清静静讲述："吴淞江的别称'松江'，就是古代松江府的命名来源。上海开埠后，有老外溯河而上，发现车船可直抵苏州城。一八四八年，在签订拓展英租界条约时，把吴淞江称为苏州河。现在，民众已习惯把北新泾开始的下游称为苏州河。"

苏曼云佩服地盯着许一清看了一眼，心中不由荡起微微涟漪，低头问道："那苏州河潮汐呢？通江达海，应该与海水潮汐一致吧？听说高潮位一般维持一个多小时才开始退潮？"

"潮起潮落，万年如此，十分规律。你要有兴趣，我把每天涨潮落潮时间的计算公式说给你听。"突然想起了什么，猜测，"日本人让你对苏州河深度调查，也是搜集情报吧？苏州河可是进入上海市中心的便利通道之一。"

"谁说不是呢？所以还要求我大量拍照。"苏曼云拿起相机，对着怀施楼及附近建筑、河湾拍了几张照片后，接问，"你说小野顺三在金山卫潜伏了十多年，按道理当地地貌、海况早就搞清楚了，为什么还坚持在那呢？"

"天有不测风云，大自然哪有那么容易被人类把握准。"许一清回道，"何况，日本人把本民族非常可贵的'坚韧、顽强'畸形发展成了武士道精神，把'好学'变成了间谍的必备基础。"

"既然已经确定小野顺三就是日谍。"苏曼云接问，"任他继续为非作歹？"

"现在，我党正大力促推国共合作抗日，已经循管道通报国民政府相关部门。"许一清低声道，"他们正在处理。"

"今天约你还有重要的事项报告。"苏曼云顿了一顿，接道，"我父亲那里的可靠消息，日本人已收买了四百多地痞小流氓，分批集中培训，并在每人手臂上或大腿上刺上'蓝蝶'或汉字标志。这帮人经化装后前一批已北上，主要刺探津浦铁路各站警力配置情况、驻军情况，以及铁路建设、调度情况，据说过徐州后一部分人将沿陇海线向西北等地进发。后面出发的一批人则专门从事破坏活动。"

"第二次淞沪战争的隆隆炮声越来越近了。"许一清严肃道，"这个情报你可以立即告知钟离志，以便采取断然措施。"

苏曼云"知道了"。

中村震二郎已经数周没有收到小野顺三的信息了,感到很奇怪,与岩井惠子电话沟通后,自己驾汽车来到了金山卫渔嘴村三顺药铺。

药铺大门是虚掩着的,中村推开大门,虽然还是白天,但店里面却是黑暗的。药铺小伙计见有人进店,起身招呼道:"先生,您有事?"

中村好奇问道:"小伙计,大白天的,怎么又关门,又拉上窗帘还不点灯?"

小伙计见来人似曾相识,便道:"先生,实在不好意思,我家聂掌柜近来患病,怕风怕光怕水,只好如此。"

中村接问:"那个大伙计呢?"

小伙计回道:"自聂掌柜上周开始发病,药铺生意一落千丈,他就暂时不来了。"

中村"嗯"后,道:"我能上楼看看聂掌柜吗?毕竟他以前帮助过我。"

小伙计默默地点头应允,将一楼窗帘稍稍拉开一条缝,光线透入后,中村慢慢上到了二楼。回身看到小伙计没跟着上楼梯,便深吸了一口气,挨到窗边刚刚掀开一点窗帘,只听得墙角处传来一阵躁骂:"猪猡,谁让你拉开窗帘。"

中村循声音望过去,只见小野顺三蹲在墙角处,全身在抽搐,吃了一惊,低声道:"小野君,你怎么啦?"

小野顺三似乎认出了中村,颤声道:"中村少佐啊?我前几天感到疲劳、厌食、头疼,接着开始发热、失眠,原以为是感冒了,昨天开始恐风怕光,听见水声或看到水时,咽肌严重痉挛,我、我活不了几天了。"

中村安慰道:"不会的,小野君独自一人在此坚持了十余年,什么困难没遇见?被毒蛇咬过、悬崖摔过,都挺过去了。"说罢想走过去扶小野上床,小野顿时大喝一声:"不要过来,过来我会咬你的。"

"你又不是疯狗,不会咬我的。"中村接道,"再说,现在我不帮你谁帮你?"

"我得的就是疯狗病、狂犬病,这是烈性传染病,你快走。"话还没说完,楼下传来了倒水的声音,小野顺三闻声昏迷了过去。

办公桌上的一台华生四叶电扇奋力旋转,给闷热的办公室也算带来了稍稍的凉意。尤岩烑坐在办公桌前的座椅上,略带亢奋地向曾叶维站长报告杀谍工作。

尤岩烑报告:"我们按曾站长您的命令,按南京戴处长核准的一号行动方案精准实施。正好在奉贤那边抓到一条黑色的疯狗,当地人说此狗咬人前喜欢狂吠,不像大多数疯狗看上去病恹恹的,咬人时突然下口决不拖泥带水,已造成了好几次恶性事件,被咬人快速染病,但它自己却尚未发病。然后我们的人用钱搞定了经常用渔船摆渡小野顺三上大金山岛的渔民,但没有告诉渔船老大真相,只说是此狗偷吃农家鸡蛋，邻居憎恶，主人又不忍心自己宰杀，托其带到大金山岛让其自生自灭。"

曾叶维笑道："你们就能算到小野一定会去抚摸位于船头的笼中黑狗？"

尤岩烑回答："前段时间，我的手下一直在跟踪观察小野，发现他的一大个人爱好就是喜欢逗狗，不但出门在外时喜欢耍弄路边野狗，还在药铺里养了一只哈巴狗，每天逗弄嬉戏，还与狗脸对脸互吠。大家认为小野摆渡时一定会去逗狗，以打发一个多小时的乘船时间。"

曾叶维又问："小野患病后，不会意识到这是蓄意行为，而把情况报告给日谍机构吧？"

"根据我们事后的观察，应该不会。"尤岩烑接道，"从药铺小伙计那里也了解到，小野以前也被自己养的其他狗咬伤过。"

曾叶维接问："药店的伙计呢？没有发现异常吧？另外，日谍机关有没有来人调查过？"

"那两个伙计是金山卫本地人，属于那种实实在在、多一事不如少一事的顺民。"尤岩烑接报，"至于日本人，我们的人跟踪了解到，确有日本人上楼核查过小野顺三的病况。估计他们了解是狂犬病后，放弃了救援与追查。"

曾叶维兴奋道："纵观古今中外间谍史，用这种方式除去敌方间谍的，这或许是首例，可以写进将来的谍战经典案例中。"

尤岩烑一听很来劲，顺手从口袋里掏出一个绒布小包，左手推给了站长办公桌后面正襟危坐的曾叶维，右手端起了茶杯喝了一大口。曾叶维用手压住小布包，问道："这是什么？"

"站长您是内行。"尤岩烑笑道，"这是从三顺药铺里查抄到的钱币。"

增叶维闻之，阴沉脸道："什么？我不是命令不许从药铺里拿走一分钱的吗？"

"站长的命令，我的理解是不许拿现钱，这是古钱，不能直接流通的不算。"尤岩烑狡黠回道，"再说，日谍机构的人不会知道小野顺三还有几枚中国古钱币。"

听说是古钱币，曾叶维抵不住诱惑，忍不住打开绒布小包。果然，几枚奇形古钱币展露出来。一枚人形、几枚圆形，曾叶维站长拿起人形古币，脸上露出惊喜，不住地翻来覆去仔细品鉴。

尤岩烑看时机已到，问道："站长，这是真的中国古钱币吗？怎么像个人形？"

曾叶维眼睛盯着钱币，头也没抬，应道："确是真品、珍品。这枚是典型的战国三孔布，形制特殊、存量极稀，是先秦货币中最为珍贵的品种，现今钱币收藏界公认，其文字清晰、铜质微红，面、背周沿有边廓，合范较为准确、铸造精美，面文'下阳'、背文'十七两'字体稍倾斜，全球或许不超过十枚，学术研究价值极高。"

"站长博学，与这些古钱币是有缘人啊。"尤岩烑接问，"为什么这个被称为三孔布呢？"

"中国古代钱币历史悠久、源远流长、品种繁多、多姿多彩,古币又被称为泉、布、帛、孔方兄等。方孔铜钱应天圆地方之说,古代人认为天是圆的,地是方的,所以从秦始皇开始,废除刀、布、贝等,铸钱以此为型。"曾叶维耐心解释,"唐朝开始,铜钱不再是重如其文,以重量来铸名了,改成'通宝'流通。钱币也真正开始成为货币符号,不再以货币自身价值来交换。以后历代都用通宝,并在'通宝'二字前冠以年号,铸于币面,如开元通宝等。辛亥革命后广东、福建等地的民国通宝应该是最后的通宝钱币了。至于这种形制的布币,都在秦前,人形上打三个孔,俗称三孔布。"

尤岩燊点头,指着另外几枚圆形古币问:"那几枚也入您法眼吧?"

曾叶维放下三孔币,把其他几枚古币逐个细品后,接道:"均是真品,不过珍稀程度一般。"又卖弄道:"古代人把这些孔方兄用绳索串起来,便于出门时的携带,穿钱的绳子叫'贯',一千钱又叫一吊钱或一贯钱。"

尤岩燊忽悠脑洞大开,接道:"这可能也是现代人把旅费说成'盘缠'的来历吧。"

曾叶维闻之微笑,把几枚古币用绒布包好,退还给尤岩燊。

尤岩燊又推了回去,微笑道:"这个给我也是浪费,我也不懂。放在站长您这里,您还可以研究它们的文化价值呢,对社会也好啊。"

"那就先放在我这里吧。"曾叶维想了一想,接道,"对

十四、圣约翰大学 岸边翠柳

了,前几天我已经向南京戴处长推荐由你出任复兴社特务处上海站副站长了。"

尤岩炕闻之立即起身立正:"谢谢站长栽培。"曾叶维笑道:"这是你工作努力的结果。"

"叮铃铃",办公桌上电话骤起,曾叶维右手拿起电话筒,刚说了一个"喂",听到话音,立即起身立正"处座好",左手朝尤岩炕挥了挥"出去"的手势。

十六铺天宝茶楼,茶客熙熙攘攘。舞台上,上海历史上的第一个滑稽戏剧团"笑笑剧团",正在演出经典剧目《荒乎其唐》。场内茶客不断爆出阵阵掌声与笑声。靠边一张茶桌边,华九日正在与许一清窃窃私语。

华九日书记低声道:"今天约你见面,是有一件非常重要的事情向你传达。"环顾周边后,接道:"多年来,远在延安的党中央无时不关心支持上海地下党组织的工作,关心支持上海的工人运动,关心支持上海人民反抗外来侵略和剥削压迫的斗争。但多年来由于国民党反动派的全力'清剿'以及叛徒的屡次出卖,地下党组织遭到了数十次严重破坏,但我们的这些没有牺牲的同志一直在困境中前赴后继、坚持斗争。近日,党中央已派出专门领导到上海,负责地下党组织的恢复、重建、发展工作。"

许一清闻之,忍不住攥起拳头,连道:"太好了,太好了。"

华九日接道:"根据党中央的电示,先组成中共上海三人团,领导中共在沪的工作。并以此为基础,进一步重建中共江苏省委，领导并开展上海和苏浙两省沿沪宁、沪杭铁路线地区的工作，开辟敌后抗日武装斗争。"

许一清认真听华九日书记介绍，没有插话。

"华北之大，已经放不下一张平静的书桌了。"华九日换了个话题，续道，"从各方面的种种迹象分析，日本就要在华北直接进行全面武力进攻了。据了解，日军的板垣征四郎去年在华北进行了一次旅行，他避开了晋北重要关隘雁门关，徒步从河北的蔚县经山西的灵丘到太原，数个月后便以第五师团长的身份指挥日军沿这条线路进攻太原。去年秋天，已经退役的日军大将松井石根也以旅游者的身份从上海出发沿沪宁铁路线到南京，过程中几乎站站停、处处看。可以说，这也是在为今后日本侵略军从上海进攻南京踩点探路。"

许一清右手一拳砸到茶桌上，恨道："日本帝国主义者的野心昭然若揭。"

茶客们发出一阵喝彩声。

华九日环视周边，放下茶杯，接道："相比之下，中国人对日方情报的搜集和分析利用就差远了。所以，你和暗香负责的这条情报收集线就更加重要。明白吗？"

许一清认真"是"，接道："我们武装小组的几个同志跟踪中村等日谍很有成效，连同暗香获得的情报，我已经密写在这本杂志里了。"说罢，右手递给华九日一本上海日本研究会主办的杂志《日本》。

华九日接过来后顺手放入随身公文包内，接道："大致情况，你先说说吧。"

十四、圣约翰大学　岸边翠柳

"近一段时间，日谍中村带着手下，数次化装到虹桥机场、龙华机场等侦察拍摄。"许一清续道，"暗香报告，中国空军成军时间虽短，但近年发展迅速，主要部署在华东地区。大概今年三月间，日军参谋本部作战科训令驻华使领馆，要求详细调查中国空军等军事情况，并绘制兵要地志。去年冬天，满洲航空株式会社驻上海事务所利用工作之便，已经向日本军部报告了中国飞机的性能、数量及相应的大量照片。据了解，这些调查非常仔细，其汇总的'中国飞行场一览图'基本上把全中国的两百多个机场都标注清楚，而且对可供轰炸机起飞、夜间飞行的机场都作了特别标注。"

"太疯狂了。"华九日续道，"这些情报还是要暗香转给钟离志他们，以便国民政府抓紧应对、有的放矢。虽然现在国共第二次合作还在磨合，国民党方面还在挑刺，但在日本帝国主义全面侵华、中日民族矛盾上升为主要矛盾的情况下，相信不久国共双方一定会建立起明确的抗日民族统一战线。"

茶客们又是一阵叫好声。

许一清皱眉："真是'商女不知亡国恨，隔江犹唱后庭花'。"

"这正是目前阶段我们最重要的任务：唤醒民众、共御外侮。"华九日沉道，"这也是我今天请你到此间喝茶的原因。"

正值小暑时节。

一大早，法租界上就传来了报童稚嫩的叫卖声："卖报，卖报，日军全面进攻宛平城！""《申报》《申报》，日军全面进攻卢沟桥。"

钟离志从一位报童手里买下一份当天出版的《申报》，急急赶往特务处上海站办公室。

曾叶维站长把钟离志科长递过来的报纸扔到了办公桌的一边，伸手示意钟离志坐下后，接道："刚刚我已接到了南京总部的电话，准确性、全面性当然比这报纸上要强得多。基本上就是日军借口军事演习，向中国驻军挑衅，并以一名士兵失踪为由，强行要求进入宛平城内搜查，遭到中国守军的严词拒绝。当事件还在交涉之时，日军就向卢沟桥一带的中国守军发动攻击，并炮轰宛平城。中国驻军奋起抵抗。"

"日本已经开始了对华的全面侵略战争。"钟离志顺手递给了一份报告，接道，"近期我们情报科获得了不少非常有价值的情报，这是综合分析报告。估计一两个月内日军会对上海发动第二次淞沪战争。"

曾叶维站长接过报告，越看脸色越沉重。"这份报告要紧急电告南京总部戴处长。"顺手按下办公桌上的电铃，秘书进来取文件后，曾叶维指令，"急件，即发。"

秘书接过文件，立正"是"后转身离去。

钟离志接道："站长，您刚刚看报告时，我突然有个想法。"

曾叶维站长道："哦，算是脑洞大开吧？说来听听。"

"我们能不能利用现有的获取日方情报的通道，给日谍反向传递一些假情报，例如把我军的一些战力，夸大翻番让对方获知。"钟离志笑道，"就是使用反间计。"

曾叶维站长一听，忙问："有什么计划，说说看？"

"从现实情况看,日军的战力要比中国军队强大甚多,尤其是海军、空军方面。刚刚那份情报综合分析里就有日本情报机构依据对中国海空军的侦察所作的对比分析。"钟离志续道,"是不是可以开发不对称作战,提高特殊方面的战力,如化学武器方面。"

曾叶维接问:"怎么讲?"

钟离志笑道:"就是国军在进行演习时,有意强调化学兵的实力,并让日谍获取相关情报,以便使日军作出错误判断,消耗其战争资源。"

曾叶维点头道:"是个不错的主意,但我要请示总部。"

"站长,您说日本人会发动第二次淞沪战争吗?"钟离志续道,"五年前淞沪战争签订的停战协议,规定了中国军队不能在上海驻军的荒唐条款,该怎么办?"

"国军正在调兵,目前只能用保安团名义,在宁沪一线、乍浦嘉兴一线设立防线。"曾叶维悄声道,"同时也在江湾、闸北一带构筑防御碉堡,当然一切都是隐秘的。"

日谍在全力侦察中国军队的动静。中村震二郎发现,上海的保安部队人越来越多,而且日夜忙碌,于是经常带着两个手下四处现场侦察。

两手下在闸北中兴路的无锡金公所门前探头探脑,中村则远远地跟在后面。一位着便衣的国军副连长正当值门卫,警惕地盯着两人,问道:"你们有事吗?"

两日谍没有回答。

"检查。"副连长一声命令,值班室另三个便衣士兵冲了出来,四个人把两名日谍押进门房。

"搜身。"副连长再次命令,兵士从日谍身上搜出了笔记本,里面记载着隔壁一所小学里有中国兵士两个连及重武器装备情况,还记着闸北一些要地上近期所盖的新民房都是隐建的碉堡式军事火力点。

"揍他。"副连长再次命令。二对一,一顿暴揍,两日谍鼻青眼肿,又不敢回手。见下手不轻,总不能打得太重致人死亡引起外交纠纷,副连长便右手一挥,豪气道:"小偷小摸不长记性,教训教训就可以了。滚吧。"

两日谍灰溜溜逃出门房,远处的中村迅速转身离去。

次日下午,夕阳西下时分,此两日谍驾驶一辆军用汽车发疯似的高速越过虹桥机场大门的前方第一道哨卡,第二道警戒线处的身穿保安队员制服的士兵举起标识停车检查的红色令旗,日谍全然不顾,径直越过。在接近机场大门的拒马正前方时,汽车似有减速,但瞬间加速撞断机场大门拒马。

国仇家恨的中国士兵再也按捺不住,直接开枪打爆了前胎,高速行驶的汽车瞬间失控,侧翻了几下后起火燃烧。

自行驾车远远跟在后面的中村震二郎少佐见此情景,左拳狂击方向盘并放声狂笑后,急速刹车调头后正待停车下车拍照,忽见有两人朝自己奔了过来,心想不妙急加油门高速离开。驾车途中,脑海中忽然回忆起日本关东军借口其兄长中村震太郎间谍事件制造"九一八"事变的点滴场景。

中村震太郎是日本帝国参谋省情报员陆军大尉,长期以日本帝国东京黎明学会会员的身份，在中国东北兴安岭地区从事情报工作，也从事鸦片、海洛因等毒品的贩卖。

一九三一年六月下旬的一天，中村震太郎在佘公府四方台附近与另外一名日谍及俄语翻译、蒙语翻译四人非法进入中国兴安屯垦区从事间谍作业时，被东北军第三团抓捕。

第三团官佐对中村震太郎进行审讯。中村震太郎傲慢自大，甚至与东北军审讯官格斗起来，激起了士兵怒火，被捆起来暴揍一顿。此时，搜查其随身马匹行李的士兵向审讯官呈上了搜获的多种情报文件、器材和武器，包括：日文十万分之一军用地图；用铅笔修改，实为经现场印证校对的中文同比例军用地图；洮索铁路线图一张，上面有自测自绘的主体桥梁涵洞断面图；笔记本两本，一本记载其个人私事，其中记载了日本参谋省派遣他作为情报员赴满洲兴安区一带活动一事和在东京驿送行的场景，一本记载其在经过地点，如洮南府、哈尔滨、齐齐哈尔、海拉尔等地收集的情报；表册三份，内容包括兴安区屯垦军的兵力、武器、驻军地点、坚固程度、马匹粮食辎重的情况，以及当地森林矿产、地理气候和风土人情等；其他还有三八式马枪、南部式手枪、望远镜、测量标杆标锁、罗盘指针等。

面对确凿证据，被确定为间谍身份后，中村震太郎仍然十分蛮横，竟然用日军武士道的一套与审讯的东北军官决斗，被用枪托砸昏后，四日谍即被秘密枪决。

近一个月后，日本关东军获得了相关信息，乘机制造舆论，叫嚷"参谋本部人员被残杀是日本陆军驻扎满洲的二十六年来从未发生的事件""有必要对洮索地区实行保护性占领""武力征服满蒙，保卫帝国生命线"。其实，日本军方早已决心用军事占领东北，已经完成了全面侵入中国东北的军事部署。

八月初，熟悉中国东北的本庄繁出任日本关东军司令官，并开始巡视辽宁、吉林各地，举行一连串的出动演习。九月十八日，日军炸毁了沈阳柳条湖南满铁路，以此为借口开始了对中国的侵略战争。

十五、董家渡天主堂　盛夏梧桐

董家渡天主教堂筹建于一八四七年,是上海地区最古老的教堂,也是为数不多的不在租界内的教堂之一。正值盛夏时节,堂外梧桐树上,蝉鸣声声,一如既往地诠释着小精灵们对夏日的酷爱,与以往不同的是这声音里似乎也夹杂着对即将爆发的战争不安。

随着神父说出了当日弥撒的最后一句话"Ite,missa est.(遣散)",钟离志与苏曼云随众教友一起步出了教堂,沿着马路一侧的梧桐树阴并肩缓行。钟离志道:"多日未见,苏小姐越来越漂亮了。"

苏曼云微笑道:"也不是未见,无非是通过电话或特定渠道见罢了,不是有见字如晤一说吗?"

钟离志笑道:"每次收到你传来的情报都有一种别样感觉,有时甚至情不自禁想吻一下纸信。"说罢,有意无意地看了看苏曼云。

"你说什么呢?"苏曼云娇嗔道,"今天一定要面见,有重要的事吧?"

钟离志收了收神，点头道："前几天虹桥机场大门外发生两名日谍被中国驻军击毙一事，南京总部非常关注日本军方的动静。"

"其实，在当时被击毙的日谍汽车后面不远处，中村震二郎也在驾车跟踪观察。"苏曼云回道。正好借此机会把当天地下党武装小组的两个成员跟踪在中村汽车后面所发现的情况转告给钟离志，以便尽早想出对策。

"螳螂在前，黄雀在后！"钟离志紧张道，"不知中村震二郎是否看到了虹桥机场大门的实况？"

"应该没有。"苏曼云接道，"听说当时有两个身份不明的人士出现在中村震二郎汽车后面，正要下车拍照的中村没敢下车，怕被劫持，立马开车就跑了。"

钟离志看了一眼苏曼云，心中想，会有身份不明的人敢跟踪中村少佐？再一想，苏曼云父亲老头子手下有能力的"包打听"不少，应该是这类人吧，点头道："幸亏中村没能下车拍到照片，否则麻烦了。"

苏曼云急问："为啥？"

"虹桥机场守卫的是穿着保安队服装的国军士兵。两日谍被击毙后，为了争取主动，防止日方滋事，淞沪警备司令部精心策划，将一名死囚犯人穿上保安队的服装打死在机场大门口，强烈认定日谍强行闯入机场首先开枪打死中方保安队员。中日双方各执理由，后请租界工部局一起派员送真如法医化验，看似要不了了之。"钟离志续道，"如果中村拍到了现场当时状况，那就麻烦大了。"

苏曼云闻之，心中又一次升起对许一清等地下党的同志在如此恶劣、凶险的环境中获取关键情报、开展有效对敌斗争工作的由衷钦佩。

看到苏曼云没有接话，钟离志道："前几天，蒋委员长对卢沟桥事件发表严正声明'如果战端一开，那就是地无分南北，年无分老幼，无论何人，皆有守土抗战之责任，皆应抱定牺牲一切之决心'。"顿了一下，接道："国民政府为顺应民意，推动全民抗战，近日将释放热心国事的全国各界救国联合会的'七君子'。你要知道，我的老长官白崇禧将军为此还曾专门急电南京国民政府，务恳迅于援救。"

苏曼云接道："逮捕'七君子'，本来就是国民政府搞独裁所出的大昏招。"

钟离志点头默认，又道："还有一件要事需告诉你，前一段时间，蒋委员长决定，将国民党中央组织部下属的党务调查处与戴处长负责的复兴社特务处合并为国民政府军事委员会调查统计局，简称'军统'。原调查处为一处负责党务，原复兴社特务处为二处负责特务，仍由戴处长负责。"

苏曼云接道："你们咋改都与我无关，我只听我父亲老头子的，为你们搞到一些日本人的情报资料，毕竟我是一个中国人。"

虽然烈日炎炎、燥热难耐，苏曼云与岩井惠子仍然各撑花伞，徜徉在南翔古猗园湖畔，微风轻拂、莲花盛艳、蝉鸣蛙跳，馨香的青草气息沁人心脾。

岩井惠子低声道："云子，本来想约你昨天一起到古猗园的，只是后来发现昨天是你们中国人的七夕情人节，想你一定另有重要约会，所以没有扰你而改为今天了。"

苏曼云一边用手绢轻拭额头微汗，一边应道："那是说你自己吧，也亏你想得出，这么热的天，一大早来游古猗园。"

"因为此时的莲花为一年中之最盛。"岩井惠子接道，"都说古猗园莲花最美，你不是常说也喜欢荷花吗？"

"世上万物，唯有莲花能真正出淤泥而不染。"苏曼云手指湖中道，"红白莲花开共塘，两般颜色一般香。恰似汉殿三千女，半是浓妆半淡妆。"

"这是南宋四大家杨万里的《红白莲》吧？"岩井惠子赞道，"才女才女。"

苏曼云赶紧摇头"不敢不敢"。

岩井惠子将手绢当手扇，轻轻地甩了几下后，接道："而且还是情报高手。"

苏曼云心中微微一惊，脸上笑道："惠子小姐，这如何解释呢？"

岩井惠子看了看周边没有别的游客，低声道："你前段时间提供的中国军队开展大规模防化兵演习的照片情报，日本军部极为重视，已经为即将进行的第二次淞沪战争，准备了极其庞大的防化装备。说实在话，这也消耗了日军很多的财力物力。"

"你说什么？"苏曼云接问，"什么第二次淞沪战争？"

"一九三二年'一·二八'淞沪战争已过去五年。今天，一九三七年八月十三日，第二次淞沪战争即将打响。"岩井惠子认真道，"而且首战的地点也完全一样，在虹口公园不远处，公共租界和华界的边缘地区，宝山路上的八字桥。"

苏曼云沉默，心中充满愤懑。

岩井惠子低头看了看腕表，接道："今天上午十点左右，日军将会有两次小规模的试探性进攻。下午四时许，日军猛烈的炮火将会全面展开。"

苏曼云回道："你们日本百年来就想鲸吞中国，但我想一定不可能做到。"

"三个月内灭亡中国，日本已经全面准备好了。"岩井惠子贴心道，"云子，你是我的朋友，你父亲是我父亲的朋友，你们都是日本的朋友，所以不用担心。"

苏曼云没有接话，稍后道："我们去看看缺角亭吧。"

两人一前一后走上九曲桥穿过湖心亭，攀上竹枝山顶，进入飞翼凌空、庄严瑰丽的一座方亭内，亭前屋檐下高悬"缺角亭"三个苍劲有力的黑色匾额。岩井惠子俯视全园，绿意盎然、曲水清澈、亭台楼阁倒映水中，情不自禁高声感叹："真美啊。"随后又问："这缺角亭是什么来由？是残缺美吗？"

"中国人大多喜欢十全十美，并不欣赏那种病态的残缺美。"苏曼云接道，"五年前的淞沪战争中，古猗园被严重破坏。后来当地百姓集资修缮。方亭建成时，特缺建东北一角，象征东三省的沦陷；另三只翘角塑之以铁拳，高高举起，体现中国人民抗战到底、收复失地的决心。"

岩井惠子闻之正想回辩，远处传来了隆隆的炮声。

苏州河与黄浦江交汇处的外白渡桥上，拖儿带女的、拎着皮箱的、背着竹筐的、挑着麻袋的、挽着包袱的、光着膀子的、衣衫褴褛的、洋装革履的、咒骂哭喊的、怨声载道的男女老少们不顾一切地挤过这座铁桥，汹涌的难民潮水般从四川北路滚滚进入租界。

费了好大的劲，心神不宁的苏曼云终于在傍晚时分回到了父亲老头子位于法租界的苏家花园内。看到女儿平安回家，苏老头子喜出望外，高兴中带着埋怨："囡囡，白天都去哪里了，急煞我了。"

苏曼云应道："我陪岩井惠子去南翔古猗园了。"

"这么热的天转古猗园，亏你们想得出。"苏老头子忧虑道，"第二次淞沪战争今天开打了，老百姓都恨死日本人了，你现在在日本报社工作，为日本人做事，又经常跟日本女人在一起，千万注意安全啊。"

"我晓得。"苏曼云刚刚利用公用电话，把今天与岩井惠子的交流情况紧急报告给许一清，并询问有什么指示。许一清指示她想尽办法劝说父亲老头子开放租界中最宽敞的大世界及其他戏院、舞厅等产业作收容所，安置众多蜂拥而来的大批难民。接道："听说市救济委员会筹划了六十多个难民收容所，但我刚刚看到马路上还有太多难民正在四处飘荡，实在可怜呢？"

苏老头子叹道："我听手下人说了，没有办法。"说罢摇头、端盅、喝茶。

苏曼云瞪了一眼父亲，低声道："你把大世界开放了吧，那里地方大，可容纳不少难民呢。"

"啪"的一声，苏老头子手中的茶盅脱手掉在了地上立刻打碎，急问："你说啥？"

"我说你最好开放大世界作难民收容所。"苏曼云严肃道，"民间有云救人一命胜造七级浮屠。你不是经常到城隍庙里做功德吗？你把这件事做好了，再出钱捐物，相信上帝会宽恕你以前的罪过，上海百姓会原谅你过去的恶行。"

苏老头子踌躇不决，没有回应。

苏曼云接道："还有啊，日本人这次对上海志在必得，而且有可能今后很长一段时间是日本人横行上海。您是海上闻人，日本人或许会找你为他们做事，您可要想好办法，不能去当汉奸哦。"

苏老头子一听，立马挺直腰身，应道："你放心，苏某人决不当汉奸。"

"不当汉奸，就当一个堂堂的中国人。开放大世界吧！"苏曼云接道，"而且，您与几位老朋友，应积极参加上海抗敌后援会筹募委员会。因为现在是全民族动员一致抗战，声势和意义比以往任何一次要大得多，这不仅仅是救几个难民、救一个上海，这是救中国。"

苏老头子不置可否："战争时期，高尚的人比白犀牛还少。"

几天后的一个深夜，静安寺路石家宅的一间亭子间里，许一清召集薪火党支部的方秋明、胡巧玉、宁咏春、塔维丽等开了一个紧急会议。

许一清沉声道:"同志们,上个月发生的'七七'卢沟桥事变、前几日爆发的'八一三'第二次淞沪战争已彻底暴露了日本帝国主义'全面侵华,灭我中华'的狼子野心。事实已经证明,党中央提出的《中共中央为公布国共合作宣言》中发动全民族抗战等基本主张是完全正确的,深受全国民众拥护。近日,中国共产党将与国民党政府达成协议,宣布将中国工农红军改编为国民革命军第八路军。"

"改编?换装?"方秋明激动道,"为了反抗国民党反动派,牺牲了那么多红军战士、仁人志士,现在要换戴青天白日的帽徽?"

与会的其他人员亦有窃窃私语。

"我听到组织的传达,一开始也不能完全理解。"许一清道,"上级领导强调,国共合作是为了打日本,是民族解放的需要。老话说'兄弟阋于墙,外御其侮'。现在,英特纳雄耐尔的信念只能暂时深埋心中。"

"这个做法我能理解。"胡巧玉接道,"现在的问题,我们在上海的共产党人该怎么做?"

宁咏春接道:"对。我们首先要做好自己的工作。"

许一清右手示意大家安静,接道:"现在,国内其他地方的中国军队正赶赴上海参加淞沪抗战,全国民众、上海市民支援抗战热情高涨,已经成立了不少民间团体协同前线战事。全国抗敌慰劳总会的何香凝先生已派人与上海女青年会劳工夜校联系,组织上海劳动妇女战地服务团赴前线慰问抗日将士。所以,组织决定,派你们几位参加过日商工厂大罢工的、有经验的女同志作为党的力量参加服务团进行工作。"

"那太好了。"塔维丽接问,"服务团的主要任务呢?"

"唤起民众,宣传抗日。具体包括宣传抗战、文化教育、调查军风、慰问民众、战地救护等工作。"许一清进一步解释,"多年来,国民党政府持不抵抗政策,甚至搞抗日有罪,许多民众对抗日的意义不甚知晓,加上传统上'好铁不打钉,好男不当兵'的思维,淞沪前线抗日军队需精神上的解放,主要就是宣传不把东洋鬼子打走就要国破家亡的道理。"

方秋明抢问:"女人都上前线了,我们男人的任务呢?"

"跟五年前的第一次淞沪战争时一样,做好著名民主人士的人身安全保卫后盾。"许一清接道,"不少民主人士满腔热血、一心报国,完全不顾个人安危,不少人根本没有安保,而目前城内情况复杂、日谍汉奸、地痞流氓不少。我们要把近几年发展的力量全部发动出来,作为抗日民主人士背后的安全堡垒。具体按组织的行动方案执行。"

"民主人士的社会影响力巨大。"胡巧玉接道,"前几天《立报》上就发表了何香凝先生的一首五言绝句《勖励将士》'妇女手中线,征人身上衣。针针念敌忾,勉子杀敌夷',让将士们受到了极大鼓舞。"

租界的一座不那么起眼的院内,数棵大树遮天蔽日,让人感觉凉爽不少,但树上的蝉鸣声声,也让人烦躁更甚。

二楼会议室里，军统二处上海站的骨干核心数十人身着军服，正襟危坐，收音机正在播送淞沪战争前方报道："中央社消息，昨日凌晨，日军三十多艘军舰向着方圆仅二三里的宝山县城排炮齐发，数十架飞机轮番轰炸，地面上用坦克掩护步兵冲锋。城内到处烈焰、一片火海，负责守卫的国军九十八师三营以一当十奋勇抗击，拼死血战，官兵伤亡惨重，增援部队遭遇十余架敌机扫射轰炸，寸步难行。至下午五时，蜂拥而来的日军从轰塌的城墙东南角冲进了宝山，营长姚子清临危不惧，指挥仅存的二十多名官兵与在铁甲战车掩护下冲进城区的日军步兵进行了短兵相接的白刃战，直至全营壮烈殉国。据悉，进攻宝山的日军损失惨重，联队长重伤。"

会议室内一片肃静，刹那间，全体人员齐刷刷立正脱帽静默。

"周特派员到。"随着副官的一亮嗓子，全体人员即整齐戴上军帽、立正，副官随即关闭了收音机开关。

身着少将军服的周特派员伸出双手下压，示意全体就座后，清了清嗓子，严肃道："各位同仁，前方战事正酣，恰是我辈军人报效国家之时。军人的天职是什么？"

全体立正："服从命令。"

周特派员又示意大家坐下，接道："根据军统二处戴处长的命令，因工作需要，曾叶维站长调回局本部工作，由本人暂时负责二处上海站的全部工作。鉴于行动组长尤岩烑诛杀日谍有功，根据曾站长的建议，戴处长同意提升尤岩烑为上海站副站长,行动组长一职由我的副官柳山青接任。"

尤岩炕起立向与会人员敬礼后坐下,有意扫了一眼长期跟随自己的老部下行动队长曹利均,知道他对没能接上自己行动组长的位置一事肯定愤愤不平。

"过去数年,军统上海站的工作有成绩但不得力,尤其是情报获取方面还有较大的提升空间。今后,要利用好军事、情报界的技术进步,全面提升电讯侦测等新技术和密码破译的水平。"周特派员强调,"钟离科长,这方面得下功夫啊。"

钟离志立正"是"后悻悻坐下。

周特派员宣布会议结束,示意钟离志随其到站长办公室。"请坐。"周特派员先在沙发上坐下后,伸手示意钟离志坐下,接道,"钟离科长,刚刚会上我对本站情报工作不力情况提出了批评,让你难堪了吧?"

"不敢。"钟离志心有不甘,嘴上接道,"特派员批评得对,我要全面提升自己的工作水平、质量、效率。"

周特派员微笑,接道:"那是说给其他同僚听的。你知道的,现在官场上哪有批评别人的,都是拿自己人训诫了事。"

钟离志心中疑惑没有接话。周特派员道:"我从南京到上海赴任前遇到白长官,他对你十分关心。"钟离志心头一酸。

"白长官号称小诸葛。他确定第二次淞沪战争前后不会超过三个月,会以日本攻占上海为结束,当然租界除外。"周特派员接道,"所以,白长官建议我要尽早安排上海沦陷后的潜伏计划和潜伏人员,由你牵头完成。当然,这也是戴处长的意思。"

钟离志起身、立正"是",沉声道:"谢谢长官厚爱,一定不辱使命。"

第二次淞沪战争至十月二十日进行了两个多月,战争进行得极度紧张,战场双方呈胶着状态,中国守军艰难苦守,一寸山河一寸血,中国各地调到上海的精锐部队近七十万人,由于没有制空权、制海权,伤亡惨重。后有统计,淞沪战争期间,经兵站送往大后方的伤兵,每天达一万人,虽然日本侵略者多次增兵达二十余万人,至日本军部十月二十日决定再次增兵开赴上海时,日军官兵伤亡约八万七千人。中国军队的奋勇抗击,粉碎了日本三个月内灭亡中国的野心。

上海是国际大都市,远东的经济中心,列强在上海苦心经营多年,有着自己的重大利益。国民政府中亲英美列强的财政部宋部长提出利用德国驻华大使正在推动的中日和谈,与即将召开的九国会议来制止日本的侵略。日本军部、外务省深感有必要摸清中方外交上的意图,必要时应采取暗杀手段除去宋部长,以阻断英美列强对华援助的主要通道,同时搞乱中国财政。

办公室屋顶上的四叶吊式扇在哗哗转动,驱赶着总也赶不走的暑气。中村震二郎手拿岩井英一发来的密电,在屋内踱着方步。思考了好一会儿后,电话找来了岩井惠子。

把密电递给岩井惠子后,中村问道:"惠子小姐,有何建议?"

岩井惠子仔细看过后,把电报还给了中村,摇头道:"没有进一步的建议,一切按电报命令抓紧办。"

"那就好。"中村震二郎接道,"这样,我现在就以日本驻上海总领事馆及你父亲岩井先生的名义起草一封信函,请你明天上午专门去送给苏老头子,信函主要内容就是'为了和平与共荣,请他动用自己与军统上海站实力人物的关系,把日方军部和外务省已经商定,愿意派出上海派遣军特务部班长楠本实隆大佐与军统特务处高层对等面洽的想法转告对方'。"中村顿了一下又补充道:"我想,如果军统同意,一定会派高阶军官出面。中国高官大多见钱眼开,这样我方一方面可获得有用的情报;另一方面条件合适时,可将其策反,再由其出面或想办法干掉他们财政部的宋部长。"

岩井惠子接道:"用钱买情报可以,杀人的话由你带手下直接下手岂不更利索。"

"非也非也。"中村接道,"那会引起意想不到的麻烦,还是中国自己人下手边际效益更大。再说,岩井老师马上将返回上海,按外务省的指示将组织新的谍报机构'岩井公馆',以加强外务省对中国的情报收集方面的工作。所以,如果先在军统高层里嵌入间谍,肯定有利于公馆开张后的工作开展。"

"好一个一石二鸟之计。"岩井惠子接问,"不过,中村君怎么如此肯定,苏老头子一定能帮我们与军统联系上。"

"惠子小姐对上海帮会不甚了解。"中村震二郎接道,

"百年帮会、盘根错节、势力庞大。今不细说，至少有一点，现在中国政府、军队的很多当权者，不少是在上海滩拜帮会大佬为'老头子''先生'后得道升官的。苏老头子这方面尤其门生众多。"

岩井惠子接问："愿闻其详。"

"详细我也不懂。只听说在得到帮会中有辈分的大佬本尊认可后，朝其磕响头，拜其为'老头子'，按规矩就算入帮，不能再拜别人，否则就是欺师灭祖、有犯帮规，为帮众所唾弃；但拜'先生'不在此列，因为拜'先生'不算正式进帮。"中村震二郎接道，"有传说，中国的蒋委员长多年前在上海闯滩时落魄，曾拜过苏老头子，得其大力资助后南下广东发迹，成为北伐军的总司令，方有今日之显赫。"

岩井惠子掏出手绢擦了擦额头热汗，接道："以前苏老头子跟我父亲多次喝茶饮酒，透露了一些这方面的事情。包括现在国民党各级党部、军统、中统里，都有拜过苏老头子的徒子徒孙。"

"岩井先生这方面的工作做得实在太好了，值得我辈学习。"中村稍后接道，"你先坐一会儿，我马上起草信函。"

十六、练祁河边　罗店苦战

　　练祁河是上海嘉定的母亲河，宋时称祁河，因"流水澄清如练"而得名，西起顾浦，纳入吴淞江水，东流宝山罗店镇，浩荡几十里，两岸沃野万亩。正是晚稻金色的秋天，可丰收的季节却没有翘首盼望的农民，他们大多早已被炮火连天的疯狂战火吓得逃难去了。

　　空气中弥漫着硫磺味、焦土味、血腥味，远处的枪炮声此起彼伏。上海劳动妇女战地服务团的几十位年轻妇女正在河边一字排开，为战地医院的伤兵们洗涤军衣。

　　伤兵实在是太多了，仅罗店争夺战就历时二十七天，战至酣时每小时伤亡逾千；脏破军衣实在太多了，堆得像小山一样，多是污血、脓血，爬满虱子，汗渍泥浆，异味扑鼻，好几位年龄较小的服务团员直犯恶心。

　　胡巧玉大声鼓励："女兵们！我们是劳动妇女，

是上前线参战的,如果连这一关都过不去的话,还好意思大言不惭不怕牺牲?"

塔维丽应道:"胡老师,你咋说我们咋干。"

众人一致响应。

胡巧玉接道:"工厂师傅都知道,现场发生工伤后,若有血迹沾到工装上,用热水是洗不掉的。"

众人点头,"知道的,都是用厂里的井水清洗"。

"所以我们要巧为,以提高工作效率。"胡巧玉续道,"接下来,我们分三人为一组,一人负责粗洗,而后一人负责脚踩,最后一个人负责过水两遍。过两个小时,大家可以交换一下劳动姿势以消除单一疲劳。"

洗衣效率果然提高了很多。

卷起裤腿,宁咏春一边用力踩洗脚下的衣服,一边低声问:"胡老师,司令部那边希望我们能在伤兵医院宣传和演出,是吗?"

"是的,前几天我们刚到前线,在一线的一些部队演出后,下面部队上报的简报说反应很强烈。"胡巧玉边搓衣服边道,"司令部长官强调说,战场炮弹的威力是有限的,精神炮弹的威力可能是无限的。所以,对伤兵的精神鼓舞非常重要。"

正在漂洗过水的一个服务团成员起身,边拧着漂洗好的衣服边插话道:"胡老师,你女扮男装演出的《放下你的鞭子》中的老父亲一角,实在是太撼人心魄了。"

胡巧玉笑了笑,站起身对大家鼓动道:"各位,宁咏春的歌声甜美嘹亮，深受前方将士欢迎，请她现在给我们大家来一首《渔光曲》，大家说好不好？"

众人一致叫好。

"王人美的《渔光曲》沁人心扉，可我只能鹦鹉学舌。"宁咏春大方道，"我就试试吧。"

夕阳西下。战地伤兵医院，不大的露天场地上，能自主行走的伤兵自动站成外三层，不能行走的伤兵则坐在场地中形成内三层。内外圈数十层兵士把上海劳动妇女战地服务团的几十人围在了一起。

第一个节目是宁咏春与其他五位服务团成员的小合唱《松花江上》，观众爆发出雷鸣般的掌声。"我们不当亡国奴！""打倒日本帝国主义！"，震天口号激荡在伤兵医院上空。

第二个节目是服务团自编自演的情景短剧《血战东林寺》，再次激起了几百名伤兵观众重上前线、用大刀向鬼子的头上砍去的报国情怀。

接着是塔维丽的独唱《梅娘曲》。

压轴节目是田汉改编的抗日街头剧《放下你的鞭子》。"哐、哐、哐"，胡巧玉女扮男装饰演老艺人，头戴乌毡帽，手上拿着铜锣，边敲打边口里琅琅说着旧时代卖艺人常说的上场套话："老少爷们！有钱的捧个钱场，没钱的捧个人情场。"

接着老艺人用二胡拉起小曲，呼唤着扮演年轻小女孩的宁咏春："来，你给老少爷们唱一曲。"说罢，拉起二胡，如泣如诉。小女孩应声唱道:"高粱叶子青又青,九月十八来了日本兵。先占火药库,又占北大营,杀人放火真是凶……"忽然,小女孩剧烈咳嗽起来,上气不接下气,唱不下去了。

老人抱拳哀求道:"这姑娘是我亲生女儿,我们是在东北沦陷后,逃亡到关内来的。没饭吃呀,她是饿的……"打揖作躬,接着又操起二胡,再让小女孩唱下去。可小女孩依然因饥饿不能成声。

老人一再呵斥,拿起长长的皮鞭狠狠抽向女儿。女儿柔弱不支,躺倒在地。

忽听一声怒喝:"住手!放下你的鞭子!"只见观众中,有两三个轻伤士兵,正义热血,愤慨地冲进场内,冲向老人,护住小女孩,全场惊呆!

小女孩勉力起身,边护住老父亲,边道:"我们东北叫日本鬼子占领后,万般凄惨,无法生活、无处委身,只能流浪关内……"

一时间,全场伤兵激愤不已。"打回老家去!"的口号声再次声震天外。

办公桌上的电话铃响起,周特派员抓起电话"喂"。

电话筒里传来了尤岩烌副站长的声音:"特派员,卑职有事要当面报告。"周特派员道:"现在正有事,过半小时你到我办公室。"尤岩烌"是"。

半小时后,尤岩烌副站长进入了军统上海站周特派员办公室。

周特派员看了一眼立正在办公桌前的尤岩炕，伸手示意其坐下，接道："尤副站长何事着急？"

尤岩炕坐下后，应道："报告特派员，是这样，昨天晚上本地帮会大佬苏老头子直接打电话给我，要我今天去他办公室，说有要事相洽。"

"苏老头子，上海滩超级大佬。"周特派员接道，"结交权贵，贩卖鸦片，开设赌场，强买强卖，奸诈坑民，恢复中华共进会协助清党，不过有时也慷慨助人，在外国入侵者面前也有爱国义举，像开放自己的产业大世界安置难民等。他应该是这个光怪陆离时代大上海的缩影或怪胎。你是怎么搭上去的？"

尤岩炕"嘿嘿"干笑了几声，低声道，"我有一同村同校的打小玩伴，这几年在帮会混得风生水起。两个月前，我在百乐门找乐子时偶然相遇。他问我在上海滩哪里高就，我对他完全保密自己的身份，只说在淞沪警备司令部当差。他说：'在上海滩吃官饭，要想出人头地，哪一个不与帮会挂上关系？巡捕房里想往上爬的华人哪一个不挖空心思去拜苏老头子？'我想想也是这个理，入帮肯定有利于开展打击共产党的行动。所以，在老乡的介绍下，并按帮规再有一人具保，一人引见，递上帖子，拜了苏老头子为'先生'"。

周特派员点头问："前任曾站长知道这事吧？"

尤岩炕赶紧解释："不知道，因为还没有来得及汇报。再说苏老头子真的神通广大，不知怎么就知道了我的军统身份，专门警告我先悠着点，军统家法可严，所以我也没敢说。"

周特派员皮笑肉不笑:"现在怎么敢说了呢?"

"刚刚苏老头子把一份日本驻上海总领事馆要员奉外务大臣指示的绝密电报给我看,日方请他利用关系介绍军统的高层与日本上海派遣军特务部总务班长楠本实隆大佐会面。"尤岩烒补充,"听说外交上有对等一说,按我的理解应该是我们军统少将级别的吧,反正我是不够格的。再说现在两国正在开战,我不汇报、不请示,不是有汉奸之嫌吗?"

"算你还有点理智。此事我也得立即报告南京总部戴处长,请他决定。"周特派员琢磨了一下,接道,"你到外面等一下。"说罢拨通了南京军统总部电话。

尤岩烒"是",转身出了办公室,并在门外立正等候。

电话筒中传来了戴处长声音:"老周,有何急事报告?"

周特派员把刚才尤岩烒的报告几乎一字不漏地复述了一遍。

电话筒声音:"我了解楠本实隆,此人阴险狡诈、心狠手辣,是人人恨之的毒蛇。两层意思,一来这是将计就计除蛇的好机会。二来我们可以借此派人与日本方面直接接触,一是可以借机摸到日本人的一些真实想法或相关情报,以便采取针对性的措施;二我们还可以趁此向日本方面传递一些虚假情报,诱导日方作出错误判断。顺便说,前些日子你们上海站把虚假夸大的国军大规模开展化学部队演练的情报巧妙地透给日本人后,日本军方大为紧张,专门采购、运输了大批量的防化装备到淞沪战场,而这些装备运到上海又没派上用场,白白地耽搁了大批别的重要战争物资的运输。"

"是。"周特派员接问,"我们怎么做?"

电话筒声音:"你让尤岩炕转告苏老头子,军统将派少将参议李文范与楠本实隆大佐直接接触。待将具体的见面时间、地点、我方人员信息等告知日本驻沪总领事馆后,接下来的工作上海站完全回避。"

"是。"周特派员心想,自己在特务处也算是资深人士,高阶军衔的人都认识,没有听说有李文范少将参议这个人。转念又一想,戴处长可能要玩张冠李戴加移花接木之计,派一个资深的、长期在特务处机关做内勤的人与楠本实隆等日谍周旋。由于此人不经常在外面抛头露面,外面的人尤其是日本特务不了解此人。

电话筒声音:"你在想什么?不用担心,所派人员会是我手下的六大王牌特工之一。另外,为防止日本方面动用安插在我方的内奸去暗查李文范履历,我会命令人事部门在军委会的职员名册上加上李高参,并完善其档案。"

"是。"接着是对方电话挂断的声音,周特派员放下电话,将门外等候的尤岩炕叫了进来,如此这般作了交代。

公共租界四马路美国总会六楼走廊到底的一间会客室内,南京来的富商李文范正与同样以商人身份出现的楠本实隆进行第一次接洽,中村震二郎着便装警卫立于房间门外。

楠本实隆长期在中国从事特务活动,能说一口流利的中国话,而且多年在天津活动,话语带有浓厚的天津卫口音,开言:"李先生,幸会!我们都是军人,接洽的目的双方都很清楚,就不用兜圈子了吧?"

李文范接道:"楠木先生,幸会!承蒙高看,不过鄙人在军统比较卑微,可能满足不了你们的要求。"李文范故意这么说,是想了解一下日谍对其身份的掌握度,以便确定军统内部有没有敌方安插的内奸。

行家一伸手,便知有没有。楠本实隆听到李文范如此说话,便知道其中深含意境,只有直截了当方能一招制敌,直道:"李先生谦虚,您祖籍赣州,国民党元老之后人,三十六岁,云南讲武堂和陆军大学毕业,从未留洋,当过团长、旅长,现为军事委员会少将高参,军统高层的得力干将。怎么样?我说得不错吧?"

李文范大吃一惊,自己的整套新身份刚刚"装饰",日谍就如此清楚,看来日本特务机构的黑手已经插入军统总部机关。嘴上却哈哈大笑:"是的是的,从未留洋就是希望有朝一日去日本学习,鄙人对明治维新后的日本充满好奇。"

"这个包在我身上。"随手递给李文范一个资料袋,楠本接道,"这是给你准备的第一笔学费。"说罢微微欠身一笑。

李文范接过资料袋,打开一点朝里瞅瞅,估摸有一万法币,推还道:"这怎么好意思?无功不受禄啊。"

楠本实隆把资料袋复推给李文范,连声道:"见面礼,小意思。"却对情报只字不提,引而不发。

双方接着交谈的就是彼此的兴趣爱好和两国的历史文化,完全不谈政治、战事、经济等方面的任何事情。楠本实隆听说李文范酷爱研究中国古青铜器后,恭维道:"中国古代青铜器是人类文明中了不起的大成就。"

李文范接道:"是的。中国青铜器起源很早。在距今五千多年前的新石器时代的马家窑文化、齐家文化等的历史遗存中,都发现有青铜器制品或有关线索。到殷商时期中国已经迈进了青铜时代。"

"不少清廷八旗子弟以及当今满洲国康德皇帝陛下的一些不肖子孙,好逸恶劳,在北京待不下去后,靠在天津卫那边变卖祖传宝物维持生计。"楠本实隆接道,"我在天津生活过七年,也收集了几件中国古代青铜器,如果李先生喜欢,可以双手奉上。"

法租界霞飞路一栋小洋房的客厅里,苏曼云正在与父亲老头子悉心交谈。女佣上茶后转身退下。

苏曼云嗲嗲问道:"阿爹,你这个大忙人,今天怎么突然想起来看看我了?"

苏老头子"呵呵"一笑,正色道:"囡囡有所不知啊,自从'八一三'开战以来,我们上海抗敌后援会主席团成员及各委员会的负责人每天中午都在四行储蓄会大楼开工作餐会,相互协商、分工合作,完全的战时作风。上海市市长也经常过来参会,就是说这个后援会是官方批准的、正宗的。"端起茶盅又放下后,接道:"今天会议结束得早,我估计你在家,就顺路来看看囡囡。"

"阿爹终于干正事了。"苏曼云接道,"今天战事如何?"

"你在日本人的通讯社工作,还用问我吗?"苏老头子接道,"这几天大家议论最多的是四行仓库保卫战,太悲壮了。"

苏曼云接道:"有些情况我真不清楚,你说说看。"

"平心而论,'八一三'以来,中国守军是誓死卫国、勇猛杀敌的,但装备与训练与日本军队相比,差得太远,艰难苦守,伤亡太大。"苏老头子端起茶盅喝了几口,放下后接道,"几天前日军攻破了国军的蕴藻浜防线后,沿沪太路进攻上海北部重镇大场。三天时间,近二百架日军机向大场砸下了一百多吨炸药,国军白刃肉搏,毙敌千人。日军增援反扑,并以四十辆坦克开道进攻,但终究寡不敌众,大场失陷。"

苏曼云叹道:"近三百年前的清兵嘉定三屠、血洗大场,使得全镇男女老幼几乎无一幸免。如今那里又再遭涂炭。"

"前几天,国民政府预估大场肯定守不住,这样上海北部除闸北外就几乎全部被日军占领了。"苏老头子接道,"本来国民政府希望能在下月上旬在布鲁塞尔召开的《九国公约》会议前,守住闸北、沪西、南市,以便欧美列强为了其各自在中国的利益而出面干涉或调停日本。"

"守一处是守,守多处也是守,只要能引起国际关注。"苏曼云接道,"所以选择四行仓库,这是金城、大陆、盐业、中南四家银行的堆货仓库,听说非常坚固难攻。"

苏老头子点点头,正要答话,苏曼云又道:"四行仓库谢晋元团副率八百壮士浴血坚守的英雄事迹通过报纸、电台早已传遍了全国。每天都有大量的上海民众在苏州河南岸观战，致以敬意。"

"是的是的。我要告诉你的是，孙团副打了一个电话给我们商会后援会，要一面中华民国的国旗，以插在仓库楼顶鼓舞士气，鼓舞民众。"苏老头子不免有些自豪，续道，"我们后援会准备了一面十二尺长的青天白日满地红旗子。当天晚上，一位上海童子军战时服务团的杨姓女团员，将此国旗裹在身上，冒着战火危险从公共租界这边出发，泅渡苏州河。当然另外也有人说，是几位义士趁夜黑风高之时匍匐送过桥的。但不管怎么说，第二天一大早，中华民国的国旗就飘扬在了四行仓库楼顶上。"

苏曼云感慨："苏州河南岸都是英国米字旗，北岸特别是四行仓库周边全是日本旗，四行仓库楼顶插上的这一面中国国旗，是不朽的宣誓。"

"坚守了四天后，剩下的壮士能顺利撤到租界的孤军营，我还是出了不少力的。"苏老头子自信爆棚，接道，"我告诉租界工部局，距四行仓库百丈开外有巨大的城市生活煤气罐，一旦被炸起火，将极大地危及租界安全。所以，租界工部局也向国民政府提出下令孤军后撤的强烈要求。"

苏曼云打断了父亲的自夸，认真道："关键是四行仓库保卫战已达到预定的战斗目的，再作无谓的牺牲，乃匹夫之勇。何况这些壮士今后可能还有更重要的使命。"

苏老头子续道："孙团副他们奉命半夜撤往租界时，日军不断下狠手，桥上密集的机枪火力仍然造成了不少伤亡。"

日本海军俱乐部会议室，李文范与楠本实隆进行了第二次会见。

楠本实隆右手指了指桌边放置的一个大概四十公分见方的锦盒，笑着对李文范道："李将军，你先猜猜这个锦盒里装的是什么？"

李文范瞄了一眼，思索了一下觉得还是悠着点，看楠本如何表演再回击，便微笑着摇了摇头"猜不着"。

楠本实隆只好自解："一种可能是一件贵重的中国古代青铜器，这是我们第一次见面时聊起过的；一种可能是个空盒，用来装殓你现在还安在脖子上的脑袋的。"说罢阴阴一笑。

"前几天我俩第一次会面时，大佐就送了我一万法币的大礼，估计不会这么快就会杀了我，因为我肯定有用。"李文范笑道，"应该是一件稀有的中国古代青铜器吧。"

"不错。这是我前几年在天津卫搞到的一只西周青铜鼎。"楠本接道，"听说中国古代周朝就有了一整套的上至天子下到庶人的等级制度，实行'名位不同，礼数亦异'的礼制。"

"是的。汉代何休注释的《公羊传·桓公二年》，就有'天子九鼎，诸侯七鼎，卿大夫五，元士三也'的讲究。"李文范接道，"不过虽然相传西周王朝时天子用九鼎，但西周王陵至今也尚未确切发现以证实。"

楠本实隆接道："这鼎就送给你了，你回去好好研究吧。现在战事紧张，此刻我更关心情报。"

李文范点点头，应道："大佐如此厚爱，鄙人愿意效劳，而且会竭尽全力。"

"那我就不客气了。"楠本实隆接道，"目前关注点有五，一是急需了解中国南京国民政府之抗战决心如何；二是对日作战之兵力配备如何；三是计划在上海战场投入多少兵力；四是《九国公约》中制裁日本的相关协议是否出自国民政府的宋部长；五是国民政府对德国驻华大使陶德曼的和平调停策略态度如何。"

李文范暗自心惊，略作思考回应："这五个问题都是大事，甚至涉及世界大局，今日一下说不透，甚至会说错，需要回去认真准备，下次见面书面答复。"因为这些问题的回复必须请示南京戴处长，答案既要让日谍机关满意，又不能损害中国战场的作战。

楠本实隆在中国谍战数十年，自认为对中国社会、中国文化、中国人了解甚深，坚信"有钱能使鬼推磨"的无边魔力，更深信刚才砍头装殓的威慑法力，再听说李文范愿意拿出书面答复，立即点头道："我们两天后见。"

两个人起身，李文范穿上大衣，正欲去拎桌边的那只锦盒，楠本实隆道"等一下"，右手指向靠墙文件柜的顶上，阴笑道："李将军，那柜子上面还有一只空盒。"

李文范听闻此言，心知是严厉警告，抬眼望去，正待回话。楠本又提了一个新要求："《九国公约》开会与德国大使调停，严重破坏了欧美列强与日本的关系，是可忍孰不可忍。李将军已是我们的人了，这两天也要策划一个用非常手段制裁宋部长的实施方案，两天后一并交给我。"

军统特务处上海站，周特派员正在接南京总部戴处长的电话。

电话筒声音："昨天，就是十一月五日早晨四时，日军的百余门大炮和几十架飞机连续攻击四个多小时后，在杭州湾北岸集结的八十多艘舰船，采取多点分批的战术，利用午潮上涨，用小艇分载在金山卫一线登陆，已经与上海北部的日军形成了对中国守军南北夹击的大包围圈。"

周特派员紧张问："数月前，我处不是提醒军方，有日谍在金山卫一带频繁活动，军方不是派员去金山卫那边海边进行过地形与海况勘察吗？"

电话筒声音："军方那帮混账王八蛋，应该是没有认真勘测，就下结论说金山卫不适合登陆作战。他们始终认为，上海战场的登陆地点只有长江及吴淞口。所以，金山卫从不修工事不设防。我估计第二次淞沪战争，我方还会战败，而且十天八天内就会见分晓。"

周特派员立正，请示："请处座下命令。"

电话筒声音："命令，立即启动上海沦陷区潜伏计划；由上海站行动组长柳山青立即组织对楠本实隆的严厉制裁。"

周特派员"是"。

苏州河南边是公共租界、法租界，北边的虹口不是法定的日租界，但实质上早就是了，大名路、吴淞路、乍浦路、塘沽路等马路上大多是日文店招，不少行人穿着和服。乍浦路上的日本佛教庙宇西本愿寺上海别院，坐西朝东，典型的印度佛教建筑特征。这里是李文范与楠本实隆约定的第三次见面地点。柳山青带着手下的三队人马潜伏于周边必经街道上，一旦发现楠本实隆出现，立刻击杀。

两天过去了，不知道是走漏了风声，还是日军已在金山卫登陆，决心抢在《九国公约》前解决上海战局，上海战事即将结束，刺杀宋部长已无必要，故而楠本实隆没有出现，军统的暗杀行动被迫取消。

十七、 秋风瑟瑟　好生活书店

秋风瑟瑟。法租界好生活书店，由于战争，墙上的挂钟刚刚敲过晚上八点，书店里就只有寥寥几位顾客了。相忠年正在整理被顾客翻阅后比较凌乱的书籍，一位头戴呢帽、身着长衫的中年男性走进店里，大声跟其招呼："店家，我上次订的商承祚先生所著《十二家吉金图录》一书，可已到货？"

相忠年一看赶紧回应："昨天刚到，就只有一套，正准备给您电话呢。"

楼上经理室里的许一清听到楼下暗号，马上到楼梯栏杆处，环顾店内后，对华九日邀道："您订的书是到了，但我刚刚检查，好像有点质量问题，要不麻烦您上楼看看合不合适，不合适得给您换。"

华九日接道："好吧。这本书比较难找，我上来看看。"

关上经理室门后，许一清紧紧握着华九日双手，忧道："老师，您怎么来了？有紧急任务吧？"

华九日点头，低声应道："是的，任务不紧急，我是不会打破地下工作纪律，直接到书店来接头的。"

许一清严肃道："老师，请您即刻布置，我马上安排执行。"随后给华九日沏上了一杯热茶。

华九日书记接过来，随即放在桌上，严肃道："继日军前天在金山卫、金丝娘桥、全公亭一线海域登陆后，拼死守了三天的松江已经陷落。为避免被日军大包围后包了饺子，保存抗日有生力量，中国军队已经开始全面后撤。地下党组织认为，上海劳动妇女战地服务团的二十几位战士必须随其所在的守军部队一起后撤，这才是最安全的。"

许一清立即问道："是要我去传达党的指示吗？"

"是的，现在的渠道已无法联系到她们了。"华九日接道，"而且，历时三个月的第二次淞沪战争，以中国守军全线溃败、上海沦陷为结局，这些充满理想与激情的年轻女战士可能接受不了这个现实，所以要一并做好她们的思想工作，这是暂时的战略后撤，将来一定会收复失地。"

许一清接问："保证完成任务。"

华九日应道："随军撤离的过程中，她们要继续履行原定的上海劳动妇女战地服务团的职责，鼓舞士气。"话锋一转，续道："这几个月来，上海地下党组织重建工作有了很大进展，与延安的党中央联系渠道已恢复正常。她们在随军撤往安徽、江西的过程中，在保证自身绝对安全的前提下，可以找八路军在当地的办事处、当地长期坚持斗争的南方游击队、当地的地下党组织联系，获得支持或指导。"说罢，从随身黑皮包中拿出一封信函交给许一清。

　　许一清接过没有打开。华九日解释："这是延安相关部门提供的她们随军后撤途中可能用得着的一些联络点和联系方式，务必请胡巧玉同志保存好，最好是刻在脑海中。"

　　回到了阔别已久的上海，刚被日本外务省任命为驻上海副总领事的岩井英一踌躇满志。拉开黑色轿车的窗帘一角，看到的是外白渡桥上，桥南租界的巡捕昂首站岗；桥北的百老汇路口，日军步哨枪口对着每个中国人；桥中央堆码着层层的防御沙袋。

　　岩井英一放下车窗窗帘，对正在驾车的中村震二郎道："说实在话，真没想到帝国费了这么大的劲才把大上海抓到了自己的手心里。"

　　中村震二郎应道："老师，昨天上海本地的报纸上刊登了一封撤退中国守军的《告上海同胞书》，说是因战略关系，暂时从上海附近向后撤退。依我看，应该乘敌军现在的溃势，迅速攻占中国首都南京。"

　　岩井英一鼓励道："中村君，此次淞沪战争，你的功劳大大的，我已经向军部建议，晋升你为陆军中佐。"

　　中村震二郎"是"，正要接话，黑色轿车的前左轮瞬间撞到了马路上的一个炸弹坑，车身猛地震颤了几下，中村震二郎赶紧道歉："老师，对不起。"

　　"没事。"车上后排的岩井英一身子也猛地撞上了前排座位靠背，他定了定神，接道，"惠子在中国通讯社工作，近阶段调查了此次淞沪战争中,上海各界尤其是商界为中国军队募集资金、物资等的总体情况,惊为天文数字,专题报告引起了军部和外务省的极大重视。对此,军部已严令要求必须把上海的各种优势尽快转化为对大日本帝国有利的资源,以战养战。外务省又一次直接看到了上海情报工作的重要性。"

"嘟、嘟",疾驶中的汽车喇叭警告路人让路。

岩井英一接道:"所以,我已经向上级正式建议,抓紧在上海设立大日本外务省自己的专门情报机构。"

汽车一路前行,终于进入了苏家花园并在一大宅门口停了下来。岩井英一一下车,就跟早就站在门口迎接的苏老头子躬了深深一礼。苏老头子则微微作了一个揖,热情道:"恭喜岩井先生高升。有事您来一电话吩咐就行,还劳您亲自跑一趟,实在不敢当、不敢当。"

中村震二郎下车,打开后备箱取出两件包扎很精致的礼物,站在一旁。

"一别年余,鄙人一直在四川公干,今日才返回上海,今后还要仰仗苏先生一如既往鼎力相助呢。"岩井英一用手指了指中村手中拎着的礼物,笑道,"这是四川著名的土特产缠丝兔,是我特意为您准备的薄礼,不成敬意。"

"岩井先生费心了,实在感谢!"苏老头子双手抱拳,让门口守卫从中村手里接下礼物,随后伸出左手摆出一个"请"的动作。

苏老头子与岩井英一并排前行,中村随在两人身后。

岩井英一道:"我在四川公干一年有余,深切感受到了那里的风土人情、饮食文化,不愧是天府之国。"

苏老头子接话"嗯嗯",心中在想为什么别的礼物不送,偏偏选择缠丝兔,心里琢磨这是暗示吧?因为不少川人制作缠丝兔,往往选择肥大、皮下脂肪丰满的活兔,对准颈动脉处一棒打死,并立即用麻绳晾挂。想到这里,心中有点发凉。

进入客厅,双方分宾主坐下,佣仆上茶后退下。苏老头子开言道:"岩井先生,中国人常说无事不登三宝殿,请吩咐吧。"

岩井英一欠了欠身,接道:"我的手下一直向我报告,一年多来你为大日本帝国办了不少实事,所以我特来致谢。"

苏老头子赶紧拱手道:"不足挂齿,不足挂齿。其实是我沾了你们不少光,做了不少大生意呢。"

"互利,互利。"岩井接道,"我就是来跟您商量,如何在原有基础上进一步做大鸦片生意的。"

苏老头子微微摇头,接道:"现在的形势跟以前完全不一样了。租界不到二十平方公里已成孤岛,周边全是你们日本人的势力,你们可以想怎么做就怎么做。"

"强龙不压地头蛇。"岩井英一接道,"再说,租界虽然不大,却挤进了数百万人口。另外,估计用不了多久,因战争逃离上海的中国人就会慢慢回到闸北、杨树浦等地。"

苏老头子接道:"搬回这些地方的一般都是贫苦穷人,明显缺乏购买能力,故鸦片毒品交易主要还是得在租界以内。岩井先生有高见?愿闻其详。"说罢,手势请岩井英一用茶。

"所以要有一个长远的、具有可操作性的计划。"岩井英一接道，"上海是现今中国最大的鸦片毒品集散地，也应该成为日后帝国华中毒品贩卖市场的中心。为此，第一步就是设立上海公卖处，参与这项事务的中国合作人主要是你和盛老三。"

"盛老三？"苏老头子接问，"清末豪门盛宣怀的三侄子盛幼庵？"

"是的。"岩井英一接道，"第二步就是在此基础上，改组苏浙皖特税处。再在上海虹口设立一个新总部，在各地设立分部，形成网络体系。新总部的日方负责人叫里见甫，曾在奉天关东军第四课中负责宣传工作，是个地地道道的中国通。近几天他与我已几次深入交流过相关计划了。"

苏老头子笑道："如此看来，岩井先生已成竹在胸了，我不参加似乎有点不识抬举啊。"

两人接着又聊了一会，岩井英一起身告辞，苏老头子相送到大门外。汽车启动后绝尘而去。

苏老头子刚回到前厅，见苏曼云正端坐在刚刚岩井英一坐过的位置上，不禁笑道："囡囡，我知道你刚刚一直在隔壁偷听我和岩井的谈话。我想，岩井英一老狐狸也许也会感觉到隔墙有耳的。"

苏曼云俏皮道："阿爹，我可不是有意要偷听你们的谈话，女儿没有这种不良的嗜好，真正碰巧而已。"接着不满道："怎么？阿爹是要与日本人合作把鸦片毒品生意做得更大吗？这实在是为人所不齿的。"

"以前是小打小闹。不贩鸦片，哪有钱支援抗日啊？"

苏老头子接着狡辩道,"再说,我不合作,想与日本人合作的大烟商多的是。听说'八一三'战事刚开始时,日本海军上海武官府就派遣运输舰,从东北大连等地载运毒品来沪,交由台湾银行经销,但销路并不十分畅通。因为上海的鸦片业历来操纵在我等这样的有权势的大商人手中,日本人想要插手、做大上海鸦片贩卖,必须与我等合作。"

苏曼云没接话,稍后忽然问道:"鸦片进沪,总得先进仓库吧?"

苏老头子点头道:"是的。日本军方运进上海的鸦片、红土及其他毒品,大多先存放在虹口的日商本田纱厂的后院库里。"

上海城隍庙,传说系三国时吴主所建,明永乐年间改建为城隍庙,其殿堂建筑属南方大式建筑,红墙泥瓦,虽屡遭兵焚和火患,但随着城市人口的增多,香客及游人也日渐增多,周边商业亦开始繁荣。第二次淞沪战争爆发后,上海城隍庙作为难民区,接受了众多无家可归的难民入住,一时环境狼藉。

走出大殿,许一清与方秋明低声细聊。

"自第二次淞沪战争结束后,日本侵略者于十二月十三日又迅速攻占了民国首都南京并进行了长达数个星期的有组织、有计划、有预谋的大屠杀,初估遇难民众有数十万人之多。"许一清接道,"今天约你在这里见面,一方面是给遇难同胞以传统祭祀,另一方面就是要化仇恨为力量,商量一下如何开展行动打击侵略者。"

方秋明恨道："是可忍孰不可忍，我早就想干他娘的。"

"我们八路军在前线与日本侵略者浴血奋战，敌后游击队也有声有色，大大牵制了日军大规模的南下行动。"许一清接道，"虽然我们党在上海的力量总体上还非常薄弱，但我们有广大工人阶级、市民群众的发自内心的巨大支持，也有友军的配合，能够让日本侵略者在上海绝无安宁。"

方秋明接问："上级说怎么干吧！"

许一清回道："日本是个帝国，战争资源贫乏，依靠在中国的掠夺搞以战养战。据内部情报，日本人正在策划扩大在上海、华中的毒品销售，推行以毒养战。"

"这是要彻底从经济上掠夺中国，从精神上摧毁中国。"方秋明接道，"我们应该打掉他们的运输线或仓储点。"

"正是这样，地下党组织已作了相应的部署。"许一清续道，"目前日本军方主导的鸦片毒品进沪后，相当一部分储放在虹口日商本田纱厂后院的仓库内。你在那家纱厂有可靠的老同事吧？想办法搞到它的地形图和房屋结构图。"

"坚决完成任务，"方秋明兴奋道，"而且据我了解，那里已经被改造为日本海军的一座军火库，可以干成一件抗日大买卖。"

许一清严肃提醒："如果是军火库，一定戒备森严，高墙电网是必定的，千万注意安全，第一步只是搞图，第二步做方案，第三步才实施。"

上海历经了三个月残酷的第二次淞沪战争，孤岛租界里仍然灯红酒绿、纸醉金迷，租界外却是处处瓦砾、残破不堪、萧条异常。浦东钦洋镇上，供奉东岳大帝的钦赐仰殿却万幸免遭战火涂炭。藏经楼里，军统上海区的周特派员召集手下部分重要成员布置任务。

周特派员开言："各位，自上海沦陷后，日本侵略者对租界里浓重的抗日氛围深感不满，已经开始有组织地针对抗日民众采取残酷的暗杀活动，不少仁人志士被斩首示众，短短几天就有多颗人头被挂在电线杆上、马路树上、弄堂墙上，并附上了写有'抗日分子下场'的字条，具体由钟离志科长作些介绍。"

"日寇残忍狡诈。上海沦陷后，楠本实隆大佐收买了不少帮会中的汉奸分子组织成'黄道会'，负责开展暗杀与恐吓活动。"钟离志接道，"被斩首的有《社会晚报》主编等有影响力的社会名流。斩首案发生后，又发生了数起针对抗日志士的'人手案'，就是到难民场所骗人做工，然后砍下双手或手指，邮包或礼盒送到被要挟对象的家中或办公场所。据说，有一位银行高管还没回家，太太收到礼盒先行打开了，看到的是一只血淋淋的女人的手，吓得当场昏死过去。醒来后对刚到家的先生警告加哀求，让他不要再招惹日本人。"

尤岩烑副站长接道："这种寒蝉效应会极大地影响抗日人士的心理、老百姓的心态。"

周特派员看了看手表，接道："长话短说，总部戴处长命令，军统上海区要以血还血、以牙还牙，对投敌汉奸杀无赦，尤其是那些影响力大的大汉奸，更要杀一儆百。"接着命令："行动由尤岩烑负责，钟离志协助，柳山青执行。"

三人起立"是"。

周特派员示意柳山青单独留下。

待钟离、尤两人离开后，周特派员示意柳山青坐下后接道："柳组长，自去年九月底按蒋委员长的命令成立忠义救国军以来，已有二千五百多人在第二次淞沪战争中阵亡，受伤的也达到了总人数的一半。但是，你兼任大队长的独立特务大队似乎一直战绩不佳。最近忠义救国军特遣支队在江苏武进至宜兴公路上一夜之间摧毁公路桥二十余座，把整个武宜公路烧得如同白昼，影响很大，戴处长已经予以特别嘉奖。"

"特派员，我们特务大队的任务一是诛杀汉奸，二是防共，尤其是防止共产党有人借此渗入忠义救国军。"柳山青接道，"在忠义救国、抗日复兴的大旗之下，忠义救国军以收容整编二次淞沪战争后流散浦东及沪杭沿线的国军为基本，不少农工大众、土匪流氓、帮会分子及各式人物都纷纷加入，据我们掌握，有个大队的成员里有不少共产党员和左派人士，其大队长就是共产党分子。"

"先密切观察，暂不行动，毕竟是在国共第二次合作期间。这支队伍不是正规部队，'忠义'比'主义'更容易得到普通老百姓的理解与认同。"周特派员强调，"但戴处长很看重这支队伍，亲自兼任总指挥。所以，你身为上海站行动组组长兼忠义救国军特务大队长，要抓紧做出成绩，总不能让其他地区行动的风头压过上海地区吧。"

"是。"柳山青立正道,"这方面已有行动计划。"

周特派员接道:"抓紧实施。同时必须抓住一切机会利用伪军。要知道,这既是抗日也是对付共产党的有力抓手,必要时还可以采用借刀杀人计策,让日伪军与共产党对杀。"

柳山青点头默认。

数周过后,许一清收到了方秋明拿到的日商本田纱厂老工友凭印象绘制的后院仓库结构与储物品种分布图,又亲身到尽可能接近仓库又不被二十四小时不分昼夜巡逻的日本兵士和军犬发现的位置进行了两次侦察,发现外人根本没有机会进入仓库,唯有一位中国伙夫可以自由出入。

许一清与相忠年商量后,由相忠年化装成海鲜摊贩,出现在伙夫每天买菜的菜市场,一来二去,两人已相当熟悉,彼此热忱地照顾着对方的生意。

一日上午,伙夫又在菜贩摊前,指着相忠年海鲜摊笑问:"老乡亲,你这大黄鱼可新鲜?"

"那当然,这是我今天凌晨去鱼码头进的货。你昨天不是关照要最好的大黄鱼吗?"相忠年接道,"老乡亲你看,这鱼体背黄褐色,腹面金黄色,口腔内白色,鳃腔上部黑色、下部粉红色,头大而尾柄细长,是正宗东海大黄鱼。"

伙夫笑道:"我杀鸡宰鱼、烹饪做饭三十年,正宗不正宗还不能一眼看出?帮我称几条吧。"

相忠年低声问:"你那单位几十口壮劳力,几条就够了?"

伙夫接道:"壮劳力们有相对固定的标准餐食,只有壮劳力的大领班有资格吃独食,此人对宁波菜中的雪菜大黄鱼情有独钟。嘿。"

一手交钱,一手交货。相忠年问道:"你刚刚叫我老乡亲,可我们老家隔着好几百里地啊。"

伙夫笑道:"你老家苏北盱眙,我老家安徽凤阳。须知朱皇帝的皇爷爷是从盱眙县逃难去凤阳的,我们可是正宗的老乡亲呢。"

相忠年意味深长道:"那是那是,我们才是朱皇帝的子民。"

伙夫"是是",转身一个不留神,踩在了一堆海鲜鱼内脏上,摔成了四脚朝天。"哎哟",相忠年急忙转过海鲜摊子,过来将伙夫搀扶起来,坐在一旁稍加休息。

伙夫摸着自己磕破的脑袋,再按了按右侧身腰,苦笑道:"老乡亲,看来我是朱皇帝不孝的子孙,刚聊到他老人家,就摔成了王八样。"挣扎着想站起来,就似乎动弹不了。只好跟相忠年商量:"老乡亲,我现在动不了了,你能不能找个黄包车,与我一起去仓库,帮我把中午餐做了。"

相忠年为难道:"你一直说你上班的地方看得紧,旁人不让进。我跟你去,不太好吧?"

"工钱我会补给你。"伙夫接道,"他们不让你帮我做几天饭,也得找别人做,他们是不肯饿肚子上班的。"

"好吧,谁让我们是老乡亲呢。"相忠年接道,"可能要你担保呢?"

两人上了一辆黄包车,不一会儿就到了军火仓库大门口。

门口的日军哨兵看看伙夫，又盯着相忠年上下打量一番。伙夫指了指门岗亭电话，示意哨兵打电话给里面。

不一会儿，走出来一位翻译模样的人，对伙夫斥道："老倪头，什么意思？"伙夫把刚刚发生的摔伤事描述了一遍，强调："几乎动弹不得，实在无法劳作。能不能请这位老乡帮几天工，他这几天工钱由我自己付。"

翻译官绕着相忠年转了一圈，突然示意日军哨兵搜身后，进岗亭给仓库主要管事的打了一通电话，出来后对两人讲明："最多替工两天，而且你要替此人担保，出了问题，一起枪毙。"

伙夫强忍疼痛，扶着黄包车朝翻译、日本哨兵深鞠一躬"谢谢"。相忠年赶紧将伙夫扶上黄包车后，让其早点去歇着，随翻译进入了仓库大门。

接到相忠年打来的紧急电话，次日一大早，许一清在海鲜摊与相忠年接头，并把一只饼干铁盒交给了相忠年，里面装有一枚从暗杀大王王亚樵以前领导的铁血锄奸团的一位老骨干那里取得的高爆定时炸弹。

许一清叮嘱："这是地下党组织费尽心思才搞到的定时炸弹，一定要发挥它的最大威力，按既定行动方案置于其弹药库区或汽油库区，确保把这个军火库全部摧毁。"

相忠年接过饼干铁盒，庄重道："请组织放心，即使牺牲，也要完成任务。"接着又提醒："一共只有两天时间，我将在今晚动手。无论如何，请组织一定把倪师傅转移到安全地方，防止日寇事后报复。"

一路上，相忠年都在琢磨如何将定时炸弹发挥最大威力

十七、秋风瑟瑟 好生活书店

这个棘手难题。

刚到仓库,一进大门,迎面正巧碰到翻译官。此人一见相忠年便大声嚷嚷:"伙夫,你昨天做的雪菜大黄鱼,太君说非常好,比老倪头做得好。今晚此道菜必须要,太君要宴请我和几个小队长。"

相忠年赶紧点头"是是",一手指着菜筐上面的几条大黄鱼,笑道:"食材已备好,只是火候不行。"

翻译官不解道:"什么火候?"

相忠年接道:"最正宗的雪菜大黄鱼,不能用煤炭烧,而是要用木材烧。这样做出来的鱼比昨晚太君享用的,味道要好得更多呢。"

"没问题,废木材多得是。"翻译官笑道,"你到四号库去取,那里包装弹药的破木箱板可以吧?"

"当然可以。不过得我自己去挑。"相忠年认真道,"木头种类不同,要那种水杉木的才真香。"

海关大楼的顶钟、书店墙上的挂钟、自家床头的闹钟,渐渐指向午夜十二时,华九日、许一清、相忠年都盯着自己的计时工具,秒针声刚过,远处传来了一声惊雷般的巨响,接着是更猛烈的惊天动地的连环爆炸声,巨大的猩红色火焰升腾天空,冲破那沉沉黑夜。

十八、四川北路　弘仁茶馆

　　四川北路上有家著名的弘仁茶馆，主打日本茶道。第二次淞沪战争后的次年四月，这天下午，一辆黑色轿车徐徐停在茶馆门口，着传统日本和服的岩井英一、岩井惠子、中村震二郎下车后，鱼贯步入茶馆小院，边走边欣赏院内通往茶室的幽静曲廊。

　　进入茶室前，三人停下脚步，各自从室外水缸边的墙上取下一柄挂着的长柄水瓢，从水缸中舀水，洗手漱口以便稍加静心。

　　一位上了年纪的日本女茶师跪在木格子门外迎接。随后，三人爬进茶室跪坐。女茶师按程式点炭火、煮开水、抹茶，准备完毕后，开始敬茶。女茶师用左手掌托碗，右手五指轻持碗边，将茶碗正面对着正座，双手恭递至岩井英一面前。

　　岩井英一接过茶碗，轻轻转了三下，将茶碗正面再转向女茶师后，轻品、慢饮、奉还，然后依次是中村震二郎和岩井惠子。接着是每人一小块点心。

十八、四川北路　弘仁茶馆

如此这般大约两个小时后，女茶师从茶室侧门退出。

三个人的话题从刚才的上海天气之类转入了岩井公馆的工作。

"今天上午，帝国外务省专门设立的特别调查所在上海宝山路成立了。主要是因为自'七七事变'以来，帝国军队迅速占领了中国的近半壁江山，外务省迫切需要一个自己掌控的、针对重庆国民政府的情报机构，为下一步的战争提供最重要的战略情报，注意是战略情报。"岩井英一接道，"重要的事情说三遍，主要是搜集战略情报。"

岩井英一接过女儿递过来的茶碗，欲喝又放下，接道："但你们知道我筹划岩井公馆已经很久了。岩井公馆的工作应该包括政治、情报、文化、武装四个方面，还有就是有效地推动经济与商业活动。所以有些关键问题必须要明确。例如，特别调查所与岩井公馆之间是何种关系或者说如何协调两者间关系？"

"能不能顺势而为呢？"岩井惠子建议，"对外就把特别调查所称为岩井公馆。今后，公开的工作全用岩井公馆的牌子，秘密的任务由特别调查所负责开展。也可以说，特别调查所是岩井公馆内设的一个秘密机构。"

岩井英一一拍大腿，笑道："好主意，就这么办。"接着叮嘱："中村君，你是我的学生，更是陆军省军务课课长影佐祯昭大佐委派在上海的主要得力下属，也受他的直接指挥，只是利用了日本驻沪总领事馆外交官的公开身份。所以，特别调查所的所有工作，交由你全面负责。你可要把多重身份的效应发挥到极致，为帝国创造'一加一大于二'的功效。"

中村震二郎大声"是"。

岩井英一接道："如果岩井公馆这样定位，那么我考虑任命一位中国新闻界的名人出任岩井公馆总经理一职，这样会显得顺理成章。"

中村震二郎接道："一个月前，您就要我认真调查一下这位拟任总经理的情况，结论是社会名流、专业优秀、日语良好、背景复杂。书面报告明天呈上。"

"好。"岩井英一狡黠笑道，"那就看谁有能力把此人用好了。如他能把军统、中统、帮会、西方人，以及共产党的真假情报都搞来，我深信帝国情报机关能借此大有收益。"顿了一下，接道："眼下正是用人之际，根据里见君的请求，我决定，惠子离开中国通讯社到岩井公馆工作，具体是联系、支持华中宏济善堂开展业务。另外，考虑到苏曼云小姐父亲的社会影响力，惠子你要把苏曼云小姐邀入岩井公馆工作，具体用什么理由你自己去想，或许可以说是协助总经理开展工作。"

两人"是"后，中村震二郎不无担心道："老师，特别调查所如果只搞秘密侦察，没有搜捕、抓人、关押、镇压等手段，就像一只没牙的老虎，不利于工作的开展。"

"外务省搞这些不是很合适。"岩井英一自信道，"放心，驻沪总领事馆已经跟公共租界商定好，由日本委派赤木亲之出任工部局警务处处长。赤木将会全力配合你做好工作。"

岩井惠子惊问："就是那位出生于日本武术世家，从

十八、四川北路 弘仁茶馆

小就接受非常严格的特工训练,日本闻名的反特专家赤木亲之?"

岩井英一应道:"是的,他是高等二等官,从四位勋四等。"

军统上海站的一处秘密地点,行动队长曹利均把刚刚在马路上买的一份当天的《申报》递给了尤岩燊,手指上面的一则新闻道:"尤副站长,你布置的诛杀汉奸计划,今已见红。"

尤岩燊接过报纸,低头迅速看了一下,把报纸又递给了钟离志。

钟离志摇手不接,笑道:"我不看都知道是这样写的,候任南京'维新政府'军政部长的原国民革命军第二十六军军长周凤岐,昨天下午在租界亚尔培路的自家住宅门口,刚走出大门尚未上车的短暂一刻,被蓝衣社特工枪杀,现场极为血腥。"稍一停顿,三人哈哈大笑。

"接下来,要尽快制裁唐绍仪。"尤岩燊接道,"这位可担任过辛亥革命后的首任内阁总理。"

"不不不,"钟离志赶紧摇手,接道,"这个大人物一直宣称绝不会当汉奸。尽管他与蒋委员长长期政见不同、矛盾深刻,日本人也在加大筹码不断对其拉拢,但至今我们并没有掌握其投靠日本人、当汉奸的实凭实证。"

"等你查清证据,黄花菜都凉了。"尤岩燊武断道,"当年'莫须有'的罪名就可以杀岳飞。"

"可是后来的宋孝宗为岳武穆平了反。"钟离志辩道,"再说,杀错了会促使一大批摇摆分子下定决心去当汉奸的。

一定要查明真相后才能决定是否制裁。"

尤岩犹本就刚愎自用,升任副站长后又一直急于立功表现,不耐烦道:"你愿意去查证据就去查,我不阻拦你,但行动归我分管,你也别插手!"

话不投机半句多。钟离志起身,拿起随身公文包,说了一句"我另外有事要办",便转身离开。曹利均望着钟离志远去的背影,嘟囔:"有什么了不起的。尤站长,我听你的。"

"很好呀。曹队长,你是我的老部下,自从我升任上海站副站长后,行动组组长的位置本来是应该由你接的,可是让周特派员的副官柳山青抢去了。所以,这次你要好好干,大功由我俩独享。我看用不了多久,上海站行动组组长的位置还是你的。"尤岩犹笑道,"至于行动方案,我已经考虑好几天了。一是按老套路直接狙杀;二是找到机会入宅下手,听说此人酷爱古董,可按这个思路行动。"

唐绍仪在政界摸爬滚打数十载,如果没有几个真心朋友,没有一点真正的能力,肯定爬不到如此显赫的高位。自从好友处悄悄获悉了军统欲对其制裁的消息后,他立即通过关系向国民政府蒋委员长保证不当汉奸,敬请放心。

随着军统上海站对汉奸的诛杀越来越严厉,伪上海特区法院院长、伪军政部长、伪市政署秘书长、汉奸商人及租界巡捕督查长等一个接着一个饮弹毙命,唐绍仪更像惊弓之鸟,大门不出,二门不迈,唐公馆四周更是特别加强了警戒,二十四小时巡逻,公馆最高处还布置了狙击手。曹利均想用狙杀办法，还真的一时下不了手。

转眼间到了九月，暑气稍减，空气中弥漫的血腥味似乎稍淡。唐绍仪正在书房摆弄收藏的古董，突然想起几个月前在租界古玩城的一家商铺里曾经见过的一只西周青铜器鹿尊，不由自主停下手来，那只鹿尊给他留下了深刻的印象。

青铜盛酒器鸟兽尊属于西周时期的全新创造，既是实用品，又是精美绝伦的青铜艺术雕塑品，那只鹿尊，鹿体滚圆、四足健实、耳目逼真，长脖子为注酒口，纹饰繁缛华丽，制作神形兼备。想了一想，叫来了管家，让他去一趟古董店，让店家掌柜的送过来，至于价格，上次说十万元太贵，送过来后可以商量。

一直在附近盯着寻找下手机会的曹利均见唐公馆的管家匆匆出门，猎奇心使然，悄悄跟踪到了古玩店。

尽管唐公馆管家巧舌如簧，但无法说服古董店掌柜当天送货上门，因为不巧，唯一的店伙计进货去了，只有掌柜一人在店，实在不便大白天打烊出门。管家只好作罢，约好明天上午十点左右派店伙计直接送到唐公馆，一手交钱、一手交货。

双方商量完毕，管家起身并顺便在古董店里稍微转了一下，发现靠墙货柜里有一只约一尺长身、顶部和底足都呈喇叭状的古董独立不群，顺手指问："掌柜的，那是啥？"

掌柜回道："青铜觚，商代的，既可用于饮酒，也是一种礼器。"

管家又问："好像腹部和底座上的纹饰并不相同。"

"管家好眼力。"古董店掌柜接道,"此觚腹上的是两组兽面纹,底座上饰云雷纹。"

管家接问:"我们东家上次来店没有见过吧?"

"是的,此觚前几天刚被河南洛阳宝昌号的老板派人送到本店寄售。麻烦您回家给东家推介一下。"古董店掌柜顺手递给唐公馆管家一个礼盒,接道,"这是福建武夷山大红袍,说是从九龙窠正宗的大红袍茶树上采摘的。"

两人拱手道别。

说者无意,听者有心,一直在古董店外假装徘徊赏景的曹利均心中已经有了行动计划。

第二天上午九时许,观察到古董店伙计拎着一个大的包装盒上了一辆黄包车后,曹利均即上了一辆由手下便衣拉着的黄包车在后面不近不远地尾随着。在去唐公馆的必经路上,两名军统便衣拦住了古董店伙计的黄包车,伙计惊问:"你们什么人?敢在租界打劫?"

一便衣低声道:"不是打劫。你不是去卖古董吗?就卖给我们哥俩算了。不过钱要过两个小时给你。"

另一便衣道:"我们哥俩就在这路边的小吃店陪你。老老实实的,不要喊叫,否则。"说罢做了一个割喉动作,又冷笑两声。毕竟在上海滩混过几年,知道上海租界鱼龙混杂、歹徒不少,好汉不吃眼前亏是生存法则,虽然不远处有租界巡捕,古董店伙计还是点了点头,就随此人走进了小吃店。

前一便衣拎着包装盒,交给了尾随于后的那辆黄包车上的曹利均后,也随前面两人进入了小吃店。

疾驶的黄包车在唐公馆大门口刚停下,门卫与巡逻的卫士就围了上来,化装成伙计的曹利均主动下车并打开包装箱,接受搜身后,一门卫打电话跟管家通报,说古董店派人送货来了。不久,管家到门口迎着曹利均进入了公馆大宅客厅。

唐绍仪正在翻阅当天的报纸,看了一眼曹利均,有点疑惑:"你是伙计?我以前在你们店里看到的可不是你?"

曹利均略微弯腰施礼,回道:"唐老爷记得不差,我是河南洛阳宝昌号古董店老板派来上海送寄售古董的。这几天这边店里事多,伙计忙不过来,掌柜让我临时帮忙送货。"

唐公馆管家插话:"我昨天在他们店里,确实看到一只商代青铜觚,掌柜说是河南洛阳宝昌号老板刚送来寄售的。"说罢,帮忙曹利均打开包装箱,两人把鹿尊抬到了大沙发前的茶几上。

视古董如命的唐绍仪再也顾不上盘问曹利均身份,赶紧拿起早已备好的放大镜,仔细鉴赏起古董来,还不住赞叹。半盏茶工夫,观察好唐公馆内情况后,曹利均开始催促道:"唐老爷,我家掌柜的还等我取钱回去呢。"

唐绍仪点点头,眼神仍然盯在鹿尊上,嘴里对管家道:"管家,你把准备好的十万元钱拿给他。"

曹利均拿好钱刚要离开,唐绍仪抬头看着他问道:"你刚才说还有一只商代青铜觚,品相怎么样?价格又如何?"

"绝对开门,品相一流。"曹利均脑筋急转弯,道,"这只鹿尊让您破费不少,那只觚可以优惠点。我们洛阳宝昌号老板说了，如果碰到识货的有缘人，便宜点没关系的。"

唐绍仪兴奋道："那好那好，你明天给我送过来，价格与货一起谈。"

曹利均接过唐公馆管家递过来的一包钞票，朝唐绍仪欠了欠身权作施礼，转身离开公馆。

几乎是按设定的时间，曹利均在小吃店里把一包钞票递给了控制住古董店伙计的一个特务，告诉他必须让这个伙计明天同一时刻，不管用什么办法，都要把寄售的古董青铜觚送到今天的这家小吃店门口，由他们帮他卖掉。

古董店伙计接过钱袋，大致一瞄十万不少，又是吃了一惊，也不敢多问。一边的军统便衣笑道："今天大家都是义务劳动。明天还是这个时间，你把觚送到这里，我们大家都可以拿到大把的赏钱了。如你做不到，就把你做了。"

第二天上午十点不到，小吃店门口，古董店伙计把一只包装箱交给了昨天上午碰见过的那位军统便衣，轻道："古董觚就在里面了。"想了一想接问："我们还是在小吃店等着拿钱吗？"

军统便衣笑道："昨天十万块钱都没有昧你一分钱，还不相信我们？回店里等着吧。"说罢狠狠瞪了伙计一眼道："快滚。"

古董店伙计心道不好但又无奈，垂头丧气而去。

黄包车在唐公馆大门口停下，曹利均携箱下车。门卫和巡逻卫士发现是昨天那位送货的，不由得放松了搜身力度，

十八、四川北路 弘仁茶馆

马马虎虎正待放行,唐公馆管家正巧出门办事,大骂众人贪懒敷衍,下月当扣薪水。两个卫士只好过来,把曹利均全身和货箱作了彻底搜查,的确没有任何凶器。管家见状,挥了挥手让曹利均进去,接道:"老爷正在厅里等你。"接着外出办事去了。

按唐公馆规矩,众守卫和巡逻的卫士按规矩没有召唤是不能进大宅的。曹利均暗自庆幸多亏没带刀枪,单独携箱大摇大摆进了公馆客厅。

见到曹利均进来,唐绍仪满脸堆笑,指着茶几上的鹿尊,右手伸出大拇指。

"此觚乃我洛阳宝昌号老板祖传,绝对正宗。"曹利均从箱中取出青铜觚,放在茶几上,然后道,"唐老爷面前的这只鹿尊,其实还是有点小瑕疵的,您可能没发现。"

唐绍仪一听急了,拿起放大镜,连声道:"什么什么?你指给我看。"

曹利均应道:"在尊身右侧下方,似乎有一丝裂纹。"唐绍仪拿着放大镜,全神贯注低头仔细寻找。

说时迟,那时快,曹利均迅速举起青铜觚,朝唐绍仪后脑猛地砸了下去。这致命的一击,使唐绍仪连吭也没有来得及吭一声,就趴在了茶几上,曹利均又重手补了两下后,拿起茶几上预备的钞票,大摇大摆地走出了唐公馆大门。

两天后。

"啪",周特派员愤怒地将电报甩到了上海站行动队长曹利均脸上。他本来想立大功受大奖的心情一下子跌入深渊，一头懵。钟离志则在一旁轻松地翻阅当日的报纸，通栏标题：《前内阁总理遭军统局暗杀，冤否？》。

周特派员怒道："你没有证据不请示，就斩杀了辛亥革命后的第一任内阁总理。钟离志劝你也听不进去。现在国民党内的许多元老、上海滩的不少大亨都出来表达震惊与愤怒，这已经让蒋委员长陷入不义之境地。"

"证据后面可以找到。"曹利均心想尤副站长说这是你的命令，现在社会上闹起来了，就想推卸责任了？转念又想，或有可能是尤岩炗急要立功假传命令呢？又不能说破，只得辩解，"兄弟们没有功劳也有苦劳吧？"

"苦劳个屁，"周特派员怒道，"为了平息社会愤怒，蒋委员长向唐家发去了唁电，令国民政府下令褒扬并发给了唐家一大笔治丧费。"顿了一下又道："而且，你们还昧良心私吞、私分了青铜觚的二万块钱。我告诉你，这钱必须要吐出来，还回去。戴老板发话，如果不是看在你的出发点是爱国杀奸，谁都保不了你。"

曹利均顿时怒火中烧，古语有云"骂人不揭短，打人不打脸"，钱都要吐回去，自己在那么多手下面前还有脸吗？心中忽然有了"此处不留爷，自有留爷处"的闪念。

周特派员没有发现曹利均内心的巨大变化，仍然喋喋不休、骂骂咧咧，稍后接道："鉴于上海滩工作的艰巨性和重要性，戴老板命令，从今天起，撤销你军统上海站行动队队长的职务，待将功赎罪。"

钟离志似乎从曹利均脸上的阴晴不定中看出了问题，赶紧圆场道："特派员，此事能不能缓缓，曹队长可以将功补过的。再说也应该先跟尤岩牪副站长说一下吧。"

"这样处理就是尤副站长的建议。"周特派员接道，"尤副站长分管行动，他对曹队长每次行动都不主动报告的行为早已忿忿不满。"说罢，挥手让曹利均先行离开。

气氛稍缓。钟离志接问："周特派员，听说军统局要分家了？"

周特派员稳了下情绪，回道："正应了那句老话，分久必合，合久必分。军统局前几天又一次进行了重组，第一处另行成立为国民党中央执行委员会调查统计局，简称'中统'；军统局的其他部门基本不变，继续实行'局—区—站—组—队'的体制，原第二处戴处长出任负责实际工作的副局长，所以军统内部现在都尊其为'老板'了。"

"惠子小姐，你对近几个月来上海滩的不少友日人士被国民党特工暗杀之事有什么看法和对策？"在位于宝山路的特别调查所办公室里，中村震二郎对立正于办公桌前的岩井惠子没好气地发问。

岩井惠子双足并立，报告："中佐，我以为，一是我们只雇用本地'黄道会'的流氓去暗杀上海滩的一些反日分子，很多人以为是斗殴或黑社会杀人，起不到震慑反日分子的作用；二是中国国民政府旗下的军统和中统特工，不少人训练有素，暗杀手段与效果远胜黄道会流氓。"

"有道理，"中村震二郎接道，"说下去。"

"中国名著《海国图志》中有一著名主张'师夷长技以制夷'。"岩井惠子接道，"我的理解就是以夷制夷。所以，应该从军统、中统、帮会中物色一批能为我所用的人，他们了解其组织的重要秘密、运作方式及行动特点。如此我方的工作效果、工作效率会大大提升。"

"高，实在是高。"中村震二郎在办公室里踱起了方步，"惠子，你再说。"

"应该尽快把国民党党部、军统、中统里的一批受过训练却又非常失意人员聚拢起来，给他们枪、给他们钱、给他们势，以夷制夷。"岩井惠子接道，"也要吸收一批上海滩上的帮会分子，他们毕竟熟悉上海。当然，前提是这些人必须对大日本帝国忠心。"

中村震二郎不住点头，赞叹："惠子，你真行，不枉岩井老师这么多年对你的培养。"

"中村君，过奖了。"岩井惠子接道，"我建议你尽快去找一下苏曼云的父亲老头子。据我了解，他跟中国国民政府不少高官，军统、中统高层，甚至一些中低层都打得十分火热，相信其会推荐一些有用之人给你。"

无巧不成书，秘书"报告"后进门，递上一份苏老头子的宴客请柬。

百老汇大厦位于黄浦江与苏州河的交汇处，高二十二层，气势雄伟挺拔。此时，在十八楼唯一一间豪华大包间内，苏

十八、四川北路 弘仁茶馆

老头子高声吩咐酒店服务生，请正在露天大阳台上欣赏滚滚波涛黄浦江、熙熙攘攘外白渡桥美景的宾客入内开宴。

苏老头子满脸堆笑，起身高声道："各位朋友，我们中国人有句老话有缘千里来相会。今天在座的，有我多年来生意上合作的日本驻上海总领事馆的中村震二郎先生、岩井公馆的岩井惠子小姐，有我好多年都没能见到面，从湖南经香港绕行来沪的、国民党中统大名鼎鼎的株萍铁路特别党部调查室李士群主任及夫人叶女士，还有几位是特别生意上的老朋友，那个大块头是鄙人的干外甥吴肆先生，坐在惠子小姐身边的是我的女儿苏曼云。"话毕，端起桌上自己面前那只盛满被誉为朱皇帝御酒的金坛封缸酒的酒杯，接道："这第一杯是欢迎酒，为大家在黄浦江畔的相会，干了。"

众人起身，相互致意后各自一饮而尽。酒店服务生分别给每位客人继续斟酒，吴肆大声嚷嚷："倒满，倒满，给大家都要倒满。"

苏老头子请各位朋友随意品菜，不要拘束。接着又端起酒杯道："这第二杯酒是预祝各位在上海滩这个大码头上，都能干出一番大事业、达成所愿。"众人响应皆是一干而尽。

"这第三杯酒是预祝各位相互合作愉快。"苏老头子带头举过三杯后，畅快道，"既然大家是有缘人，就不必讲究那些臭规矩。而且，愿意一对一交流的，可以去外面的大露台上自由交谈。"

觥筹交错、推杯换盏、酒至半酣，中村震二郎请李士群到大露台上赏景，苏曼云、岩井惠子和叶女士三人则三两组合轮番给苏老头子敬酒，吴肆与几位老客行酒令划拳正酣。

中村震二郎道："李先生，我们对您期望值很高哦。"

"彼此彼此。"李士群微笑接道，"和平运动、反蒋反共是鄙人今后全力以赴的责任和义务。"

"李先生，既要有目标，也要有诚意。"中村接道，"更要让帝国先看到你和诸君的能力。"

李士群自信满满："这个敬请放心，我准备在三天时间内，呈交您一份《上海抗日团体一览图》，把国民党上海地下党部及下属各支部、青年抗日会、抗日锄奸团、三民主义青年团、共产党的抗日救国会、共产党在日商工厂中的组织、上海周边忠义救国军的地址、人员、武器、经费等情况给你说得明明白白的。"

中村震二郎半信半疑："我们要的是有分量的情报。你对上海很熟悉吗？"

李士群赶紧解释："中佐阁下，我不是一个夸海口的人。来上海的这几日，我已经与我在莫斯科留学时的同学、中统上海潜伏组组长等好几个老牌中统同僚商量好了，大家一起为大日本帝国效犬马之劳。"

"好，好。"中村接问，"军统呢，他们的情况你掌握不？"

"掌握一部分。"李士群略显尴尬回道，"您知道的，中统与军统历来很不对付。"

"这个我知道一些，你说的是实话。"中村震二郎接道，"说说你的条件吧？"

"完全是无条件的。"李士群狡黠一笑,道:"不过,要干事就缺不了人手,干大事需要不少人手。所以,经费和武器是缺不了的。还有名分,中国人老话云'名不正,言不顺,言不顺,事不成'。"

中村震二郎笑道:"这方面不用操心,帝国会全力支持。李先生,你要竭尽全力。干好了,帝国的奖赏是大大的。"

李士群"是,是"。

十九、大雪纷飞　上海北站

农历戊寅年除夕下午，大雪纷飞，天空灰蒙蒙的。上海北站，待停南京抵沪列车的站台上，接客的人早已被清空，只有两辆黑色轿车前后停着，周边有十余位穿戴同色同式衣帽的保镖警惕地守卫着。

"嘟"，随着一声刺耳的火车笛声，冒着白色蒸汽的火车头减速并缓缓停下，部分保镖留在两辆轿车周边守护，四位保镖迅速上前分列于八号车厢门两侧。车门打开后，另外四位保镖迅速上车。不一会儿，六位衣帽打扮完全相同的人一起下车，簇拥着上了两辆汽车后，迅速驶离站台。

不远处的车站内的一处制高点上，曹利均把狙击步枪扔到了一边，嘴里嘟囔："这老狐狸，用这损招，六个人一式穿戴，一下子确定不了目标，而且又是大雪天气，白色炫目，让他逃脱了制裁。"

钟离志收起望远镜，接道："这次行动，按说不是你的任务，你非得跟我一起来受冻，何苦呢？"

"将功补过，立功心切。这次目标是南京伪维新政府外交部长陈箓，正宗大汉奸。"曹利均接问，"不知道此人在不在刚刚一起下车的六人里面？"

"肯定不在,这种人最大的愿望就是保命。"钟离志接道，"不过我此行的目的达到了。"

曹利均问道："此话咋讲。"

钟离志回道："我来此的目的，就是确认此人是否抵沪。如何制裁，那是周特派员的事。"

曹利均催问："确认了？"

"确认了。" 钟离志分析道，"一方面，据了解，此人多年来都是在上海的家中过除夕。因为传统文化里，腊月二十三灶王爷与众神上天过年，大年三十晚餐后家家户户要迎接灶王爷和家神回来守护家人，回到家里的灶王爷是要对家人点名的，所以家人这一天最好在家。这也是民间所云'奏去人间事，带来天上春'，此人自诩大户人家，比较守传统。另一方面，从南京乘火车到上海，相比其他交通方式要快捷和安全。如果没乘火车到沪，不需要在北站搞这么大阵仗。搞了这么大，就是障眼法，其人应该一直在火车上，但在前面的上海真如站提前下了车，这叫金蝉脱壳。"

曹利均不服气，嘲道："你这么聪明，为什么不直接去真如站侦察？"

钟离志笑道："你怎么知道我没派人去那边？是你耍小聪明，这几天看我到哪就跟到哪。再说，我也不好意思打击你的爱国热情。"

除夕夜的陈公馆因主人的安全回家非常热闹，传统的祭祖、年饭迎灶爷仪式一个不缺，院子里的鞭炮声一阵接一阵震耳欲聋。

整整一天，隐居在法租界一家旅馆的军统上海站行动组组长柳山青，近晚上十点才接到了周特派员传来的确切情报，陈箓已经回到愚园路陈公馆及该公馆的地形、房间及周边情形，他立即电话通知曹利均于次日上午九时到沧州饭店一楼大堂见面。

己卯年正月初一上午九点，曹利均准时到达了沧州饭店，柳山青已坐在大堂等候。两人核对了情况，确认当晚七点钟动手，因为此时陈公馆必定举办家宴，厨房帮佣人多，进进出出，便于行动。接着两人分工，柳山青去取枪械武器，曹利均则分头通知参加此次刺杀行动的其他人，下午四点到沧州饭店接受任务。直到此刻，其他行动人员只知道等待行动命令，并不清楚具体行动目标及方案。

柳山青按计划去取武器，找到拉格纳路二十九号门牌号码，这是一位军统老搭档的住处，按约定的暗号敲门却没有回应（后来才知道，此人已决定投靠日本，故意消极怠工，隐匿武器），情急之下，只好赶回自己的一处私宅，取出了以前藏匿在内墙暗格中的四把勃朗宁1900式手枪和十几发子弹。柳山青看着有些锈迹斑驳的枪支苦笑摇头，不得已反复擦拭校正。

下午四点，柳山青、曹利均与另外六位行动人员如约来到沧州饭店的一间客房里。八人坐定后,柳山青开始详细介绍行动目标——诛杀伪维新政府外交部长陈箓,行动方案:两人在院外望风,曹利均带一人在院内房外接应,柳山青则带三人冲进客厅实施刺杀。这四个人每人拿到了一把手枪三发子弹。布置完毕,柳山青拿出准备好的两瓶白酒和几包花生米与众人共壮行色。

下午六时三十分,踏着马路上厚厚的积雪,八个人穿上雨衣,三三两两离开沧州饭店。

下午七时,雪下得更大了。在陈公馆外弄堂内等候的柳山青等接到曹利均的报告,经仔细观察,陈公馆内并没有特别的防卫。柳山青低声命令"行动",便与曹利均各带三人,从陈公馆大门两侧悄悄地摸进了大门。

人算不如天算,陈公馆大门口只有一位带枪保镖值班,听见公馆里面热闹非凡、欢笑阵阵,心中老大抱怨,刚从口袋里掏出一把花生米塞在嘴里解馋,恰巧一瞬间便被曹利均使出铁钳锁喉绝招,一下子昏了过去,被另一名行动人员拖进了树丛,行动人员顺手缴了枪械后,便与曹利均留在院内监视。柳山青见此,立即带领三名行动人员从侧门进入厨房。

厨房里热气腾腾,几个佣人、厨子正在忙活,忽见几个身着雨衣、手持短枪的人闯了进来,一时惊呆,柳山青威声警告不许发声,否则立毙,留下一人举枪监视。

客厅里灯火通明,部分凉菜已经上桌,陈箓夫妇正与晚宴特邀嘉宾朋友等坐在沙发上聊天,一雨衣人持枪对着陈箓就是一枪,可是枪烂未响。陈箓一看大事不妙,机警闪过并顺势钻入了大餐桌下,柳山青立即靠近射击,另一名雨衣人又补了一枪。

柳山青大声道:"别人不用害怕,我们只杀汉奸。"顺手在大餐桌上放上了一张事先准备好的、落款为中国青年铁血军的"抗战必胜,共除伪奸"的一尺见方红字标语。

户外的阵阵鞭炮声掩盖了客厅里的枪声,等楼上保镖反应过来一起向楼下雨衣人连连射击时,馆内灯光突然全部熄灭,原来是曹利均听到厅里面柳山青"只杀汉奸"的吼声后知道得手,顺手拉下了公馆里的电气总开关。

楼上保镖一看灯黑了,不敢胡乱射击怕误伤自己人,又不知道刺客有多少人,不敢出来追击。刺杀小组八人顺利撤出分头离开,转眼全都消失得无影无踪了。

"卖报,卖报。"报童的稚声让因过年又下着大雪而行人稀少的马路上有了些生机。"看今日《文汇报》,中国青年铁血军破门追杀。"正欲赶上电车的许一清停下匆匆脚步,从报童手里买了一份报纸,展开稍稍看了一下,立即扬招了一辆黄包车。

在大英大马路永安公司大楼门口,黄包车停下。许一清下车、付费、道谢后,警惕地看了看周边,不远处有几位租界巡捕正站在雪地上交头接耳,马路上残落的鞭炮残骸似乎正在追忆逝去前的那一抹绚丽。

绕过永安公司大楼,许一清来到边侧的一条弄堂口,进入了一家"沧浪书画装裱店"。店伙计见许一清进来,右手指指楼上,许一清会意,径自上楼。店伙计到门口张望了一下,关上店门。

华九日书记站起身来,向许一清伸出右手,许一清赶紧上前两步,双手紧紧握住。脱下厚厚的外套,接过华九日递过来的水杯,许一清顾不上喝一口,急问:"老师,您什么时候回到上海的?一切都还顺利吧?"

"昨晚刚到。"华九日书记看见许一清放在桌上的当天报纸,顺手拿过来翻阅后,接道,"没想到上海昨夜还发生了这么一件震惊敌酋的大事件。"

"看这刺杀手法,应属军统特工所为。"许一清接道,"老师,暗香最近报告,日本领事馆根据外务省和陆军省的要求,已经在上海建立了一家特别调查所,对外称岩井公馆。岩井惠子邀她一起离开中国通讯社到该公馆工作,她提出要考虑一下。还有就是日本人正在筹建华中宏济善堂,以作为日本战时体制管控下从事鸦片毒品交易的重要实施单位,还决定用善堂实际收入的一部分填补日本陆军如情报工作所需的军费缺口,另一部分用于扶植汉奸和伪政府。这是暗香提供的密写情报。"说罢,把一本日文杂志递给了华九日。

"暗香正可顺势而为,进入特别调查所工作,这个公馆对搞情报来说或许更合适。"接过杂志后,华九日接问,"其他情况呢?"

许一清回道:"负责特别调查所的中村震二郎受双重领导,他既受岩井英一的节制,也是日本陆军省军务课课长影佐祯昭大佐的得力干将。他们正在秘密竭力收编国民党中统特务，策划成立名义上中国人负责，实际上为日本侵略者服务的特务机构，实现以华制华的目的。目前，这个特务机构的几位主要人物似已到位，第一步计划就是用暗杀对抗军统的暗杀。目前了解的相关情况也密写在这本杂志里。"说罢右手指了一下。

"以毒制华、以华制华的确是大毒招。"华九日书记接问，"我离沪前，要求你们薪火党支部积极物色上海进步热血青年参加新四军的工作进展咋样？"

"每一个党小组重点联络不超过三个人，以确保这项工作能高度保密。"许一清接道，"有这种想法的青年很多，我们重质不重量，确保送派的青年都有一定的文化程度和高度的爱国热情。首批的二十人原则上不能是其家庭的独苗，目前我们正在对他们进行适当训练。"

华九日点头道："考虑一定要周全。你知道，红军第五次反'围剿'失败后，中央红军被迫长征，留下的同志开展了艰苦卓绝的三年南方游击战争。抗日战争爆发后，中国共产党为了团结抗战，向国民党政府提出了统一整编南方各地区的红军和游击队，开赴敌后抗战的建议。经过两党谈判达成协议，'八一三'后不到三个月，国民政府军事委员会宣布将湘、赣、闽、粤、浙、鄂、豫、皖八省边界地区的中国工农红军游击队和红军二十八军改编为国民革命军陆军新编第四军。"

许一清认真细听。

"新四军的第一支队以苏南茅山地区为抗日游击根据

地，积极开展敌后游击战争，有力地打击了日寇的嚣张气焰。队伍发展很快，但是底子很薄。为此，上海市委派我去了一趟茅山抗日根据地，重点商量上海的地下党组织如何配合和支持新四军开展工作。"华九日续道，"其中，动员有文化、有抱负、有干劲的上海青年参加新四军是其中最重要的任务。"

许一清腾地站起，激情道："老师，我报名，我也去！"

华九日用手示意许一清坐下，认真道："是否同意你参加新四军，我个人说了不算，组织要研究。但送第一批上海青年去茅山抗日根据地参加新四军的任务，会交给你完成。"

许一清右手攥拳，坚定道："保证完成任务。"

"不要小看这项任务，其实非常艰巨。这一路上敌人的盘查非常厉害，关口多、暗探多，防不胜防，稍有不慎就会落入敌手，抗日不成反遭害。"华九日严肃提醒，"你们党支部的支委要先商量一个方案，报地下党组织批准后执行。"

上海飞往东京的飞机上，中村震二郎在闭目养神，脑海里都是昨天下午与岩井英一副总领事的对话情景。

中村震二郎把李士群等一伙汉奸用了三天时间精心汇总编写的《上海抗日团体一览表》递交给岩井英一。这些人都是个中老手，将国民党地下党部、军统、中统，共产党的抗日救国会等的组织状态、主要负责人及骨干的姓名、地址等全部洋洋洒洒地编在一套表格中。

岩井英一非常满意,道:"中村君,有了这情报,就可以对上海的所有反日组织进行彻底清理,上海的形势就会根本好转。虽然我掌管着帝国在上海开展特务活动的绝大部分经费使用权,但有些行动必须要请示军部才能进行。你准备下,抓紧回一趟东京,把这些情报与下一步的行动计划向你的另一位直接上司——影佐祯昭大佐当面汇报。"

"啊。"刚想到这里,一阵气流把飞机吹颠了起来,引得不少乘客惊叫。中村震二郎深吸了一口气,双手紧紧抱在胸前,停止了与岩井英一对话的回忆,开始祈祷天照大神的保佑。

第三天下午,影佐祯昭大佐在军部办公室再一次电话命令中村震二郎前来受命。

"中村君,你们在上海的工作开展得卓有成效。"影佐祯昭端坐于宽大的办公桌后,对立正挺胸略显拘谨的中村震二郎道,"你昨天转报的岩井副总领事的秘密报告及相关资料,军部已认真研究,这是回复。"说罢起身将一个加密信袋递给了中村。

中村震二郎躬身,双手接过信袋,再次挺胸立正。

"你立即动身赶回上海,请岩井英一按此命令开展工作。"影佐祯昭指了指中村用右手拿着的信袋,接道,"你在上海要做好对李士群等的援助工作,监督其协助日本军方推行的对付租界的各项政策。"

中村震二郎"是",正想敬礼离开。影佐祯昭又强调:"对李士群他们的要求，一是制止租界内的反日活动，但要注意不要与工部局发生摩擦；二是不得逮捕和日本有关系、有合作的中国人；三是今后每月给予活动经费三十万元，并给予武器包括手枪五百支、子弹五万发、炸药和炸弹若干。"

门外传来"报告"声，一大尉军官送来两夹文件后转身离开。影佐祯昭大佐打开最上面的一夹文件后稍作翻阅即笑道："中村君，大本营已批准我到上海工作，设立梅机关并负责其所有事务。以后你我就可以经常见面啦。"

中村震二郎即刻九十度躬礼道："这实在是太好了。"

租界斜桥弄内的多片弄堂之间，有一座占地九百平方、气势宏大的以西班牙风格为主调的花园洋房。夕阳下，许一清与苏曼云正在花园草坪上散步交谈。

许一清微笑道："早就听说过这幢洋房，只是一直无缘进入。今日一看，果然不同凡响。此房主人是谁呀？"

苏曼云嘿嘿一笑，回道："房主的女儿跟我是多年闺蜜，'八一三'前随父去欧洲躲避战祸，嘱我平时照看一下。但有一个要求，他们不想别人知道其真实身份，以避免不必要的麻烦。我只能告诉你，他们是中国人，名字简为P.C.WOO。"接着又道："你以前不是说过有机会想来看看此花园，今天给你破例一次喽。"

许一清园内观赏，抬手指着洋房道："平缓的筒瓦屋面，螺旋形柱式，南向敞廊和阳台，窗和门廊乃至烟囱顶部均为尖券形，典型的西班牙风格，不愧是出生于奥匈帝国的外国建筑名师邬达克的作品。"

"据说，从上海建市的一九二七年到抗战爆发的一九三七年，这十年是上海开埠后城市和建筑发展最为旺盛的十年。"苏曼云接道，"邬达克是建筑奇才，在上海创作了几十个足以流芳百世的建筑作品，包括四行储蓄会联合大楼、交通大学工程馆、美国总会、大光明大戏院、上海啤酒厂等。"

"音乐是流动的建筑，建筑是凝固的音乐。"许一清指了指草坪上的几把椅子，接道，"我们还是谈正事吧，坐下来说。"

两人坐下后，苏曼云开言："最近一段时间，日本在沪情报机构的活动更加猖獗。中村震二郎受岩井指派，专程回日本军部请示又匆匆返回。日本很快会在上海新设立名为梅机关的特务机构，由陆军省军务课长影佐祯昭大佐全面负责，专门做汪精卫的工作。"

许一清接道："日本军部肯定是核准了岩井与中村策划的以华制华、以毒制华的方略，打算组建一个日方完全操控的由国民党中统和军统等叛将组成的特务机构，同时把影佐祯昭负责的对汪精卫方面的工作，全面有机地糅合在一起。"

苏曼云佩服地看着许一清没有立即接话。许一清拍桌而起，续道："汪精卫去年离渝出走越南河内，年底发'艳电'给国民党中央党部，公然宣传'日本对中国没有领土要求'，宣称接受日本政府'共同防共'的三原则，是彻头彻尾的当代最大汉奸。"

"日本军方认为,汪为国民党副总裁,是中华民国孙总理遗嘱的受命记录人,是国民党内能与蒋总裁争斗的实力人物,远胜南京现伪维新政府里的一帮过气的政治人物,而且汪一直呼吁力行'和平运动',是日中亲善的不二人选。"苏曼云接道,"还有一个消息,影佐祯昭到中国赴任前,大概率会与汪精卫进行一次面谈,以确定今后合作的原则。"

许一清表示认同。

苏曼云接道:"前几天,由于网罗到的国民党叛徒太多,原来的场地已经不够使用,中村震二郎通过日本宪兵大队,把已被日军霸占的、早已逃往香港的国民党安徽省政府主席在上海极司菲尔路七十六号的大花园洋房,调拨他们使用。"

"沪西的极司菲尔路,已不在公共租界范围内,它是英美帝国主义分子强行越界修建的,所以马路两侧房屋、商店仍属华界,但马路却被英美视为租界并行使警权。今后此处将会成为令十里洋场谈虎色变的恐怖魔窟。"许一清提示,"你刚刚讲到的这些情报,还是要及时告知钟离志,以便他们高度警惕,有所行动。"

"我知道,这是一致抗日的需要。"苏曼云又道,"另外,按照中村的要求,七十六号里面已经挂起了孙中山先生的遗像,以及青天白日、青天白日满地红两面旗子。"

许一清接道:"这是阴谋,用青天白日旗欺骗在困难中挣扎的中国民众和对抗日战争胜利缺乏信心的一部分人。"

公共租界的一处军统上海站的秘密据点,二楼临街的一处会议室内，周特派员将窗帘拉开了一点，站在窗前沉默了好一会儿才转过身来，对钟离志道："你刚刚报告的许多情况，大部分是最新动态，非常重要。我们要以雷霆手段震慑这些叛徒汉奸。"

"尤其可恨的是，这些汉奸还打着国父的旗号。就在最近，七十六号将洋房原来的大门进行了改造，建起了飞檐牌楼，匾额上居然镶上了蓝底白字的'天下为公'四个大字。"钟离志接道，"但他们也深知自己的行为多么令国人所不齿，所以全面加强了警卫力量。表面上看门外无穿制服的警卫，那是因为极司菲尔路是租界越界筑路，不允许他们穿制服耀武扬威，其实大量的警卫就在一楼大厅里。同时他们还在牌楼下面两侧的暗室中各开了两个机枪眼，四挺机枪直对大门口，三楼驻有日本宪兵。"

周特派员问："周边情况呢？"

钟离志回道："西邻华村的沿墙下新造了一处警卫室，外面开了一间白铁匠铺打掩护；东邻安乐坊开有杂货铺作暗哨，周边还有数十家零星摊贩作望风哨。整个七十六号安保近似铁桶一般。"

周特派员道："了解还算详细，但需要详尽的资料。"

钟离志进一步报告："如果外来人员要从正门进入，至少有三道关卡。第一关需要有昌绍中学的通行证，证上印有本人姓名和照片，但这只能局限在前面几间平房活动，其余地方均不得进入，否则立处极刑；第二关是警卫大队的铁门，这里有一本人员登记册，进入人员持密码对应册上照片，相符后方得进入；第三关一是通向附楼，需有专门通行证方能进入，二是进入七十六号主楼，那里铁栅包围、安保森严，必须有此楼内主人亲笔'手谕'方能上楼，否则格杀勿论。"

"有没有可能组织力量直捣匪巢？有没有可能在七十六号主要汉奸外出时进行狙击？听你这么一说，是很难做到的。"周特派员提出问题后又自己否定，"去年三月，我们军统的第一杀手根据戴老板的锄奸令，在北平诛杀早已投敌的伪中华民国临时政府行政委员会委员长王克敏。费尽心血搞到了王逆要与日本特务见面的时间地点，为做到万无一失，还专门调来数名职业杀手。结果却因为当天正好有一名日本顾问搭坐王逆的汽车，王逆临时更换了日常座位，日本人做了死鬼，刺杀王逆行动彻底失败。"

钟离志接道："听说当时参与行动的其他杀手的大腿被王逆的保镖打伤流血，日本宪兵出动军犬沿血迹追踪，最终抓到了两位军统杀手并处以了极刑。"

周特派员似乎谈兴正浓，接道："几个月前，汪逆出走越南河内，发表'艳电'，公开投敌。戴老板奉蒋委员长谕，命军统第一杀手赴河内除奸。第一次行动，第一杀手了解到汪逆每天早餐吃的面包，都是由河内一家法式面包房专门送去的，就把送面包的人拦截下来，换上一盒注入了剧毒的面包，派另一杀手化装成送面包的人送去。不料当天汪逆胃疼没有食欲，不吃面包，予以退回。第二次行动，掌握到汪逆要到离河内数十公里的丹道镇三岛山旅游，第一杀手带领行动队人员在必经之路上埋伏，结果汪逆未到目的地就突然半路折返。第一杀手行动组的两辆汽车尾随跟车,结果在十字街头被行驶过来的电车阻挡,汪逆又一次漏网。第三次行动,第一杀手破釜沉舟,深夜直攻汪宅,武装刺杀,四位杀手直奔事先侦知的汪逆卧室,结果是误杀了汪逆的秘书。总之在越南河内的刺汪行动最终失败。"

钟离志报告:"可靠情报说汪逆已潜入上海,住进了愚园路某号,并正策划召开国民党伪第六次代表大会,筹建伪国民政府并'还都'南京。我们已在制订制裁行动计划。"

房间内一阵沉默。一会儿后,周特派员冷冷地道:"枉你还是多年的军统上海站情报科科长,竟然不知道军统第一杀手就是黄埔五期出身、刚上任不久的军统上海区区长吗?哪里轮得到你来制订什么行动计划?"接着若有所思道:"看来,我马上就要调回重庆军统局本部工作了。"

二十、龙华宝塔　钟声袅袅

在日本军部从经费到武器等各方面的全力扶持下，上海滩上不少痞匪恶霸、军统中统及国军中的失意人员，大都被七十六号招入，一时间七十六号声势大涨。

极司菲尔路七十六号主楼的一间会议室里，李士群召集骨干死党开了一个重要会议。李士群开言："各位同仁，前天上午，梅机关影佐祯昭大佐召见我等三人，提出了下步工作要求，目前具体为五项任务。"

"光提五项任务？"胸无点墨、膀大腰圆的警卫大队长吴肆插话，"没提钱没提枪。"众人哄堂大笑。

李士群左手猛击会议桌，怒道："有没有一点规矩？长官训令时胆敢插话起哄。一天到晚钱钱钱，当心钳死你。"话毕做了一个锁喉动作。

众人抿笑。李士群突然起立道："影佐大佐命令。"众人起立。

李士群接道:"即日起,七十六号正式名为'特工总部',并且划归汪先生麾下,作为其'和平运动,民主建国'的核心力量。"

众人"是"。

李士群双手下压,示意众人坐下。

"总算是有个名字了。"中统叛将、李士群在莫斯科东方大学留学时的同学、中统上海潜伏组原组长、七十六号行动大队长苏成接问,"正式命名很重要,特工总部全名是什么?"

"苏大队长带领和策动中统上海区大部归顺,功劳不小。"李士群神秘一笑,接道,"全名目前仍要保密,五项任务完成之日,便是公开之时。我等于昨天下午前往愚园路汪公馆,拜见了前几天刚乘日舰'北光丸'号轮来到上海的汪先生,聆听了他转述的与日本军部影佐祯昭大佐在曾停泊在东海海面上的此舰上洽定的双方合作原则,以及对未来发展的宏图大愿。"

会场内鸦雀无声。

"我以前说过,有些事只能做不能说,有些事只能说不能做,有些事既要说又要做,有些事不能说不能做。"李士群接道,"五项任务之一,全天候、无漏洞保护汪先生的安全。这件事目前只能做不能说,具体由吴大队长负责。"说罢眼睛盯着吴肆。

吴肆起身,学着看戏时学到的样子"是",做个鬼脸笑着坐下。

"五项任务之二,尽快荡涤租界中的反日氛围,清除租界中报刊对'和平运动'和汪先生的诋毁。具体由苏大队长负责。"李士群看着苏成,嘱道,"此事又要做又要说,达到震慑的效果。"

苏成起身"是"后坐下。

"至于哪些事属于不可说不可做,我这里提醒在座各位,也要求你们提醒所有自己的下属。"李士群用凶恶的眼神扫了一下会场,顿了一顿道,"那就是一切诋毁、反抗中日亲善的言论及行动,一切诋毁、反抗汪先生'和平运动,民主建国'的言论及行动。如有,必予严厉制裁。"

会场里的参会人员有几人立即起身大声"是",其余人员一看也赶紧站立起来附声"是""好"。

"最后一点就是可说不可做的事,主要是指特工总部部门之间、同仁之间不要搞钩心斗角,有话放在桌面上。"李士群边说边瞄了一眼身边坐着的七十六号几位头面人物,接道:"至于其他三项任务,会后单独布置。"

吴肆一听,嘴上嚷道:"李主任此话说得好,长官们要带头啊!"此话一出,不少与会者跟着点头附声。

会议结束后,吴肆到办公室叫上了叶佩三、平阿生两位警卫分队长,一起去租界苏家花园,看看下周即将到来的苏小夫人的生日需要做点啥事。

叶佩三、平阿生两个人原本一直在苏小夫人一人手下听差,长期帮小夫人打打杀杀,颇得信任。吴肆投入七十六号做警卫大队长以后,权势日增、日进斗金,但总觉得手下三十几位打手不是很给力,需要手更黑的,而叶佩三、平阿生耳闻目睹吴肆的现况则非常眼红,双方一拍即合,苏老头子一松口,叶、平两人就加入了七十六号警卫大队。

汽车进入苏家花园内,恰好碰到苏老头子在园内独自散步。三人赶紧下车,上前行礼后,叶、平两人自去苏小夫人处办事。

苏老头子双手各自握着两枚文玩核桃,不断转动摩擦,"嘎嘎"作响,一边笑问:"阿肆不是很忙吗?今天怎么有空闲过来看我了?"

吴肆赶紧回道:"再忙也不能忘记过来看您这个老娘舅,更不能忘记下个礼拜小夫人的生日。"说罢嘿嘿一笑。

"哦。算你小瘪三还有良心,陪我园子里面走走吧。"苏老头子边走边问,"听说你们七十六号要放开手脚大干一番了?"

"什么都逃不出您老的法眼。"吴肆把刚才会议上的情况絮絮叨叨给苏老头子后,接道,"让我去给汪先生看弄堂,不能打打杀杀没有油水,实在没劲,务请指点一二。"

"你这只黄鱼脑子,要学会屏牢。汪先生未来在中国的前程不可限量,你现在是七十六号警卫大队长,相当于他的警备司令,犹如皇宫大内侍卫总管,富贵在即。"苏老头子"嘎嘎"转了几下手中核桃,提醒,"不过当今乃乱世,出人头地最好要有军功,否则必定有人不服气,富贵享不长。"

"我也是这么想的,苏成他们将要打杀租界里的反日反汪活动，这必定容易得到日本人的青睐。"吴肆接道，"请娘舅帮我指点指点。"

苏老头子点头，接道："帮没问题，但不许牵扯到我。"

吴肆赶紧应道："愿闻其详。"

"我听说国民党上海特别市党部的人员，实际上已全部投靠了七十六号。但江苏省政府却在上海设了一个'第三区行政督察专员公署'的地下政府机构。"苏老头子接道，"我手下的一个包打听现已混了进去。适当时我再把详情告诉你，由你去把这个公署来个一锅端。这不是大功一件吗？"

"这实在是太好了。"吴肆赶紧又作揖又打躬，接道，"太感谢娘舅了。"说罢从口袋里掏出一物，恭恭敬敬双手递给苏老头子。

苏老头子把文玩核桃塞进衣兜，右手接过来，左手打开紫绒布包，原来是一支非常精致的钢笔，笑道："你知道我从来不用这玩意儿，你拿去送给文化人吧。"

"娘舅一定要收好，关键时候有大用。"吴肆回道，"这是一支德国人设计并制造的钢笔手枪和六发子弹。据说在国外都是一些大人物的防身武器。"

苏老头子雄居上海多年，见过的宝物无数，这种精致的钢笔手枪却是第一次看到。接过手来，左看右看后爱不释手，又问："哪里来的？"

"民国二十三年，国民政府从德国进口了一千多万马克的巨额军火物资，其中很大一部分来自毛瑟厂。现在大量使用的所谓驳壳枪，其实就是毛瑟枪。据说毛瑟厂做成大生意后,厂家把几支这样的钢笔手枪作礼品给了中方相关经办官员。"吴肆嗫瑟,接道,"这种枪可以重复装弹,一般击中也不会致命,但如果抹上了毒药,就非常厉害了。"

苏老头子连声称好,接问:"这几颗子弹都抹过毒药了吧?"

吴肆"是的",介绍:"这六发子弹的弹头,已经用刀划开了一点,在毒液里面浸泡过,剧毒无比。还有就是弹头已经划开,更容易爆炸,故中弹后都是进口小,出口大,而毒素又在人体内发作,所以,无论是否打在人体的要害部位,中枪之人都是没有活路的。"又认真提醒:"所以,娘舅每次拿子弹时,最好不要碰子弹的前面头部。"

"我想起来了,前些日子你们七十六号派人在租界里狙击江海关的一位女共产党,当时只是打伤了其腿部,并不是要害部位,结果送到医院也没能救活。"苏老头子接道,"后来有人告诉我说,因为中的是毒弹。"

吴肆点头道:"那个女共产党还是上海职业妇女俱乐部主席,是苏成大队长下的手。"接着提醒:"还有一点要注意,这种钢笔手枪没有握把借力,所以击发后,会借后坐力向后滑出手掌,这方面一定要注意。"

苏成回到办公室,给自己沏上了一杯喜欢的西湖龙井,然后坐靠在办公椅上,双腿架在面前的办公桌上,脑海里不断琢磨着荡涤租界反日反汪报刊的行动方案。

作为一个长期闯荡上海江湖的老牌中统特务,理解上司所说的"有些事可以说可以做"的意思就是用枪声说话,诛杀租界那些反日反汪媒体人来达到杀鸡儆猴的恐怖效果。但是，官场的经验告诉自己，上司可以说，自己却不能直接做，否则后续风险都要自己背，到时咋死的都不知道。这次也不例外，如有洋行背景、由租界巡捕房保护的《文汇报》，如果贸然冲杀，肯定影响太大，到时可能连影佐祯昭都罩不住，因为日本军部明确了七十六号现在还不能与租界工部局发生明面冲突的要求。转念一想，不用枪可以用毒。想到这里，立即正襟危坐，用办公桌上的电铃召唤手下行动分队长进来，如此这般布置了一通。

第二天一早，《文汇报》总编室收到了一大篮子最新鲜的时令水果，水果篮上还附了一封信。总编助理拆开一看，里面留一便条，"总编先生大鉴：贵报为民族伸张正义、痛斥汉奸，令人敬佩。今奉上水果一篮，各表寸心"，落款为三个勤工俭学的大学生。

总编助理感慨道："国难当头，难得大学生有此心意。我把水果分给各位同仁吧！"

总编没有吱声，伸手接过便条，眉头紧锁道："大学生写的便条，如何会写成'各表寸心'，应该用'聊表寸心'或'略表寸心'吧？"

"年轻人粗心，毕竟只是一张便条而已。"总编助理接道，"给大家分了得了。"

"不，不，小心不为过，你要知道，我们的报纸观点犀利，日本人和汉奸们早就欲除之而后快。"总编接道，"你派人把它送到工部局卫检所去化验，有结果前谁都不能碰。"

下午化验结果出来,篮里的每一个水果都被人用注射器注入了毒药。实在是歹毒,也实在是万幸。第二天出版的《文汇报》上,编辑部发表了名为《毒杀与毒蝎》的评论员文章,揭露了这一恶毒的阴谋。

苏成看到了这篇文章,知道阴谋败露,却也没招。只能将《文汇报》暂时放下,心中发狠先直接剿灭骂汉奸和七十六号的有重庆国民政府背景的《中美日报》等其他报馆。

茅山位于江南地区,是中国道教名山,历史上被称为第一福地、第八洞天,享有秦汉神仙府、梁唐宰相家之美誉。自然景观独特秀丽,有九峰、十九泉、二十六洞、二十八池之胜景,峰峦叠嶂、云雾缭绕、溶洞深幽、溪流纵横、绿树蔽山。雨后清晨,迷雾山峦中,许一清独自一人根本无心也无法欣赏大自然美景,沿曲径小路匆匆登山,此行的目的地是仙人洞。

在仙人洞东南方向二百公尺左右的三棵大松树下,许一清与阔别五年之久的老同学梁泓光热烈握手,不约而同道:"是你!"

许一清兴奋道:"老同学,真没想到我们还能见面,并以这样的方式,在这样的地点见面。"

梁泓光接道:"是啊,前几个月我偶然在司令部见到华九日书记,他是我在上海地下党搞情报工作时的直接领导,受组织委派来苏南抗日根据地联系工作。了解到了关于你的一些情况,我就期盼着我俩能重逢呢。"

"华书记回上海后,根本就没有向我提起过你们已在茅山抗日根据地新四军部队见过面的事情。"许一清顿了一顿,接道,"这也合乎他的一贯保密原则。半个月前他通知我将二十六位上海先进青年带到茅山根据地参加新四军,告诉我接头时间、接头地点和接头方式时,顺便淡淡地告诉我此行一定会有意外的惊喜。真的没想到。"

梁泓光道:"我也没想到,我们俩会这么快见面,而且是在抗日的烽火战场上。"

许一清问道:"你是怎样参加新四军的?"

"长话短说,以后细聊。你知道的,当年我历经千难万险到达苏区瑞金时,正值第五次反'围剿'失败,中央红军已经长征。我几乎想尽了所有办法,才找到了留在当地坚持游击战的南方游击队。随着抗日战争的全面爆发和新四军的组建,我就跟随着《梅岭三章》的诗作者转战到苏南茅山抗日根据地,在新四军第一支队工作。"梁泓光接道,"南国烽烟正十年,此头须向国门悬。"

"这是暗号。"许一清心道,认真回应,"取义成仁今日事,人间遍种自由花。"

两人再次紧紧握手。

"你们这么多年坚持在白色恐怖的大上海与各种凶残势力进行斗争,实属不易。"梁泓光接道,"对了,你带来参加新四军的二十多位上海文化青年能全部安全抵达根据地,也忒不容易了。"

"事先做了详细计划,主要就是化整为零,走水路、陆路、铁路、公路，从各种封锁线的夹缝中穿越。"许一清接道，"比不上你们在战场上的刺刀见红。"

"的确需要让这些年轻的战士们迅速了解战场上的残酷，了解日本鬼子的凶残。"梁泓光接道，"茅山苏南抗日根据地建立后，新四军第一支队的司令部和政治部就设在乾元观的宰相堂和松风阁。茅山三宫五观的道士和众多乡民纷纷给新四军送情报、传消息、抬担架、救伤员、备粮草。去年十月，日军'扫荡'茅山，放火烧毁了不少山上宫观，杀害了乾元观道长等几十名爱国道士和众多乡亲。"

许一清沉重道："是的。上海租界上的一些报纸杂志对日寇在中国各地的残暴行径经常有所报道。是可忍孰不可忍。"

梁泓光问道："老同学，你准备啥时返回上海？"

许一清接道："我很想留下来和你们一起真刀真枪地与日本鬼子干。可华书记的要求却是回上海坚持地下斗争，但也同意我在根据地稍待一段时间，以便向你们学习一些军事知识。"

"这太好了。按上级指示，新四军即将东进常州以东的江阴、常熟、无锡、苏州等地区。该地区东面长江，西临沪宁铁路及太湖，河汊湖网多，水陆交通方便，是开展敌后游击战的好地方。日寇自占领上海、南京后，在该地区建立了密密麻麻的炮楼据点，推行惨无人道的'三光'政策。日伪军鱼肉人民，而拥有数千人马的'忠义救国军'与敌伪既相互勾结又横征暴敛，鱼米之乡的人民生活艰辛无比。"梁泓光接道，"你如能随部队行动，一路可达阳澄湖。然后由苏州返沪，可进一步增加路上的安全性。"

突然，树林小道上快速奔过来一青年军人，他跑至梁泓光面前止步敬礼："报告梁参谋，团长命令。"说罢双手递上一小截两头封闭的竹筒。

办公桌上的电话铃不停响起，七十六号的一间办公室里，李士群拿起电话刚"喂"了一下，电话筒里传来："李主任吗？"

李士群赶紧道："汪先生啊，您有什么指示？"

电话筒声音："前几天已经决定，将'中国国民党第六次全国代表大会'的会场设在你们七十六号。所有工作都已落实专人负责，唯有重中之重的安保工作，是我最不放心的。说说你这几天预作的安保方案。"

"是是。"李士群大声道，"您个人的安保工作是重心中的核心。总体上，拟在会议开始前一天到会议结束的第二天，敬请您住在七十六号院内，以便做成铁桶式的护卫，杜绝从愚园路汪公馆到会场路上的一切安全隐患。会议期间，日本已出面安排一个排的意大利驻军荷枪实弹驻守在七十六号正大门对面，防止租界的一些混账巡捕有意无意地骚扰或军统及其他抗日武装的恶意冲击；会议前夕，将七十六号两侧华村的住户全部迁走，供会议代表住宿，破墙专开一个门洞即可进出。"

"可以，你马上做个详细专案报我。"电话筒声音，"不过，你这个只能算微观层面。中观层面上，上海租界还有那么多的报刊天天攻讦'和平运动',对我进行人身攻击,必须要让他们闭口,当然最好能让他们为我们所用。"

李士群"是是"。

电话筒声音:"此次代表大会召开后,七十六号对外将正式命名为'中国国民党中央执行委员会特务委员会特工总部'。这样,你等的身份将非常明确,这更有利于工作的开展。"

"谢谢汪先生。"李士群听到电话挂断的声音后放下听筒,伸手按下办公桌上的电铃,让秘书急召苏成、吴肆过来,有任务布置。

不多一会儿,苏成、吴肆并立于李士群办公桌前,被劈头盖脸臭骂一通工作不力后,李士群火气稍缓道:"我不反对你们吃喝嫖赌捞,但总得为日本人、为汪先生有效地做事。这是我们的立身之本。"

两人正要回话。李士群接道:"不要嘟囔。虽然《文汇报》的行动失败,但为何不抓紧下手,弹压收拾《中美日报》《大美晚报》那些强烈反日反汪的报馆?"

苏成回道:"这几家报馆的背后是重庆的国民党中央党部或者国民政府财政部,不少人是我们的老同事,不好意思下手太狠。"

"屁话。"李士群暴怒道,"枪打出头鸟。这几种报纸是影响'和平运动'的最大噪声。你们是怕重庆军统戴笠下手制裁吧?嗯?"说罢狠狠地瞪起了双眼,右手拍桌顺势站了起来。

吴肆一看,赶紧打躬道:"主任息怒,我等立即行动。"

苏成亦道"是是"。

李士群瞪着双眼，狠道："一周以内，至少完成'一炸一抓一杀'行动，否则别怪我对你们两人下重手。"

龙华地处黄浦江畔。建于三国赤乌年间的龙华古塔虽历千年风雨，依然巍屹。正值古寺熄灯前的晚钟时分，寺前广场上一棵巨大的古香樟树下，苏曼云与钟离志对坐在两块供人歇脚的大平石上，静听来自梵宫的天籁之音。稍后，钟离志开言道："苏小姐，这龙华晚钟号称申城八景之首，名不虚传吧？"

"是的。作为天主教徒，我从未进过寺院。"苏曼云说罢，右手轻轻拍了一下手提包里的那本形影不离的日文版《圣经》。

钟离志接道："理解理解，所以我们也没有选择早点过来进到寺里，只在远处听听这沁人心脾的古代梵音。钟，庄重平稳、端正安详，寺院的重要法器之一，一般都高悬在大殿或钟楼上，每天早晚撞击。《百丈清规》中说，晓击则破长夜、警睡眠，暮击则觉昏衢、疏冥昧。"

"在我看来，龙华晚钟、外滩海关大楼钟声、圣约翰大学怀施堂钟声可以并称上海滩三大钟声，而龙华晚钟更是古韵悠远、驱魔荡邪。"苏曼云接问，"那为什么是一百零八下呢？"

"佛教认为人生有一百零八种烦恼，撞钟一百零八下，就是消除这一百零八种烦恼。当然也有别的解释。"钟离志接道,"梵钟敲击是大有讲究的,有三下、七下、十八下、三十六下、一百零八下等叩击方法。"

"有点晚了,我们抓紧时间吧。"苏曼云从随身包里取出一本日文杂志递给对方,接道,"最近摸到的情报,按老办法都已秘写在里面。"

"在日本组织梅机关的全力支持下,七十六号已经疯狂。"钟离志接过杂志,续道,"一方面积极配合汪逆筹组召开非法的中国国民党第六次全国代表大会,借此修改国民党党章,助汪逆对抗重庆国民政府;另一方面大肆戕害租界孤岛中的抗日反汪力量。"

苏曼云回道:"已有不少汉奸人士和国民党叛将向上海结集,现确切掌握的有周佛海、褚民谊、梅思平等,那里面写了十五个人的具体名单。现在,计划参会的大多数人名单还不掌握,据说可能有二百来人。"话毕指了指钟离志手中卷握的杂志。

"我将尽速上报军统局本部,请命予以制裁。"钟离志叹道,"只怕上面有人不同意下手。"

苏曼云恨道:"其心当诛。"

钟离志接问:"七十六号内部现行的组织机构掌握了吧?"

"都写在那里边呢。不过因为他们相互争权夺利,这估计还会进行调整。"苏曼云接道,"基本是:主任、副主任、警卫大队、行动大队、租界警卫队、总务科和交际科、直属警卫队和直属行动队,还有一个对外号称聚川学院的特务训练班，另外再设立一些如秘书主任、会计主任等的专门岗位。"

"最近从南京来的朋友告诉我，日伪统治下的南京，大街小巷到处都是销售鸦片的烟馆。《大陆报》调查说，南京吸食鸦片者的数量，已占全城人口的三分之一。"钟离志换了一个话题，接道，"看来里见甫负责的贩毒机关——华中宏济善堂的活动更加猖獗了。"

"梅机关成立后，影佐祯昭已跟里见甫多次面洽，要进一步扩大华中宏济善堂的各项事务，以便一石双鸟，既摧毁中国人的精神和身体，又用鸦片毒品攫取的巨额利润购买或制造大量的军用物资，达到以毒养战的目的。"苏曼云接道，"华中宏济善堂设于上海，采用总堂、分堂、膏店、烟馆的层次架构，在富庶的江南各地区设有分堂。毒品来源主要有三，一是利用伪满、伪蒙政府强迫当地人民种植鸦片，二是从波斯进口，三是从台湾等地提炼吗啡、可卡因等烈性毒品。影佐祯昭要求华中宏济善堂两年内须实现年销售超过二百吨鸦片、获利超过三亿元的目标。要做好仓库和运输过程中的安保工作，避免上次鸦片仓库被烧毁的事件再发生。"

"日旗所到之处，毒品随之。日本绝不允许本国人吸食毒品，却无所不用其极地诱迫驱赶中国人吸毒，许多日商企业用鸦片抵充中国劳工工资，以鸦片抵充伪军军饷，日本士兵用鸦片支付娼妓，将鸦片掺入卷烟内诱人上瘾。"钟离志叹道，"鸦片的危害那么严重，伤害不可逆，成瘾者精神上萎靡颓废，散尽家财后卖房卖地、卖儿卖女、偷盗抢劫，走投无路后流浪四处，冻死饿死。吸食者轻者骨瘦如柴、失去劳动能力，重者丧命。但中国人依旧要吸食，可见其有多么愚昧。"

苏曼云腾地站起来，愤愤不平道："国民政府软弱不抵抗、不作为，弃百姓如敝履，而你却归罪于中国百姓。"

二十一、梅雨滂沱　浒墅关口

浒墅关，苏州运河十景之一，历史悠久，当地出土了不少新石器时代的石斧、石镞等，民间也一直流传着"先有浒墅关，后有苏州城"的说法。古镇东距苏州十余公里，西靠无锡，是京沪铁路和京杭大运河上的一处重要关隘，铁路运输和内河运输非常繁忙。苏州沦陷后，浒墅关成为日伪军调兵和物资转运的重要基地。一九三九年五月，新四军第一支队六团一千多名战士从茅山抗日根据地出发，以江南抗日义勇军的名义东进，开辟新的苏常太抗日根据地。为了有效打击日寇、扩大东进影响，不久，江抗指挥部决定袭击浒墅关火车站。

正值江南黄梅时节，大雨滂沱。黑沉沉的夜色下，许一清与梁泓光悄悄摸到了浒墅关的一户农家门口，远处不时传来阵阵狗吠。

"嗒嗒嗒""嗒嗒""嗒"，许一清按节奏轻敲着木门。屋里传来老人兴奋的声音："是阿玉吗？"

许一清没有回答,再用"嗒""嗒嗒""嗒嗒嗒"的敲门节奏回应。

门"吱"声打开了。老人看着眼前身穿蓑衣、略显疲惫的两位年轻人,轻声问:"你们是谁呀?"

许一清用上海话回答:"胡伯伯,阿拉是胡巧玉厂里厢的同事。"

老人热情道:"哦哦,你们快进来。"

两人进门,梁泓光回身向外张望了一下,关上门。两人脱下蓑衣,用手抹了几下脸。老人赶紧请两人坐下后,关切问:"你们吃饭了吗?"

两人微笑摇了摇头。老人从灶头上铁锅里舀了两碗咸菜稀粥,给两人端了过来,歉意道:"不好意思,这个年头乡下太苦,实在没什么可招待你们的。"两人赶紧道谢:"这已经非常不容易了。"

简餐后,老人急问:"阿玉现在好吧?"

"咳。"许一清回道,"自'八一三'第二次淞沪抗战后,阿玉随中国守军撤往江西,从此我们之间就失去了联系。"

老人闻之,脸上露出了失望之情。梁泓光接道:"胡伯伯,侬不要急。到江西可能比在上海做地下工作还要安全些。我听说,有好几位像胡巧玉这样的同志在随中国守军撤往江西时,经八路军驻当地办事处协助,有的去往了延安,有的参加了南方游击队。"

许一清接道:"是的,我们和阿玉在上海属于地下党组织的同一个支部。由于斗争环境恶劣,提前想好了一些撤离上海的预案。浒墅关的侬屋里厢,就是其中的一个转移地点。"

"几年前,她有一次回来,就把你们的一些事情和这个敲门信号告诉了我,要我随时留意。这几年,我是又盼着这个敲门声又怕听到这个敲门声。"老人真挚续道,"我能为你们做什么呢?只要能做到,我就决不负女儿所托。"

梁泓光谢谢后,把来意详细说了一下,就是想了解驻守浒墅关火车站的日伪军详细情况,以及火车站周边环境情况。

"我在浒墅关生活了几十年了,此屋离火车站直线距离不到两里路,小时候还经常与小伙伴们到火车站玩耍。火车站里面及周边的环境情况闭上眼睛都清清楚楚。"老人接道,"我现在就给你们说说。"

许一清赶紧掏出藏在内衣中的纸和笔,开始将老人的描述记录下来。

"这浒墅关火车站的东面是黄花泾铁路桥,西面是白潭尖铁路桥,各距火车站大概一里多路。"老人细细地描述道,"铁路边上还有一条蠡河,宽过十丈,水深超过六尺……"

老人一口气说了许多,梁泓光起身去灶台上取来了一碗半温开水,递给老人后,热情道:"胡伯伯,您先喝口水。"

许一清接问:"胡伯伯,火车站内情况咋样?"

老人喝了口水,放下碗后接道:"浒墅关火车站不大,内部结构基本上与京沪线上其他火车站类似。听说站里的日本鬼子兵有三十人左右,附近黄埭镇上有伪军二百人出头。至于苏州、无锡的日伪军,来浒墅关火车站必须乘铁甲车。"

梁泓光略有所思时,许一清微笑问道:"胡伯伯,你对日伪军的数量咋了解得这么清楚?"

老人认真回道:"我近十年一直在邹保长家做长工。邹保长的大儿子去日本留学四年,一年前回到苏州后,给一个叫黑田的日本大佐当翻译。邹老大经常回家看望保长父亲,两人聊天时,我会有意留个心眼。本来是预备阿玉回来问起时,有个准信的。"

许一清和梁泓光几乎同时道:"这实在是太好了。"

老少三人又唠了一会儿火车站内及周边的其他具体细节。

终于换了一个话题。许一清笑问:"胡伯伯,这浒墅关的'浒'字,为什么念'xu'不念'hu'?就是《水浒》的那个'浒'?"

"哦。本地有这么一个传说,当年乾隆皇帝经由京杭大运河六下江南,每次都到苏州。有一次路过本地时看到地名界碑,大声念叨浒(xu)墅关到了。"老人微笑接道,"因为是皇帝开的金口,随从们纷纷点头,浒(xu)墅关从此传向民间。"

"传说中乾隆皇帝有点才华,这应该是皇帝的一次幽默吧。"许一清笑道,"不会是误读。"

眼看天快亮了,三人商量白天去街面和火车站实地侦察,但不宜太早以避免引起别人不必要的注意。两个人劝老人上床休息后,和衣趴在旧木餐桌上休息。

雄鸡报晓。老人起床,轻轻开门后外出仔细观察,发现并无异常,便在门前的一棵巨大的银杏树下编起了竹篓。不一会儿,听到屋中有动静,便放下手中活计,起身走动,从陋屋西墙脚下的鸡窝里,伸手摸出两枚自家母鸡昨天刚下的鸡蛋。正巧梁泓光出来,见此情形,低声阻拦道:"胡伯伯,这可不行。您还得用它去兑换家里的油盐酱醋呢。"

老人坦诚道:"这是应该的。你们是阿玉的上海同事,还冒着这么大的风险来这里。"话还没说完,一旁的许一清赶紧用右手食指压住自己的嘴巴,做了一个噤声动作。

三人回到屋里,老人说啥都不答应,必须煮蛋待客。两人没办法,只得相互暗示。许一清助老人在灶下烧火,跟老人唠嗑;梁泓光则趁老人不注意,在其枕头下悄悄地放了两块钱。

直到日上三竿,两人与老人在银杏树下依惜告别。许一清道:"胡伯伯,昨晚我们就是先找到此棵大白果树,确信是您家后,才敢敲门的。"老人点点头,接道:"欢迎你们以后再来这棵大树下做客喝茶。"梁泓光应道:"只要不战死沙场,一定会的。"

沿着树阴蛙鸣的乡村田埂,两人渐进到老镇街区。所谓街区,只是一条老旧的思古街,碎石块铺就的街道两侧,有几家酱园、中药铺、杂货铺、铁匠铺、手工作坊和一些摊贩,行人寥寥、百业凋敝。两人不动声色地侦察了所有关键的路径和节点,果然与老人昨晚的描述非常一致。

两人下午赶回部队驻扎的无锡梅村,江抗首长详细听取侦察报告后,决定"兵贵神速,当夜战斗"。

《大美晚报》报馆位于上海爱多亚路的南侧，这里属于法租界管辖区。近月来上海租界上的不少报纸，如《大公报》《中美日报》等挨打挨砸的消息不断，让报馆总编提高了警惕，经报馆的再三请求和贿赂，法租界巡捕房安排了一辆铁皮装甲车二十四小时守护在报馆大门外。

苏成带着两名手下打手，装扮成报纸批发商一大清早混进了《大美晚报》报馆。按照事先策划的"砸"的方案，一名打手摸进排字间，用力把按规则码放铅字的所有铅字架全部推翻，另一名打手闯进油墨库房扔了二颗手榴弹。随着爆炸声响起，苏成掏出盒子炮朝着四处随便开枪，吓得当班职员有的钻入办公桌下，有的躲入厕所，大多数人作鸟兽散冲出报馆。

装甲车里正闭目养神的几个巡捕，听到枪声爆炸声，知道报馆出了乱子，疯狂吹响警笛。苏成听到警笛，便挥手招呼另两名手下，三人混入正在外逃躲避的几十名职员中一起跑出报馆。

慌乱中，苏成忘记把手中的枪隐藏起来，而留在装甲车内正通过车顶窗口观察的一个巡捕见到苏成有枪在手，便瞄准苏成小腿开了一枪。苏成此时已不顾一切，朝这个巡捕疯狂还击，巡捕当场中弹而亡。

本来事先策划是任务完成后遁入爱多亚路北侧的公共租界的，这样法租界巡捕就无法奈何他们，但苏成腿部受伤无法快跑，故未能按计划撤退。这时，巡捕们围了上来，苏成随手奋力把手枪扔到了公共租界那一侧。

二十一、梅雨滂沱　浒墅关口

被巡捕们押到法租界巡捕房后,苏成掏出自己持有的日本宪兵队的"派司",声言是路过《大美晚报》报馆大门口时被流弹所伤,开枪的巡捕又已中弹身亡而没有证人。巡捕房无可奈何,便通知了日本宪兵队。中村震二郎派员把苏成领了出去。

"砸"的这件任务可以交差了,可是苏成怨恨小腿中的这一枪。医院病房里,苏成对前来探视的大块头吴肆道:"吴老弟,我这一枪不能白挨。还有'抓''杀'两件任务,必须帮我出气。"

吴肆狠道:"这是必须的。"言毕心中暗喜,你想跟我抢功,行动不告诉我。三件任务由我完成其二,功劳比你肯定大。

雨夜,伸手不见五指。按作战计划,江抗部队从驻地出发,兵分三路,二营随指挥部一起行动首先占领了东桥镇,作为战斗行动的预备队;三营潜行到最近的黄埭镇外,牵制随时可能出动增援浒墅关的伪军;一营承担此次战斗的主攻任务。

沿着泥泞的小道,经过三个小时的急行军,深夜时分,一营的三个连队准时运动到了各自的战场位置。

已经熟悉道路与环境情况的侦察参谋梁泓光留在指挥部协助首长指挥全局,许一清则随二连行动。二连承担此次战斗中的战场主要攻击任务,一连负责炸毁黄花泾铁路桥,阻击沿铁路桥从苏州方向过来增援的日军,三连负责炸毁白潭尖铁路桥,阻击沿铁路线从无锡方向过来增援的日军。

狂风暴雨中，许一清与尖刀班的战士悄悄地尾随着排成一列正在巡逻的日本鬼子，潜近了火车站大铁门一侧的岗亭。

突然间，天空中电闪雷鸣，再用原定的悄悄接近，突然攻击该岗亭的计划明显不妥，因为闪电会随时将他们暴露。说时迟那时快，几乎同时，尖刀班长的手榴弹砸向了岗亭，许一清和其他战士的手榴弹直接砸向了进口大铁门。

闪电、雷声、手榴弹爆炸声交织在一起，尖刀班迅速冲进大门，并迅速埋伏在大铁门的两侧。许一清则引导随后冲进铁门的二连长和他的战友们迅速包围了站内日军营房。

二连长判断包围形成后，率先拉响手榴弹并从营房窗口扔了进去，几乎同时，数十枚手榴弹砸进了日军营房，爆炸声、惨嚎声、叫骂声交织一片。日本人做梦也没想到会在炮楼互联、梯次设防的文化江南遭到武装袭击。很快，他们虽死伤惨重却训练有素，摸黑找枪、三五成群冲出营房，被江抗战士架在营房门口的几十支步枪撂倒不少，没被打中的又逃回营房。

正在火车站外巡逻的几队日本兵兵合一处，训练有素的数十名鬼子怪叫着从大铁门外冲进站内，以期与被包围在营房内的日军形成反包围或夹击，遭到了大门两侧埋伏的尖刀班战士的顽强阻击而难以得逞。正僵持时候，站内传出了一声巨大的爆炸声，火光顿时映红了大半个车站，日本兵营内的弹药仓库中弹爆炸。

爆炸声后，再有的就是一些零星的爆炸声。二连长命令一排警戒、二排进营房搜索。在几支手电的微光下，到处都是乌血残躯，已经没有日本鬼子活口。许一清用手电扫到了墙角的好几支没有受损的三八大盖，抬头看着连长，正要说话。连长已命令："同志们，抓紧缴获未受损武器。"

二连长率部从营房中迅速撤出，到达大铁门时，用手电对外发出信号。顷刻，留在火车站外负责断后并接应的三排，从隐秘处突然冲出，与从站内外冲的一排和二排夹击并迅速消灭了残余的日本巡逻兵。

巨大的爆炸声和冲天的火光惊醒了苏州、无锡城内的日军以及附近黄埭古镇上驻守的伪军。在与浒墅关火车站的日本兵联系无果后，他们纷纷派出增援部队。

从黄埭镇据点出来增援的伪军，刚出镇区，就被三营打得无法动弹，只好逃了回去；从无锡增援的日军部队乘铁甲车刚行驶到白潭尖铁路桥时，早已埋伏好的三连战士拉响了埋好的炸药包，铁桥与铁车瞬时翻落河中，后面的援军无法过河，只能隔河兴叹；从苏州增援的日军部队乘坐的铁甲车行驶至黄花泾铁路桥时，早已埋伏好的一连战士也拉响了埋好的炸药包，可能由于近日阴雨受潮，炸药包居然没有爆炸，眼看鬼子的铁甲车就要快速通过，连长振臂高喊："追！"战士们跳出隐蔽沟，冲着日军铁甲车尾射击，无奈追杀效果有限。连长再下命令："炸铁路，破坏鬼子重要的铁路交通线。"

在夜色的掩护下，主攻二连渡过了蠡河，顺利撤出了战场。许一清从二连连长手中接过信号枪，向沉沉夜空发射了

〉〉〉闯滩者

三颗红色信号弹。

《大美晚报》报馆被七十六号歹人砸毁一事,激起了报馆编辑、记者和员工对汪日勾结的更大义愤,每日檄文更是洋洋万言。

中秋之夜,皓月当空。《大美晚报》的张记者结束了对刚发生的"七十六号特工和伪警察大队合伙在曹家渡一带与中央巡捕房的巡逻队发生大规模枪战"事件的调查,在匆匆赶回报馆准备赶稿的路上,被吴肆的手下打手突然左右挟持,推进了路边停着的一辆铁灰色别克轿车上。他强烈挣扎并大声嚷嚷的档口,脑袋被一侧打手用手枪砸了一下,嘴巴里被另一侧打手塞进了一条破毛巾。

铁窗外是一轮皎洁的中秋明月,铁窗内是一盆通红的插着好几把烙铁的炭火,刑讯室里刑具森森、黑暗腥浊。李士群坐于审讯木桌后面,吴肆及几个打手站立两侧。头部被砸还流着鲜血的张记者被带了进来,站立于李士群对面。

李士群冷冷开口道:"张大记者,我知道你现在在上海滩大名鼎鼎,明面上是《大美晚报》的记者,但背地里还有一个隐秘的身份,就是中统组织的成员。我们也算是曾经的同事。所以,我不为难你。"说罢,让吴肆手下给张记者端来一张木凳。

随手翻阅着从张记者身上搜出的采访笔记,李士群道:"可以告诉你,这件事情都是我一手策划的。欧洲战事一触即发,我们要借机收回被英法等西方国家把持多年的租界。

目前的一步就是要用武力把巡捕房的势力驱赶到静安寺以东，以后静安寺以西的一切主权由我们七十六号代中国人收回。"顿了一下，接道："我顺便劝你一句，苦海无边、回头是岸，咋样？"

"我是夹道走马，岂能回头。"张记者冷笑道，"你也不要说得那么冠冕堂皇。你们的目的，无非是扩大七十六号地盘，为你们从汪逆那里争取好处，为日本人争取利益。都是贼盗，用不着为自己贴金。而且，这件事的起因，是这位吴大队长家人的保镖进入租界时不按规定带证件，被巡捕房检查时突然开枪杀害三名巡捕引起的吧。"

吴肆闻言，吼道："主任，不要听他胡言乱语。你敬他，他讽你。不给他吃点生活，他不知道马王爷长三只眼。"李士群想到此人在报纸上经常指名道姓写挖苦他的文章，不由得怒火三千丈，恶从胆边生。起身对吴肆道："我已仁至义尽，就交给你们了。"

李士群走后，吴肆让手下把张记者绑在老虎凳上，即从炭火盆中取出一把烧红的烙铁，直接按到了张记者的大腿上，嘴里还笑道："今夜正好中秋，请你尝尝七十六号的鲜肉月饼。"

一阵钻心的剧痛，一股皮肉烤烧的焦味，张记者痛彻心扉，打手端来桌上未饮完的开水浇在伤口处后再撒了一把盐巴，张记者咬牙不语。再下来皮鞭、辣椒水轮番使用，酷刑至半夜，张记者毙命。

吴肆用刑讯室的电话向李士群报告张已伏法。

电话筒声音："吴大队长，此人毙于刑讯室，不能起到杀一儆百的作用。你们还要抓紧公开诛杀几个，尤其是《大美晚报》副刊《夜光》的编辑朱惺公，此人将七十六号说成'沪西歹土'，恶毒攻击汪先生及我等，不杀不能泄我心头之恨。"

"卖报，卖报，《大美晚报》。"一大清早，报童稚声响彻租界，"《大美晚报》，孤胆名士朱惺公被杀。"军统上海站副站长尤岩烍刚想上电车，又退回几步，从报童手上买了一份当天的报纸。趁后续电车还没有到站的空当，尤岩烍打开报纸阅读："昨天下午，朱先生毫无戒备，路过天后宫桥时，被歹人三枪击中殒命。"看到这里，电车"当当"开了过来，尤岩烍卷起报纸，匆匆上车。

不一会儿，尤岩烍出现在法租界霞飞路上由意大利人路易·罗威于一九三五年创建的西餐馆罗威饭店（后改名为红房子西菜馆）。门口的一个服务生看到尤副站长，悄悄地使了一个眼色便在前边引路，不动声色地将其引到二楼过道顶头的一间小包房前。暗号敲门后，里面传来了两下不轻不重的咳嗽声，尤岩烍推门入内。

靠窗的一张长形餐桌上铺着红白格子桌布，当中竹编餐盘里面有几片餐前面包。桌边坐着的一位中年男子看见尤岩烍进来，左手脱下本来被低压着的黑色礼帽，沉声道："尤副站长，你坐。"

尤岩烍一看，赶紧立正敬礼，道："陈区长好。"

此人正是军统上海区区长、号称军统第一杀手的陈恭澍。

二十一、梅雨滂沱 沪墅关口

按照军统"局—区—站—组—队"的组织体制，陈区长比尤副站长的军衔和官职都要高出几级，且出身于黄埔，体系内威名显赫。尤岩炗随即坐下不敢造次。

刚刚的那位饭店服务生送进两份菜单后转身离开并关上包间房门。陈区长道："我到上海区任职已有一段时间，也了解你的情况，你是曾叶维站长一手提拔的，自唐绍仪被杀后周特派员诿过于你，所以你一直在坐冷板凳。好在他已被调回重庆局本部，现在正是党国用人之际，你该好好表现了。"

尤岩炗赶紧起身敬礼："感谢区长信任，赴汤蹈火在所不辞。"

陈恭澍示意尤岩炗还是坐下，接道："你手里报纸的主要新闻是朱惺公被枪杀吧？"尤岩炗点点头，把报纸递了过去。陈恭澍摇手没接，续道："我了解此人，《大美晚报》的副刊办得有声有色，赞美梅花高洁嘲讽七十六号，赞颂岳飞文天祥嘲弄汪逆。收到七十六号发给上海新闻界所有要人的警告令后毫不退缩，甚至在报上发表公开信回复称'这年头，到死能挺直脊梁，是难能可贵的。杀了我一人，中国尚有四万万五千人在'。听说此人甚至在副刊上预先给自己写了挽联'懦夫畏死终须死，志士求仁几得仁'？说实在话，我可能做不到。"说罢便自嘲般地笑了。

尤岩炗不住点头，赫然一笑，接道："太难了，我可能更做不到。"

陈区长盯着尤岩炗，沉默片刻后，接道："戴老板严令，不能让七十六号汉奸如此嚣张，如此戕害爱国人士，必须要以牙还牙、血债血偿。我来问你，一直安插在七十六号高层身边的我方行动人员为什么还不下手除掉李士群或丁默邨，以震群贼？"

尤岩烑心中大吃一惊，这是他精心谋划的一步妙招，到时候可以一招惊天下，作为自己日后平步青云的阶梯，连自己的上海站顶头上司周特派员也从不知晓，陈区长刚到上海不久，怎么就知道了呢？一下子懵了又不知如何回答。

"这么说还真有那么一位？"陈恭澍自鸣得意道，"我就是蒙你的，瞧你刚才那副德性。说说情况吧。"

"没有刻意隐瞒组织。"尤岩烑只恨自己浅薄，让老奸巨猾、城府极深的上司一瞬间看到了底牌，喃喃道，"她叫郑苹如，是中统杀手。我担心咱们军统与中统大多数时候水火不容，不能长他人志气，灭自己威风，所以没敢上报情况。"

"郑苹如，前几年登上过彼时上海最有影响力的《良友画报》的封面，出生于日本名古屋、日语熟练、上海名媛。是她吗？"陈恭澍流畅地说出郑的基本情况，续道，"都是抗日杀汉奸，还分什么中统军统。你是怎么搭上她的？"

尤岩烑接道："郑的母亲是日本人，相夫教子。其从小受父亲的中国文化教育熏陶，热爱中国，也经常随其父出入中国民主同盟会的一些元老家宅。我的老上司康泽总队长那时也常去同盟会的一些元老家拜访，一来二去就结识了郑家父女。那年我调到上海站工作时，康总队长给郑父写了一封信，请他在上海对我的工作有所关照。到上海没几天，我就去拜访了郑父,有幸结识了郑苹如。"

陈恭澍续道:"郑苹如的父亲叫郑钺,先在复旦大学任法学教授,后到外地任职多年。上海沦陷后,国民政府在孤岛租界,留下了四个司法单位,虽然没什么实质意义,却有重大的象征意义。郑钺出任了上海特区法庭最高检察官,并掌握着与重庆保持秘密联络的一部电台。"

尤岩烑谄媚道:"陈区长了如指掌。"

服务生敲门进来,问"有没有什么要帮忙的",陈恭澍看了一眼尤岩烑,抬头对服务生道:"这位先生马上要走,按我的老习惯配一份就行。"服务生上前取走桌上的两份菜单,道声"好"后转身出门。

"这家西餐是法式的,非常不错。"陈恭澍笑道,"待尤副站长以牙还牙,打掉七十六号的嚣张气焰后,我在此专宴请你。"话锋一转又提醒道:"郑苹如的一切活动还是由中统去主导,你不要再插手了。"

尤岩烑不解,急问:"为什么?"

"很简单,这明显是中统的美人计。那么,中统派出郑苹如这样的美女杀手,一定是为了针对七十六号的几个头面人物。"陈恭澍分析,"副主任李士群虽然掌握着实权,但此人怕老婆出名。他老婆姓叶,听说这个姓叶的女人脑子灵光,是七十六号的'参谋长',所以李应该不是目标。主任丁默邨,此人瘦猴长相,标准的色中饿鬼、烟中君子,而且曾担任过上海民光中学的校长,郑那时好像正是民光中学的学生,两人非常容易攀近,所以丁应该是目标。"

尤岩炕佩服，连连点头道："区长分析绝对精准。"

"再说中统苏成叛变，中统上海区几乎全部投敌，重庆中统总部要挽回脸面。由此可见，中统是志在必得的。我们就不要争功了吧。"陈恭澍沉沉下令，"今天给你的主要任务，一是对汪逆在租界的喉舌《中华日报》《时代晚报》等进行以牙还牙式的反击；二是制裁那些投靠了七十六号的国民党叛徒。"

陈恭澍嘴上这么说，心中是那样想："丁是有名的精细鬼、老狐狸，虽然难免百密一疏，但郑毕竟太过年轻，经验不足，很容易暴露或失手。一旦失败，中统肯定更灰头土脸，到时还是看我们军统的。"

见陈恭澍沉默，尤岩炕"是"后起身离去。陈右手作了一个请便手势，嘴上"不送"。尤岩炕心中不屑，就这胆量还是军统第一杀手？边下楼边想，我干我的。我只要盯住了郑苹如，她下手时我在近（暗）处补一枪，这功劳自然不小。

二十二、大自鸣钟下　里弄交错

关卡重重、盘查森森，许一清大多时候昼伏夜行，终于回到上海。他顾不上休息，立即找到路边公用电话亭，向华九日书记报告了顺利返沪的消息。华九日书记非常高兴，叮嘱其先好好休息一下，第三天晚上九点到大自鸣钟小学开个重要会议。

大自鸣钟是沪西地区商业相对集中的闹市，它不算路名。此地因早年有一座每隔一刻钟就自动报时并高达五层楼的钟塔而得名，后来钟塔被毁，但地名却被市民叫响了。此处弄堂、支路蜿蜒交错，夹杂着若干纺织厂、五金厂、学校和一片又一片的棚户区。

校长室里，许一清与胡巧玉热情握手，惊喜难以掩饰，一旁的方秋明高兴道："胡老师，真想不到你回到上海了，没想到还在这里当了小学校长。"

许一清接道："我前几天刚在浒墅关见到了你的父亲，没想到我们又重新一起为党的事业奋斗了。"

胡巧玉急问:"你见到我的父亲了?他老人家身体咋样?"

"非常好,也非常惦记你、担心你。"许一清接道,"江抗夜袭苏州浒墅关火车站并且完胜,多亏了他这位活地图呢。"说罢简单介绍了浒墅关战斗的基本情况。

"真羡慕你能直接参加战斗。"方秋明激动道,"虽然战斗规模不大,只消灭了几十个日本鬼子,却让京沪铁路停了三天。更主要的是扩大了我们党和新四军的影响力,坚定了上海各界、江南人民的抗战信心。"

许一清接道:"胜利的消息传出后,地方上各种势力和武装力量纷纷主动寻找江抗联系,部队的人数迅速扩大了四倍。"

胡巧玉接问:"夜袭虹桥机场,烧毁四架日本飞机,也是江抗的战斗行动吧?"

"是的。"许一清接道,"为了产生更大的抗日影响力,江抗采取了多点行动的策略,派出一支小分队杀到了青浦。"

正持续说时,华九日书记用暗号敲门,胡巧玉赶紧过去开门。四人相互招呼着,胡巧玉赶紧请大家坐下,然后给每人沏上了一杯茅山旗枪茶。

华九日书记开言道:"同志们!今天召开这个会议是极为特别的,按照地下工作纪律,我们之间不可以这样见面、开会,以免引起不必要的暴露。但是组织要求,特殊斗争环境下要召开一次特殊会议,以明确下一步斗争的工作重点和斗争策略。"放下茶杯后,接道:"特殊斗争环境主要是说上海滩的情况复杂,大的方面有日本人、西方列强、汪逆、国民党等,稍分一下就是日本海军与陆军、外务省与军部,汪伪方面有七十六号,内部大多是中统、军统的叛将,国民党有军统与中统、支持抗战的与消极抗战的。当然还有形形色色的帮会组织。也就是说,敌方阵营内部也不是铁板一块的,相互之间也有统一、有争斗,这里就不展开了。总之,地下党组织面临的对敌斗争的复杂性是空前的。另外,要充分认识到抗日战争的长期性。"说罢朝胡巧玉看了一眼。

胡巧玉会意,接道:"华书记、各位战友,自'八一三'第二次淞沪战争后,我们上海劳动妇女服务团的二十几位战士,随中国守军撤往安徽、江西,在八路军驻南昌办事处以及当地地下党组织的帮助下,都得到了妥善的安排,有的参加了八路军或南方游击队,有的到地方工作,我和一些战友到了延安。到了革命圣地后,我们几个分别被安排到抗大、鲁迅艺术学院、延安自然科学研究院等学校学习。"

华九日书记介绍道:"胡巧玉同志被派到中国人民抗日军政大学学习,而且亲耳聆听过我党领袖所作的《论持久战》的长篇演讲。"

许一清接道:"太好了,什么时候给我们好好讲讲?我听说过一点,但没有条件好好细读过。"

方秋明也道:"太羡慕了。"

胡巧玉微笑接道:"尽管演讲稿长达五万多字,但我还是对全过程做了笔记，由于从延安回上海路途遥远复杂，所有的学习笔记只能寄放在延安同学处。有机会我一定将记忆深处的演讲精神和我的学习体会转告你俩，更建议你们有机会好好读学原著。方秋明同志，我刚才感觉你对抗战前途很乐观，但缺少对抗战是持久战的思想准备。"

方秋明急道："速胜不好吗？你看现在的中国老百姓多么遭罪啊。"

胡巧玉请示："华书记，待您布置好下一步特别工作计划后，我顺势就稍稍为他俩补点课吧！"

华九日点头，接道："《论持久战》是我党领袖在延安窑洞中连续八天九夜，几乎笔不停歇、夜以继日写成的军事巨著，它建立在科学判断和分析的基础之上，旗帜鲜明地批评了'亡国论'和'速胜论'，指出通过建立在人民战争基础上的持久战，最后的胜利一定属于中国。一会儿我另有事必须先走，你们三个人围绕这个主题好好聊一下，但不要太晚，注意安全。"

"现在，社会上有人故意强调，持久战概念的最早提出者是当今军事名家蒋百里先生或者其他人，以便淡化甚至否定我党领袖的巨大贡献。"顿了一下，胡巧玉严肃道，"事实很简单，先前或许国内有贤能之士有这样的说法，但都没有深入地'论'。真正进行全面论证并上升到理论高度的，唯有我党领袖。"

"说到底，有些人就是吃了灯草灰——说得轻巧。"许一清接道，"反证法：如果不是我党领袖提出的理论，按国民党对共产党苛责、诿过、打压的习性，他们控制的宣传机器一定会进行疯狂嘲讽。"

"我听说，号称小诸葛的白崇禧研读《论持久战》后如获至宝，还归纳了两句话'积小胜为大胜，以空间换时间'，并将原书推荐给了蒋某人。"华九日扫了一眼桌上的小闹钟，接道，"关于下一步的工作计划，根据许一清回沪汇报的情况，地下党组织研究决定，在你们薪火党支部里，由你们三个人组成一个由许一清同志负责的特别党小组，主要任务一是为江南新四军提供日伪军和其他敌人武装方面的相关情报，二是想方设法为新四军找到并运送最紧缺的盘尼西林等药品及物资，三是完成一些特别任务。"

三人攥起右拳，坚定回答："坚决完成任务。"

华九日叮嘱："许一清同志，组织原来交给你的任务不变，担子很重啊。胡巧玉同志，你一定要保证电台的安全与畅通，这是今后我们能否成功完成许多重要任务的特别关键点。为此组织决定，从今天开始，你在工作中使用'冷蕊'这个代号。"

九月九日是日本的传统节日菊花节。日本驻上海总领事馆的红楼与灰楼的所有窗台上早已摆满各色艳丽的菊花，两楼之间的大草坪上，菊花盆景小巧五彩纷呈。按惯例，一年一度的日本总领事馆菊花酒会都是下午六点开始，夕阳下的菊花据说最呈娇媚、忠贞。

岩井英一与影佐祯昭身着日本传统和服，在草坪上边驻足赏花边交谈。

影佐祯昭道："岩井君，谢谢你邀请我参加大日本帝国驻上海总领事馆举办的菊花酒会。这是我平生第一次参加不在日本国内举办的这样的酒会，非常荣幸。"

岩井英一接道："大佐阁下光临是我们总领事馆的荣幸，让大佐提前一个小时到这里更显我的唐突，请大佐谅解。"

影佐祯昭从一个小品花架上拿起一盆白菊，边赏边道："白菊在日本代表贞洁诚实。我按约提前一个小时赶过来与你单独做一些深入的交流，期待你的诚实。"

"大佐，我们岩井公馆与贵梅机关职责不同。岩井公馆一般不参与政治、军事以及其他方面行动的具体策划，也不搞侦察、搜捕、关押等实际行动，帝国外务省要求的是搜集战略情报，组织文化舆论方面的宣传活动。"岩井英一接道，"当然，其中的特别调查所的职责与大佐的梅机关有重叠，但该所主要是由中村震二郎负责，而他在更多方面肯定是听您的。"

"这我知道。中村震二郎一直代表梅机关在主导七十六号特工总部的组建、扩充与发展工作，以华制华效果正在显现。"影佐祯昭不满道，"但你们编辑、出版、上报的《特别所日报》连续刊行《关于中国各党各派的政纲及主张》《关于三青团的调查》《川康建设方案》等，明里暗里地鼓吹在中国组建新党，搞什么新建运动，引起了汪团体的强烈不满，而由汪这个国民党二号人物出面代表中国与帝国媾和，是军部决定的。所以，你们严重干扰了我梅机关目前的主要工作。板垣征四郎将军对你们的行动很不满意。"

二十二、大自鸣钟下 里弄交错

"干扰了帝国军方的工作实属不该。"隔着菊花小品花架,站在对面的岩井英一闻言微微欠身,接道,"按原定计划,下个月我将带领新建运动的八名主要骨干到东京向首相、枢密院和外务省等帝国机关报告新建运动工作,如此看来就取消了吧。"

"取消大可不必,但口径要与军方一致。"影佐祯昭助手把小品花架上的几盆不同颜色的菊花作了一些摆放的调整,笑道,"岩井君,请看,把紧邻的不同花色重搭了一下,是不是看上去更和谐、更漂亮。"

"很有道理。"岩井英一副总领事接道,"大佐,我们先回楼内客厅休息一下吧,很多客人就要到了,我得迎接或招呼。"

大草坪上的留声机传来了《江田岛健儿之歌》的欢快音乐,菊花酒会的半个主持人中村震二郎大声邀请宾客们入场。

酒会的活动比较简单,主要就是赏菊、品尝清酒、玩传统游戏、自由交谈。

身着蓝色旗袍的苏曼云与和服穿扮的岩井惠子正在窃窃私语。苏曼云微笑问:"惠子,你们日本的军歌总是充满悲怆惨烈,旋律大多悲凉压抑,歌词还动辄让人去死,正常人听了太难受。今天的这首晚会主题曲比较青春,是你选的吧?"

"我知道太多人不喜欢日本的军歌。"岩井惠子接道,"我父亲是外交官,考虑到今天出席酒会的很多国家的驻上海领事及夫人的感受,他选择了这首歌为酒会主题曲,让酒会相对欢快些。"

两人手中的清酒杯轻碰了一下,象征性地抿了一点。苏曼云道:"我知道这首歌一开始是德国军歌,后来被你们日本人重新填词,讲的是年轻的海军军官刚跨出军校,为海军服务的场景。"

"你太厉害了,云子。"岩井惠子激动起来,轻唱道,"小小的船儿在海面上游荡,钢铁般的手腕奋力挥动着船桨。持枪佩剑的武士笔直站立,静静地站在那里,多么庄严。"

轻轻的歌声立即引来了李士群的注意,他与周边人轻碰酒杯后,走过来插话。岩井惠子见状,接道:"你们聊吧,今天客人多。我也算小半个主人,总得帮着四处张罗一下。"说罢微施一礼转身离开。

苏曼云招呼道:"听说李主任近来春风得意啊。"

"哪里哪里。"李士群笑道,"这都感谢你父亲老头子的帮忙引见,得空我得亲自上门去表达谢意。"

"我看算了吧,你们两个坏料在一起,又不知道弄出什么花花肠子来。"苏曼云笑道,"李夫人怎么没有来,领事馆邀请信上说可带夫人或舞伴的。"

"我惧内,这谁都知道。"李士群手指远处,笑道,"你看我们七十六号丁主任和舞伴郑苹如小姐聊得正欢呢。"

苏曼云顺着方向看了看,一语双关道:"别看现在闹得欢,小心将来拉清单。"

李士群哈哈一笑,晃荡着手中的酒杯,问道:"苏小姐留日数年,对日本文化多有了解,给我说说这獭祭清酒吧?

也许一会儿跟日本太君聊天时,有个拉近距离的话题,今后也可以跟手下兄弟们摆摆噱头。"说罢举起酒杯一饮而尽。

"我只了解点皮毛,而且是惠子跟我说的,错了别怪我。"苏曼云象征性地举了举酒杯,接道,"獭祭会社大概成立于一七七〇年,以制作售卖利用纯米酿造的大吟清酒为主业,并以甘甜淡雅、带有水果清香口感的二割三分系列清酒为主要产品。"

李士群插话:"什么是大吟酿?何为二割三分?"

"日本清酒一般分九个等级,纯米大吟酿为最高,普通酿造酒为最低。"苏曼云接道,"獭祭清酒,酒款不少。所谓二割三分,就是中文里的百分之二十三,它不是指酒精含量,而是指磨掉了酿酒所用酒米的百分之七十七,只用剩下的百分之二十三米芯来酿酒。"

正说到这里,中村震二郎走了过来,对李士群似有不满道:"李先生,不要老拽着苏小姐不放,影佐大佐提议的'百人一首'游戏活动马上开始。"

突然,天空中雷声隆隆,狂风四起,眼看一场暴风雨就要来了。菊花酒会匆匆结束,众人纷纷登上自己的汽车迅速离去。丁默邨问郑苹如如何回家,郑苹如凄凄惨惨道:"家中就我一个人,再说眼看马上就要下大雨,黄包车也叫不到,真正为难呢。"

丁默邨一听,立刻感到这是猎艳良机,即殷勤道:"我送你吧,顺便坐坐我的雪铁龙高级保险汽车,怎么样?"

汽车在万宣坊弄堂口停下时,雨势已经很小了,郑苹如先下车后,准备从车身后面走去另一侧帮丁默邨开车门以示尊敬，不料丁默邨自己推开了车门，抬头一看，似乎看到远处有几个黑影朝汽车走来，狡猾的丁默邨心中异样，立即用手死拉住车门，命司机开车。

风雨中，汽车快速离去，消失在夜色中。只有郑苹如在原地呆呆地站着，几个黑影也转身离开。一直隐藏在弄堂口准备暗中突袭的尤岩犹轻轻叹了口气，悄悄向弄堂深处撤离而去。

第二天一早，李士群在七十六号办公室召集苏成与吴肆开会。大概是昨晚没有休息好，李士群开言前竟然哈欠不停，好不容易止住，便沙哑道："昨天下午，日本驻上海总领事馆邀请上海滩名人百位，举办一年一度的菊花节酒会。其间中村中佐找我布置了一件事。"

"李主任的确乃上海滩当今之大名人。"吴肆抢过话头，问道，"啥事？直说，我们去做。"苏成也附声"是"。

"中村说，酒会期间，岩井英一先生向法国驻上海总领事提出，要求对重庆方面在法租界上留存的江苏高等法院第三庭、第二特区法院等司法单位施加压力、严加管束，最好是驱逐。"李士群叹道，"但碰到了个软钉子。"

苏成接道："看来租界里的大鼻子有点不识抬举。理由呢？"

"法国佬说，'我国政府目前只承认重庆国民政府是中国的唯一合法政府，其他均不认可。听说汪先生正在筹组新的国民政府并于明年四月才还都南京，所以上海市民称现汪

二十二、大自鸣钟下 里弄交错

政府为弄堂政府。实在非常抱歉'。"李士群续道，"现在，重庆方面在公共租界上也留存了江苏高等法院第二庭、第一特区法院。所以，中村让我们七十六号想方设法把留于上海租界孤岛上的四家重庆政府的司法单位彻底清除，因为他们的存在让日本方面负责协助汪先生工作的影佐祯昭大佐和梅机关颜面无存。"

大块头吴肆是在上海滩的弄堂里长大的，对本地情况非常熟悉，接道："按照'八一三'以前国民政府与租界签订的协议，在租界内犯事的中国人被巡捕房抓住，二十四小时内要被移交给租界里的这四家中国司法单位审理。现在早已时过境迁，租界外都是日本人的天下，他们没什么大花头的。"

苏成插话："吴兄此话差矣。虽然他们力量不大，但象征意义太大，而且前不久还把我们袭击大美报馆时受伤被捕的两个兄弟判了刑。"

"这话说得在理。"李士群接道，"你有啥策略？"

"'收买'与'恐吓'两步可以合二为一。"苏成接道，"如果效果不理想，就杀几个有影响力的人物，起到杀鸡儆猴的作用。"

当天下午，苏成就找到七十六号的几个秘书笔杆子，让他们起草了一封恐吓信，再由七十六号自备的小印刷厂赶印数百份，装入信封，按吴肆搞来的四家司法单位所有职员的姓名地址，通过邮局寄出。

接着的几天里，所有职员都收到了这封信："……汪先生倡导的和平运动，乃拯救中华于水火的唯一大道。汝若继续为渝方张目，执迷不悟与和平运动对抗，将被和运志士作最严厉的制裁。"

四所法院大多数人员收到恐吓信后，并不为所动。虽然有极少数人被七十六号用金钱收买后煽风点火、故作悲情，却也没啥成效。

转眼过去两个月，法院一切照旧。李士群用电话大骂吴肆："你们这些吃干饭的瘪三，收了几个？买了几个？恐了几个？吓了几个？影佐大佐刚来电话，对我们已非常不满了，甚至怀疑我们的能力与忠心，"顿了一顿，吼道："限你们一周以内，除掉郁华。"

"郁华？合适吗？"电话筒中传来吴肆战栗的声音，"他是中国著名的法学家，特区法院院长，大文学家郁达夫的兄长。租界里鼎鼎大名。"

李士群对着电话狞笑道："杀他最合适，难道你不知道他当着众人的面，撕毁你们寄给他的恐吓信吗？苏成说你们寄给他的信还是单独写的，晓之以理，动之以情，贿之以金，诺之以位，吓之以命，结果呢？有个屁用。"说罢挂断了电话。

几天后的一个初冬大早，晨雾稍浓，郁华身着长衫，头戴礼帽，脖挂围巾，手拎公文包刚刚走出法租界上自家的大门，一脚正跨上黄包车的时候，"砰砰砰"三声枪响，郁华顿时扑倒在车上，鲜血顺着黄包车踏板流向地面。车夫是个老上海，一眼认出开枪的吴肆，边跑边叫"七十六号杀人啦，吴肆杀人啦"。吴肆择路而逃时，回手给了车夫一枪，爬上五十公尺开外的事先预备的汽车，趁着迷雾天气逃之夭夭。

二十二、大自鸣钟下　里弄交错

待法国巡捕闻风赶到，郁华早亡，车夫重伤。

次日上海各大早报纷纷在头条报道了郁华被刺身亡的消息，大多指名道姓七十六号吴肆为凶手，声援要求缉拿罪犯。苏成故伎重演，以七十六号名义又给各家报社、四所法院、租界工部局等发出了一封恐吓信，声言："郁华案件与本特工总部无关，属私家复仇。如有胆敢妖言惑众者，必严厉处之。"郁华的几位刚正不阿的同事、朋友还收到了子弹信件、匕首邮包等恐吓凶器。

尽管如此，重庆国民政府的四所法院仍在租界坚持着。

霞飞路上，参天的法国梧桐已成秃枝，满地枝叶被凄冽的寒风吹起又飘落。在一家俄侨开设的小咖啡馆里，幽暗的灯光下，尤岩炕抬手看了看手表后，跟服务生点了两杯俄式咖啡和一份俄式列巴。服务生端上来时，钟离志恰好到店。

钟离志坐下后，尤岩炕笑道："钟离兄，你一直说喜欢在大冬天喝热的摩加佳巴。我已经点好了，看好时间正好上来。"

"尤副站长，你我在上海站共事多年，历来是各行独木桥，基本无交往的。今天专门约我喝咖啡，真乃稀罕事儿。"说罢端起咖杯，稍稍品尝一口，赞道，"正宗的俄式咖啡，非常不错。"又深深地闻了一下，接道："都说高耸入云的俄国最高峰厄尔布鲁士山和冰天雪地而广袤的西伯利亚造就了俄国人北极熊般的性格，也赋予了俄罗斯咖啡特别浓烈的口味，这是一种特别的寒冬饮品。"

尤岩犹赔笑道："钟离兄真是生活行家。"

钟离志接道："尤副站长,用紧急方式联络我,不是为了仅仅喝咖啡吧,有何见教?"

"不瞒你说,七十六号对上海租界上的爱国报刊的报馆、四家法院进行了血腥打杀。陈区长奉戴老板的严令,要对汪逆在上海的《中华日报》《时代晚报》的报馆,以及附逆的汉奸等实施以血还血、以牙还牙的报复。但是七十六号好像早有准备,给这些报馆加上了森严保护,铁门铁栅、守卫重重,报馆的核心编辑记者都在七十六号'人盯人'式的保护下面,实在无法下手。"尤岩犹叹道,"区长催得急,我黔驴技穷没办法,钟离兄在上海深耕多年,无论如何帮兄弟一二。"

"汉奸的喉舌你奈何不了,七十六号里党国叛将不少,戴老板恨不得剥其皮,食其肉,杀他几个不就能交差了。"钟离志一手端着咖啡杯,想了一想,放下杯后接道,"七十六号的主要头面人物保护严密、行事隐秘,可能难以下手,但其中层人员,什么大队长、大处长的,总可以尽快抓到机会吧。"

"钟离兄的意思,是选择七十六号的中层骨干下手制裁?"尤岩犹接道:"这是一个办法。不过这些人既心狠手辣,也狡猾无比、行踪不定。"

"没有捕捉不到的猎物,就看你有没有用心去捕。"钟离志笑道,"没有完成不了的工作,就看你有没有用心去做。"

放下手里端着的咖杯,尤岩犹环顾了一下四周,低声道:

二十二、大自鸣钟下　里弄交错

"谁说我不用心？七十六号行动大队长苏成手下有个副处长叫谈治闻，原来也是军统人员，去年投奔七十六号后专门祸害其掌握的军统成员和浦东忠义救国军骨干，现升为另一个处的处长了。我几次派人下手都让其逃脱，嘻。"

"这是一个猎物。"钟离志低声道，"还有一个猎物，苏成手下新来了一个副处长叫任泷，此人原在法租界巡捕房当翻译，靠拜了苏老头子做先生的关系，在法租界为所欲为、无恶不作，最后连苏老头子和法国人也无法为其辩护，结果被撤了职。现在投靠了七十六号，负责法租界巡捕房方面的联络工作，借以刺探法租界内民主人士以及党国人员的活动情况。近期法租界内发生的数起特务凶杀案，都是他带着七十六号的杀手干的。"

"有内线，能起到事半功倍的效果。"尤岩犹恳求道，"钟离兄在上海深耕多年，手里线人众多，更善于谋定而后动。所以一定指教兄弟两招，事成后功劳对半。"

"这么说没必要吧，精诚合作是蒋委员长一直强调的。再说，你以后少在背后或长官面前挤兑我就足够了。"钟离志悄声道，"百乐门的一个舞女大班、谈治闻的一个保镖，都是我以前的线人，现刚入军统，可以配合。"

五天后。

《时代晚报》刊发一篇名为《申城对抗血雨腥风，和平运动再遭阻击》的新闻报道："昨天中午，有不速之客数人突然光临位于大西路的特工总部谈治闻处长家，谈之保镖不予通报便引之登楼。彼时谈处长正与夫人共进午餐，见来者素昧平生，正待询问，来客即掏出手枪将谈打死，谈夫人见状抓着凶手不放并大喊救命，被身后的保镖用匕首刺之。"

又讯："昨天晚上，百乐门舞厅发生一起枪击案，特工总部任泷副处长在去洗手间的过道里，被杀手从身后开枪致死。目击者说，行凶者是舞厅舞女大班，开枪后翻窗逃之，并登上了一辆在舞厅外接应的黑色轿车逃遁。从作案手法上看，明显是军统对七十六号的报复行为。现凶手正在缉拿中。"

二十三、七十六号　圣诞玫瑰

还有几天就是一九三九年的圣诞节了，租界里到处洋溢着节日的气氛。七十六号丁默邨主任办公室的一个角落里，也摆上了一棵圣诞树。郑苹如秘书抱了一大捧圣诞玫瑰，笑盈盈走了进来，并递给丁默邨一个金色请柬。请柬正面印着一个如铜钱般大的"十六瓣八重表菊纹"。

郑苹如报告："主任，这是刚收到的日本驻上海总领事馆邀请您参加周末舞会的请柬。请过目。"说罢一手抱玫瑰，一手把请柬递了过去。

丁默邨接过请柬后打开看了一下，接道："本周末正好是圣诞平安夜哦。"

"所以，我给您已准备了这么一大捧圣诞玫瑰，插在您办公室可洋气了。"郑苹如嗲声嗲气笑道，"这是我给您准备的圣诞礼物，你也要给我礼物。"

丁默邨笑道："那没问题呀，你想要什么？"

"我想了好几天，一直不好意思开口，怕你说我敲竹杠。"郑苹如撒娇道,"我要一件西伯利亚皮草行今冬新款的貂皮大衣。"

丁默邨笑了笑,拉开抽屉,将一叠钱放在办公桌上,右手推给郑苹如,笑道:"小事体,你自己去挑选吧。"

郑苹如把钱推了回去,道:"不诚心,您要诚心就陪我去当场付钱,这样我也有面子。"

丁默邨犹豫了一下,接道:"好吧。下午我去虹口办事,你搭我车,路过西伯利亚皮草行时,一起去看看。"郑苹如边插玫瑰花边道:"那说好了,我不出去,就在办公室等你,让你想赖也赖不掉。"之所以这么说,是因为郑苹如怕丁默邨担心自己的安全,从而爽约,因为上次日本领事馆菊花酒会后的未遂刺杀,让郑苹如感觉到丁对自己已经有所防备,反正自己有办法将信息传出七十六号。

下午三时许,郑苹如和丁默邨一起上了那辆宝石蓝雪铁龙高级保险汽车,前排坐着驾驶员和保镖。

汽车朝虹口方向疾驶,路过静安寺西伯利亚皮草行时,在大门口停下,两人一前一后进入商场。真不愧老牌特工,丁默邨进店后总是机警地盯着商店墙上挂着的大镜子,那里面可以看到商店大玻璃门外的一切情况。正当郑苹如转身试穿样衣之时,他猛然发现马路对面一辆汽车停下后,上面下来几个人似正朝皮草行走过来。

丁默邨心道,"不好,要出事",仍装着在店里兜转的样子,悄悄向门口移动脚步,近大门那一刹那,猛然推开大门,朝自己的汽车奔过去。郑苹如发现后即刻高声叫道:"老丁,老丁，你咋自己跑了？""小气鬼，舍不得钱就早说嘛。"

说时迟那时快，远处的中统杀手举枪射击时，丁默邨刚好钻入汽车。汽车驾驶员是个老手，汽车本来就没有熄火，一看情况，油门一加，汽车立即飞驰而去，只听得汽车的保险玻璃与防弹钢板的"铛、铛、铛"的子弹冲击声，丁默邨吓得蹲在了车后排。

尤岩烒独自一人在商场二楼准备伏击，忽听得楼下商场里传出郑苹如焦急的喊声和马路上传来的密集枪声，赶紧到临街窗户向下一看，是听到枪声后吹着警笛包抄过来的数个租界巡捕，而几个杀手正趁马路上行人四散，混乱爬进了自备汽车旋风般逃离现场。尤岩烒暗自叹了一口气，从事先已踩过点的二楼通道后门遁匿而去。

弹痕累累的雪铁龙汽车疯狂开进了七十六号。回到自己办公室的丁默邨惊魂未定，猛然看到那束摆在办公桌上的玫瑰不禁暴怒，一把扯出来砸到地上，又拼命用脚狂踩一气，心道："上次就想杀我，我还不信，今日之事已证实，这个婊子的确想要杀我。不杀你，难消我心头之恨。"转念一想，自己马上要到南京当"部长"去了，不能让对手和社会笑话于我。接着又想，自答应郑苹如一起去虹口顺道西伯利亚皮草行购物一事，前后不到三个小时，其间还特意观察了郑苹如。她既没出过七十六号大门，又没有打过电话，只是往各个部门送文件。只有一种可能，特工总部有人助她。怎么办呢？最好就是借刀杀人。（丁默邨后任汪伪政府社会部部长等职，抗战胜利后被国民政府以"汉奸罪"处以死刑。此为后话。)

　　清晨,上海大自鸣钟小学校长室夹墙后面的暗室里,传来一阵阵"嘀嘀、嗒嗒"的电报收发声。取下耳机放下笔后,胡巧玉起身从一排靠墙的书架上取下一本民国十九年八月商务印书馆出版的《学生字典》开始译电:"昨元宵节深夜,日伪军八百余人突袭位于溧阳水西村的新四军江南指挥部。作战兵力只有二百余人的新四军战士,利用水西村山环水绕、易守难攻的地理优势,发挥夜战与伏击特长,经过十六小时的持续苦战,粉碎了日伪军袭歼指挥部的阴谋。但重轻伤战士甚多,急需盘尼西林等西药救治。"

　　胡巧玉喜忧参半,急忙将消息誊写在小纸条上,卷紧后塞进一个细管,收起发报机。她用火柴划火烧掉电报底稿后,即到阁楼窗口处打开外面挂着的鸽笼,取出一羽白鸽,将细管扎在信鸽的左脚上后,双手托举并放飞远方。

　　白鸽飞行了不一会儿,停在公共租界大英大马路永安公司后面不远处的沧浪书画装裱店二楼的窗台上"咕咕"叫着。华九日急忙上接,双方捧起白鸽后,从鸽脚上取下细管,将鸽子又从窗户上推飞出去。华九日看过情报,随即下楼,走进路旁电话亭,与好生活书店的许一清约定了紧急见面的时间。

　　上午十时,许一清骑着一辆自行车,从书店赶到了位于租界四马路的百年老店杏花楼,这是他与华九日书记约定的第二紧急联络点,距二人工作地点或寓所一公里左右,非常方便。来到五楼的广式早茶餐厅时，华九日书记已在等候。

两人互问早安后，象征性地点了几样点心和一壶茉莉花茶。许一清尚未开口，华九日书记就把刚刚收到的紧急情报内容跟许一清仔细地复述了一遍，并重点强调了江抗"急需盘尼西林等西药救援"的请求，接着问："怎么办？"

许一清应道："老师，自从我们薪火党支部的特别党小组成立，您代表地下党组织安排三项重大任务后，我们早已启动了相关工作。包括利用暗香父亲老头子的背景，以及其在岩井公馆工作的身份，从洋行手中弄到了一批盘尼西林等贵重药品，资金来源主要是我们好生活书店开业多年来赚取的利润。"

华九日压抑不住内心的喜悦，连连点头"好好"。许一清接道："本来按规定动用书店利润前是要报组织批准的，但洋行一定要一手交钱，一手交货，我们几个人商量，事急从权，先动用，后报备。刚刚您电话约见我时，我就想好了，今天要向组织报告此事的。"

"既有原则性，又有灵活性，好。"华九日接道，"接下来的大问题是如何安全、快速地把药品运到根据地。"

"要么水路，要么陆路。"许一清接道，"陆路到茅山抗日根据地一路上关卡太多，盘查严密，我这次到茅山一个来回，感觉风险太大。如果走水路，从苏州河、吴淞江进入太湖，再从马山那边转入内河港汊，就离根据地不远了。"

华九日接道："好，就按这个思路，你们特别党小组尽快拿出一个详细的计划方案，速报组织核准。另外，派谁去执行此项任务,有建议吗?"

"相忠年同志。"许一清毫不犹豫地建议道,"相忠年同志多年来,以好生活书店协理的公开身份进货出货,实质上承担地下党交通员的任务,斗争经验丰富,屡次化险为夷,对党忠心耿耿,坚定的信仰始终汹涌在心中。"

"我想的也是他。"华九日接道,"另外要告诉你,我在茅山根据地的时候,就跟新四军的相关领导商定,由梁泓光负责与我们上海地下党组织的具体联络工作。"

许一清使劲地点了点头。

正值江南柳色新、菜花黄的时节,庚辰年清明节前的一天傍晚,外滩外白渡桥北的理查饭店顶层,原本可容纳五百人就餐或跳舞的孔雀大厅,现在只在中心孤零零地摆了个超大圆桌,靠墙周边摆满了郁金香,一侧墙上高挂着一幅不知是否是真迹的海上著名书法家伊熙绩的大幅隶书作品:"长风破浪会有时,直挂云帆济沧海。"

开宴前两个小时,七十六号租界警卫队长平阿生就带人把饭店里里外外又搜查了一番,正在大门口东张西望时,看到苏曼云从黄包车上下来,匆忙过去招呼:"苏小姐好。"

苏曼云抬头看了看,冷冷道:"是阿生啊,你怎么在这里?"

"我刚刚调任租界警卫队长,主任派我今天到此地盯着。"平阿生接道,"小姐是来参加六楼宴会的吧?可否把请柬拿给我看看?"

"你是要查我吗？从我小辰光开始，你就仗着大娘欺负我。"苏曼云显然生气，但仍然打开手包取出请柬，接道，"你查查看吧，真是狗改不了吃屎的毛病。"

平阿生没去接请柬，哈腰道："不看了，不看了。我送小姐上六楼。"说罢微躬伸手示意，请苏曼云前行。两人边走又问："小姐为何来这么早？"

"今天是我父亲张罗的场子，他要我早点来帮衬接待客人。"苏曼云接问，"叶佩三呢？"

"阿三还在吴大队长手下当分队长。"平阿生接道，"我喜欢日租界的氛围。"

"不懂不要瞎讲。"苏曼云鄙视道，"上海哪有什么日租界？这一带原为美租界，后来美英列强将美租界、英租界合并为公共租界，向北大致到虹口公园一带，向西大致到中山公园一带。清政府与列强有过约定，上海除了早已成事实的法租界外，各国均加入公共租界，不再设专有租界，所以日本人只能在公共租界里打转。只是现在日本人利用不断膨胀的军事力量，把虹口基本上据为己有了。"

转眼到了六楼大厅，平阿生媚道："小姐真有学问。"

苏曼云即挥手道："你忙你的去吧。"

不一会儿，中村震二郎陪同岩井惠子来到大厅。三人相互施礼后，中村震二郎挺身弯腰道："二位小姐你们聊，我得去巡查一下警卫工作。"两人还礼后，苏曼云笑道："惠子，我俩好久没到这个饭店来了。"

岩井惠子应道："是的,时间过得是真快,我都感觉老了。"

"惟草木之零落兮，恐美人之迟暮。"苏曼云微笑接道，"惠子，刚刚看到你和中村君一起进来，你们看起来真像一对情侣。"

"我们只是工作关系。"岩井惠子接道，"再说，落花有意，流水无心。中村君好像只为帝国而生。不要说我，你呢？有没有意中如意郎君？"

"他是风筝。"苏曼云笑回，刚想再来点解释，岩井惠子抢道，"风筝好啊，风筝飞得再高，还是被你的手中线牵着。"

"谁是风筝？"正陪着一位头发花白老者进入大厅的苏老头子大声笑问。苏曼云和岩井惠子赶紧施礼后，笑道："姑娘之间说话，老头们不该打听。"

苏老头子闻言哈哈大笑，介绍道："惠子、阿云，这位是大名鼎鼎的梁鸿志老先生，南京'维新政府'行政院长。"侧身向那位老者介绍："这位是我女儿阿云，那位是岩井英一先生的女儿惠子。"

苏曼云微笑道："梁院长，前些年被军统雪夜除去的陈箓，是你的手下吧？"

梁鸿志尴尬点头。苏老头子瞪了一眼，责备道："你会聊天吗？"

"听说梁先生、汪先生和北平的王克敏先生上周在南京碰面洽定，合作组建南京'国民政府'，梁先生出任监察院长。"苏曼云接道，"还听说'还都日'定在本月底三十号？"

"苏小姐不愧在岩井公馆做事，消息灵通。"梁鸿志摆谱道，"鄙人本来就是段祺瑞政府的秘书长，历来主张亲日。

'八一三'后日本人要我组建'中华民国维新政府',筹备处就在上海新亚饭店,次年去南京正式履职;王克敏则在北平成立了'中华民国临时政府行政委员会'并担任委员长一职。由于山大王太多形不成合力,有时还相互拆台,三方上周二达成了合作协议。不久后,'蒙疆联合自治政府'也将积极参与。"

"听说汪政府'还都'南京后,原本想沿用中华民国国旗和青天白日标志以示正统。"苏老头子接道,"后因日本人反对,只好在青天白日满地红旗的顶部再加上黄色布条,并上书'和平、反共、建国'字样。"

"苏先生消息灵通。"梁鸿志自嘲,"黄色的'黄'与'汪''皇',用吴语读念乃是同音也。"

苏老头子对岩井惠子笑道:"惠子,听说你父亲即将升任日本驻上海总领事了?"岩井惠子摇头,低声"不知道"。

"所以,我今天做东设宴,预祝你父亲高升,也是恭送梁先生入京再履新职。"苏老头子强调,"还有一点,就是听说影佐大佐已晋升日本陆军少将,并将赴南京出任'南京政府'最高军事顾问。"接着自鸣得意道:"再说现在正是吃'长江三鲜'的当令时节。"

岩井惠子侧身问苏曼云:"什么是长江三鲜?"

"长江三鲜就是中国长江下游水域出产的三种鱼类,河豚、鲥鱼和刀鱼。每年清明节前逆长江洄游产卵,此时肉质最为肥美。"苏曼云接道,"其中,刀鱼又号称三鲜之首。"

"刀鱼最好是清明节前吃。老饕说'刀鱼刺节前软如绵,节后硬如铁'。"苏老头子接道，"说个笑话，阿云小时候吃刀鱼面，一直在碗里翻来翻去。吃完后，我问'刀鱼面好吃吗？'阿云回说'好吃，就是没见刀鱼'。"

众人闻听哈哈大笑，岩井惠子不解。苏曼云解释："上海人做刀鱼面，是用菜刀把鱼肉刮下来，和入面粉中擀成面条，当然看不见刀鱼了。"岩井惠子闻言也呲牙笑了。

梁鸿志被气氛感染，接道："我也讲个笑话。当年蒋委员长在上海有一段时间比较落魄，有朋友请他吃牛肉面。吃完后老蒋摇头道'说是请我吃牛肉面，结果只有面没有一点牛肉'。那人笑回'上次，你请我吃你们老家宁波奉化的名特点心老婆饼，我也没吃出老婆来嘛'。"

众人再次哈哈大笑。

"中国历代士大夫阶层和文人墨客对长江三鲜也极为推崇，宋时大文豪苏东坡就有拼死吃河豚一说。"刚说到这里，心中一惊，梁鸿志接问，"苏老板，今天的河豚保险不？"

苏老头子嘿嘿道："放心吧，我前几天就让平阿生带人把此间六楼餐厅的大厨等所有人的老婆孩子都扣进七十六号，防厨师厨工或别的杀手暗中下毒，这河豚的毒可不是开玩笑的。"

梁鸿志闻言，双手抱拳朝苏老头子拱了几下。（抗战胜利后，梁鸿志作为大汉奸被国民政府处决。此为后话。）

苏曼云非常不满地瞪了苏老头子一眼，拽着岩井惠子跟别的客人聊天去了。

几乎同一时刻，六楼大阳台上，中村震二郎与李士群亦在悄悄谈话，不远处的外白渡桥和黄浦江美景似乎并不能引起他们的兴趣。

中村震二郎严肃道："李先生，近来我们梅机关的电讯侦听部门，经常监听到一部新的电台在频繁活动。你们特工总部要立即行动起来，抓到这部电台。"

"是。这部电台或是军统或是中统的。这几年来上海共产党的地下组织似乎不足为虑。"李士群续道，"不过早年我在莫斯科东方大学读书时，加入过布尔什维克，深知其'星星之火，可以燎原'之无穷威力。"

"是的，就如现在江南地区的新四军，影响力与日俱增，绝不可小觑，大意会失荆州。"中村震二郎卖弄道，"另外还有蝴蝶效应一说，就是在南美洲亚马孙河流域，一只热带雨林中的蝴蝶，偶尔扇动了几下翅膀，两周后美国得州就掀起了一场龙卷风。"

李士群谄媚道："形象生动，比喻深刻。"接着请求道："中佐阁下，这么大的租界，环境又特别复杂，要找到敌方电台实属不易。听说贵国已经研究开发出能对电台定位追踪的新型设备，务请中佐阁下能帮助特工总部争取一二套，以提高破获效率。七十六号马上改组技术部门，不能仅限于收收发发，要成立专门的电讯处。"

中村震二郎"好"，看了看手表，接道："我得下楼到大门口迎接将军了。"

看到中村震二郎离开，李士群一个人站在大阳台上，苏老头子走了过去，调侃道："李大主任独自一人，正在城楼观山景啊。"

李士群回转身来,解释:"哪里哪里,中村先生刚离开去酒店大门口迎接影佐了。我见你们几个人在那边聊得起劲,没好意思去打扰。苏老板,我在上海滩能有今天的地位,还得谢谢您这位真神的推荐啊。"说罢双手又是抱拳又是打躬。

苏老头子赶紧摇手,笑道:"那是你自己的造化,我怎么能贪功呢?"

"苏老板气度非凡。"李士群恭维道,"苏老板结交各方豪杰,连蒋委员长当年都递过拜帖。您说,汪先生还都南京后,我能做点什么以建军功?"

一阵江风吹来,苏老头子缩了一下脖子,低声问:"你说,接下来上海滩最要紧的大事是什么?"

李士群哑口。

"当然是钱,新政府开张后最缺的是什么?当然是钱。"苏老头子自信道,"我料定,不出两个月,新政府就会发行新货币。这新货币与老法币肯定得在上海滩上好好地斗一斗啊!"

"苏老板神人!"李士群接道,"即将出任南京新政府的三把手,已经让我先研究对策了。"

与此同时,在一辆疾驶前往理查饭店的汽车上,日本华中宏济善堂的实际掌控人里见甫向影佐祯昭汇报鸦片毒品的贩卖情况。影佐不住点头表示满意后,告诫:"里见君,你对帝国的功劳是大大的。已经在中国建立起了庞大的鸦片销售体系。我要提醒你的是,帝国兵器行政本部所属第九研所，就是神户研究所，已经研究出伪造中国法币的技术，几可乱真，并且已经在中国很多地方大规模投放，连帝国首相都嘉奖干得好。我的意思，你不能用真鸦片换回来伪法币。懂吗？"

里见甫想了一想，接道："或可以适当进行区域划分，鸦片毒品以江南等富庶地方为主；伪币主要投向不那么起眼的小城镇，如津浦铁路线上的蚌埠，那边水陆码头交通方便，不易被发现。"（里见甫在日本战败前解散了日方在中国设立的最重要的贩毒机构华中宏济善堂，精心摧毁了所有证据文件，逃脱了战后的东京审判，在二十世纪六十年代因医疗事故死去，此为后话。）

影佐祯昭应道："可以。我在给南京新政府的近期工作指导意见中，把这一想法暗合进去。"

汽车在礼查饭店门口停下，中村震二郎上前打开车门、敬礼，陪同进入孔雀大厅时，高喊一声"影佐将军到"。

二十四、一夜风雨　梨花零落

一夜风雨，满地落英。顾家花园里，一棵满枝盛开着雪白梨花的大树下，两个年轻人静静地坐在长椅上，享受着片刻美好。

苏曼云把黑色手包平放在双腿上，正努力把刚从地上捡起来的一些花瓣拼凑摆放成梨花花朵的模样，忽抬头望着许一清问道："现时现刻的梨花又开又落，你说是不是春天呢？"

许一清回道："花开花落不是春，人间有爱春满园。"

"听起来意义更加深刻。"苏曼云接问，"那批西药运到根据地了吧？"

"交通员昨晚返沪，总算有惊无险。"许一清掩饰不住高兴道，"一路几次遇查，都是因为你搞到的岩井公馆签证货单而被放行，加上太湖游击队的大半程护送，确保了万无一失。梁泓光捎话真心谢你。"

苏曼云非常兴奋："梁掌柜？他现在干什么？好久没他的消息了。"

"他干得很好。"许一清应道，"前几年，他从上海克服千难万险到江西苏区时，中央红军已经长征，他就参加了南方游击队，现在已是新四军江南指挥部的一名侦察参谋。"

"太好了。"苏曼云报告，"说到侦察，我想起一件事，在一个偶然的场合，我听到七十六号通过梅机关从日本专门进口了两套最新的电台定位侦察装备，以全力侦缉在上海的各种秘密电台。"

许一清心中一惊，瞬间想到了冷蕊和她的电台。苏曼云察觉到了许一清刚刚情绪的瞬间变化，关切问道："你怎么啦？"

"没什么，突然想到一件事。"许一清应道。地下工作的保密原则就是尽可能保持信息单线。这不是对同志的不信任，而是安全至上，不该说的不说，不该看的不看，不该问的不问，不该听的不听，不该记的不记。

"我也有好消息告诉你。"苏曼云高兴道，"我从岩井公馆汇编的《占领区敌情研究》上了解了不少关于新四军的好消息。"

许一清一听即刻来劲，催道："快说来听听。"

"研究报告是这样描述的。"苏曼云仔细回忆着，慢道，"根据领事馆辖区内谍报人员上报情况汇总得出，新四军自江南茅山根据地建立后，发展迅速，已经成为日军在中国江南地区的心腹大患。新四军一方面稳固东进，另一方面实施向北发展战略方针，提出'除酌留部队在江南外，主力分批组织游击支队分头过江'。据情报，截至上月底，仅新四军淮北彭雪枫部，已从最初的不足三百人，发展到一万八千人左右，包括三个主力团、四个总队及地方独立团、独立大队等。三月中旬，日本扫荡部队以三千兵力，分三路突然合击永城以北山城集的新四军部队，双方激战数日，虽伤亡其二百余人但仍让其大部成功逃脱，而日军伤亡逾三百人。"

租界孤岛，表面繁华，实则暗藏杀机、危机四伏。秋夜，霞飞路上巴黎大戏院，电影《梦里乾坤》夜场刚结束，人流在马路上刚刚散开，一对青年男女手挽手，似乎还沉浸在刚刚电影里的感人故事里，男青年柔声道："阿宝，你演得真好。"女青年假作半嗔："谁是阿宝？那是电影里角色的名字，我是英茵。"

男青年回道："我知道你是英茵，上海滩电影大明星。"后面一直跟着的吴肆带着叶佩三等手下围了过来，接道："这位是祖仁先生吧？"

男青年高声应道："我叫祖仁，你们是谁啊？"

"七十六号吴肆，上海滩谁没听说过？"吴肆狞笑道，"你是重庆方面派潜在上海的什么'江苏省第三区行政督察专员'吧？跟我们走一趟。"

祖仁看了一眼吴肆及众多打手，对英茵歉意道："七十六号的，我跟他们走一趟。你不用担心，更不要跟这帮人吵闹，否则会吃大苦头的。"

二十四、一夜风雨　梨花零落

叶佩三阴笑道:"呦,还挺怜香惜玉的嘛。她又不是重庆方面的,我们现在不会为难她。"说罢手一挥,两个打手一左一右挟架着祖仁,将他塞进了路边停着的一辆汽车。吴肆和叶佩三等则上了另一辆汽车,临关车门前,吴肆对英茵高声道:"今天先放你一码,拎得清点。"说罢关上车门,两辆汽车疾驶而去,只留下英茵在原地怔怔地站着。

几乎与此同时,按照苏老头子的指点,吴肆又派人搜查了《大不列颠夜报》报馆,扣押了里面的所有人,还搜出一些轻型武器。因为苏老头子手下的那位包打听提供的情报,吴肆知道这家报馆是祖仁等人获得社会公开身份的掩体。

七十六号警卫大队长办公室,吴肆坐在办公椅上,穿着皮鞋的双脚搁在办公桌上,洋洋自得问道:"阿三,这桩案子哪能弄?"

叶佩三站在一旁,赔着笑脸,应道:"哪能弄?你吴大队长不是早想好了吗?"

吴肆自吹道:"我是早想好了。可我要先问你,看看能不能英雄所见略同。"

"特工总部老是批评我们做事粗陋。我们也学学戏文,来个'张飞审瓜——粗中有细'。"叶佩三小心接道,"上海滩文艺界、文化界一直有很多人对'和平运动'说三道四、指桑骂槐。我看这个祖仁跟那个英茵有点像天生一对,地设一双。英茵在上海电影界可是大名鼎鼎,如果能争取过来,为我们所用,到时可能连汪先生都会对你高看一眼。"

"有道理。"吴肆从办公桌上放下双脚,接道,"阿三,你说得有理。"

叶佩三看吴肆点头，又建议："把刚刚抓来的《大不列颠夜报》报馆的所有人都放了，但要他们按规矩每人写一份自白书。至于祖仁和那位副总编陈家平，由你出面跟他们谈谈。"

吴肆顿时来劲，接道："就这么办，马上开干。"

此刻，报馆众人被集体扣押在七十六号一间大会议室里，祖仁与陈家平已低声商量好了"假意投诚，图谋脱身"的应对方式。恰好吴肆进来，高声宣布："只要祖仁、陈家平带头写自白书，跟重庆那边一刀两断，即刻释放大家。"

待众人离开后，吴肆对还没走的祖仁、陈家平强调："陈家平，你原本也是中统的人，刚刚苏成大队长找我替你求情，让你到他手下工作，由他担保。祖仁则须由陈家平担保后才可自由离开。但是我要告诉你，祖仁，你必须说服你的女朋友英茵，让她今后在上海文化界、电影界为七十六号作正面宣传，做形象大使。"

两人本就是假意投诚，即刻回道："照吴大队决定的办。"吴肆洋洋自得地先自行离开了。

折腾到凌晨，祖仁终于回到英茵的住处。英茵受惊本就没睡，看到祖仁回来先是大吃一惊，转而兴奋不已，嘴上慰劝"大难不死，必有后福"，俩人紧紧相拥。一会儿，英茵推开祖仁，问道："你饿了吧？我去弄点宵夜。"

吃着宵夜，祖仁把被捕后所发生的一切原原本本地告诉了英茵，再三强调："我们是假投诚，更没泄露你的身份。

因为吴肆连问都没问关于你的事,只要求发挥你在上海文化界、电影界的影响力,为七十六号作正面宣传。"

英茵急问:"那今后怎么办?"

"我把这里的情况通过特殊通道,向重庆方面报告,听候他们的命令。"祖仁胸有成竹道,"你呢,对外推说受了惊吓,先装病,最好住进哪家医院,过一段时间再说。"

一大早,祖仁悄悄出门赶到一处只有他自己知道的位于爱麦虞限路的隐秘据点,用秘密电台向位于重庆的上司发去电报,报告了昨天的突发情况并请求下步行动指示。下午收到回电:"你们表面上投靠七十六号的行为可以认可。下步工作就是以松江、川沙、嘉定等七县农村为基础,收编人马组织别动队,开展敌后反日反共工作。"

豫园,江南名园。鱼乐榭周边古木参天,陈恭澍与钟离志正凭栏观鱼。

陈恭澍遥指池中正在一前一后畅游的两条大锦鲤,问道:"钟离,你说那两条鱼,哪条是高兴的,哪条是不高兴的?"

钟离志没有正面回答,只道:"此榭取名'鱼乐'也。"

陈恭澍伸出右手大拇指,笑道:"钟离果然睿智,这正是我要的答案。当年庄子与惠子游于濠梁之上,庄子曰'鯈鱼出游从容,是鱼乐也'。惠子曰'子非鱼安知鱼之乐'。庄子曰'子非我,安知我不知鱼之乐'。"

"江湖传说陈区长乃军统第一杀手。"钟离志接道,"实没想到陈区长对中华典故也如此熟悉,佩服。"

陈恭澍摇手后,示意坐下说话,接道:"钟离是上海区的杰出干才。听说你的白老长官当初把你留在上海就是要打磨你、锻炼你,以便让你为党国做更重要的工作,而且这几年你在上海的确建立起了个人强大的情报收集网络。尤岩炇能制裁七十六号两个处长,主要是受你的助攻。"

钟离志赶紧回道:"不不,那都是尤副站长的功劳。"

"钟离不要谦虚,我已向重庆戴老板举荐你为军统上海站副站长。"陈恭澍接道,"现在正是用人之际,何况你是干才。所以,你的工作不能就只关心搞情报了。"

钟离志接道:"只要是抗日,不在乎个人什么位置。请区长下令。"

陈恭澍"嗯"后,忿道:"上海滩上有两个大汉奸,一个叫张啸林,一个是傅筱庵,军统几次下手制裁均不得手。"

钟离志静静听着。陈恭澍接道:"先说张啸林吧。年轻时在杭州是有名的混混,后来到上海闯江湖,成为上海帮会'通'字辈人物,这在帮会中是相当高的辈分。当年'四一二',与苏老头子等在上海用'中华共进会'的名义,协助蒋委员长镇压共产党,被授予国民革命军司令部少将参议。'八一三'后,与日本上海派遣军司令官达成协议,出任'新亚和平促进会'会长,胁迫各行各业与日本人共存共荣,大肆镇压抗日救亡运动。上一次军统行动组在其回家的路上伏击,没想到他乘坐的是高级保险汽车,几十发子弹打中车却伤不到人而被其逃脱。今年初行动组获知其要去更新舞台包厢看京剧名角的新戏,本打算下手,结果张根本就没去,行动组只好

二十四、一夜风雨　梨花零落

对包厢里的另一汉奸下了手。张获知后又恨又怕，整天在家不出门。最近，汪伪政府要任命其为'浙江省省长'。他居然跟日本人要了一个宪兵班，在其家门口站双岗，没有他的同意任何人不得入内。"

钟离志接问："那傅筱庵呢？"

"傅逆有过之无不及。其最早是清末大人物盛宣怀门下之管家，后出任北洋政府财政部驻沪特派员，在北洋军阀支持下成为上海商会总会长。因故被蒋委员长下令通缉后，逃往大连直接接受日本人的保护和豢养，成为有名的亲日派人物。'八一三'后，与日本上海派遣军司令沆瀣一气，出任汪伪中华民国维新政府的'上海市市长'，终于叛国投敌。汪逆乘日本'北光丸'在上海虹口码头登陆时，傅以伪上海市市长身份忙前忙后。他还与日本人和七十六号勾结，干了许多危害民族利益的勾当。"陈恭澍大致介绍二逆背景情况后，接道，"钟离，我相信你有办法。尽快除掉二逆，绝不能让他们长期做快乐的鱼。"

"谢谢区长信任。我认为，不在他们身边安插内线并下手，是不大可能进行制裁的。"钟离志接道，"还好，我们情报科早已打入了楔子。"

陈恭澍一听，顿时来了精神，催道："说来听听。"

"张啸林身边有个保镖，颇有爱国之心，而且枪法极准。我已将其争取过来了。"钟离志接道，"傅筱庵家仆众多，宅院内保镖就有二十多人，我也收买了一位能进入内室的家仆。"

"太好了。"陈恭澍接道,"这两项大任务完成,军统上海站副站长的位置必定是老弟你的了。"

六国饭店贵宾室里,吴肆看着眼前茶几上打开的一只装满金条的铁皮保险箱,拿出一根金条用力咬了一下,随手扔回箱子里,对随行的平阿生道:"还是李主任高明,只用了一招'防止重庆特工假扮赌客混入',特工总部就把租界孤岛里所有赌场登记检查权拿到了手,每月各赌场的'孝敬',比我们老早用百搭钥匙专偷租界里的高档汽车去卖,来钱爽多了。这家六国饭店是租界里面的最大赌场,虽然还算懂规矩,不过你也要经常敲打敲打。"

平阿生"是",接道:"多管齐下来钱快。不过前些日子绑票的那个中国化学工业社的方大老板,本想敲一笔大钱的,没想到押送过程中我的枪走火,他被打伤了腿后流血过多,没有过三天就死了。方家多方打听到是七十六号干的,也只能乖乖地送上了十万块钱领走尸体。"

"不搞钱,人活着还有什么意思?"吴肆显摆道,"再说我老婆花钱如流水,过个生日要唱三天堂会,请的都是海上名角,每天豪宴百桌。"

平阿生接道:"听说连中村都看不下去,给李主任放话了。"

吴肆道:"日本人算个屁,机会到了,他的银行我都敢抢。"

"听说金门饭店里住着一个北平来的歌女,人靓钱多。"平阿生淫笑道,"我去把她绑来,钱归我,人归你,咋样?"

二十四、一夜风雨　梨花零落

吴肆不置可否,接道:"听说这个海上舞后跟日本人打得火热,你小心点。"抬腕看了看手表,接道:"回吧,主任说了三点钟找我有事。"

七十六号办公室里,李士群接过吴肆递过来的饼干盒,沉甸甸的,知道这是当月的孝敬,随手放入办公桌右下抽屉里,手指办公桌前椅子道:"坐吧。"

"我对你们警卫大队的工作,是百分之百满意。"李士群接道,"但要注意方式方法了,因为社会舆论对你、对我、对七十六号都不是很有利。"

吴肆暴道:"主任您说是谁,我马上去剥了他们的皮,抽了他们的筋。"

"好了,好了,今天找你来不是说这个。"李士群心里嘲笑着这个蠢货莽夫,接道,"最近不到两个月的时间,张省长、傅市长接连被杀,还都说是仇杀。租界法院对张省长案中的凶手林怀部的判决是十五年有期徒刑,说是义愤杀人。傅市长在自己的卧室里面被自己的厨师用菜刀切下脑袋,凶手在逃。但以我的职业判断,这一定都是军统下的手。"

"这事在社会上已传得沸沸扬扬。"吴肆接道,"我听说当时张省长正在二楼家中待客,楼下传来自己的亲信驾驶员与保镖林怀部的吵架声,张省长很生气,开窗探身指责,骂林是猪猡,让其滚蛋,还让亲信驾驶员去卸林的手枪。林高声'老子自己走,不用你们赶',便伸手去腰间拔枪,所有在场人都以为林是交枪走人而不注意时,不料他甩手对着张省长就是一枪。要知道,张省长的保镖全是他自己挑选的,都有百步穿杨的功夫,那还能活?后来,林被其他保镖和闻声赶来的租界巡捕当场抓住,过程中林没有反抗,也没有用枪对付别人。"

李士群摇手示意不要再说,接道:"我就怀疑这一点,如果是激愤杀人,林在干掉张本人后,应该顺手再干掉那个亲信驾驶员,毕竟是他俩之间吵架。光打张一个,有点说不通。"(抗战胜利后,林怀部被无罪释放。此为后话。)

吴肆笑道:"动脑筋的事,我肯定不行,你们想好就行。"

"傅市长的案子好像成了无头案,以后再说吧。但是,七十六号绝不能受这种窝囊气,应该坚决回击。"李士群接道,"你马上去女监,将多次刺杀丁主任未遂的中统女杀手郑苹如就地正法。再说,丁'部长'也有过多次暗示了。"

吴肆"是"后起身离开。李士群吩咐:"你先去趟电讯处,让封处长马上来我这里,最近他们报告有几个秘密电台活动频繁。特工总部必须对租界里的所有非法电台零容忍,全力侦察与打击。"

时光如梭。一九四一年元旦刚过,室外北风呼啸、滴水成冰,刚收到飞鸽传书的华九日书记拍案而起,压抑着满腔的悲愤,电话通知许一清立即到紧急联络点会面,有极为重要的事情相告相商。

未等许一清开口询问,华九日书记直接讲了情况:"一月四日,国民党顽固派调动八万余人,在皖南茂林地区包围袭击奉命北上抗日的新四军所属部队。在敌众我寡、弹尽粮

二十四、一夜风雨 梨花零落

绝的情况下,新四军官兵血战七昼夜,除二千余人分散突围外,大部壮烈牺牲,军部主官被杀或下落不明。"

许一清几乎不相信自己的耳朵:"什么?"稍后反应过来,愤道:"国民党反共的狼子野心又一次昭然若揭,他们真就置中华民族的根本利益于不顾吗?"

"很多年来,国民党一直对我党和我党所领导的武装力量进行各种恶毒攻击和污蔑,将抗战以来各地发生的摩擦事件,归罪于八路军和新四军。"华九日接道,"据我所知,上个月,国民党电令要求在大江南北坚持抗战的八路军、新四军一个月内全部开赴黄河以北,其目的就是同日伪军配合,夹击消灭。"

许一清恨道:"国民党是典型的外战外行,内战内行,卑鄙无底线。"

"我党为顾全大局,坚持团结抗战,答应让新四军驻皖南部队开赴长江以北。"华九日接道,"事变发生后,党中央采取了坚决斗争策略,对国民党顽固派的反动行径进行了有力声讨,并宣布重建新四军军部,得到了全国人民的广泛同情和支持。"

许一清急问:"党需要我们做什么?"

华九日命令:"派出你们地下党薪火党支部中所有具有丰富斗争经验的地下交通员,配合即将成立的新四军上海办事处,把从皖南突围出来的同志,以及从苏南和大后方撤退的人员,安全地护送到苏北。"

汪伪政府"返都"南京后，民不聊生。沦陷区内，日军、伪军、各路地方势力割据，市场上的流通货币五花八门，重庆国民政府的法币、日军军部发行的"军票"、原伪维新政府的"华新票"、华北伪临时政府的"银联票"等，百姓苦不堪言。没过多久，汪伪政府成立了"中央储备银行"，发行"中储券"。

霞飞路罗威饭店二楼的一间小包房里，军统上海区区长陈恭澍与军统上海站副站长尤岩烒悄悄谈话，面前的咖啡杯里的咖啡已所剩不多，面包篮也是底朝天了。

"刚刚你讲的许多情况都非常重要，有些要立即上报重庆戴老板定夺。"陈恭澍接道，"你对最近租界里不断发生的七十六号大规模强迫商家用伪中储券的情况，可有了解？"

"这个方面没关注过，金融我也不懂。"尤岩烒接道，"前几天约钟离志商量点事，他提到说七十六号最近派出许多打手，到租界里的各个华人商铺中用中储券大量购物，如果商家不收，便拔枪或用刀威胁。商家为了保命，只能收下。"

"七十六号还以特工总部的名义，给许多银行、当铺、大小公司发去威胁信，声称'如果拒用中储券，即以武力弹之，勿谓言之不预也'。"陈恭澍接道，"所以，中储券已占尽上风，合法的法币在租界已经用得很少了。上海是中国的经济中心，大量的法币被驱逐的负面影响太大，其中之一是它将大量流向重庆大后方，造成极为恶性的通货膨胀。"

尤岩烒接道："区长讲的我不大懂，也不要懂。您告诉我下面咋做就行。"

二十四、一夜风雨　梨花零落

"尤副站长快人快语。"陈恭澍接道,"此事高效完成,我向戴老板举荐你为军统上海区所属上海站站长。"

尤岩甡闻之,赶紧放下手中咖啡杯,立正沉道:"感谢区长栽培。"

陈恭澍看着尤岩甡,严肃道:"戴老板严令,打乱汪伪银行,恢复法币市场地位。"

尤岩甡"是"后转身离去。在随后的一个月里,"中储上海分行"的三名高管分别在上下班路上被人用枪或炸弹刺杀。

七十六号一间会议室内,李士群杀气腾腾下令:"苏成大队长,你立即带人,今夜行动,将霞飞路上有重庆背景的农民银行里值班的人全部诛杀;吴肆大队长,你立即带人去把我们的隔壁邻居——在九十六号'中行别业'中居住的'中央''中国''交通'等重庆背景银行的职员抓过来,军统再杀我们银行一人,我就杀他们银行三人,看谁狠过谁。"

吴肆、苏成即刻领命而去。

夜深人静,苏成带着手下二十余位杀手来到农民银行门口,"嘭嘭嘭"砸门后,里面值班的人大概意识到了危险,没敢打开大铜门。苏成没有办法,转到银行大楼后面的员工宿舍。大门被撞破后,杀手们一拥而入,逢门就踹,发现有人就是一梭子枪弹打过去。复查发现宿舍楼里没活人后,杀手们才踏着满地流淌的鲜血扬长而去。

中行别业里面住着近三千名银行职员和家属,吴肆带着

361

叶佩三等五十多名打手抓了百来人关进七十六号后面的平房里。空气污浊、拥挤不堪，有些人大小便失禁在身。挤在铁门口的人责问叶佩三："凭什么抓我们？"叶佩三冷笑着一口浓痰朝责问者脸上吐去，扬了扬手中的盒子枪道："就凭这个。再啰嗦，第一个崩了你。"

凌晨二点多，苏成、吴肆兴冲冲来到李士群办公室，询问："主任，我们下一步咋办？"

"索性一不做二不休，把重庆中央银行在租界的两个办事处送上天。"李士群坐在办公桌后面，狰狞道，"我已将今晚的行动通报给了中村震二郎，他完全同意，并按照我的要求派人送来了两箱烈性炸弹。你俩立即去军械库各领一枚，用'邮差'寄'邮包'的方式给这两个办事处投递过去，我下午就要听到爆炸的声音。"

二十五、静安寺旁　刺杀疑云

一大清早，租界上的报童又开始叫卖开了，"卖报，卖报，请看今天的《中华日报》""卖报，卖报，特大新闻'以血还血，以牙还牙，再杀中储一人，枪毙人质三个'"。

军统上海区区长陈恭澍，呢帽压额，上翻的大衣领遮住了几乎整个脸颊。他边走边看报，心中不免有点不忍，但想到重庆戴老板的严令，无奈走进路边的一个电话亭，拨通号码，问道："尤岩犹吗？"

电话筒声音："是的，区长。"

陈恭澍低声吼道："按原计划，再干一票。"挂断电话迅速出亭，左右瞧瞧见无异常，便大步离开了。

傍晚，苏成、吴肆正在办公室跟李士群表功："中央银行的两个办事处已经被炸，共炸死十五人、伤者百余，营业大厅、办公楼严重炸损。"

李士群点点头，刚想笑还没出声时，办公桌上电话铃急促响起。

"谁？什么事？"李士群拿起电话筒，趾高气扬问道，"什么？你说谁被刺杀了？"

电话筒声音："中储银行上海分行的张副行长，刚刚在位于静安寺附近的大华医院头等病房里，被手提水果篮和花束的两名西装革履的杀手刺死了。"

李士群急问："你是谁？"

电话筒声音："我是张行长的亲戚，也是银行指派的保镖。"

李士群接问："还有什么其他情况？"

电话筒声音："他们缴了我的枪，要我转告你。对了，您的电话号码也是他们给的，要我传句话给你。"

李士群催问："什么话？"

电话筒声音："七十六号要按一比三杀，我们不在乎。"李士群听罢，用力把电话筒甩搁到机身上，嘶吼："吴肆，立即去后面平房，抓出三名人质就地处决。"

吴肆"是"转身出去。

李士群余怒未消，指责道："苏成，还有一件事，早就要你派人除掉胶州路上那座破旧军营里的谢晋元，为什么迟迟不动手？他们从四行仓库撤进租界后，仍然天天操练准备重上战场去抗日，还收到大量资助，居然建起了宿舍、礼堂、厨房、球场等生活设施，他这是要与抗日反汪力量里应外合吗？"

二十五、静安寺旁　刺杀疑云

苏成赶紧立正解释:"因为那座破军营的大门口有白俄雇佣兵看守,我们的人试了多次很难进去下手。不过,我已经收买了谢手下的四个兵卒,随时可以动手。"

李士群右手猛拍办公桌,怒道:"那还等什么?"

第二天,亲汪的《中华日报》又一次爆出"三抵一,绝不食言"的血腥消息。陈恭澍看到此消息时,倒吸了一口凉气,想到再这样杀下去有可能丢失人心,即密电请示重庆戴老板:"下一步如何行动?要不要调整策略?"不久重庆回电:"暂时休战,已经通过管道请上海滩名流苏老头子出面调解。"

不久后,法币完全退出上海租界,七十六号扣押的其余人质也逐步被释。

又过了几天,几乎所有的上海报纸都有报道:"四月二十四日晨,孤军营四名士兵出早操时故意迟到,被谢晋元团长责罚后,趁其不备将其刺死。"(后来,谢晋元遗孀凌维诚独自抚养四个子女,还为其他孤军老兵的事四处奔走呼吁,解放初更是得到了上海市人民政府的妥善照顾。此为后话。)

在旧校场路上名扬上海滩的荣顺馆(后改名为上海老饭店)三楼的小包房里,陈恭澍召集钟离志、尤岩炕和柳山青秘密开会商议行动。为了打掩护,餐桌上点了不少这家的招牌菜如油爆虾、八宝鸭、扣三丝、虾子大乌参等。

房间内弥漫着浓烈的烟酒味。陈恭澍示意大家稍作安静,接道:"各位兄弟,重庆戴老板近日催问,为什么命令下达多日，上海公共租界的警务处长赤木亲之还没有被制裁？再有拖延，必予家法处置。各位，如果我被家法伺候，你们也落不到好，所以大家想想招吧。"说罢，看了一眼钟离志。

"赤木到上海公共租界任职警务处长近四年了，几乎包揽了上海公共租界警务的全部工作，多次组织剿杀中国特工，我们军统也损失惨重。另外，此人利用手中警务大权，与岩井公馆和华中宏济善堂合作，为日本贩卖鸦片毒品大开方便之门，罪恶罄竹难书。"钟离志接道，"我擅长的办法是在工作目标身边埋下线人，既搞情报又能伺机下手，但这个警务处用的几乎都是日本人，其家佣也来自福冈，我们枉费两年心思没有成果。而且此人特别机警，绝少单独外出，天生的反特高手，比七十六号难对付多了。"

尤岩烑一直在自斟自饮，此刻放下手中酒杯，接道："因为顾及陈区长规定的刺杀原则，只能在日本管理区下手，更不能借用中国同胞的房屋、车辆等，以免以后日军的疯狂报复行为给中国老百姓带来更惨的灾难，所以我们好几次行动都放弃了。柳组长，你说是不是啊？"

末座的军统上海站行动组长柳山青没有接话，微微地点了点头。

突然，门外传来了急促的赶快撤离的敲门暗号，四人慌忙下楼后急从后门撤离。原来陈恭澍在饭店门外的远处路口放了好几处暗哨，看到情况不对，他们立即采用多人手势哑语的隔空遥传方法，迅速将危险的信号传了过来。等到七十六号行动大队人马包围饭店时，四人已逃得无影无踪。

二十五、静安寺旁　刺杀疑云

苏成大队长带着两个手下和一个日本宪兵冲进包房时，餐桌上的菜肴还热气腾腾，未来得及掐灭的香烟仍余烟袅袅，只是用餐人杳如黄鹤。正准备收队时，一个掀开餐桌桌布查看下桌下地面的手下居然捡到一个小本子。苏成接过来打开一看，全是四位阿拉伯数字一组的数组，大概百来组，正想放入口袋带回七十六号上交李士群以便交差时，日本宪兵把手伸过来"给我"。苏成无奈笑笑，就直接递了过去。

原来慌乱中，陈恭澍竟然失落了一本记载其与军统局电报联络用的密码底稿记录本。

晚上十一点多，拿到电报底稿记录小本的赤木亲之异常兴奋。身为反特专家，他这几年在上海破获、抓捕、剿灭了不少国民党军统、中统的地下行动人员以及其他抗日分子，却都不是通过破译电码破获的。所以，赤木下定决心要靠自己的能力破译电文，以获得更大的职业荣光。之所以这么想，是因为这些年来他也搞到了几种军统的老旧密码本。

赤木知道，任何一种密码，使用时间长了都有失密的可能，所以每隔一段时间就要更换，而密码的更换一般不是推倒重来，因为工程量太大，甚至连译电人员也要重新学习，所以密码的更换，大多数仅仅做一些技术性变化。既然是技术性变化，不少以美国人莫尔斯发明的莫尔斯电码为重要基础。赤木亲之边思考，边在办公桌上用手指敲着莫尔斯码，以不同的嘀嗒两种声音激发自己的破译灵感，短促的点信号"·"（读作嘀）的间隔时间为1t，保持一定时间的长信号"—"（读作嗒）的间隔时间为3t，嘀与嗒之间的间隔为1t，字符之间的间隔为3t，字与字之间的间隔为7t。

思之良久，赤木突然想起岩井公馆所用的外务省的一种电报保密方式，就是在发送整份电文时掺进大量没用的数组，从而给任何一个第三方接收者造成混乱，即使有密码本也无济于事，无法破解电文。但真正的接收方译码者只需按双方事先另外约定的规则，从中挑出有效数组，就能译出情报。这个规则也被一些人称作密钥。

想到这里，赤木再看密码底稿小本，里面记录了百多个数组，应该就是这种类型。他又赶紧从保险柜里取出那几本军统老旧密码本，对着刚刚送来的密码底稿记录小本，利用反复试错的方法进行破译。

试第一种方式：第一次，从第一组数组开始，按偶数即将2、4、6、8、10……数组舍去，留下一半，发现留下的一半无效；第二次，继续按偶数舍减再留下一半，也是无效；如此循环操作直到最后也是无果。证明不是这样的密钥。

试第二种方式：第一次，从第一组数组开始，按奇数即将1、3、5、7、9……数组舍去，留下一半，发现留下的一半无效；第二次，继续按奇数舍减再留一半，也是无效。如此循环操作直到最后仍然无效。证明也不是这样的密钥。

试第三种、第四种方式：从小本中全篇数组的倒数第一个开始，再按上面的第一、第二种方式试验还是不对。

如此反复试错了数十种形式后，终于运气使然，居然用圆周率3.1415926作密钥解决了问题，也就是从第3组数开始留用，后1位、后4位、后1位、后5位、后9位、后2位、后6位等。再与几本密码本对应，发现其中的一本密码可将小本上记录的一组数字译为："六月十九日吴淞北兴路七十六号大药房上海地下党组织与新四军有重要会议密裁。"

赤木亲之大喜过望，在办公室里踱起了方步，冷静下来一想，这是自己第一次破译电报，如果不准，将会被那些同僚和竞争对手嘲笑，自己得先去侦察一下，然后决定是否交由日本军方处置，因为会议地点在自己权限在的公共租界范围外。

六月十七日一早，赤木亲之决定自行驾车去情报所示的大药房及附近踩点侦察。汽车出住宅大门后，在过愚园路和地丰路十字路口时，马路上行人很多，正好红灯，赤木刚刚刹车停下，柳山青冲过去对准就是一枪，可惜没有打中要害。赤木亲之敏捷打开车门滚到车外进行反击，柳山青见势迅速跑进人群。赤木发现枪手消失，忍痛站起来寻找目标时，被马路对面楼上预埋伏的军统狙击手一枪击中倒地身亡。

当天晚上，在租界的一处军统上海区的秘密据点里，陈恭澍区长与钟离志、尤岩炕、柳山青等人击掌相庆后，接道："各位同仁，刚刚收到重庆戴老板电报，祝贺我们上海区铲除赤木亲之，并决定授予我等四等云麾勋章和金钱奖励。"众人闻言当即起立："感谢党国，感谢戴老板。"

陈恭澍示意三人坐下，感慨道："戴老板交代了多时的任务，如愿达成。这第一功还要算钟离志的，你是怎么想到这个钓鱼智取方案的？"

钟离志谦虚道:"偶得罢了。关键还是区长您能拍板采纳,尤副站长和柳组长下手精准。"

"你让陈区长身临险境,我们几个人一起陪绑,是一着险棋哪。"尤岩烑接道,"万一那天被七十六号在荣顺楼设局埋伏,上海区就玩完了。想到这里,我现在还心有余悸呢。"

"我们四个人出现在荣顺馆的消息是提前半小时让线人透露给七十六号的,从七十六号到饭店,他们的行动大队再快也需要四十分钟。这是陈区长事先反复踩点得出的结论。"钟离志接道,"只有陈区长露面了,七十六号行动大队长苏成才会亲自带人前往抓捕,只有苏成亲自搜查现场检获我们故意丢失的电报底稿本,赤木才会毫不怀疑。"

柳山青插话:"你们是凭什么判断赤木会自己破译电报底稿,并且能够破译出来,而后其本人还一定会前去吴淞大药房现场勘察呢?那里不是租界,不在其职责范围内。"

"很简单,老话说'天下熙熙皆为利来,天下攘攘皆为利往',世上有几个人能逃出名利这两个字呢?"钟离志接道,"首先,赤木亲之是日本的反特高手,名气很大,这几年在上海租界破获了不少疑案难案,就是有一样,没有用自己破译的密电成功破获过大案,所以有这个机会他一定想自己破译,然后自己去验证以避免万一失误而尴尬的情况;其次,我了解赤木掌握了几本我们军统弃用的老旧密码本,经常研究其编码方法并且颇有心得;最后,岩井公馆属于日本外务省体系,有其惯用的密钥方式,赤木亲之作为日本委派的租界警务处长，与岩井公馆的秘密工作联系绝不会少，用密电、密钥应该是常事。所以，陈区长故意扔在餐桌下面的电报底稿小本，就结合了军统的一种老旧密码本和日本领事馆惯用的密钥方式。既要有难度，也不能让赤木解密不开。"

陈恭澍笑道："其实是个连环计，两次钓鱼，一次是用我们四个人现身，钓七十六号来人搜捕；第二次是用电码底稿小本，引诱赤木亲之破解。"

钟离志接道："然后是利用了赤木亲之的贪婪。"

柳山青感慨道："真是好奇害死猫。"

圣约翰大学旁的苏州河岸堤上，许一清与苏曼云款款而行。许久未见，俩人有好多知心话要相互倾诉。苏曼云轻声细语："最近多是电话联络，知道你很忙，我十分理解。但总得顾及自己的身体，你看你自己，不是'依旧，依旧，人与绿杨俱瘦'，而是'人比黄花瘦'了。"

"你不也一样吗？"许一清感慨道，"身在龙潭虎穴，压力可想而知。"

苏曼云沉默了一下，问道："没有紧急任务，你是从来都不主动约我的。说吧，什么任务？"

许一清十分歉意地笑了笑，打开手中的报纸，指着当日头版头条新闻道："这个消息你看到了吗？"

苏曼云接过报纸看到头条"一九四一年六月二十二日，苏德战争爆发"后，自言自语道："难怪岩井公馆很长一段时间都在花大力气研究有关苏联的地理、气候、农业、矿产资源、民生保供乃至风土人情等一切情况，难道日本也要对苏联开战？"

"岩井公馆的主要任务是收集和研究战略情报。"许一清接道，"日本是否对苏宣战，与德国法西斯夹击苏联，这是远在延安的党中央现在最关心的战略问题。"

两人在岸边河堤上，用报纸铺地后坐下。苏曼云微笑道："这方面我还真的不懂，你给我讲讲。"

"简单来说，就是日军的选择。"许一清略加解释，"德意日三个国家已结成轴心国，战略上是要相互支持的。所以德国法西斯希望日本北进，日本陆军对此战略大力支持。但日本海军坚决反对，认为日本是一个岛国，人口资源和自然资源完全不足以支撑本国去攻占广袤的苏联远东地区，况且其大部分兵力已深陷中国战场。苏联现在在远东地区的驻军有六十万，日本关东军兵力根本不占优势，而且西伯利亚的冬天又长又冷，后勤供应困难，反观东南亚地区，战略资源多，森林、橡胶、矿产、粮食等物产极为丰富，完全能补上日本岛国资源贫乏的短板，以支撑其大东亚圣战。"

苏曼云接道："事实上，这也是日本陆军与日本海军长期内斗的真实反映。"

许一清赞许地点点头，续道："日本海军的一贯方针是在太平洋上与美英海军争霸，况且日本陆军在中苏边境的张鼓峰、中蒙边境的诺门罕两次与苏军的交战均遭失败。"

"'北进'斯大林痛苦，希特勒高兴。"苏曼云笑道，"'南进'斯大林高兴，希特勒痛苦。"

"关键是对中国的抗战有重大影响。"许一清接道,"所以远在延安的党中央要求我们上海地下党组织充分利用好上海滩这个各种情报或信息的大码头,尽快掌握这个方面的确切情报。"

苏曼云急问:"要我怎么做?"

许一清认真道:"一是观察岩井公馆对东南亚方面的各种专业研究是否与对苏联研究那样,超常规开展起来,从中获取有价值的线索以便分析;二是留意日伪高官的片言只语,有时不经意的谈话最能透露核心的机密。"

"我也给你提个建议。"苏曼云接道,"应该派人到上海的一些日商专业工厂、仓库或者码头去察看,看看他们有没有在超规模采购、生产、囤积大量热带地区的专用物资。"

"完全正确。"许一清深深赞许道,"我立即向组织反映这个建议。"

七十六号院内的主楼门口,李士群正在迎接中村震二郎的到来。一辆挂着日本国旗的领事馆汽车停下后,李士群小几步快迎了上去,双方见礼后,一起步入二楼贵宾接待室。李士群请中村坐下后,亲自用玻璃杯沏茶一杯双手捧上,毕恭毕敬道:"中佐阁下,请用香茶。"

中村没有去接,而是示意放在沙发前的茶几上,接道:"谢李先生亲手奉茶。我知道这是中国名茶碧螺春,产自苏州洞庭山缥缈峰,清汤如碧、外形如螺、采制早春。但我今天不是来品茶谈天的,有要事需七十六号急办。"

李士群坐在对面沙发上，恭谨道："中佐阁下有事要办，打个电话指示就行，无须亲自跑一趟。"说罢双手抱拳示意。

"还是当面交代凸显重要，而且还有一些资料要交给你。"中村从随身公文包中取出几样物品，放在茶几上，接道，"这些是赤木亲之警务处长办公室留下的遗物，包括租界反特工作资料、军统密码本和大量推算和推论稿纸。所以，影佐将军认为赤木被杀，军统上海区的嫌疑最大。"

李士群没有接话。中村续道："影佐将军现在的主要工作地点在南京，梅机关的主要工作方向是汪政府，暂时没有精力顾及此事。因此，影佐将军命令七十六号集中力量消灭军统上海区，为接下来开展的清乡作准备。"

"是，"李士群接道，"中佐阁下有什么具体建议？"

中村不甚耐烦道："梅机关给你们提供的最新型的两台电台侦测车，是摆设吗？要最大限度发挥它们的作用。找出对方电台，就能顺藤摸瓜，一网打尽。"起身准备离去。

李士群赶紧道："谢谢中佐阁下提醒，李某定当竭尽全力。"

"李先生，你要好自为之。"中村阴笑，接道，"你不用送我下楼了。"

李士群在原地愣怔了一会儿，发现中村震二郎早已离开，想了一下，用接待室电话通知电务处处长现在立即过来。

瘦如麻秆的封处长是技术型的，站在李士群面前似乎十分紧张，颤问："主任有何吩咐？"

"封处长，你原来是军统的专员，从事电讯工作。投诚到我们特工总部时，把军统在上海用于训练特工电讯人员的机构——南洋无线电学校带过来了，也交代了军统在上海的一些秘密电台，使军统在上海受到了很大的打击，功劳不小。"李士群没好气地接道，"但现在电务处的工作很不给力，我来问你，新进的电台侦测车是聋子的耳朵——摆设吗？为什么不出动？你不知道军统、中统，还有共产党地下组织的电台活动现在很猖獗吗？"

"报告主任，电务处完全没有偷奸耍滑，两台侦测车几个月来一直在出动，功夫不负有心人，我们在爱麦虞限路的朱姓大户人家所在区域发现了一部频繁使用的电台。"封处长低声辩道，"只是还有困难无法找到确切位置。"

李士群一听，顿时拉下脸问："为什么？"

封处长赶紧解释："电台的无线电波是以发射点为中心，以圆周形状传播的，电测车越靠近发射点则信号越强烈，但也只能知道电台所在的街区，因为有的弄堂侦测车开不进去。虽然电台功率不大，只有区区十五瓦左右，且信号可传几千里，但离不开要用电。所以就得把可疑区域划分成若干区块，等对方发报时逐个区块轮流停电，一旦发现发报信号中断，就说明在这个小区块里，然后继续反复缩小范围就能找到。"

李士群马上反应过来，道："这样做，很可能打草惊蛇。"

封处长点头"是"又补充道："还有就是爱麦虞限路半条街都是朱姓大户人家的。据说朱大老板跟苏老头子有几十年的交情，虽然没有生意往来，但彼此相互关照，故此似乎没法停电，没法搜查。"

李士群琢磨了一下，笑道："封处长，你知道在我们特工总部那么多人中，有不少咸鱼，为什么有的沾了锅而你总能翻身呢？"顿了一下，自己答道："只因你一直没忘记加油。"

封处长反应过来，感激涕零道："一切都承李主任的照护。"

"你先走吧，接下来这件事你配合就行，我另行安排。"封处长离开后，李士群电话找来了吴肆，如此这般地作了布置。

按李士群的判断，爱麦虞限路是一条不太长也不太宽的马路，只要在封处长现已掌握的几个发报时间点派人在街上仔细观察，前后时刻多次出现在这条马路上的人，就是重点怀疑对象。

都说守株待兔是傻子，不过有时下了憨劲还真有效。功夫不负有心人，吴肆手下以前的两个包打听精细鬼、伶俐虫，在爱麦虞限路上观察多日，发现祖仁总有点鬼鬼祟祟，再跟踪到点，不一会儿就室内传出了"嘀嘀、嗒嗒"的发报声。

吴肆得报后，悄悄带人搜查了这个房间，发现了发报机等，碍于苏老头子的面子，也没大声张扬，对朱大老板网开了一面。李士群得报，即刻下令抓捕了假投诚的祖仁和陈家平。

七十六号行动大队长苏成是陈家平的担保人，为了洗刷自己，在刑讯室亲自下场，一阵严刑拷打，陈家平忍受不住，将两人假意投诚后，按重庆方面的要求，组成了一个依托上海周边县域的别动队，正在跟浦东的忠义救国军联系，计划实施攻打七十六号特工总部等情况和盘交代，结果还是命丧鞭下。

当天晚上，李士群来到七十六号刑讯室，支开了所有人后，亲自给祖仁递上了水杯，接道："祖先生，你上次用假投诚欺骗我们，我不计较了，只要你把所掌握的江苏省第三行政专署的活动经费交给我，一切好说，包括照样与你年轻貌美的女朋友电影明星英茵潇洒快活，想去哪里都可以，去蒙古也行。听说英大美女是蒙古族人，英姿飒爽，真正的人间尤物。"

"李主任，说实在话，我只管计划核准不管现金，要钱一分没有。"祖仁放下手中水杯，接道，"再说，有钱也不能交给汉奸。"

李士群狞笑道："不要逞嘴上功夫。我给你一晚上时间考虑，到了明天早上，就把你交给吴大队长。上海滩上谁不知道吴肆的手段？他会让你求生不得，求死不能。再说，他还会去找你那美女朋友聊聊的。"

祖仁冷笑道："上海滩人人都知道你李士群和吴肆是怕老婆的糟货，听说汪先生更怕老婆。凭英茵在上海文化界、电影界的地位，上海滩上一人一口唾沫，就可以把你们淹死，你们敢吗？"

话不投机半句多。嗣后，祖仁深受各种酷刑，被押入监狱候斩。（祖仁第二次被七十六号抓捕后，影星英茵竭尽全力四处托人营救无果。数月后，收到祖仁在狱中画出的一幅题字"数点梅花天地心"的画作《梅花》，知道祖仁已被杀害，

〉〉〉闯滩者

悲愤之下在一家豪华饭店用"干净"作名字填写在旅客登记簿上,开了一个房间,留下了"我感到全身疲劳,我要总休息了"的绝命书后服毒自尽。此为后话。)

二十六、深夜烛光　薪火支部

深夜,大自鸣钟小学校长办公室。微弱的烛光下,华九日书记专门参加了薪火党支部特别党小组的一次重要会议。

华九日开言:"同志们!大家都知道,六月二十二日,德国法西斯突然向苏联发动了大规模的全面进攻。让所有人没有预料到的是,德国侵略军只用了三个星期的时间,即向苏联境内推进了几百公里,其中德军北路现已进攻至列宁格勒近郊。"

大家认真听着,华九日接道:"德国政府已多次催促日本政府履行去年九月二十九日德国、意大利和日本三国政府签订的《三国军事同盟条约》,要求日本从东部发动对苏联的进攻。但是,日本帝国主义从本国的战略利益出发,已经选择了'南进'的军事战略。"

"日本'南进'还是'北进',关乎各个国家和民族的重大切身利益,事先能获取的消息属于重大战略情报，价值可以用无法估量来形容。暗香已经获取了日本天皇在御前会议上确定的所谓适应局势演变的《帝国新国策纲要》中有关'除了继续进行侵华战争以外，当务之急是向南方推进'的关键信息；还获取了随后日本内阁会议'扩大当年的军工生产与物资动员计划'的重要结论。同时，许一清同志带领几位地下党员冒着生命危险，用尽办法侦察了在上海的不少日军的码头仓库，发现日本海军正在储备、转运只有热带战争需要的大批专业物资，提供了日军将'南进'的确切的实物佐证。"华九日书记续道，"这些关于日本一定是'南进'的战略情报上报延安党中央之后，党中央复电，连用了五个'好'字予以表扬。"

与会的几位同志兴奋溢于言表，情不自禁地用双手轻拍桌面。

许一清急问："老师，接下来的任务呢？"

"两项任务。"华九日书记接道，"内线消息，汪伪政府正在跟日本顾问策划搞'清乡'运动，这个运动与以往的'扫荡'明显不同，以往的'扫荡'一完毕，日伪军就撤离。但'清乡'运动要搞'三分军事，七分政治'，斗争会更加复杂残酷。所以，新四军急需这方面的情报。"

方秋明不解，询道："'清乡'的重点地区一定是苏常太、澄锡虞，因为这是汪伪政府所谓辖区的腹部地带，这里的新四军已经成为他们的心腹大患。但在上海搞情报是不是有点远水救火的味道？"

许一清接道："汪伪政府成立清乡委员会，汪自己兼任委员长，李士群为秘书长。虽然现时李士群还身兼汪伪政府特工总部主任、警政部部长等职，但特工总部却是其重中之重的老巢，李士群主要精力及手下心腹都在七十六号。仅凭这一条，上海滩就能搞到不少情报。"

胡巧玉"是的"，接问："另一项任务呢？"

"就是为新四军的迅速发展壮大，动员更多的上海年青失业工人、先进青年积极参军。"华九日书记接道，"党中央指示，要在苏南迅速发展起十万人枪的抗日武装力量。虽然我们上海地下党组织一直在做这项工作，但现在要求是要用更大的力度去做。据新四军的领导讲，许一清送去的那批新兵，文化高、知识面广、接受能力强、各方面都进步很快，还带动了整个部队的文化学习和素质提高，极大地提升了部队战斗力。"

方秋明有点担心，忧道："前一段时间工作发现，人员运送是个问题，开始每批十个人左右，乘火车到苏州，再步行到根据地，还算方便。但以后人数多了，批次多了，该如何解决？"

"驻沪日本陆军把握着京沪铁路及出沪陆路通道，日本海军控制了吴淞口及长江口。"许一清建议，"还是要走水路，想办法利用德国公司做生意的轮船来运送。"

彼时上海滩光怪陆离，十里洋场乃帝国主义冒险家的乐园，赛马、跑狗赌博业盛行。由于不少市民认为赛马比赛存在骑手作弊的可能，而赛狗没有骑手相对公正，故赛狗在沪非常风靡。公共租界的"明园"和"申园"跑狗场，因疯狂赌博被社会大众抗议，最终被租界工部局取缔。只有位于法租界的"逸园"跑狗场，因为是法国大商人与上海滩大亨苏老头子等集资合开的，生意异常兴隆。每当夜幕降临时，场内两万观众的心情跟着狂奔的赛狗此起彼伏。

一个周末的晚上，逸园场内赛狗结束后，许一清与苏曼云肩并肩随散场人群离开。许一清低声问："我可从来没来过这种地方，而且你也并不喜欢，今天咋破例了？"

"我父亲是逸园的重要股东，作为他的女儿如果一次不来肯定不合适。"苏曼云歉意道，"你放心吧，只看不赌，保证出淤泥而不染。"说罢深情地看着对方。

"这倒也是，没有调查就没有发言权，心正就行。"许一清接道，"前几天我通过特殊方式给你传信，要你多摸日伪清乡方面的情报，一定有进展了，否则你不会拽我来看跑狗。"

"真是什么都瞒不过你。"苏曼云低声道，"汪逆从日本回来后，亲自主持了大规模的'清乡'会议，宣布了清乡分三期四阶段进行。第一期以苏常太为重点，常熟则是重点中的重点；第二期以澄锡虞为重点；第三期的重点目前尚不清楚。清乡运动在军事方面由日军负责，伪军配合，实行军政并进、剿抚并施的策略。四阶段就是，第一阶段军事清剿，第二阶段训民，第三阶段感化，第四阶段建立税收制度、发展经济。"

许一清急问："兵力呢？有没有情报？"

苏曼云回道："目前掌握到的情报是，日军将出动第十三军所属师团的十四个大队约五千人，伪军将出动汪逆一方面军所属六个师的一万三千余人，总兵力在一万八千人左右。"

许一清接道："胃口不小啊。"

苏曼云不无忧虑道："日伪装备精良、兵力众多，江南新四军弱而分散，会不会很被动呢？"

"我坚信党，坚信新四军，他们会避其锋芒，采取灵活机动的战略战术去消灭敌人。"许一清坚定接道，"事实上，新四军出茅山根据地后发展壮大非常迅速，已经是一支坚不可摧的铁军。"

苏曼云接道："还有个问题一直困扰着我，今天正好讨教。"许一清应道："不敢，请讲。"

"问题很简单。"苏曼云接问，"为什么现今的中国，有那么多的伪军和汉奸？以至于在中国的很多战场上，敌方兵力中的伪军人数大大多于鬼子？"

"我也琢磨过这个问题。看似简单，其实复杂。"许一清认真道，"我想，简单来说，一是近百年来，中国积贫积弱、民不聊生，绝大多数老百姓温饱不得，有时饥不择食、慌不择路，当兵吃粮也是条活路，稀里糊涂去当了伪军；二是欧洲工业革命、日本明治维新后，西方国家和日本的国力迅速上升。中国的知识分子在反思、彷徨的过程中，少数人受历史的局限性，责怨传统文化，包括提出'汉字不灭，中国必亡'等极端主张，严重伤害了不少国人的自信，再加上一些明里暗里、或多或少拿到了强盗好处的家贼蛊惑，以及外夷'胡萝卜加大棒'策略的应用,很多人迷失了方向。"

李士群连续几年在官场上春风得意。这一天,办公室电话响个不停,他心里骂娘,谁的电话这么烦人,稍后拿起电话。

电话筒声音:"士群吗?为什么不接电话,是要躲着我吗?"

"汪先生好。"李士群听到声音后毕恭毕敬,急忙解释,"没有,刚才正全神贯注地研究一个案子。"

电话筒声音:"那是你的本职工作,我不管。我想告诉你的是,清乡工作已经在紧锣密鼓地准备。然而,稳固后方才是一切的基础。军统在上海滩闹得不像话,而且还把手伸到南京来了。所以,要求你们特工总部必须限期打掉戴笠的军统上海区,陈恭澍不除,我睡觉都不安稳。"

李士群拍胸顿首道:"两个月内,彻底打灭军统上海区。"

电话筒声音:"有行动计划了?"

"是的,刚刚就是在研究这事。"李士群对着电话强调,"汪先生放心。"

放下电话后,李士群立即召租界警卫队长平阿生到办公室,开口便严厉教训:"阿生,听说你现在吃喝嫖赌毒全都学会了,嗯?"瞪眼接道:"五毒俱全的人尸位素餐,可以让位了吧?有人可是看中你这个肥缺了。"

听到此话,平阿生心惊胆战,颤道:"主任,这是谁在背后这么说我?"

"你没有必要打听。"李士群接道,"当然了,如果你把我上次关照过你的抓紧破获军统上海区的任务完成得漂亮，那么谁也不可能扳倒你。"

"那一言为定。"平阿生掩饰不住自己的兴奋，续道，"本来我是想明天过来当面给您汇报的，只是被您提前到了今天，真是心有灵犀。"

李士群不耐烦，道："别废话，快说。"

"军统上海站有个行动队长叫曹利均，前几年没听上面招呼，擅自下手制裁了前国务总理唐绍仪，被军统上海站撤职，这几年一直郁郁不得志，经常到赌场豪赌，屡赌屡输，屡输屡赌。有一次玩大了，被赌场里看场子的抓住了要剁手示众，正好我巡逻到那里，给他救了急。"平阿生接道，"我现在让他做啥他就做啥。"

李士群急问："掌握军统上海区、上海站高层的情况没有？"

"他与军统上海站副站长尤岩烒一直是上下级，关系也比较好。"平阿生接道，"所以，他已经供出并指认了尤岩烒。这是我派人跟踪尤岩烒时拍的照片。"说罢，把一叠照片递给了李士群。

接过照片，李士群问："那你们跟踪到尤岩烒的住地没有？"

平阿生点头道："他住在徐家汇教堂附近。"

"今晚立即抓捕，"李士群看了看手表，接道，"省得夜长梦多。"

当晚十一点，平阿生带十几个特工包围了尤岩烒住的那座石库门房子。一个特工上前敲门,不一会儿,一个中年女人过来开门,问:"找谁?"特工回道:"我们找尤岩炛。"中年女人道:"哦,他是我的租房客,正在亭子间休息呢。"

五个特工立即冲入搜查。躲在门后的尤岩炛听到声音,迅速向门外一看,知道已经被包围,根本无法逃脱,便把随身手枪扔到门外,主动走了出来,低声道:"我是尤岩炛。"

五个特工把尤岩炛围在中间,出了石库门房子大门后,上了就近停着的两辆轿车,一溜烟地开回了七十六号。尤岩炛被带到三楼的优待室,刚刚坐下,就听到门外有人喊"李主任到"。

李士群坐下后,冲着尤岩炛笑道:"尤副站长,这么晚把你请来,要不要先上点宵夜。"

尤岩炛摇摇头,接道:"鄙人没有吃宵夜的习惯。李主任这几年官运亨通,在上海滩呼风唤雨,有事请直说。"

"尤副站长久居上海大码头,肯定对当今国内外形势多有了解。"李士群吩咐手下端来两杯咖啡,接道,"国外,纳粹德国进攻苏联长驱直入,德意日三国联盟所向无敌;国内,重庆政府偏居一隅,两次长沙会战,重庆方面的军队虽然阻止了日军向西南长驱直入,但明显损失惨重。远的不说了,就说上海租界吧,表面上看还是英美法说了算,但实际上呢,是日本人说了算,是七十六号说了算。说不定再过几个月,日本军队就全面开进租界了,所以,我劝你识相一点。"

尤岩炛心中受惊,嘴上硬挺:"如果我不识相呢?"

"那很简单,谁不知道七十六号酷刑三十八套,天牢、地牢、水牢、鞭刑、电刑、辣椒水，尤副站长都可品尝。"李士群冷笑道，"这几年，这里每年刑毙的国民党人、共产党人和其他抗日反汪人士，千把人是有的。你愿意做烈士，我现在就成全你。"说罢，从口袋中摸出勃朗宁手枪猛地拍在桌上，接着又一句："我还会让你生不如死。"

尤岩烒低首沉默不语。李士群换了一种说话口气："你应该知道我们七十六号行动大队长苏成吧？原来是中统的，与你在军统的地位差不多，现在有权有钱有势，他知道识时务者为俊杰的道理。只要你投诚，我另外单设一个第二行动大队归你管。"

"需要我怎么做？"尤岩烒喃喃，"我知无不言。"

"这就对了嘛。"李士群笑道，"我只要你把陈恭澍单独约出来见面就行。抓住他，就能打掉整个军统上海区，而抓住你只能打掉军统上海站的一小部分。"

"也许是天意吧。"尤岩烒苦笑道，"他约了我等几个明天下午开会，但具体的时间和地点还不知道。"

"这是军统一贯的方式，具体的时间、地点是临时通知的。"李士群哈哈大笑，接道，"今晚你可以回去了，一切照旧。"接着警告："不要跟我耍滑头，否则的话，我会将你挫骨扬灰。"

初冬的天空飘着小雨。次日，提前四十分钟，尤岩烒收到了陈恭澍发来的具体时间和地点，便通过电话悄悄通知了李士群。

李士群立即通知正在七十六号院内整装待命的平阿生，让他带领租界警卫队全副武装的几十人飞车出发。大队出发后半个小时,李士群让苏成通知法国巡捕房徐家汇一处旧舍有抓捕行动,这一切都源于尤岩炂的提醒,各个巡捕房内都有军统的眼线。十分钟内,眼线知道了也没法通知陈恭澍本人了。

待离旧舍不远处的暗哨发现情况不对,已来不及通知里面开会的人了,只好自行逃之。平阿生的几十号人包围旧舍后,其手下人高喊:"陈恭澍出来,陈恭澍出来,你们被包围了,休想逃走。"

陈恭澍推窗一看,肯定无路可逃,抵抗毫无用处。留得青山在,不怕没柴烧,与几个人商量了一下,便从楼上窗口把各自携带的手枪抛下。鱼贯下楼后,分别上了几辆押解的汽车。

所有被抓获的人还是被关在三楼的优待室内。第二天一早,李士群派平阿生到优待室,把陈恭澍请到自己办公室。平阿生转身出去,关上办公室大门,站立在门口守护。

陈恭澍大咧咧坐下,李士群赶紧递上一支哈德门香烟,并掏出苏老头子送给他的一只纯金打火机帮其点上,回到自己的办公椅坐下后,假模假样道:"久仰陈先生大名,用这种方式把您请来,实在不好意思。陈先生黄埔五期,声名远播。小弟有对不住的地方,还请包涵。"

说罢双手抱拳上下颠了几下。

"李先生话已至此,我也没有什么可说的。手下败将么罢了,"陈恭澍不卑不亢道,"随你如何处置。"

"我可不敢随便处置陈老前辈。"李士群狡黠一笑,接道,

"汪先生前天从南京专门打来电话，希望找到你，一起推动和平运动。"

陈恭澍笑道："汪先生要你找到我，是要把我干掉，毕竟我几次亲自下手要除掉他。"

"汪先生敬你是人才，而且各为其主嘛，完全理解。"李士群诚恳道，"再说现在正是用人之际，汪先生求才若渴，再三关照，请到陈先生后，一定让我陪你去趟南京，当面委任。"

"鄙人乃一介武夫，政治上的事情原本搞不清楚，和平运动就不参加了。"陈恭澍坦然道，"你们要杀就杀。如果不杀，不就是要我交出上海区吗？也可以。"

李士群见陈恭澍愿意交出上海区换命，主要目的已然达到，便不再为难对手，笑道："可以成交。放心，汪先生不会杀你，本人更不会为难前辈。"说罢，把大门外的平阿生叫了进来，吩咐他送陈先生去后楼贵宾室好好休息，不得怠慢。

待平阿生、陈恭澍两人走出办公室大门，李士群按捺不住兴奋的心情，马上拨通了中村震二郎的电话。

"叮铃铃"，中村左手示意站在办公桌前的苏曼云先到边上的沙发上坐下，右手拿起电话："喂，李先生，何事？"

电话筒声音："中佐，根据阁下前几天专程到七十六号布置的任务，特工总部昨晚雷霆行动，抓获了军统上海区区长陈恭澍。现在，他已经同意交出军统上海区的所有组织人员、枪支弹药等的详细清单和地址。"

"好，好。"中村震二郎兴奋道，"李先生，干得好。

抓到了陈恭澍，军统在上海滩这一下子就被连根全部拔起来了。"

电话筒声音："拿到人员名单后，肯定有部分人员会牵扯到日本方面。我们抓还是不抓？因为原先影佐将军说过'不少表面上反日的人士，实质是爱日人士或友日人士，抓捕要慎重'。"

"先抓后审再放。"中村震二郎搁下电话筒，对苏曼云抱歉，"怠慢了。请回去告诉你的父亲，生日礼物收到了，我十分喜欢。"

苏曼云施礼转身退出。

中村震二郎打开礼品盒，将两只西周中期鸟纹青铜爵拿出来放在办公桌上，仔细欣赏了一会儿后放归盒中，这是影佐祯昭将军多次对其说过梦寐以求想得到的，一直没搞到，没想到苏老头子让女儿给送过来了。

苏曼云刚刚十分偶然地听到了陈恭澍叛变的消息，心中十分震惊，但仍然保持优雅的行姿离开了特别调查所中村办公室，出了院门上了一辆黄包车后便急催车夫疾走，行至另一条马路边公共电话亭时下车，环视周边正常，便急不可待进去接通了钟离志的紧急联络电话。

几天后的一大早，汪逆背景的《中华日报》头版头条报道："军统上海区或者被称为'蓝衣社'的特工组织全部归顺，陈恭澍率部投诚。特工总部突击行动，不费一枪一弹，抓获军统上海区一百三十人，起获枪支逾百、子弹逾万，以及分布在上海、杭州、苏州和南京等地的秘密电台十八部及全部

二十六、深夜烛光　薪火支部

文档数十大箱。就是说，军统在上海的地下组织被基本铲除，和平运动再下一城。"（陈恭澍为保全自己性命被迫投降，抗战胜利后被国民政府以汉奸罪逮捕，两年后获释。再次出山后负责与人民解放军的政治作战，官至少将处长。退休后，著书回忆录《英雄无名》。至今为止，其去世年月日及墓葬位置均不可考。此为后话）。

消息传到重庆，戴笠起初并不相信，后来收到钟离志经特殊通道传来的情报才不得不承认失败，指示侥幸逃脱的钟离志查明真相、潜伏待援。

冬日的早晨，租界马路上冷冷清清、行人稀少，每天必不可少的报童稚声回荡："卖报，卖报，十二月十七日，日本海军偷袭夏威夷美军珍珠港，太平洋战争爆发。""卖报，卖报，英美对日宣战，日本军队占领租界，孤岛尽陷。""卖报，卖报，日本南方军四十余万人，分兵数路进攻中国香港、缅甸、菲律宾、马来西亚。"

报童嗓子喊哑了，不远处一队队日本兵肩扛三八大盖列队前行。寒风中，钟离志棉帽厚衣，把自己裹得严严实实，匆匆前行的脚步突然停了下来，从报童手中买下一份报纸后，登上了正巧驶过来的电车。车里的乘客很少，电车叮叮当当往前开着。待电车停下后，钟离志看周边没有尾巴，便迅速下车，步行二百多公尺后，气定神闲地走进外滩的日本横滨正金银行。

大堂经理礼貌地迎了上来，问："先生，有什么需要帮忙的？"

钟离志微笑道:"我到私人保险柜取点东西。"

大堂经理:"好的,请跟我来。"说罢便前面引路,两人一起来到地库私人保险柜出租服务区,大堂经理用钥匙打开库门后,接道:"先生,您请便。"说罢,边按银行规矩守候在门口,钟离志点头"谢谢"后便独自进入库区,找到271号保险箱号,用828182密码打开柜门,从里面取出一个资料袋后,打开看了一下,再装进重新放好,锁上柜门并与大堂经理一起离开银行私人保险地库。

钟离志边走边回忆,当年白老长官把自己派潜到上海滩时,约定了这处最机密,也是最后的紧急联络点。上海区出事后,在万般无奈的情况下,才启用了这个联络点,结果还真不错,不仅把军统上海区被七十六号剿灭的确切情报传给了重庆戴老板,刚才还收到了总部任命自己为重建军统上海站站长的委任状、重建上海站的命令,以及近期任务的指示。接着想到了苏曼云,多亏她在最紧急的时候提前三十分钟发来警讯。当时他正与行动组长柳山青谈好事情刚要离开,并赶去参加陈区长的会,紧急通知陈区长已联系不上,只好先通知能够联系上的情报科的自己手下、行动组柳山青及手下十来个人,使他们免遭灭顶之灾。又不免自鸣得意,当初把苏曼云拉入军统实在是妙招、高招,这几年她在岩井公馆为自己搞到了不少有价值的情报。再想又不免有点担心,隐隐约约总感觉她跟中共地下党也有联系。

步行约十分钟,在四马路边的一个邮筒旁刚停下步伐,柳山青驾驶的一辆黑色轿车快速行驶过来,刹车、停下,钟离志迅速上车,汽车一路向城郊开去。车上,钟离志向柳山青传达了刚刚在银行地库获取的军统总部的命令。其中,最重要的就是在即将到来的除夕夜,配合军统局所属苏嘉沪挺进纵队,对上海展开大规模的袭扰作战。现在就要赶过去与该纵队会商具体行动计划和分工。

辛巳年初春的一天,上海滩著名的英文报纸《字林西报》报道,上海遭袭扰作战,纵火队、惊扰队事前潜入市区,四处纵火、引燃鞭炮,造成市内秩序大乱;爆破队炸断了京沪南翔段铁路、沪杭莘庄铁路;袭击队则攻击了日军驻沪西的一个炮兵大队,打死打伤日军数十人,这是一次有效的扰乱行为。

二十七、辛巳初春　沧浪书画

大马路永安公司后侧不远处的沧浪书画装裱店里，华九日和许一清坐在煤球炉边促膝谈心，炉子上的一只老铜茶壶中的水在"吱吱"沸腾着。

华九日介绍："前几天上海地下党组织高层召开会议，我也列席了。会议简报了新四军在华中三年工作的基本总结和今后的任务。单单一九四一年，新四军就作战三千二百次，缴获步枪二万六千支，轻重机枪六百余挺，各种火炮四十余门，歼日伪军三万三千余人，主力部队发展到了八万六千人，地方部队发展到了四万一千余人，根据地面积四万五千平方公里，人口逾一千五百万。新四军军部还特意表达了对上海地下党组织的敬意，感谢上海地下党同志的支持。仅仅一年，就输送、转运了包括多位重要干部在内的近一千七百人到苏北，其他方面的支持也不遗余力。"

许一清激动道："比我初到茅山苏南抗日根据

地那时,壮大发展得太多了。"

"存在的问题也不少,由于经验不足、情报不佳,反'清乡'运动丢掉了苏常太、澄锡虞两块根据地。"华九日严肃道,"上级组织要求,必须竭尽上海地下党之所能,为提升新四军战斗力再立新功。"

许一清急问:"薪火党支部做什么?"

"大家都有任务。"华九日书记接道,"你们薪火党支部的一件最迫切、最重要的任务,就是把暗香冒着生命危险偷拍获得的一本日军密码本,派人秘密送到苏北阜宁县陈集镇停翅港村的新四军军部。"

许一清看着华九日书记,坚定道:"老师,我去!"

"你去?不行。"华九日接道,"还是派相忠年同志去完成,他是地下党的老交通员了,这方面的经验比你丰富得多。"

"是。"许一清又问,"什么时候出发?"

华九日回道:"充分准备,越快越好。"

以走小路、水路为主,昼伏夜行,在几处地下交通站的接应下,虽说一路艰辛,却也有惊无险。当日响午时分,走着腹中饥饿,相忠年坐在田埂边上略作休息,顺便从肩上的破布褡裢中取出一个冷馒头嚼了起来,看到不远处有个水塘,便走过去用双手做瓢舀水喝了几口。心想这里靠近陈集镇,离停翅港村只有几十里路了,就在此处稍作野外休息,等天黑后再行,后半夜准能赶到。想到这里,先把身上携带的用蜡纸纱布包裹的密电码本拿出来,放进褡裢后就近隐藏好,

〉〉〉闯滩者

然后就到不远处的一棵不大的柳树下依树坐歇。

相忠年并不知日军已对陈集镇进行了很大的改造,以镇南、镇西河流为屏障,在镇北、镇东构筑了碉堡、壕堑,街巷均构筑了许多作战工事,还在镇中心设置了数十公尺高的瞭望台,派了一个中队驻守。

此刻,瞭望台上的日军哨兵发现了远处树下的相忠年似有嫌疑,急忙向中队长报告。鬼子中队长即派了一个军曹带了五六个兵士从几个方向围了上来,将相忠年全身上下搜了个遍,除掉手边的一只讨饭用的破碗和一根杂木打狗棍外一无所有。军曹哇哇大叫,相忠年什么也听不懂,只是一个劲地解释:"太君,我讨饭的,我讨饭的。"

军曹大概明白了相忠年的意思,暴怒中用手中未出鞘的军刀砸向相忠年喋喋不休解释自己身份的嘴巴上,相忠年顿时被打落四颗门牙,鲜血满口,摔倒在地,几个日本兵狞笑扬长而去。(数月后,新四军主动出击展开陈集歼灭战,拔掉了这个军部门口的钉子,由此也创造了敌后平原攻坚战与歼灭战的优秀战例。此为后话。)

绿杨村酒家是以扬州菜为特色的上海著名餐馆,店名取自清代文学家王士祯《浣溪沙》中"绿杨城郭是扬州"的诗句,生意兴隆、宾客盈门。七十六号吴肆与平阿生正在包间喝酒谈事。

平阿生自饮了一杯又满上后,问道:"肆哥,你打算一辈子就这样在七十六号干下去了?"

二十七、辛巳初春　沧浪书画

"我最近也老是想这个问题,毕竟年纪慢慢上去了,打打杀杀虽然够劲,但总是小角色,你看人家苏老头子,现在整天扮成一个大绅士,还能日进斗金。"吴肆猛喝了一口酒,接道,"虽然你我这几年搞到的钱财,几辈子也吃用不完,但最好能再搞一票大的后考虑金盆洗手。"

平阿生一听来了精神,端起酒杯道:"肆哥,我先干为敬。今天请你,就是说这个事,还真有一次大机会。"

吴肆一听立马放下手中酒杯,急问:"好啊,说来听听。"

"这可比你我每个月到六国饭店拿几十根大黄鱼要多多了。"平阿生接道,"我听手下几个兄弟密报,日本人在江海关搜刮到一批黄金,准备运到外滩日本人开的正金银行入库。怎么样?买卖大不大?"

"日本人的?"吴肆有点犹豫,问道,"会不会是老虎头上拍苍蝇?"

"肆哥怕了?"平阿生有点意外,随即有意激将,"老话说'只会赚钱不会花钱是呆子,只会花钱不会赚钱是败子'。再说,撑死胆大的,饿死胆小的。这一票搞定了,从此金盆洗手,肆哥就是这上海滩第一大富豪。"

"上海滩还有让我吴肆害怕的事情?"吴肆一口气喝了一大口酒,接道,"干就干。不过一定要保密,连家人老婆都不能说。"

接着,两人开始商量细节。江海关与正金银行相距并不远,都在外滩。不过为避人耳目,只能在江海关后门装车。然后二人将装着黄金的车辆必定从哪条路上行驶、从哪个路口拐弯等细节都商量得清清楚楚。

平阿生又问:"下手成功后,金货先藏到哪里合适?"

"当然要先避避风头。"吴肆接道,"得手后你把日本人的运输汽车开到一个僻静处,在那里把黄金搬到事先准备好的自己汽车里,然后直接开到我苏州老家那边,先隐藏到白马涧,那里十分偏僻,是春秋战国时期吴王夫差的养马之处、越王勾践的卧薪尝胆之所。"

三天后,正是周六上午十时许,在运输黄金汽车必经的十字路口附近停着一辆汽车,吴肆坐在车上,正通过拉开的车帘缝隙观察四处情况。运送黄金的铁甲车在路口减速左转弯后,另一辆直行的汽车刚好迎面撞了上来。驾驶铁甲车的日本兵一连串"八嘎,八嘎",但也只好急踩刹车后停了下来。

平阿生带着两个劫匪分别站在铁甲车的驾驶室车门两侧,示意日军驾驶员下来,并故意将衣服口袋中的手枪露出一小截。日军驾驶员一看,知道遇到了劫匪,可能是因为周六白天,闹市区域马路上人多,而且江海关到正金银行很近,车上居然没有安排押车兵士。日军驾驶员随即熄火,却悄悄地拔下了发动机钥匙,打开车门一下车撒腿就跑。平阿生还骂了一句:"他妈的,胆小如鼠,正好也省得我们费事。"说罢得意洋洋爬进驾驶室,一看没有钥匙大叫一声"不好",急与另外两个匪徒一起跳下铁甲车,拼命奔向吴肆路边停着的汽车,三人上车后冲着驾驶员大喊:"快开车,快走。"随着马路上传出声声刺耳的鸣笛声,汽车快速逃离现场。

日本宪兵队得到消息,获知大白天在闹市区有人打劫日本帝国的黄金，这还了得？迅速派兵封锁现场并挨家挨户搜查却是未果。

过了几天，苏老头子正在跟女儿苏曼云在客厅聊天，佣仆进来换茶并拿进来一封信交给苏老头子。打开一看，苏老头子瞬间变了脸色。

苏曼云急问："阿爹，怎么啦？"

苏老头子回道："手下的一个包打听传来消息，说打劫日本人黄金汽车的是我的干外甥吴肆和从我们这里出去的平阿生，这可是死罪。"

苏曼云脑海中瞬间像过电影一样回忆起平阿生、叶佩三等狗腿子对自己孩童时代的暴戾，想到了吴肆及手下所犯的罄竹难书的罪恶，稳了稳神情后道："阿爹，日本人对这件事是绝对不会放过的。吴肆和平阿生等人到七十六号做事，是您推荐的吧？你要不主动揭发，自身一定会受到牵连。"

"你说得对，这几个人这几年在上海滩做了太多伤天害理的事情，苍天不容，尤其是吴肆，杀人越货、绑架勒索、头顶生疮、脚底流脓，坏透了。"苏老头子接道，"不过这件事不能由我去跟日本人举报，会让人小瞧我的。这样吧，你打电话给岩井惠子，装着无意中透露的。嘿嘿，这样做了后，日本人今后会更加信任你。"

李士群接到中村震二郎的电话，拿话筒的手掌心都沁出了不少汗，一方面心中暗骂吴肆、平阿生蠢猪，竟敢到太岁头上动土，一方面恳请日方将此案交由七十六号自行处理，因为中国有句"兔死狐悲"的老话，如由日本人处理，特工总部内许多人就会有不安全感而离心离德。

电话筒声音:"好吧,都交给你们处理。平阿生必须处决,日方要派员监刑;吴肆可不判刑,但必须撤职并驱离上海。不过,考虑到吴肆曾对帝国有功,离沪前我将专宴送行。"

一周后,李士群接到中村电话,派人去日本宪兵队把吴肆领回七十六号。中午,特工总部举行了一场豪华宴会,为吴肆压惊。宴会后,中村震二郎亲自调制了一杯咖啡并端给吴肆,道:"吴队长,这是我亲自调制的咖啡,以感谢你以前为帝国立下的功劳,去苏州老家好好休息吧。"

次日,吴肆带了家人、贴身仆佣,开着一辆高级保险汽车到苏州去了。

一年又一年。新年元旦后不久,"叮铃铃",七十六号电务处封处长办公桌的电话铃刺耳响起,封处长拿起电话:"哪位?"

电话筒声音:"封处长,我是尤岩烑。"

封处长道:"哦,是尤大队长,有事请讲。"

电话筒声音:"我想请你喝喝酒,聊聊天。本想到你办公室当面邀请的,但你那里太过敏感,我还是不去为好。"

封处长沉吟良久,回道:"好吧,你定地方,我准时赴约,反正都是军统出来的。再说李主任最近一直在南京、常州忙于清乡事务,认真履职'江苏省省长'呢。"

电话筒声音:"择日不如撞日,要么就今天晚餐?"

封处长"OK"。

二十七、辛巳初春　沧浪书画

华灯初上，霞飞路罗威饭店三楼小包房。尤岩炴点了一瓶法国 AOC 梅铎克红酒，三杯下肚后，与封处长似乎酒逢知己。

"往事如烟，"尤岩炴开言，"我第一次到这家餐厅就是在这个包房与陈区长见的面，接受任务时，还饿着肚子。想不到如今他因我而改换了门庭。"

"世事无常。"封处长接道，"选择很重要。就像这家饭店，'八一三'前是意大利人路易·罗威开的，开战后不久路易就觉得时局不对，将饭店转给了现在的徐老板，生意不是照样兴隆。"

"封处长，你是个有文化的。南京政府最近做的一些事情好像还挺得民心的。刚过完新年元旦就跟日本签订《关于交还租界及撤废治外法权之协定》，逼迫英美等西方列强放弃在中国的治外法权。听说年中还将收回公共租界和法租界，同时会将百来条洋路名全部改为以中国地名命名。"尤岩炴手晃高脚红酒杯，接道，"我们俩今后该怎么办呢？"

"尤大队长，你是有心人。"封处长放下酒杯，接道，"老实讲，这个问题我也一直在考虑。强权像唱戏，你方唱罢我登场，哪有不下戏台的？但是，无论是英美人、法国人还是日本人，无论是重庆政府还是南京政府、满洲政府，为了自己的利益可以你死我活，但有一个共同特点，就是他们全部坚决反共。"

尤岩炴顿时心领神会，接道："只要我们坚决反共并做出成绩，到哪里都能吃得开。"

两人哈哈一笑,碰了碰酒杯。封处长接道:"你今天不找我,明天我也会找你。我们电务处在大自鸣钟地区发现一个可疑的电台信号很长时间了,电侦车也已基本确定了具体位置。根据我的经验,很可能是共产党地下组织的电台。但我一直没有上报给主任,原因有几个,最主要的一点是让谁去执行抓捕任务。吴肆那些人,我根本看不上,一群蟊贼。哎,你有没有听说他已经死了。"

"听说了。很多人都在传,说是喝了中村调制的咖啡,到苏州的第二天就死了,而且死相极为恐怖,大块头收缩成猴子般大小。咳,不说了。"尤岩炕摇摇头,接道,"封处长,我们俩一起抓共产党,主要功劳还是你的。怎样?"

两只红酒杯"当"地碰到了一起。封处长道:"说干就干,明早行动。"

第二天凌晨,大自鸣钟小学校长室里正传出"嘀嗒"的发报机声音时,尤岩炕带着数十名特工已经悄悄包围了此处。曹利均用匕首插入门缝,一点一点拨开门闩,正慢慢推开门时,突然传来了一声沉重的陶罐移动声音,把所有的特工都吓了一跳。原来胡巧玉每晚休息前有一个习惯,就是把门上闩后,用一个一尺来高的陶罐再顶一下木门。尤岩炕一听,赶紧挥着手枪,催着众特工"上,上"。

二楼房间正在发报的胡巧玉听到陶罐移动的声音,立即意识到已经暴露。她沉着取下耳机,转过"收音机"拉下后盖,用力拉掉了加焊的两个线圈并使劲拉直揉扭后丢到了墙角,再安好后盖。她刚想去开窗放掉信鸽,尤岩炕等已摸上楼来,胡巧玉冷静问道："你们是谁？想做啥？"

尤岩烑冷回："抓共产党。"

胡巧玉笑道："我是无线电业务爱好者，不是共产党。"

"是不是共产党，是我们说了算。"尤岩烑对手下特工道，"把人带走，省得在这里碍手碍脚，搜。"

胡巧玉被两个特工押到楼下，出校门后上了停在不远处的汽车。

尤岩烑叮嘱："各位仔细搜查，并把所有可疑之物带回去检查。"边说边踱步到窗前，忽然听到窗外鸽笼中的鸽子发出"咕咕"叫声，心中一闪念，转身对曹利均道："你说这会不会是信鸽？"

曹利均应道："有可能。要不要把它放了，派兄弟跟踪，看看它飞到哪里，也算是顺藤摸瓜。"

"鸽子在天上飞，人在下面能追得上吗？"尤岩烑冷笑道，"再说，装情报小管的式样、扎在鸽腿上用线的颜色、字条的笔迹等，对方一眼就能看出破绽。所以既没用，还直接显示这边出问题了。相反，将鸽子困在笼里不放，对方久不见鸽信，或许就会派人过来查看，你可留几个兄弟在这里守株待兔。"

曹利均舔道："大队长说得在理。"

进了七十六号，胡巧玉就抱定了赴死的决心，任凭尤岩烑的花言巧语、拉拢许愿，还是三十八套酷刑，始终坚定说"自己只是一个无线电爱好者，每天早起发报只是因为自己患严重失眠症，实在无聊练手而已"。

第二行动大队办公室里,尤岩烒与封处长一筹莫展。面对收缴到的那台"收音机",封处长以专家身份认定,它只有"发"的用处,没有"收"的功能,不能作为电台去使用。此时,在大自鸣钟小学"守株待兔"三天的曹利均进来报告:"两只信鸽没放出去,也没有人到校长室。"

尤岩烒大失所望。

封处长沉默了一会儿,忽道:"尤大队长,我想去看看现场。"

"让曹利均陪你去吧。"尤岩烒心中有事,接道,"我手头另外还有点事。"

汽车停在小学校大门外,封处长在曹利均的导引下,进入办公室再次搜查。原来封处长想的是有没有可能找到密码本,这也是坐实嫌疑人共产党身份的关键证据,只是靠墙一侧一大排书架上原本整整齐齐的各类书籍早已凌乱不堪,封处长走过去一本一本翻看了一会儿,几乎全是教育类书籍,以及几本国外名著。封处长拿起一本德国希特勒所著《我的奋斗》翻看了一下,苦笑着扔回了书架。

曹利均不解,自作聪明道:"封处长,这上面的几百本书,我们全查看过了,一没有发现夹藏啥文件,二没有政府规定的禁书。"

封处长没有接话,忽然低头发现墙角处的两根直中带弯揉扭的铜线,走过去捡起来细看,判断应该是两只线圈,心中狂喜,顾不上再找什么密码本,急急返回七十六号。

找到尤岩烒如此这般一说,尤岩烒非常高兴,笑道:"封处长不愧是电讯专家，我等粗人现场勘查半天一无所获，封处长却能马到成功。不过，本人也没闲着，想到前不久颁布的《上海特别市保甲委员会暂行组织规程》。不是实行了保甲制了吗？总会有作用的。我带人到大自鸣钟小学那里的几个保长、甲长家里走访了一圈，还真有收获，有人发现深夜有人进出小学校。那不就是地下共产党开会吗？"

胡巧玉再次被带到了七十六号刑讯室。封处长拿起桌上放着的两根歪扭铜线，冷笑道："胡校长，电讯大行家。要不是我亲自到现场勘查，发现这两根铜线是被拉直揉扭的线圈，还真让你蒙混过去了。"指着审讯桌上摆着的"收音机"，接道："这种制式收音机上加装这种规格的铜线圈，就是一台很有用的电台。"

尤岩犾狞笑道："实话对你说吧，你们小学周边有几个保甲长多次发现有人深夜进出你们学校，不是共产党地下组织开会，可能吗？"

"欲加之罪，何患无辞。"胡巧玉坦然道，"可惜你们从我这里啥也得不到。"说罢，拖着双脚沉重的脚镣，自行移步走向老虎凳。

"她想坐老虎凳。"尤岩犾接道，"封处长，她是电讯行家，我看坐电椅更合适。"封处长点头："就用电刑伺候，不断加大电流，看她能挺得过去不？"

刽子手把胡巧玉架上电刑椅，不断加大电流，无比的痛苦中，胡巧玉光荣牺牲。

接到华九日书记的紧急通知,许一清很快赶到了沧浪书画装裱店。刚落座,华九日书记就神情非常严肃道:"一清同志,冷蕊出事了。"

许一清急问:"什么时候的事?"

"应该有三天了。"华九日冷静分析,"因为她的信鸽已经三天没有出现在我的窗台上了。"

许一清严肃听着,没有接话。华九日续道:"这几年斗争环境复杂严峻,意外随时可能发生。所以,我跟冷蕊约定,一是情报小管式样;二是须用蓝线扎在信鸽的左腿上,而一般人往往习惯右手扎线于右鸽腿;三是鸽腿小管中的情报纸条,我俩间也有特定的卷封方式。另外,即使没有情报,两天内至少也要放鸽一次,但空去空回。"

许一清点头道:"就是为了防止被敌人发现时,不会被反利用。"

"是的。"华九日接道,"你必须马上告诉暗香,请她尽快了解冷蕊被谁抓走和关押的地方,然后设法营救。"

许一清"是"后,忧道:"冷蕊出事,我们的电台遭了殃,与新四军等各方的联络就要中断了。"

"这方面不用太担心。"华九日接道,"冷蕊艺高胆大、心细如发、未雨绸缪。她将一台电子管收音机加线圈改造为电台,这几年就一直这么坚持,既保证了工作需要,又确保了另一部电台的安全。"

许一清惊奇道:"另一部电台?"

"一直未启用,像宝贝一样藏着呢。"华九日接道,"还有件重要的事情要向薪火党支部的同志传达,一月十三日,中共中央华中局取消了中共江苏省委,成立了敌区工作部(不久后又更名为城工部),统一领导上海地下工作。"

"太好了。"许一清又问,"那我们今后就是受华中局敌工部的领导了,是吧?"

"嗯。"华九日书记补充道,"我任副书记,还跟同志们一起战斗。"

"那更好了。"许一清高兴报告,"相忠年同志已把密电码本顺利送达,并从新四军军部顺利带回了全套的《延安整风文件》。"

"带回这套文件是上级组织的要求。因为文页太多,用电报肯定不合适。"华九日接道,"相忠年同志这次真是立大功了,一路关卡那么多,携带回沪实在太不容易了。"

许一清介绍情况:"为了防止敌伪盘查,新四军的一位首长在将资料袋密封后,还用工整的楷书在信封上写着'南京国民政府上海特工总部主任亲启',下款落上'镇江特工站'字样。这一招,在好几处关卡盘查时都发挥出奇效。因为盘查的兵士都说共产党全是土包子,写不出这么漂亮的书法。"

华九日听闻哈哈大笑后,认为另外还有的"七十六号特工总部"字样也能唬人。许一清接道:"相忠年同志还把宁咏春带回了上海。"

华九日惊喜道:"宁咏春,就是当年与冷蕊劳军时,一起演过《放下你的鞭子》的那个纺织女工吧?"

许一清应道:"是的。当年上海劳动妇女战地服务团随中国守军撤往安徽、江西时，在八路军驻南昌办事处和当地地下党组织的帮助下，冷蕊等同志去了延安，宁咏春等同志参加了南方游击队。这几年她在新四军中锻炼成长非常快，主要从事电讯侦察和译电工作。部队首长为支持上海地下党的情报工作，派出了骨干。"

"冷蕊前几天送来新四军情报，说将派得力同志到上海参加地下党情报工作，但我真没有想到会是宁咏春。我想，部队首长很可能了解她的经历，又觉得她是土生土长上海人，更有利于工作的开展吧？"华九日考虑了一下，接道，"现在，冷蕊的电台被破坏了，我们敌工部与新四军及多方的联络出了大问题，需要立即启用新电台。"略作思考后，接道："就安排她立即接替冷蕊，代号为'霜女'，在你们特别党小组中工作。"顿了一下，续问："相忠年同志还好吧？"

"咳，太惨了，被日本鬼子砸掉了四颗门牙。"许一清把相忠年此次任务过程中的一路遭遇，跟华九日简要地报告了一遍。

"在革命生涯中无怨无悔、无惧流血和牺牲，这是真正共产党员的担当。"华九日书记激昂道，"日本侵略者对中国人民所犯的一切罪行，总有被彻底清算的那一天。"

二十八、夜霭深重　南市酒楼

处暑时节，酷热依旧。日本驻上海领事馆岩井英一总领事办公室，房顶的吊扇一直在呼呼地搅动着燥热的空气，窗外的蝉鸣闹人心烦。岩井英一总领事坐在办公桌后，稍微停顿了一会，用手指了指办公室角落里的冰箱，岩井惠子会意，转身走到墙角冰柜跟前，打开取出了三条冷毛巾，将一条冷毛巾递给父亲，另一条冷毛巾递给了身旁一直站立的中村震二郎后，自己赶紧也用冷毛巾擦了擦额头上沁出的热汗，顿感舒适很多。

岩井英一用冷毛巾擦脸后将其扔在办公桌上，身体往椅子上靠了一靠，接道："刚刚我把岩井公馆对未来的国际形势、中国形势的研究作了比较详细的说明。简单归纳一下，一是虽然帝国海军对美国珍珠港的突袭取得了重大胜利，但这种胜利不应该被过分高估，特别蹊跷的是当时美国太平洋舰队的航母一艘都不在港内，这是偶然的吗？随后的中途岛大海战，帝国海军损失了四艘重型主力航母，美军才损失了一艘航母，这是惨败。从此太平洋上帝国海军威风不再；其次，盟国方面正紧锣密鼓计划在欧洲开辟第二战场；第三，中国方面，皖南事变后，共产党以德报怨，不计前嫌，坚持国共合作。帝国军队在长沙会战中损失了十一万人，更没有取得消灭中国军队主力，实现以战迫降的战略目标。我估计，虽然帝国军队今后还会发起几场大的进攻战役，但要灭华，已不可能。"

岩井英一随手拿起办公桌上刚用过的冷毛巾又擦了一下手，接道："我们岩井公馆是收集战略情报的，在战争趋势方面理应比其他机构看得远，看得深，这是对帝国负责。中村君，你说对吗？"

中村震二郎赶紧挺胸顿首，接道："特别调查所掌握的所有资料，都能佐证老师的结论。"

"所以，我们要未雨绸缪。"岩井英一接问，"惠子，里见甫已经回日本了？"

岩井惠子立正回道："是的。在六月初与日占台湾总督府签约并获得了二百七十七公斤可卡因后不久，他给我留了一张纸条，说有急事要回日本一趟，却销毁或带走了华中宏济善堂的几乎所有的文件资料。"说罢，上前两步，把里见甫留下来的便条递给了岩井英一。

岩井英一接过纸条看了一下，随手拍到桌上，讥笑道："这个老狐狸，如此狡猾。你也尽快消除岩井公馆与华中宏济善堂联络的全部痕迹，专注于特别调查所的其他工作。很快会有重要的任务交给你们。"接道:"你们先走吧,我另外有事要去办。"

两个人"是"转身离开。

时光荏苒,又过去了一些日子。

岩井英一指了指办公桌前的座椅,对中村道:"中村君请坐。"待中村坐下后,岩井接道:"影佐祯昭赴北满高就陆军中将已经过去了数月,他临走交代的工作进展怎么样了?影佐将军要我督办此事。"

"进展顺利,老师。"说罢起身,把手上的资料袋双手递给了岩井英一,接道,"调查详细报告,都在这里面了。"

"好,我择时细看。"岩井英一接道,"你先简单说说。"

"是。"中村震二郎接道,"从一九三八年到现在的一九四三年,上海特工总部李士群依仗皇军的大力支持和南京汪政府的信任,做了一些对大日本帝国有利的事情,但帝国并没有亏待之。但此人物欲横流,敛财手段卑鄙甚至无所不用其极,对官位更是极其迷恋,别人是著作等身,他乃是各种委任状或官位证书等身。兼任'江苏省省长'以后,在苏州办了一家庞大的兴隆公司,让七十六号第一行动大队长苏成兼任总经理,在帝国的各个中国占领区广设分号,大肆倒卖帝国驻军规定的违禁物资。例如,一次就用七十六号开出的通行证,倒卖五千包棉花。更有甚者,竟伪造证件,越过封锁线,将日本军队的大量粮食,运往国民党第三战区的安徽屯溪。实在太猖狂了。"

"这是资敌,是背叛,必须坚决制裁,不管南京政府是谁在包庇他们。"岩井英一强调,"这也是影佐将军的命令,因为他背叛了帝国,辜负了影佐将军的栽培,而且他还掌握着不少帝国和汪政府的秘密,只有死人才不会泄密。"顿了一下,接道:"但做事要有策略,苏成和涉案的江苏省粮食局官员等可交由南京政府处决,李士群则由你执行密裁。"

中村震二郎起身"是",欲起身离开。岩井英一却示意其还是坐下,另有更重要的事情要说,接问:"中村君,你还记得小野顺三吗?"

"记得非常清楚,就是那位在上海金山海边默默潜伏二十年的朋友。"中村接道,"他是我们日本忍者的代表。"

"不错。我要你学习他,做更杰出的忍者。"岩井英一严肃道,"从帝国今后几十年,甚至更长的国家利益出发,军部和外务省决定,要在中国各地,尤其是沿长江流域布置一批着眼未来的忍者。为此,你必须有所担当。"

中村震二郎专注却没有回应。

"征服一个国家,短期靠军力,长远靠文化。"岩井英一滔滔不绝,"我们大日本的文化基本来源于一千多年前的中国大唐。唐朝时期僧人鉴真,应日本留学僧的请求,先后六次东渡、弘扬佛法。日本还派出成百上千的遣唐留学生和遣唐使到长安、洛阳学习,很多人'慕中国之风'而不肯归去,典型的阿倍仲麻吕与唐朝大诗人王维、李白等都有密切交往。或许是风水轮流转吧,大唐之后无大唐,而我们日本通过明治维新已经成为当今世界强国。然而,真正的世界强国一定要有深厚文化的基石。这么多年来,我们不断攫取中国文物就是这个意思。日本各处包括皇宫里面已有相当多的中国文物。例如皇宫中的那件中华唐鸿胪井刻石，据说有九十四吨，上刻二十九个古代文字，它是唐玄宗年间平定东北渤海国，册封渤海王为隶属的地方藩王时留下的见证。"

"听说过。"中村不解，问道，"不过这跟我有什么关系呢？"

"大有关系。"岩井英一随即起身，转向办公桌后方墙上挂着的天皇画像行礼，中村见状急忙起立从之。岩井接道，"军部和外务省命令。"

中村震二郎挺直身板立正听令。

"一、晋升中村震二郎为日本陆军大佐，继续负责特别调查所工作；二、特别调查所增加一项收集中国重要历史文物的新任务；三、充实特别调查所力量，帝国潜在中国各地的间谍或忍者，酌情部分划归使用。同时，特别调查所要做好进入完全秘密状态下工作的准备。"

中村震二郎腰板挺直立正"是"。

"岩井惠子继续作为你的助手。她已经根据命令，将华中宏济善堂的大部分利润转移到合适银行的账户上了，以作为你们今后所开展的涉及中国文物的活动的资金来源。"岩井英一话锋一转，笑道，"中村君，我看你跟惠子感情一直不错，你要终身照护好她，条件许可时可以结为夫妇。"

"谢谢老师信任。"中村震二郎连鞠了三个九十度的大躬，谦诚道，"只是委屈惠子小姐了。"

"你们的新任务从哪里入手呢？"岩井英一接道，"我提个建议吧。当年田中隆吉在上海期间，上海自然科学研究所丢失了一大卡车文物，据说其中有许多堪称精品的中国古代青铜器。他离任回国前，给我留下了重要线索。你们一定要找到它们并运到日本去。"

华灯初上，夜霭浓重。南市大富贵酒楼食客盈门。这是上海滩闻名的徽州菜馆，据说此店"绩溪臭鳜鱼、刀板香、干锅炖"三大名菜令不少老饕食指大动。七十六号第二行动大队长尤岩炕约了一个饭局，待曹利均、叶佩三坐定，就上菜斟酒，开怀畅饮。尤岩炕打开话匣："两位兄弟，有句老话叫今朝有酒今朝醉，明日愁来明日忧，我们今天来个一醉方休。"

三人推杯换盏、微醺半酣，叶佩三道："实在没想到，苏成大队长这几年对南京政府忠心耿耿，为七十六号屡建功业，到头来却被南京政府砍了脑袋，不过也算有几个陪绑的。"

放下酒杯，曹利均接道："难怪好久一直没有见到苏成，原来跑到苏州做生意赚大钱去了。"

"人为财死，鸟为食亡。再说了，这些年来，七十六号大概每个人都在赚黑心钱吧。"尤岩炕似乎保持着几分清醒，接道，"你们想，倒卖日本人控制的粮食，运去国民党第三战区，这不是找死吗？七十六号是为日本人服务的，狗咬了主人，主人杀狗，也算正常。"

曹利均醺道："反正是死道友不死贫道。"

叶佩三端起酒杯，看了一眼曹利均，接道："尤大队长，我们俩也敬您一杯，今后只能靠您关照了。"话毕，两人一饮而尽。

"彼此关照。"尤岩犹心中得意，接道，"目前看来，经过这几年，重庆政府方面军统、中统等在上海滩的势力已经式微。依我看，今后的重点还是对付共产党地下组织，很多迹象表明，共产党地下组织在上海发展很快。做这件事，日本人、欧美人、南京政府、重庆政府，甚至包括上海滩帮会组织，都会支持的，会包赚不赔。"

曹利均接道："前些日子，抓到了一部共产党地下组织的电台，如能顺藤摸瓜，或许有更大的收获。可惜刑讯时用力过猛弄死了。"

"可惜了。"尤岩犹接道，"弄得现在手头上没有一点共产党线索了。"

叶佩三狡黠一笑，自斟自饮后道："我有点线索，如果能抓到共产党，须赏我黄金百两。"

尤岩犹一听，立马表态："没有问题，李主任肯定大大奖励，他现在也可能焦头烂额呢，急需做出成绩以便粉饰。"

曹利均催道："快说快说，我们三个现在可是一根绳子上的蚂蚱。"

叶佩三神秘兮兮道："近几年上海地下共产党动员了几千失业工人、文化青年到苏北、安徽那边参加新四军。"

"这个我略有耳闻。"尤岩犹接道，"说下去。"

"上海滩大名鼎鼎的苏老头子是浦东高桥人，我也是那个镇上的。所以，我以前经常要去老镇那边给苏老头子家里办事。"叶佩三显摆道,"自从加入七十六号,明面上去得少了,但苏老头子很多私密的事情还是要我去办。前两天去办事时,跟镇上的几个保长、甲长喝了一顿大酒,就和今天这样。"说罢又自饮了一杯。

曹利均催道:"说下去呀。"

叶佩三神秘接道:"都说酒后吐真言。有个保长喝多了后告诉我,前几年投奔苏北参加新四军的一个人回来过几天,此人还当上了新四军的什么队长了。"

尤岩烑、曹利均对饮了一杯。

"保长说,有人看见他悄悄回来,回家只一次,却多次去了镇上的伟泰粮油行。另一个保长插话说,这个粮行生意做得不小,而且风传将一些违禁物资钢管、西药,还有车床、刨床、钻床等弄去苏北那边。"叶佩三接道,"这些机器设备能有什么用呢?"

曹利均笑道:"我以前查抄共产党苏区的小兵工厂时看到过这类机器设备。"

"现在看来这很可能是共产党地下组织的一个重要兵站。"端起酒杯,尤岩烑接道,"兄弟们干了。兵贵神速,凌晨就行动,打他一个措手不及,连那个新四军队长家属一起抓。"

叶佩三赶紧道:"尤大队长,那个新四军队长家属最好先不要去抓,一来他们跟苏老头子属五服内的老亲,二来新四军家属在上海那么多也抓不过来,最好看看情况再抓不迟。"

二十八、夜霭深重　南市酒楼

曹利均点头称是。尤岩烧沉吟后接道："就先这么办，你们俩马上回七十六号准备，凌晨对粮行实施抓捕。"

数小时后，两辆汽车在高桥镇外停了下来，曹利均对叶佩三轻道："就这里下车，兄弟们悄悄摸进去。"

叶佩三点点头，接道："我们俩各带一队，堵住前门后门。我路况熟，都先跟我进镇。"

嗣后，待粮行值班经理和仓库保管员发现情况不对劲，已经来不及撤离而被捕。值得庆幸的是他们长期从事地下工作，平时一直仔细到位，七十六号行动人员没有搜到任何有价值的证据。

尤岩烧得知从粮行抓获两人，在赶去审讯室的楼道里碰到封处长，便对其讲了刚刚抓获两名共产党嫌犯的消息。封处长提醒："别像前次那样，着急立功，下重手刑讯，结果啥情报也没得到，枉费心机。"

"封处长有何见教？"尤岩烧接道，"上次审讯你也是在场的。"

"上次是抓了一个人，这次是抓到两个人，当然就有不同的审讯方式。"封处长接道，"你想听吗？"

尤岩烧赶紧道："只要有利于审讯拿到情报，愿闻其详。"

"审出来了，功劳归我一半？"封处长接道，"国外有一种'囚徒困境'的审讯方式，这就是对证据不足、抓到两名以上嫌疑人的一种审讯策略。"

正好一位办事员经过，尤岩烧拽着封处长靠在过道楼梯边上，接道："封兄教我。"

封处长也不客气,略作介绍:"警察知道两个人有罪,但缺乏足够证据,就把两个人分别关在不同的屋子里审讯,告诉每个人,'如果两个人都抵赖,各判刑一年;如果两个人都坦白,各判三年;如果一个人坦白,一个人抵赖,坦白的可放出去,抵赖的判八年'。于是两个囚徒都面临坦白或抵赖两种选择。然而不管另一个人选择什么,自己的最优选择都是坦白。这个囚徒困境就是利用了人类的个人理性,它有时能导致集体的非理性,说到底就是聪明反被聪明误。"

尤岩燊闻言连说好主意。

"如果此招不行,或可采用连续几天几夜不让嫌疑人休息睡觉并同时用强光刺照双眼的方式去审讯。"封处长接道,"据说德国纳粹就常用此法审讯对手。"

尤岩燊狞道:"这两招不行,那三十八套刑具还得用。"

徐家汇天主教堂门口的小花园,许一清和苏曼云再次相约在此。观察了四周情况后刚一落座,苏曼云就低声沉重地告诉许一清:"大自鸣钟小学女校长被七十六号抓捕后,遭血腥刑讯,当场牺牲,连遗言都没留下;前两天七十六号又在浦东高桥抓捕两人,怀疑那里是共产党重要的地下兵站,但这两个人坚决否认,七十六号只好将他们暂时关押。"

听闻冷蕊牺牲,许一清心中无比沉痛,共同战斗的往事像电影胶片一样在脑海中一幕幕闪过,半晌没有回应。

苏曼云见状,关切问道:"你怎么啦?"沉默了一会后接道:"记得你以前跟我说过的,要奋斗就会有牺牲。"

许一清庄重接道:"但是我们想到人民的利益,想到大多数人民的痛苦,我们为人民而死,就是死得其所。"说罢默默站起,向烈士牺牲的方向,轻声而庄严地哼唱起《义勇军进行曲》。

苏曼云瞬间共鸣,情绪稍缓后道:"现在的谍战,电台最重要。七十六号利用日本先进的电台侦测车,另外还发现了军统、中统的好几部潜伏电台。同时,密码本更为重要,如果被破译,我们不仅被对手掌握一切情况,还有可能被对手使用反间计而损失更大。钟离志说,军统诛杀赤木亲之,就是用解密码作为诱饵的。"

许一清应道:"我们新的电台已经启用,这方面要吸取教训,做到万无一失。"

"军统现在对日军密码的破译能力有了巨大提升。"苏曼云合上了手捧的黑皮日文版《圣经》,接道,"钟离志透露,重庆国民政府军委会下面专设'黑室',去年曾成功破译日本海军密码,侦知美军珍珠港将被突袭,通过驻美国大使馆的武官将消息递交给美国政府。但美国政府没有采信,他们不相信中国人有这样的能力,认为这是中国政府诱美参战的策略。当然,也有一说罗斯福总统装糊涂是断臂战术,以牺牲局部换取美国国会通过参战决议。重要的证据就是珍珠港被偷袭时,港内的航空母舰一艘都没有,事先悄悄被调走了。"

苏曼云见许一清没插话,接道:"前些日子,中国黑室再次破获日本海军密电,掌握了日军海军山本五十六大将出巡飞机的准确时间,美国这次采信,派遣战机空中伏击,顺利击落，但是对外公告只说是偶遇。"

"那是因为不能让日军知道密码已被破译，新的密码启用后又非常难以破译。"许一清接道，"你刚刚说重庆黑室已经具备高超的破译密码能力，这一点非常重要，我要立即上报组织。"

一辆黑色汽车在从上海到苏州的公路上颠簸行驶，作为驾驶员的中村震二郎突然忆起了往事，开言："惠子、云子二位小姐，今天我们三人一车去苏州，不禁让我想起了六年前我们三人一起去金山游历的往事，那次去金山后没多久，帝国就开启并赢得了'八一三'淞沪战争。"

苏曼云笑道："那时，你和惠子小姐各是单身，没想到几年后你们已经订婚了。"

岩井惠子略带羞涩道："的确是往事如烟，不知不觉中竟为人妇了。"接问："云子，你还留在闺房之中，等待许嫁。不知你啥时候才会出嫁？"

"我不是等待许嫁，而是等待许娶。"突然觉得自己失言，便转移话题道，"中村君，都说你对七十六号李士群主任有提携之恩，他现在是'江苏省省长'了，到了苏州，他得尽地主之谊吧？"

"是的，他不知道从哪里得到消息，我与惠子订婚后要到苏州一游，就打电话邀请我们去参加他专门安排的宴会。这真是不好意思，人家毕竟是'省长'了。"中村鸣了几下汽车喇叭提醒车外路人，接道，"后来商定，他安排餐厅我

二十八、夜霭深重　南市酒楼

埋单。"

"不管你们谁埋单,我只管蹭吃蹭喝。"苏曼云笑道,"不过现在直接去餐厅太早了一点,是不是到哪里走走看看?"

"苏州园林甲天下。"岩井惠子对中村道,"中村君,云子说得有道理,你看能去哪里走走呢?"

"我约你们早点出上海就是这个意思。"中村震二郎接道,"先去号称吴中第一山的虎丘,正好顺路且离公路不远。"

岩井惠子、苏曼云连声说好。其实,这是中村与惠子事先商量好的,他们肩负着为日本帝国寻找、盗抢中国文化文物宝藏的新任务。传说中,千年虎丘塔下地宫多宝且从未被后人打开过;虎丘剑池,是吴王阖闾墓的墓道入口,墓中陪葬鱼肠剑三千把,当年秦始皇与后来的孙权都曾来此挖剑。两人讨论,如果确实,不妨学一下中国军阀盗挖清东陵的办法,假军演名义用炸药炸开取宝。

虎丘山顶,岩井惠子一边用德国徕卡相机拍下了不少地形照片,一边嘴里高喊"好美,好美",然后让苏曼云为他俩拍下了数张以这座中国第一斜塔为背景的留影合照。

三人并行,不久至虎丘剑池处,崖左壁上刻两个红色篆文大字"剑池",这是东晋书圣王羲之的墨宝,四个蓝色大字"风壑云泉"乃宋代大书法家米芾所书,四个红色大字"虎丘剑池"为唐代大书法家颜真卿亲笔,三个人侧耳听风、举目观石、抬头看云、低首赏泉,完全陶醉。

趁着苏曼云给两人照合照的机会,中村震二郎悄悄对惠子道:"我真想派工兵来,把这里的一草一木全都搬到日本去。"

"来,看这里,笑。"苏曼云提示着,"咔嚓"按下快门。中村走过去,接过相机后道:"你俩在这里休息一会儿,我去单独拍点风景照。"

两人在二仙亭坐着,岩井惠子问:"云子,你以前来过虎丘吗?"

"小时候跟父亲来过。"苏曼云回忆道,"那时,父亲还跟我讲过假虎丘真剑池的传说呢。"

岩井惠子急问:"什么叫假虎丘真剑池?说给我听听。"

"有两种解释,一种说法是虎丘山是阖闾墓,山是人工坟堆,而剑池那边是真山真水。"苏曼云接道,"另一种说法是,当年颜真卿书写虎丘剑池四个大字时,因'虎'字须避唐高祖的祖父李虎的讳,所以书写的是'五丘',唐朝以后的人们才改回'虎丘'。"

两人正在叽叽喳喳,中村震二郎过来说:"时间不早了,该下山赴宴去了。"

在与几个邀宴的苏州头面人物在酒店门口迎接中村一行时,李士群这几天来七上八下的心情更复杂了。一来是中村震二郎对自己有知遇之恩,人家晋升大佐,又是订婚后到苏州小憩,自己总得款待一次吧;二来吴肆喝了中村的咖啡后第二天暴毙,七十六号内都说是日本人下的手。琢磨了几天,想出了一招:"亲自订酒店,亲自订厨工,用餐看中村两人,采取盯人战术,在他们下筷子的地方下筷子,他们倒哪瓶酒

二十八、夜霭深重　南市酒楼

自己也倒哪瓶酒，让他们没有机会下毒。"正想到这里，中村等三个人的汽车已驶到跟前停下，李士群上前拉开后排车门，见是岩井惠子，只好自言自语"女士优先"，又赶紧转身去拉开驾驶员车门，躬迎中村下车。众人相互施礼、问候，随后分宾主一起步入饭店。

餐厅门口的两个服务生推开了沉甸甸的大铜门，眼前呈现的是一个风格奢华、金碧辉煌的超级宴会厅，顶上一主四副的水晶吊灯折射出斑斓光芒，与桌上的水晶酒杯折射光线交相辉映，几处厚重的蓝色窗帘仿佛不让一丝光线外泄。

宾客相互介绍后，李士群吩咐上菜。趁此间隙，中村震二郎笑问："李先生，刚才我们三人先顺路游览了一下虎丘。果然无愧吴中第一名胜美誉，只是没有看见老虎在哪里。"

李士群认真答复："此有两释。一释是根据《史记》记载，吴王阖闾葬于此，传说三天后有'白虎蹲其上，故名虎丘'；另一释说'丘如蹲虎'，以形为名。"中村点头称谢"承教"。

宴席正式开始，按苏州当地规矩程式，宾主分别致辞，全部过程充满仪式感、高雅韵。眼看酒酣至最后一杯时，餐厅服务生匆匆进来，请岩井惠子到隔壁接一下日本驻上海领事馆总领事电话。岩井惠子起身跟众宾客打个"抱歉"的招呼离开餐桌，其回来时，走到李士群跟前，传话说岩井英一总领事正好也有事要找李省长，问他能否去接个电话。李士群点头起身去接电话。

接好电话后顺便去了一趟卫生间，刚走到餐厅门口，突然酒楼停电、到处漆黑，李士群边摸索着往回走边骂骂咧咧：

"怎么回事？老板找死啊。"黑暗中，主宾中村震二郎迅速将左手长甲小拇指在自己面前的酒杯中浸搅了几下，再将其与相邻主座李士群的酒杯作了对换。前后不到十秒钟。不一会儿，全楼的灯光又亮了起来。

走进餐厅坐下后，李士群定了定神，举起面前的酒杯道："各位，让我们共饮此杯，再祝中村大佐阁下与惠子小姐百年好合。"众宾亦起立干杯后正待各自离开。李士群接道："各位朋友稍等一下，我给中村先生和惠子小姐准备了一份贺礼。"说罢跟门外喊了一声"抬进来"。

八名服务生抬着四幅刺绣条屏进厅后，李士群向中村等众宾逐幅介绍："这幅是苏绣'龙凤呈祥'，这幅是湘绣'百年好合'，这幅是粤绣'年年有余'，这幅是蜀绣'花开富贵'。中国四大名绣均集在此，而且各是当地最优秀的绣娘专绣的。"众人啧啧称赞。

中村和惠子向李士群深施一礼"费心了"。

到了第三天，李士群忽感不适，高烧不退、上吐下泻，病况竟跟吴肆一样，当晚一命呜呼。

二十九、反法西斯　初现曙光

夜深了，近虹口公园的一处石库门房子里，虽然灯光并不是很亮，但厚厚的窗帘仍被拉得严严实实的。地下党华九日书记与薪火党支部的几个支委正在开会。

华九日开言："同志们！世界反法西斯战争已经初现曙光，几个月前，意大利对德国宣战，苏美英同时发表宣言，承认意大利为共同作战的一方，德意日三国轴心开始瓦解；苏联列宁格勒被围困九百天，苏军终于取得了最后胜利；日本帝国主义在中国也已深陷人民战争的泥潭，在做垂死挣扎。"

"这太好了。"方秋明接道，"可惜现在上海滩都是汪伪背景的报刊，老百姓很难有这方面的消息。"

华九日接道："说到上海滩，汪伪政府做了一些收买民心的事情。例如，收回被日军强占的申新纺织厂等一百四十余家华商工厂，收回租界，将一百多条采用西方人名命名的马路改了名字等,但明眼人都知道,'收回'租界不过是日本政府为挽救太平洋战场颓势而推行中国新政策的产物,这丝毫不影响日本人对这些区域的实际控制能力。"

"汪伪政府还下令取消了粘在青天白日满地红旗上的'黄布条'。"许一清接道,"这是典型的模糊伎俩、愚民策略。"

"伪政府还实行了保甲制这样的囚笼政策,对煤球、肥皂、火柴等生活必需品进行了限购。"华九日接道,"尤其是这个保甲制度,给我们地下党造成了很大损失,冷蕊就是因此牺牲。还有好几处我党的地下联络站也遭到了破坏。"

再次听到胡巧玉牺牲的消息,宁咏春眼睛湿润了。

华九日续道:"上个星期一,新四军浦东支队在南汇袭击日本鬼子大获全胜后向奉贤进发,于傍晚转移至北宋宅,还没休整多久,日伪军就得到了当地一个伪保长的情报。第二天拂晓,日伪军集结了一千余人包围了仅有一百五十余人的浦东支队。经过三个多小时的激战,浦东支队和村里的群众顺利撤出,彻底粉碎了敌人全部围歼的阴谋,也毙敌五十多名,但浦东支队也付出了伤亡四十余人的重大代价。"

许一清接道:"所以,我们今后的地下斗争,要更加谨慎小心。"

"现在还有一个关键问题。"华九日接道,"伪政府正在按所谓的《清乡细则》挨家挨户清查户口,凡十二岁以上、六十岁以下的无家属男子,一律遣返原籍或逮捕。"

许一清回应："我已经被查过几次了，要么用塞点钱的方式去应付，实在不行只能用暗香提供的特别证件去对付。"

"必须做到万无一失。"华九日严肃道，"考虑到方秋明个人的具体情况，更考虑到霜女与电台的安全，组织决定'方秋明同志与宁咏春同志假扮夫妻，以便能更安全地为党工作'。"

宁咏春的脸一下子红透了，心情稍有平复，便认真地点了点头，正巧与方秋明四目相对，双方露出了彼此信任的微笑。

大家会心一笑。华九日接道："方秋明同志，你今后的工作重点要放在发展那一百四十多家被收回的华商工厂中的党的力量上。我们要争取三到五年内建成一个有强大战斗力的党员及工人骨干队伍。"

方秋明坚定回答"是"。

"我再强调一点，地下党组织的领导同志们最近都认真学习了相忠年同志从新四军军部带回的延安整风材料，思想认识上有了很大的提升。简而言之一句话经过延安整风，我们党确立了实事求是的思想路线，克服了长期盛行的教条主义思想和各种非党思想，更加团结统一。"华九日顿了一下，接道，"材料中最重要部分的摘要，都在这里，薪火党支部的支委也要好好学习，以迎接新的斗争形势的到来。"说罢，从随身公文包中拿出了一个密封信袋，交给了许一清。

〉〉〉闯滩者

汽车开进七十六号大门的时候，尤岩烑拉开了一点车帘，看着大门外墙上原来挂着的"特工总部"旧招牌已换成了"政治保卫局第一局"的新招牌，心里不免有些得意，虽然与原来的特工总部相比似乎级别降低了，但自己现在成了这里的老大、主持工作的副局长，个人实权比以前的第二行动大队长还是要大多了。

新位子坐上去了，总得给日本人干活回报，也给自己多挣点银子，原先想好的一件事要立马落实。为此拿起办公桌上的电话，通知曹利均、叶佩三两人立即到办公室来一趟。

两人约好同时来到了尤岩烑办公室，报告："尤局，我们来了。"

"我说，两位新任行动大队长，封处长被人在光天化日下打了五枪丧了命，上面让你们尽快查清、以牙还牙，此案进行得怎么样了？"尤岩烑腾地站起身来，忿道，"迟迟破不了案，要让七十六号兄弟们看我的笑话，是不是？"

曹利均赶紧解释："不是的，此案的确还没查到线索，正在抓紧。"

"肯定是军统上海站钟离志所为，他的行动方式与习惯，我清清楚楚。"尤岩烑换了个语气，自己坐下后，示意对面站着的两位也坐下，然后道，"我今天找你们来，是另有一件大事要抓紧办。"

叶佩三应道："请尤局下令。"

"你们知道，日本军队刚开进租界时，就宣布英、美、荷、比等十六个国家和地区的侨民为敌国侨民，所有十三岁以上的敌国侨民都被强制戴上了表明是哪个国家人的臂章。这些人如果稍有不顺服,就可以被送进龙华集中营。"尤岩烑接道,"这些人很多都是洋行老板或经理、教授、律师等,总之他们大多很有钱。"

"我明白了。"叶佩三抢道,"我们去抓捕这些人,把他们送去集中营。同时,以敌国资产名义查扣或没收他们的私人和家庭财产。"

"听说龙华集中营那边已经关进去了很多西方人,而且环境非常恶劣,每天有不少人丧命,所以专门建造了焚尸炉。只是由于严密封锁消息和完全的监狱式管理,外界所知甚少。"曹利均兴奋道,"这可是一件既能在日本人跟前为七十六号争颜面,又能为兄弟们谋福利挣银子的大好事。"

"说干就干。"一拍大腿,叶佩三接道,"前几天我在大光明电影院前看见英国律师斯格特。按理说敌国侨民是不准进入公共娱乐场所的,而且此人以前在租界专门与重庆政府的法院配合,害得不少帮中兄弟被判刑。就拿此人开刀。"

尤岩烑接道:"你们去办理,我只要结果。"

第二天,斯格特律师及另外数十人就被七十六号罚没家产,送进了龙华集中营。

入营登记室里,一旁蹲着的两条大型警犬正一直在"汪汪"狂吠。斯格特在颤抖中完成了身份登记,领了一个1943号囚码,随即被送到一大片平房囚区的一间囚室中。不到十平方的囚室中已经关入了五个男人,离地超过两公尺高的上方有四个直径不到三十公分的窗户或者说透气孔,铁栅门被一把大铁锁从外面锁着,大通铺上凌乱摆着几条破旧被褥。

斯格特律师进囚室后与五人互通了身份,另几位分别是美国传教士、荷兰教师、比利时工程师等。正聊着,集中营牢头打开铁锁,大声喝叫六个人随其一起去煤场,从今天开始为集中营中的烧砖厂搬运燃煤。

乱世人如狗。刚到煤场,斯格特拖过一辆人工拉煤斗车,伸个懒腰准备往车里铲煤,就听到一声"八嘎",接着背上被皮鞭狠狠地抽了一下,回身一看,一个日本监工狞道:"干活时伸懒腰是不可以的,入营守则共有一千三百条,里面规定得明明白白的。今念你是初犯就饶你一次。"说罢便骂骂咧咧地离开了。

接下来的两个月里,几乎每天天不亮就被赶去煤场,直到伸手不见五指方能回到囚室。不幸的是那个美国传教士累病了,连续剧烈的咳嗽声惊动了囚区监管。不一会儿几个身着传染病隔离服,把自己包裹得严严实实的监工过来把传教士带走了,留下的五人惊恐万分,因为他们知道,这位美国传教士一定是被直接抛进集中营的焚尸炉了。

难友们在惊恐中冷静下来,斯格特提出一定要逃亡出去,否则必然命丧于此。接下来众人商议了出逃路径、该等待的时机及相关计划。

六天后的大雨夜,难友们同往常一样上床睡觉。半夜时分,大家悄悄穿好衣服,待比利时工程师用事先准备好的从煤场捡到的细铁丝捅开铁栅门锁,五个难友一个个高抬腿、轻落步、弓着腰,顺着墙角,借着雨声,摸到集中营前边的

二十九、反法西斯 初现曙光

一条河流旁,找到事先已察看清楚的一处长期浸泡在河水中严重锈蚀的铁丝网。斯格特扯开此处的烂铁丝,难友们钻了过去并游泳至对岸,然后穿过大片大片的麦田,在天蒙蒙亮时,已经潜行了十几里路。由于对周边情况不熟,五人决定先就地略作休整,看看情况再说。

天色刚亮,就发现有一架日军侦察飞机在空中盘旋,他们大概是发现有人越狱正在搜寻。斯格特律师心中庆幸,多亏昨夜大暴雨,将众人的味迹冲刷得干干净净,否则他们绝逃不过日本警犬的鼻子。

正当五人饥肠辘辘地商议接下来如何潜逃时,早起的放牛娃发现了他们。斯格特问明了村里的情况,五人决定放手一搏先去村里找点吃的。

无巧不成书,这个放牛娃正是方秋明的侄子,因为兄长身体有疾,方秋明经常从上海市区抓药送来乡下。方秋明问清情况,心中明白这五个人如果不离开上海,早晚会给日伪军抓获丧命,便安排他们先在兄长家安顿下来,自己回上海想办法通路子帮助其逃到想去的地方。为了安全起见,方秋明并没有透露自己地下党员的身份,而是告诉他们自己是上海滩苏老头子的下属。

听说是上海滩苏老头子帮会的人,斯格特等几人悬着的心放下了一半,表示就在此等消息了。果然没过几天,就有人过来引路。他们根据自己的愿望,用接力的方式,水路陆路并行,三个月后抵达重庆。(后来五人各自回国,其经历被英国BBC拍成纪录片,此为后话。)

岩井惠子拿着电话筒，一边道："大佐阁下，有何吩咐？"

电话筒声音："惠子，你从特别调查所挑几个得力能干的，下午三点，到黄浦江十六铺码头，迎接乘坐'湘江号'从湖南衡山那边过来的渡边四郎，并且要特别注意保护好其随运宝物。为确保万无一失，船停靠后，你们须待其他乘客先行下船，然后再进入渡边君乘用的专舱，最后一起下船。宝物必须运到特别调查所的自用仓库存放过夜，过了今晚，明天上午十点再运到一艘靠泊的神户丸号船上，渡边君将带着宝物返回日本。"

岩井惠子"是"。

电话筒声音："我与渡边君也是刚刚联系上的，他一直在湖南衡山，以牙科医生的身份开诊所掩护，默默为帝国工作，历经艰险取得大宝。这正是军部和岩井老师最近布置给我们的特别任务。"顿了一下："所以，今晚我要设宴，为他庆功。"

当天晚上，虹口滩万日料店的一间日式包房内，丰盛的菜肴让渡边四郎激动不已，忍不住道："我在湖南快三十年了，从来没有机会吃到这么纯正的日本料理，尤其是这神户牛肉，我都已经彻底忘记它的味道是啥样了。"

"渡边君辛苦了。"中村震二郎微微低首，接道，"可以介绍一下您取得的大宝吗？"

"大佐阁下，当然应该。"渡边四郎接道，"日本佛教文化来自中国，如果能将中国佛教的许多至高无上的宝物归拢到日本，那是绝大的好事。此宝正是历经千余年而不腐的

二十九、反法西斯 初现曙光

中国唐代高僧元际禅师的肉身法体。"

中村震二郎惊问:"你是说,这宝物就像古埃及法老去世后被制成的木乃伊,千年不腐?"

"在世界历史上,只有古埃及木乃伊的制作能显示当时高超的医学水平。"渡边四郎接道,"湖南衡山的当地史志介绍,'在唐代贞元六年,九十一岁的元际禅师自知来日无多了,便悄悄回到故乡南台寺,停止进食,只是每天豪饮弟子们遵其嘱收集来的中草药汤。弟子们不忍,纷纷劝阻,禅师笑而不答。三个月后,元际禅师口念佛经端坐圆寂。又过了月余,禅师的肉身不但不腐,而且还芬芳四溢。弟子们大惊,认为此乃禅师功德无量的结果,便特建寺庙敬奉,千百年来,香火甚盛'。"

"的确是一件大宝。"中村震二郎接问,"渡边君是怎样获取的?"

渡边四郎回道:"说来不值得一提,就是趁二三十年代中国军阀混战、当地百姓艰难的机会,潜入寺内盗得大宝,然后一把火烧了寺庙,让当地百姓以为大宝亦被火灾损毁遭劫了。这十几年来,大宝就一直藏在我的牙科诊所里。在得到大佐下达的命令后,我即决定亲自将它运送到日本。"

"我已经给岩井惠子下了命令,她会安排你和大宝在上海转运过程中的全部事务。"中村震二郎接问,"渡边君在湖南潜伏那么久,没有遇到过暴露的风险吧?"

"说来惭愧,还真有一次差点露馅。"渡边四郎回忆道,"有一次当地警察查户口,有一警官指着诊所墙上挂着的孙思邈画像问：'药王是哪朝哪代的？'我挂画像本是一种掩护，并无有任何了解，慌中回答秦朝的。警官又问：'《千金要方》中的千金是啥意思？'我回答'有的药贵，购须千金'。"

中村震二郎闻言大笑，接道："渡边君真不愧庸医。我告诉你，孙思邈是唐代京兆华原人士，所著《千金方》被誉为中国古代的医学百科全书。千金意指'人命至重，有贵千金，一方济之，德逾于此'。"

渡边惊道："大佐阁下对中国文化了解太深了，实在是钦佩。"

"非也，非也。"中村摇手笑道，"岩井公馆正在将近几年收集到的各种各样的中国古籍孤本、善本等打包运往日本，我偶尔翻看了一些相关资料。"

汽车在马路上疾驶。叶佩三忽然指着路边上的马路路牌对尤岩烑笑道："以前无数次经过这条马路去苏家花园，看到的这块路牌从来就是霞飞路，政府去年把它改为泰山路，还真有点别扭，转不过弯来。"

"记得《西游记》中有一回，金光寺塔顶的佛舍利被碧波潭老龙王的女婿九头虫伙同万圣宫公主偷走，后来孙行者打败妖魔取回宝物重置塔顶。宝物再现万丈光芒时，他曾建议国王将金光寺改名为伏龙寺。"尤岩烑接问，"你知道孙猴子说的啥理由吧？"

叶佩三自嘲："不知，没读过啥书。"

"孙猴子说，金光寺的名字不好，因为光是流动的。"

二十九、反法西斯 初现曙光

尤岩烑接道，"所以我想，霞飞路改为泰山路，南京政府就能够稳如泰山吧？"不一会儿，汽车在苏家花园里的一处大宅门口停下。叶佩三跟门口相熟的守卫打了个招呼，吩咐他们把汽车后面行李箱里的礼物搬下来，再帮忙抬进大宅客厅，两个人大摇大摆跟着走了进去。

客厅里，苏老头子按照事前的约定时间刚刚坐下。尤、叶二人进来后双方见礼，仆佣上茶后退下。苏老头子示意用茶，接道："尤局长近来春风得意、官运亨通，怎么有空到寒舍走走了？"

尤岩烑赶紧又深施一礼，自嘲道："自从晚辈拜了先生，一直忙于琐事、俗务缠身，未曾发达、位卑言轻，不敢多来打扰先生，求先生能谅解。"

"尤局长客气，有事吩咐就行，不必亲自跑一趟。"转过脸去接道，"阿三，尤局长可能要跟我谈点私事，你先回避一下。"

叶佩三赶紧起身"是是"后，走出客厅，找老友聊天去了。

"苏老板懂我。"尤岩烑双手抱拳，接道，"这次来，是跟您讨个今后的活法。"

苏老头子低首喝茶没接话。

尤岩烑续道："前几天到南京参加汪先生葬礼，昨天刚回到上海。此次在南京听到了不少时局的消息。"在介绍了不少内部情况、小道消息后，接道："总之，就是日本人和南京政府前景堪忧。"

苏老头子点头，接道："早有这种预感。不瞒你说，日本人的华中宏济善堂停业后,我个人与他们的鸦片等特殊生意就不做了。别的一些生意,有的也已在收缩。不要到时候被定为汉奸资产。做大买卖必须看得远。"

"佩服,佩服。"尤岩炕赞道,"晚辈今天就是专门来报个信、提个醒的。"

苏老头子接问:"还有没有其他的或共产党方面的消息,说来听听。"

"盟军自诺曼底登陆后,现已集结近三百万大军并如潮水般开进法国,势如破竹,欧洲大陆的第二战场已成功开辟。"尤岩炕接道,"更主要的是,南京政府有关单位已经截获延安给中共华中局的情报,里面写'我军为了准备反攻,造成配合盟军条件,对苏浙皖地区工作应有新发展的部署,特别是浙江工作应该为主要方向'。"

苏老头子接问:"这么说新四军又要南下了?"

"还有情报显示,新四军高层已特别强调,抗战之初坚持游击战是正确的。为了迎接大反攻,必须尽快把分散的游击队整编为正规部队。"尤岩炕续道,"新四军现在确定的主要任务就是要在江南大发展,以便在战略反攻时,破敌、收京、入沪,配合盟军登陆。"

"共产党胃口不小啊。"苏老头子沉吟道,"你告诉我的这些,有助于我抓紧时间尽快调整业务,对我有很大帮助。说说吧,你有什么要求,或者说需要我做什么?"

尤岩炕闻言,放下手中茶盅,又站起身来朝苏老头子深深一躬,坐下后接道:"现在,日本在中国的战争泥潭里越陷越深，南京政府的和平运动已经有气无力，能否请先生牵牵线，让我跟重庆政府方面的军统开展合作，或者重归军统？"

苏老头子想了一下，接道："我可以帮你牵牵线，但你手头得备好有分量的见面礼。"接着提醒："日本人那边千万要保密。"

"我知道。"尤岩燊笑道，"长期监管七十六号的中村震二郎与岩井惠子已经订婚，不日将回日本举办婚礼。据说还可能另有重用，所以估计是回不来上海了。至于派在七十六号的少佐是个头脑简单的家伙，只要好酒好菜加钞票就能完全搞定。"

江西浮梁县城，青石板铺就的西门大街两侧，酱园、当铺、小餐馆、木器行、中药铺、杂货铺、剃头铺、瓷器店等林林总总，推着小车的摊贩们向街上不多的行人大声吆喝着卖货。清早，商人穿戴的中村震二郎夫妻二人脚步匆匆。当他们看到一家名为八大山人的书画社时，两人对眼看了一下，稍加观察周边行人，见没有异常便笃步进门。

屋里的一个中年男子低首一边用鸡毛掸子清理柜台，一边透过所戴的老花眼镜上侧空当瞟了一眼，招呼道："两位早！有什么需要帮忙的？"

中村道："我们是从上海过来的，听说这家店里有八大山人的真迹作品，特来寻宝，感受一下'墨点无多泪点多，山河仍是旧山河'。"

中年男子取下眼镜,看两人一眼,稍缓道:"'我是孔门真朽木,怕听人唱后庭花。'请二位到后堂一叙。"说罢招呼小伙计在前面店堂张罗。

三个人进入后堂后,中年男子回身插上门闩,赶紧向中村震二郎立正敬礼,沉声道:"大佐阁下,怠慢了,请坐。"又赶紧沏上两杯庐山云雾茶,分别给两人端上。

中村震二郎开言:"天羽君,你的情况是你叔父,也就是外务省情报部长天羽英二告诉我的。当年他派你来中国并潜伏于江西,是为了寻找明末闯王李自成战败后为东山再起而藏匿的宝藏。"

岩井惠子打断道:"有实质性进展吗?"

"我当年根据叔父的命令,潜伏在这浮梁县老城中,表面上开书画社,实际上是在侦察李闯王的宝藏。"天羽次郎接道,"功夫不负有心人,这十七年当中,从九宫山到夹山寺,再到天门山寺,我不放弃任何一点线索,终于在与天门山相隔数里的观音山的一个黑暗山洞里找到了中国元明时期的宝藏,你们等一下。"说罢起身,移动靠墙的一个硕大的木柜,从柜后夹墙中拖出一只沉重的铁箱,转动密码打开箱盖,里面是满满一箱金光灿灿的黄金钗、黄金箍、黄金簪、黄金链,以及各种珠宝。

"好,好。"中村震二郎低首弯腰拿出几件欣赏,接道,"夹墙中还有吗?"

天羽次郎回道:"还有十箱金元宝、十六箱银元宝。由于山路崎岖,又必须隐秘行事,这几年才搬了这么多。"

岩井惠子一边把玩珠宝，一边啧啧称奇，接问："洞中还有吗？"

"肯定还有不少，我只是打开了一个耳洞。"天羽次郎得意解释，"我查阅史籍，说李闯王当年逃出京城时，顺护城河把历年掠得的金银财宝足足装了十三船，偷运出京。就算他后来几年用度不少，肯定遗存也不会少。"

中村震二郎感慨道："天羽君对史籍研究很有心得，否则也很难追踪到天门山。"

"报告大佐，翻阅当地史籍是追踪宝藏的有效途径，而中国人历朝历代都有修志的传统。"天羽次郎接道，"清光绪《永定县志》载，'明季野拂自夹山寺飞锡此山。野拂为闯贼之余党，事败，削发为僧，竟逃天诛'。"

中村震二郎沉思了一下，接道："后天，就是四月十六日，帝国的运输船'神户丸'号，将从鄱阳湖出发，经长江入海直接开往日本，我决定将这一批财物全部装船一并运回国内。"

岩井惠子"是"。天羽次郎接道："非常好，这是我一直的心愿。"

中村震二郎放下手中的茶杯，接道："天羽君，回到日本后，我即刻向外务省为你和你的叔父请功，辛苦了。"

三天后。

随着汽笛长鸣，神户丸号驶离鄱阳湖码头。在轮船甲板上，中村震二郎和岩井惠子依栏欣赏美丽湖景，并小声交谈着。

岩井惠子问："中村君，羽次郎为什么开书画社而不开古玩店？按理说古玩店更利于收获文物宝藏方面的情报或信息。"

"这正是他的高明之处，书画社与古玩店信息共通，又不易让别人察觉到他真正关注的是宝藏。"接中村震二郎接问，"惠子，岩井老师交办的按照当年田中隆吉留下的线索，寻找上海自然科学研究所丢失的那一大卡车精品古董的事情，进展怎么样了？"

岩井惠子应道："我们的人在宁波的古董市场上找到了几面青铜古镜，经多方反复确认这些就是当年卡车运送的箱中物品。了解下来得知，那几块铜镜是当地人在钱塘江游泳潜水、捕鱼捉蟹时发现的。所以，合理推测就是当年的那一车古董被劫后，在黄浦江边被装上了接应的船舶。当时正值冬季，江上经常大雾弥漫，该船驶入了钱塘江航道后，因故沉没于钱塘江。这么多年来，或许早已被江底淤泥深深覆埋了。"

中村震二郎心中极为疑惑，心想这完全有可能是有心人布置的障眼法，不断推测那卡车古董的各种可能性，想着有机会一定要亲往调查确证。

岩井惠子见中村正在思考，便不再打扰而独自赏景。忽然看到不远处的湖岸上有座庙宇，忍不住指给中村看，接问："中村君，你看那里有座庙。"

"庙？在哪里？"中村思路被打断，顺着手指方向看了过去，顿时心中一颤、脸色微变，嘴里喃喃自语，"那是不是被当地老百姓尊为老爷庙的定江王庙？如果是，难道今天要出事?"

岩井惠子没听清楚,便问:"什么老爷庙?"

中村抬头看天是晴空万里,便放下心来,回道:"以前曾听说,江西鄱阳湖岸边上有座老爷庙,所在区域航道长二十余公里,魔幻神秘,每年经过的船只都有一些离奇失踪,至今有记录的已不下百艘,而且没有留下任何痕迹,所以这里又叫'鄱阳湖魔鬼三角'。"

岩井惠子笑道:"只是民间传说吧?"

"民间传说更神奇。中国《聊斋志异》中有故事,相传明朝开国朱皇帝与最大的对手在鄱阳湖上大战,有一次惨败后竟掉落于无舵破舟。正在危急关头,忽见一只巨鼋游来,它衔船为舵,搭救朱皇帝脱离了险境。朱皇帝定天下后,不忘旧恩,封巨鼋为元将军,在湖边建定江王庙。"中村震二郎接道,"几百年来,民间传说就是鼋精经常在此水域兴风作浪。为此,过往船只经过这里,船工都要上岸焚香跪拜、杀牲祭奠,乞求鼋将军的保佑。"

两人正说间,忽然刚刚还风和日丽的万顷湖面上瞬间狂风怒号、乌云翻滚、巨浪滔天,两千吨级的日本神户丸号运输船刹那间在波浪中沉没,船上百余人竟无一逃生。(不久后,驻九江的日本海军派出了一支数十人的优秀潜水队到老爷庙水域调查,虽然这里水深也就三十公尺左右,谁知潜水员们一个一个下水后即毫无音讯,最后仅有一人返回到船上,待脱去潜水服后竟说不出一句话,接着就精神失常了。此为后话。)

三十、仲夏苦夜　震旦大学

仲夏苦夜，沧浪书画装裱社。桌上，华生台扇不知疲倦地输出着让人感到些许凉爽的热风，灯下，华九日书记正与许一清促膝谈心。

"最近的抗日形势发展很快。五月八日，德国战败投降；八月六日，美国向日本本土投下了人类历史上首颗实战原子弹，估计有至少七万人伤亡；八月八日，苏联宣布从次日起开始与日本进入战争状态，就是说苏联红军将开始进攻侵占中国东北的日本关东军。"华九日书记略带激动，接道，"根据霜女用电台抄录的延安新华广播电稿，我党领袖于八月九日发表了《对日寇的最后一战》，号召中国人民的一切抗日力量举行全国性的反攻。"

许一清按捺不住内心的喜悦，感慨道："现在是一九四五年八月，从'七七'卢沟桥事变算起来至今八年，从'九一八'事变算起来已有十四年。"

"问题是，国民党要消灭共产党的那块心病又犯了。他们抗战期间一直就小动作不断，但还未暴露出全部的狰狞面貌。"华九日严肃道，"京沪杭地区是全国最富庶的地区之一，南京、上海都是日伪军统治多年的政治经济中心。新四军在这一区域成长、发展、壮大，国民党无论如何是不甘心的。所以，我们要按照上级的要求，要动员所有的地下党员和工人骨干力量，继续坚持'隐蔽精干、长期埋伏、积蓄力量、以待时机'的工作原则。"

许一清接道："我们薪火党支部一定执行好。"

"这正是我今天找你要说的。"华九日认真道，"上海工人阶级长期以来一直是中国工人阶级的领头羊。进一步培育工人运动、学生运动的骨干力量，是今后有效动员上海工人阶级和社会各界与城市反动派斗争的关键。所以，组织决定，派你去负责有关学校方面的地下党支部工作，公开身份是震旦大学图书馆的阅览室副主任。"顿了一下，接道："薪火党支部书记由相忠年同志接任。"

"保证完成任务。"许一清毫不犹豫，接道，"相忠年同志对党忠诚、久经考验，完全能够胜任。"

华九日书记"是的"，起身并从身后的木柜中取出一个信封交给许一清，接道："这是你去震旦大学图书馆任职的相关联系方式。"

接过信封，许一清接问："日本侵略者被赶走了。暗香的后续工作，组织有何安排？"

"这么多年来，暗香战斗在虎穴，为我党获取了大量有价值的各类情报，功劳甚巨。"华九日沉吟道，"国共两党的斗争，还将在血雨腥风中继续数年。未来在隐蔽战线，我们与国民党的斗争会更加激烈。"

忽然，窗外传来了阵阵警车笛声，许一清悄悄走近窗户，揭开窗帘朝外张望了一会，接道："军统、中统已经在上海公开活动，机构与人员规模比过去更加庞大。为了维护国民党的反动统治，他们今后的枪口肯定是全部对着我们共产党人的。"

华九日点头，接道："组织决定，暗香顺势继续潜入军统为我党工作。"

"她这几年也一直给军统上海站提供了许多日伪方面的有分量的情报。"许一清接道，"而且以她父亲在上海滩的身份和名头，钟离志一定会趁岩井公馆倒闭，主动邀其加入军统并提供一个不错的职位。"

华九日沉思了一会儿，严肃道："暗香今后是深潜。如果组织召唤，还是由你主动联系她。除非有重大特殊情况，她一般不能主动找你或与组织联系。"

"暗香报告，七十六号尤岩烑前一段时间起通过其父亲老头子，跟重庆军统局联系上了。据说重庆方面以目前及今后一段时间确为军统局上海站用人之际的理由给予了答复。"许一清接道，"由此，这些原军统的叛将，摇身一变又回归了，实在是可笑至极。"

"依我看，重庆军统绝不会原谅这些造成原军统上海区重大损失的叛将，目前只是因为接收上海缺少人手，或者这些叛将又缴纳了新的投名状。"华九日书记接道，"目前，我们暂时观察,先让他们沉瀣一气吧。"

许一清忽然感到嘴巴发干,发现是因为半天没有喝水,便调侃道:"老师现在真是越来越抠门了,连茶也没有给学生喝一口。"

"这是我的疏忽,不过的确没有茶叶了。"华九日歉意道,"只有白开水。"

二楼窗外绿树成阴,院子里不少人正忙着从车上搬下家具再挪进楼里。钟离志站立于窗口前,正满意地欣赏这番忙碌景象。办公桌上的电话铃"叮铃铃"响了一会儿后,钟离志才走了过去拿起电话"喂"。

电话筒声音:"钟离志,为什么电话半天不接听。"

钟离志赶紧解释:"报告戴老板,上海站今天忙于搬家,环境杂乱没听到,对不住了。"

电话筒声音:"抗战八年,整天提心吊胆、东藏西躲,如今光复,的确应该有个像模像样的办公场所。"

钟离志"是",然后问:"老板有何吩咐?"

"两件事,第一件类似搬家。"电话筒声音,"日本人九月二日签署了无条件投降书,可是我们远在大后方的重庆,对受降和接收工作都毫无准备。虽然政府已经派出一批运输机,运了一批人到上海、南京一带去受降和接收敌伪资产,但还不足以用最快的速度去完成相应的全部工作,所以要适当利用原来汉奸手中掌握的力量来协助完成一部分工作。你在听吗?"

钟离志赶紧"是"后,继续认真听取训示。

电话筒声音:"现在,国民政府各个部门为了各自利益正玩命争抢肥肉。但在任何时候,我们军统都是该冲在最前面的,局本部今天已向全国各地六百多部电台发出工作指令,督促各地军统机构要全力做好工作,若有懈怠,定予严惩。上海站待接收的敌伪资产最为庞大复杂,所以我亲自给你打电话。"

钟离志大声回答:"请戴老板放心,钟离定不敢有一丝懈怠。"

电话筒声音:"很好。另一件事是对七十六号尤岩烑等人的使用,鉴于目前缺乏人手,正是用人之际,他们对上海情况又熟悉,就把他们安排在上海站,原职就任。"

钟离志小心接道:"戴老板,这样背叛我们团体,造成军统上海区损失惨重的人,我十分反感与其再共事,现在就应该对其严厉制裁。"

电话筒声音:"你的心情,我完全理解,你也知道我是最恨叛徒的。前面跟你说了那么多,目前正是用人之际,小不忍则乱大谋。"电话筒声音沉默了一会又响起:"现在就授权给你,待上海敌伪资产接收工作基本结束,以及抓捕汪伪政府在上海滩的一批大汉奸任务完成,你找个理由,按家法对其进行严厉制裁。"

钟离志"是",继续请示:"苏曼云小姐是我介绍加入军统的。抗战期间,我让她打入岩井公馆,其间她为我们提供了大量有效情报。能否安排其出任军统上海站少校秘书？"

电话筒声音："可以,她的情况和背景,我是了解的。另外,我想抽出时间,尽快去一趟上海,重点检查你们上海站接收敌伪资产的工作。"接着是对方挂断电话的声音。

钟离志换左手拿着电话筒,右手拨号,接通苏曼云电话。

下午四时,军统上海站会议室,与会人员全体身着国民党的美式军服,钟离志宣布了对尤岩烑、柳山青、曹利均、叶佩三、苏曼云等一干人员的职务任命,明确了各部门职责,布置了近期重点工作。

会议结束后,钟离志要尤岩烑到其办公室做一些工作上的沟通。两人坐下后,尤岩烑抢先道:"钟离站长,兄弟我这几年走了弯路,承蒙收留,实在有愧。"

"人嘛,哪有不走弯路、不犯错误的,所谓金无足赤、人无完人。"钟离志心中鄙视,口中却道,"尤副站长,戴老板同意你们回家,是因为你曾跟传话人说会立大功,是吗？"

"当时我被七十六号抓捕,出卖军统上海区陈区长,只是为了保命,没想到后来成了七十六号的副局长。"尤岩烑接道,"不过我早就判断,日本人必败,重庆政府必胜。待重庆政府回归之日,就是对日伪进行彻底清算之时,其中包括对沦陷区所有日伪资产的清算和没收。所以,利用当了不到两年时间的副局长职务,我把日伪在上海的资产作了一个摸底,编写了《日占期间在沪汉奸资产总览》数百册,以此呈交国民政府,作为本人主动赎罪的事实。另外,还编有一份汪伪政府中几十个'部长'级高官在上海隐匿的具体地点汇总表册。"

"尤副站长的确是有心人啊。"钟离志问,"《总览》《表册》现在哪里？这非常重要。"

"我把他们藏在了一个隐秘的地方，只能我亲自去取。"尤岩炔得意道，"概括来说，上海一地的逆产大概在五千亿法币以上，全市有敌侨房产八千多栋、敌伪房产五百多栋，但真实数据可能远不止这些。"

钟离志没有接话。

尤岩炔接道："举个例子，上海汉奸中拥有房地产最多的那位盛老三，在日本人支持下进行鸦片买卖，与华中宏济善堂合作毒害沦陷区人民，成了上海滩有名的巨富，其逆产清册就有一百二十八页，光地产就有六页、票据二页、股票一页、金银二十二页等，据说饰品中有二十八克拉的大钻。"

"打住，打住。"钟离志接道，"你已经查抄过了？为什么知道得这么清楚？"

尤岩炔赶紧解释："没有没有，干这活必须有政府搜查令，并要三人以上执行。我之所以了解，是因为盛老三有个管家，他长期作为盛老三和日本人做鸦片生意的经办人，自知罪孽深重，托人找到我，把多年下来所掌握的情况书面整理后交给了我。"说罢，从内衣口袋里摸出了几页账单和一个绿色锦缎盒递给了钟离志。

"这是《总览》中的一部分示例吧？现在不看。"钟离志指着锦盒，问，"这是什么？"

尤岩烑赶紧解释："盛老三的一片心意，期望我们前往查没盛家资产时，能够手下留情。"接着右手指着锦盒，续道："这可是一颗二十四克拉的大钻。"

钟离志打开锦盒，灯光下的钻石绚丽多彩、美轮美奂，他突然想到了苏曼云，便合上锦盒将之放在办公桌上，接着把那几页账单压在了盒上，续道："尤副站长的心意领了。政府没收敌产也得考虑人家今后的生活，总不能把人家一大家子的嘴都给缝上吧。"想了一想，接问："尤副站长这几年在七十六号把舵，有没有共产党地下组织方面的情报？"

"几乎没有，因为这两年七十六号已经不受汪政府重视，众人皆为混世虫而已。"尤岩烑想了一想，接道，"我们查知伪苏浙皖税务局局长主动到苏北投靠新四军，并送去黄金数百条、现钞十多亿和大批枪支弹药。证据已经确凿，但此人树大根深，上头不同意我们抓捕，待同意抓捕时此人已逃之夭夭。不过呢？"

钟离志接问："不过什么？别吞吞吐吐的。"

"在七十六号遗存档案中，我发现了多年前日本人留下的共产党线索，不知还有没有用处。"尤岩烑接道，"我可以循着线索先深入调查一下。"

钟离志抬头看了看墙上的挂钟，接道："今天就聊到这里，我要外出办事。顺便告诉你，军统在上海的体制会发生变化，会合并成立军统局上海特区。对了，七十六号里面关押的所有人犯，如果不是确定的共产党，就抓紧具结并全放了吧。"

回到办公室，尤岩烑心中并不踏实，因为了解戴老板，也知道军统的家法，翻来覆去掂量着交出《总览》《表册》后，不知道能不能保命。虽然给钟离志上贡了一颗超大钻石，但会不会起反作用呢？钟离志或有可能认为自己还留有更多、更好的稀世珠宝呢，而且军统体制又要变化，想到这里不免有点后悔。思来想去，军统里最被戴老板认可的是抓共产党，看来必须想方设法抓获几个共产党、破获几个共产党上海地下组织，这才是保命甚至晋升的王道。想到这里不免又有些庆幸，这事刚才跟钟离志只报告了一点点。

说干就干，尤岩燧拉开抽屉，找出了一个发黄的信封，从里面抽出了一张发黄的纸条反复看了几遍。这封信是夹在七十六号一堆乱七八糟档案里面的。按照钟离志的命令，鉴于七十六号档案太多太乱，在整体移交给军统上海站时，要归类整理。而在整理过程中，档案室的管理人员发现这封信的归档不伦不类，便问了当时正好在档案室查找汪伪政府部长级高官资料的尤岩燧。

尤岩燧打开信封，查看信函内容："田中机关长鉴，近日发现法租界大世界有姓名秦可军者，大有共产党嫌疑。但我奉命赶赴东北，无暇深入调查，只能将情报呈您处置。川岛芳子。即日。"尤岩燧心中一喜，这不是送上门的共产党线索吗？即对档案室管理员道："这是过了期的情报，十几年过去了，没用，交给我处理吧。"

尤岩燧无论如何绞尽脑汁，也想不明白田中隆吉当时为何没有处理这份情报。更想不明白此信是何时何因到了七十六号档案室的。但这些都已经是次要问题了，当务之急是确认大世界还有没有秦可军这个人，抓来一审不就结了吗？当然最好是能够放长线钓大鱼。

春寒料峭，许一清与苏曼云正并肩在公园里笃行。

苏曼云半嗔半喜道："一听说这个公园改名为复兴公园了，就想到约你一起来看看，感受一点新的氛围，可老是联系不上你。今天终于有点空了？"

"我也很想来感受一下，租界时期这里叫顾家宅花园，日伪时期改名为大兴公园，如今又改名为复兴公园，这个名字有意义。"许一清看到不远处的湖边的一排座椅，笑道，"那是我们俩曾经的宝座，去坐一会儿吧。"

两人走过去坐下。苏曼云叹道："本以为抗战胜利了，就可以过太平日子了，现在看来是奢望了。"

"国共重庆谈判，签订《双十协定》，看起来国内是要和平了，"许一清接道，"但那是国民党在争取时间准备打内战。这种独裁、腐败的政府有什么资格领导中国，领导中国人民呢？"

苏曼云接道："国民党的腐败，在这次接收敌伪资产中又一次表现得淋漓尽致。据说合法的接收部门有近九十个，没有任何规章条例，当权者有恃无恐，利用职权敲诈勒索、化公为私、中饱私囊。军统局的秘书敲诈勒索绸缎庄老板，称其与汉奸有染，必须缴纳法币八百万、黄金一百四十两，否则法办；没有权势的接收人员则利用职务之便，晚上将物资偷出去，第二天报失窃。如果失窃太多，干脆一把火将整个仓库烧毁。"

许一清恨道："当局抢夺财富，根本不顾百姓死活。规定市民手中的伪币中储券与法币按二百比一的比例兑换，市民手中的伪币几近废纸。目前上海滩失业人口数量大概有三十万了吧。"

"民不聊生。"苏曼云接道，"幸亏有了共产党，这才让我看到了中国的希望。"

"但是，接下去的斗争会更残酷，甚至会有牺牲。"许一清接道，"党组织决定，你在军统进入深潜状态。组织一般不会找你，如果找你就一定有大事，你必须全力以赴完成任务；如果你临时有重大紧急情报，还是通过我上报，就是说单线联系还是我俩。"

苏曼云认真听着并"是"。

许一清接道："你的代号不变，但我们俩之间原先的紧急联络渠道今起中止，启用另外两处，你要记牢。"

"这是不是意味着你的公开身份将有变化了？"苏曼云急问，"能告诉我吗？"

许一清微笑道："为了你的安全，知道得越少越好。时间到了一定主动告诉你。"两个人安静地坐了一会儿，苏曼云忽道："告诉你一件事，我父亲近来一直说我老大不小了，该要嫁人了。"

许一清急忙问道："你说什么？嫁给谁呀？"

看着许一清涨红的脸颊，苏曼云开心极了，回道："傻瓜，你不知道吗？"

三十、仲夏苦夜　震旦大学

好不容易熬到下班,秦可军脱下工装,换好衣服后走出大世界共舞台,想起七岁的小女儿很喜欢吃隔壁"旺记茶馆"代售的上海滩特色风味小吃城隍庙梨膏糖,便顺便买了一包,兴冲冲地往自家方向走去。他看着两边熟悉的街景,心想到大世界工作已近十五年,脚下的马路也终于姓"中"不姓"租"了,不禁感慨良多。

突然,脑后挨了一记重击,瞬间感到天昏地暗、摇摇欲坠,待醒来时,已经是在军统上海站的刑讯室里了。黑头罩被一个特工脱下后,秦可军揉揉眼睛,正好看到靠审讯桌边侧站着的曹利均,激愤责问:"你们是什么人?凭什么抓我?"

"军统上海站的,这个可以明确告诉你。"曹利均冷笑接道,"凭什么抓你,你心中没有一点数吗?"

秦可军摇头道:"我就共舞台的一设备维修工人,大字不识一个,什么也不知道。"

"那我就让你知道。这个刑讯室里面的刑具,是中美合作所共同开发的,比原来七十六号的三十八套刑具,可管用多了。"曹利均从审讯桌上拿起那包梨膏糖在手上掂了掂,冷笑道,"你不是还有个七岁多的女儿吗?"

秦可军立时挣扎着从犯人座上跳起来,可是被锁得死死的,暴怒吼道:"不许动我女儿。"

"不动你女儿可以,那就先尝尝老虎凳的滋味吧。"曹利均一挥手,几个打手便把秦可军绑到了老虎凳上,接道,"砖加到五块,看他招不招。"

砖加到三块,秦可军已经剧痛难忍,第四块加上时,浑身大汗淋漓人近虚脱。正在迷糊间,身边似乎传来了女儿痛哭中呼喊父亲的声音,痛醒刹那,看到女儿正在身边疯狂地摇晃着自己。只听得曹利均狞笑:"要不要让女儿也尝尝扎钢针的滋味。"

秦可军终于弱道:"不要碰她,她还小。我招。"说罢,头沉重地垂了下去。

曹利均示意打手们把秦可军解下来,又让人把小女孩领到隔壁房间等着,接道:"说吧。"

"我是第一次淞沪战争前在三友实业社加入共产党组织的,那时一心想抗日,后来三友实业社工厂被日本飞机全部炸毁,为了生计,当然也是为了发展,上级组织把我们三友实业社地下党支部撤销了,几个党员都安排到了不同地方。当时的命令是'长期潜伏、等待时机',所以十五年来,我几乎很少参加地下党的组织活动。"秦可军喝了一口打手递过来的一杯凉水,接道,"当然,组织要求我多关注和收集情报,因为大世界作为上海滩之顶级游乐场所,中国人、外国人、有钱人、地痞流氓各式各样的人都有,可以收集到各种各样的情报和消息。但我又不识字,只能用心记下来,然后打电话给我的上线。当然,我也根据上线的要求,在大世界安排过几次据说是共产党地下组织重要人员的会面,因为大世界人多嘈杂,周边交通四通八达,便于隐秘和撤离。"

曹利均点点头,接道:"从直觉判断,你说的是实话。你的上线是谁?他怎么跟你联系?"

"他叫相忠年,是从我们三友实业社工厂一起疏散出来的。他的公开身份是静安寺好生活书店的协理，暗地里主要从事交通员工作。"秦可军索性竹筒倒豆子，接道，"这个好生活书店是上海地下党的一个核心联络站，经理许一清在三友实业社时，就是地下党支部书记。我就知道这些了，请你们放了我和我女儿。"

"知道具体地方和具体人名就行了。"曹利均接问，"你刚说有时地下党有重要人物在大世界碰面，有什么线索？"

秦可军赶紧道："我看到的都是经过乔装的，没有见过真面目，只是很偶然的一次，听说有一个姓华的教授。"

曹利均轻佻接问："你知道自己是怎么暴露的吗？"秦可军摇头无语。

"当年日本有个非常有名的女间谍川岛芳子，其在上海滩期间协助挑起了'一·二八'事变。她天生是做间谍的材料，两次到大世界就发现了你的行为可疑。"曹利均接道，"只是后来调离了上海，但留下了线索。"

秦可军无可奈何接道："你这么说，真让我想起来了，那时有几天真的感觉背后有人用眼睛老盯着我，不过几天后就没事了，还以为自己是疑神疑鬼呢。"

曹利均稍作考虑，接道："老秦，你女儿可以先放回去，你得留下来几天，因为抓住联络站的共产党，需要你对质。"

接到曹利均的报捷电话，尤岩烒很是高兴，当即下令："今晚就动手，抓捕好生活书店的共产党分子。"

曹利均提醒："该不该放长线钓大鱼呢？要不要请示钟离志呢？"

"现在上海滩情况复杂,共产党狡猾,可能还没等你把线放到位,鱼儿已经跑掉了。"尤岩燊接道,"等你晚上九点半左右开始行动时,我提前十分钟告诉他。这样,保证没人跟你我兄弟抢功。"

曹利均"明白",刚要放下电话筒又传来了:"你一定要严密布置,确保抓捕行动万无一失。"

晚上九点二十分,相忠年摇响了好生活书店当天的打烊铃声,顾客们开始陆续离店。书店的两个年轻伙计早已下班离店了。因为他们住得很远,书店晚市生意也差,所以相经理定下的规矩是天一黑,他们即可离店下班。

书店里还有五个年轻人这里翻翻,那里看看,感觉让人怪怪的,恰好此时有一个着风衣领带革履的中年男子推门进来,相忠年即高声道:"这位先生,本店已经打烊了,明天再来吧。"

此人正是曹利均,瞄了一眼店里情况,笑道:"不好意思,我有急事要找一下许经理。"

"许经理已经辞职走了好久了,现在我是书店经理。"相忠年接道,"我也不认得你,你好像也没做过什么业务吧。"

听说许一清已辞职走人了,曹利均心中有些失败感,更觉得尤岩燊定下来的立即抓捕有相当的道理,勉强压住怒火,问:"你是相忠年协理喽?"

相忠年点点头笑道:"我现在是经理。"

曹利均狞笑道:"相经理,麻烦你跟我们走一趟吧。"

"清平世界,朗朗乾坤,你们要绑票吗?"相忠年接道,

"小小书店，收入微薄，我这张肉票不值几个钱。"

曹利均已不耐烦，挥手让早先进入书店的几个手下将相忠年架到外面车上去，自己则在书店里搜寻起来。

相忠年被架出书店大门时，跟左右两侧挟持自己的特工商量："你们进店时，我正不巧打翻了水杯，弄湿了脚上穿着的布鞋，潮兮兮的。我能不能把脚上的湿鞋跟门口晒了一天的鞋子换一下，反正我也跑不掉。"两个特工对望了一下，等相忠年换好鞋后，把他押上了不远处等待的汽车。

曹利均在书店里察看了一圈后，吩咐手下仔细搜查，并留下三个人守株待兔，自行上了门外不远处的另一辆轿车。待汽车发动后，两车一前一后朝军统上海站方向疾驶而去。

第二天早晨，两个年轻伙计陆文立、乔威成一早到店上班，看见书店门口摆着的是一双相忠年穿用的蓝色单布鞋，知道书店已经出事，没有进店径直而去。书店中守候的军统特工白等了十来天，除了一些正常的读者或顾客外，没有发现任何可疑人员到过书店，只好灰溜溜撤班。

三十一、民生困顿　申九惨案

连夜突审。曹利均先按常规讯问了相忠年的姓名、年龄、职业等基本的个人信息，后单刀直入点明相忠年的地下党身份，相忠年摇头并反问道："你看我这样的人，够格吗？"

双方唇枪舌剑，相忠年坚持经营书店是正常营生。曹利均无奈，让秦可军当面对质，相忠年承认两个人是以前三友实业社的老同事，所涉政治最多是一起参加过三友社工厂义勇军，一起抗过日。接着，相忠年愤怒责骂秦可军为了逃避对自己书店的债款而恶意陷害。由于没有第三方人证物证，急欲收获成果的曹利均对相忠年动用了几乎所有酷刑。

临近天亮，相忠年已经被刑讯折磨得不成人样，躺在水泥地上昏死了过去。尤岩烌进来见此情景，便对曹利均耳语了几句。曹利均会意，赶紧抓起刑讯室电话，要技术部门派人赶紧过来一起审讯。

曹利均让手下用冷水把相忠年泼醒，随后将其架扶到一张略宽的长木凳上平躺着。两个穿白大褂的技术特务背着作业专箱恰好赶到，尤岩炕随即下令给相忠年注射中美合作所研制的特种致幻剂，一位技术特务提醒："尤副站长，最好先商洽、设计一下询问的问题，不是逮个问题就能问的，那样可能没有效果。"

尤岩炕急于在钟离志插手前拿到口供，听后不置可否。一会儿，另一个技术特务看了看进入深度睡眠状态的相忠年的眼睛，对尤岩炕道："尤副站长，可以了。"

尤岩炕点了点头，示意秦可军以老熟人的身份询问。

秦可军大声问："老相，我是老秦，许一清经理到哪里去了？我找他有急事，我们的组织出叛徒了。"

相忠年正在深度睡眠中，意识已经不受自己的大脑控制，听到有人问许一清，又听到出了叛徒，所闭双眼的眼球似乎动了几下，技术特务见此情景，赶紧低声道："药物有效，继续问。"

秦可军反复问着，相忠年脑海中似乎呈现了一点点许一清的身影，嘴上断断续续道："许……一……清，他……是……是……大……学……生，去……大……学。"突然脑海中有一念闪出，十几年来，两人约定，绝不问或答许一清出门去哪里、干什么，强大的意志力让自己不再说下去。

一技术特务让秦可军一字一顿清晰地问。

秦可军接问："老相，华、教、授、在、哪？许、一、清、有、重、要、情、报。"

相忠年深度睡眠中，听到华教授，脑电波闪了半天，似

459

乎只有华老师的意识存储,断断续续回道:"华……教……授,不……认……识,华……老……师……不……对。"

秦可军接问:"老相,你、是、党、的、交、通、员、吧?干、了、几、年、了?"

曹利均急于立功,忍不住推开秦可军,自己设计了十几个问题,答案都似是而非。一个技术特务眼瞅着药效已过,对尤岩烒无奈道:"尤副站长,药效过了。此人应该不是共产党。"

"不可能。"曹利均急道,"给他再打一针。"

另一个技术特务轻蔑道:"曹组长,美国的药剂如何用、效果如何,我们到美国专门培训过。"

尤岩烒无可奈何笑道:"我相信你们,你们可以先走了。"两个技术特务收拾器材,转身离开,正巧钟离志走进刑讯室,双方打过招呼。

走到审讯桌前,拿起审讯记录翻看了一下,钟离志冷冷问道:"尤副站长,这就是你抓的重要的共产党?"

"还没审出有价值的情报。"尤岩烒略显尴尬道,"站长,你得再给我一点时间。"说罢恶狠狠地盯了秦可军一眼。秦可军心里发毛,忽然想把方秋明那条线交代上去,想了一想还是憋住了,一来是的确好久没见到过方秋明了,他是否还在纺织厂那边吃不准,万一军统去没抓到或抓来了又审不出结果,自己岂不又罪加一等;二来前面没交代,现在再说,他们一定认为我还有别的没有交代;三来如果不是女儿被威胁,自己也可能不会当叛徒,还是等等看再说吧。

三十一、民生困顿 申九惨案

钟离志气哼哼回到办公室，电话找来了柳山青，把尤岩烷擅自抓捕共产党地下组织的事说了一遍，接道："依我这么多年的经验，加上中美合作所的药审手段都上过了，我看那个书店经理真不像共产党。一定是那个姓秦的为了女儿没有办法，乱咬十几年前的三友社的老同事。再说如果这两个人真是共产党，尤、曹二人还不张狂得意地跳到房顶上去了。"

柳山青沉默了一下，接道："我早就看不惯这两个三姓家奴的嘴脸了，何况他们是当年军统上海区全军覆没的罪魁祸首，应该按家法予以制裁。"

"收缴日伪资产、抓捕汪政府在沪大汉奸两项工作已近完成。"钟离志要柳山青近前听令，"戴老板早就授予我临机全权处置之权，由你执行密裁。"

柳山青"是"，立正后转身走出了办公室。

傍晚，震旦大学博物馆中国文物室，华九日教授一边在修复着一件商代中期青铜龟鱼纹鸟柱盘，一边严肃地对许一清道："有几件事情，必须跟你通气、布置、提醒。"

许一清认真道："老师请讲。"

"好生活书店出事了，相忠年同志被捕。"抬头看了一眼许一清惊讶的神态，放下手中的修复工具，接道，"据我们的同志从内线得到的消息，不知道什么原因被军统抓捕的秦可军叛变，供出了好生活书店这一我党重要的地下联络站和相忠年同志交通员的身份。"

许一清沉重道："老相又要受大罪了。据说军统现用的都是中美合作所的审讯酷刑，比七十六号的三十八套有过之而无不及，但我坚信相忠年同志对党的无比忠诚。我们一定要设法营救。"

"说得对。内线报告，相忠年挺过了种种酷刑折磨甚至药物致幻，坚守了党组织的秘密，咬死说是与秦可军之间有经济纠纷故而被陷害，因为没有第三人证物证，军统局上海站最后以书店违法经营的理由，将相忠年同志关进了提篮桥监狱。"华九日接道，"秦可军已被他的家人保释出来了，前几天携家人回了老家。"

"这个秦可军，着实可憎。回到老家就能够心安了？"许一清恨道，"有一句俄罗斯谚语说，'一个有罪的人永远不会安心'。"突然想到一事，急问："他还知道方秋明同志的那条线，他居然没有提？霜女及电台要不要立即转移？"

"组织上得到情报后，立即组织了他们的转移。"华九日接道，"万幸的是，秦可军没有供出方秋明同志。不知道是因为良心发现了，还是他不了解方秋明同志的现况，担心说出来后，特务抓不到人再受迁怒，故意拖延了看情况再说？"

许一清接问："书店的那两个年轻伙计，就是陆文立、乔威成，他们安全吗？这几年，他们默默地做了大量工作，已经成长起来了。"

"好生活书店被破坏的情报，就是他们及时送出来的，这避免了组织遭受更大的损失。"华九日接道，"已经安排他们到申新第九棉纺织厂工作了，也为今后的斗争作准备。"

许一清起身，走过去给老师倒了杯水递上。

"今天找你主要是谈另一件事。"华九日接过水杯喝了一口,接道,"八年抗战,全国人民大多意识到了只有共产党才能救中国,才能实现民族复兴,所以党的力量在上海有了长足发展。就是说,上海地下党组织已经走出了'四一二'遭国民党反动派大屠杀而陷入的长期低谷。到目前为止,在地下党领导和影响下的工会组织已近三百个,参加会员过二百万了,参加上海市学生争取和平联合会的大中学校已有一百多所。现在,基层群众力量已经被组织起来了。"

许一清急问:"接下来,我们怎么干?"

"加强统一战线,推动和平请愿。"华九日进一步介绍,"统一战线是我党进行革命斗争的三大法宝之一。中国民主促进会联合各民主党派、各工会、各学生团体、工商团体、文化教育艺术团体等九十一个单位,将于近日成立上海人民团体联合会,该联合会将成为上海具有广泛群众性的统一战线组织。现在的国内形势非常紧张,《双十协定》实际上已被国民党撕毁,内战一触即发。地下党组织决定,积极开展反对内战、争取和平的各项群众性活动,建议由联合会牵头组织上海人民和平请愿团到南京进行和平请愿。"

许一清接道:"我想,为壮声色,我们可以组织全市青年学生开展反对内战的签名运动;可以组织大批青年学生到上海北火车站与社会各界人士一起去欢送请愿团;可以组织广大青年学生开展形式多样的'反内战、要和平'的宣传活动。"

华九日点头,提示:"青年学生有朝气、有灵气、有志气,从五四运动以来,在历次革命斗争中总是冲锋在前。所以,组织好、发挥好先进青年的作用是你们党支部近期工作的重中之重,但一切活动都要注意安全,避免不必要的流血或牺牲,避免给革命、给家庭造成无可挽回的损失。"

"是。"钟离志放下电话,按下电铃。

少校秘书苏曼云敲门进来后,钟离志吩咐:"立即通知所有没有外出的各部门负责人,十分钟后到会议室开会。"

会议室里,长条会议桌左右两侧十几位中层官长正襟危坐,钟离志大步进来,在会议桌前侧肃立,扫视全场后高声宣布:"各位,刚接到命令,即日起军统局更名为国防部保密局,军统在上海的所有组织一律归并为保密局上海站。"接令:"苏少校。"

苏曼云起立"有"。钟离志令:"保密局上海站启用新的联络方式、公务印章、公文信笺等的一切变更事宜,由你负责。"苏曼云"是"后坐下。

钟离志接令:"以前军统确定的'公开掩护秘密,秘密运用公开'的作业原则不变,即原在上海市政府内设的调查处,仍然与保密局上海站实行合署模式。当然,内部体制将酌情调整。"接着宣布了一些人事任命。

会议结束后,钟离志示意上海站学运组组长叶佩三到站长办公室。关上门后,钟离志开言:"叶佩三,由你担任学运组组长,是因为你出身帮会,对上海滩的情况比其他人熟悉得多,又有苏老头子的举荐,你要好自为之。"

"是是，"叶佩三媚道，"关键还是站长您的提携，没齿难忘、没齿难忘。"

钟离志进一步敲打："李士群及苏成、吴肆、平阿生、尤岩烑、曹利均的下场，你可是都看到了，一定要学会夹着尾巴做人。"

叶佩三心中一惊，急忙双手抱拳，接道："属下一定唯站长马首是瞻，一定一定。"

"你坐下说。"钟离志指了一下办公桌前的椅子，接道，"单独找你，是因为有任务要交给你办。最近以来，上海不少大学，甚至是中学的学生运动大有泛滥之势，合理推断这是地下共产党组织推动所致。所以，你要把手下所有的人手都撒到各学校去，还要与学校中的三青团组织或骨干保持密切联系，找到共产党线索并且抓住他们。"

"是是。"叶佩三又道，"已经有了一点线索，我马上就赶过去深入挖一挖。"

钟离志提醒："还要紧盯上海滩可能出现的更大的学潮，甚至工潮，地下党推动的要和平、反内战请愿活动，似成燎原之势。"

"是是，"叶佩三刚准备起身离开，忍不住又坐下，接问，"站长，外面一直对前些日子戴老板摔机的事议论纷纷。"

钟离志不动声色，淡淡问道："怎么议论的？"

"一说是天命。本来戴老板是飞到上海与大影星筹办婚事的，结果当天上海暴雨，飞机备降南京，可巧南京天气也不好，故而其所乘飞机撞山失事了。蹊跷的是，那座山叫岱山，山下有条沟原有的名字居然叫什么雨农沟,正合了老板戴雨农的名字。"叶佩三越说越来劲,接道,"还有人说这是军统北平站的马站长一手策划的人为事故。"

钟离志接问:"怎么讲?"

"都说北平站马站长本来是戴老板的心腹,但戴老板却不知其在抗战期间已暗中投靠了日本人当了汉奸。"叶佩三见站长有兴趣听,接道,"那时,马站长经常以大商人的身份出现在张家口,被日本大特务田中隆吉盯上了。这个田中隆吉十几年前曾在上海做过好几年的日本特务机关长,我见过,非常狡猾。当被日本人威胁要挨枪子时,马站长把手上的那把从清东陵中盗出的乾隆皇帝最喜欢的九龙宝剑送给了田中。本来,那把宝剑是盗墓者为了保命,托马站长转贿给戴老板的。田中隆吉得到宝剑后交给川岛芳子保管。抗战胜利后,马站长抓获了潜藏的川岛芳子,重新夺回了九龙宝剑。直到后来,戴老板至北平重新提审川岛芳子时,才弄清了事情原委。马站长无奈只好交出了九龙宝剑和几大箱珠宝赎罪,但担心以后还是会被戴老板灭口,便与手下心腹合谋先下手为强。他陪戴老板和九龙宝剑等一堆宝物从北平飞到青岛公干后,戴老板便自行携宝从青岛飞上海。戴老板飞到上海后,在虹桥机场稍作停留期间,接到了苏老头子紧急电话警示不要续乘飞机,但是过于托大,飞机从上海续飞去南京时撞山。"

"戴老板是一个盖世的特工天才,抗战时作出了不少贡献,杀共产党也从不手软。"钟离志感慨后叮嘱,"这些传说就到此为止,以后别到处传了。"

叶佩三难得有机会跟钟离志唠唠嗑,出了站长办公室,便匆匆开车去大龙中学,因为有人告发那里有共产党活动。

车停学校大门外,人进教导主任室,看到有三个人正在等候,便不客气大咧咧地坐在了中间空着的一把椅子上,自我介绍:"我是市政府调查处学运组组长,姓叶。你们说说情况吧。"

教导主任室里的三个人相互看了看没有吱声。教导主任模样的只好指令:"徐同学,你说吧。"

身着校服身体敦实的徐同学站起来,走到教导主任办公桌边上,拿过桌上一个黄色防水纸包裹打开,里面是报类刊物。他把包裹递给了叶佩三,接道:"叶组长,我们学校有几个学生昨天课后打篮球,结果把篮球抛到了球场边上放体育器材的平房顶上,球被一处凸出的瓦块挡住下不来了。同学只好爬上去取球,好奇中翻开凸出瓦块,就发现了这一油纸包随手扔了下来。我正好路过那里,发现是违禁刊物,就交到教导主任室来了。"

叶佩三学着苏老头子的模样,靠在椅背上闭着双眼听着,摇头晃脑问:"啥样的违禁刊物?什么样的内容?"

"市学联的宣传刊物,讲的都是'要和平、要民主,反内战、反独裁'。"教导主任用右手向上推了推眼镜,介绍,"其实一段时间以来,每周二我们校长室、教导室、不少老师办公室都会收到学生塞进门缝的这些东西,只是学校不想把这问题复杂化,只是要求老师在各自班上强调学生要以学习为主,不要搞那些妨碍学习的事情,因为这有可能伤害自己、伤害家庭、伤害学校。"

叶佩三接问:"咋又报案了呢?"

"是我们,我们逼着学校报案的。"另一个身着校服戴眼镜的袁同学站起来,接道,"我们几个是三青团员在校骨干,觉得此事不能等闲视之。"

取过黄油纸包,抽出几份刊物瞄了一眼,叶佩三疑道:"刻蜡纸的人一手仿宋体非常漂亮,所以笔迹不大好查。那么油印室呢?是在你们学校里印刷的吗?"

"不可能。"教导主任赶紧说明,"学校的油印室经常印学生考卷,管理一直严密,门是常锁状态,所有人进去都要登记。"

"那就是从校外带进来的。每周二塞进门缝,那就是说是有人周一或周二一大早带进校园的。"叶佩三想起了钟离志"好自为之"的警告,接道,"现在也不便在早上到校时间或其他学生进校门的时间,挨个搜书包、搜身吧。"顿了一下又道:"先守株待兔,而后跟踪就能找到位于校外的印刷发行场所。"

教导主任没吱声。叶佩三指着两个三青团员道:"今天是星期五,你们两个下周一晚上就躲在这间办公室里,发现有人塞报刊,不要惊动他们,看清是哪些学生,然后跟踪他们,看他们到哪里取刊物。"

教导主任赶紧道:"叶大组长,几个中学生无非是好奇找乐,不是什么大事,学校严肃批评就是,不用这么如临大敌吧？"

"非也非也。"叶佩三笑道，"我对中学生玩闹根本没兴趣，我要找的是学联刊物的印刷点或者说发行处，那里必定有戏。"

果然，一个周末傍晚，叶佩三接到了那两个三青团学生的电话报告，在威海卫路上有家富士印刷所，有不少年轻人在那里取印刷品。

叶佩三一听，对电话道："你们守在印刷所门口，我带人马上赶过来。"

不到一个小时，叶佩三带着手下开着三辆汽车疾驶而来，徐同学急忙上前报告："不知什么原因，印刷所的人刚刚都匆匆离开，我们两个人不敢阻拦。"叶佩三一听着急冲入所内，只有一些还没有来得及销毁的半成品印刷资料，操作台旁还有几杯尚未冷却的茶水。

叶佩三大失所望，冲着徐、袁两同学骂道："猪猡，肯定是你们动作太大，把里面的人惊走了。"接着又自言自语道："不过这也证明了我的判断是准确的，这里应该是地下党的一个工作站。"

袁同学解释："打了电话后等半天你们没到，我们怕有意外，就以办业务的名义进去打探了一下。"

"你们这一打探，立马惊走了地下党。他们可都是老枪。"叶佩三接骂，"滚。"说罢，布置手下人周边巡查，让他们发现可疑之人就立即抓捕，然后自己又进到里面再看看。

说来也巧，叶佩三刚刚坐下想休息一下，印刷所门外就进来了一位身着旗袍的姑娘和一位西装革履的男青年,其实他们是奉学联的指示前来富士印刷所印刷一批用于国际宣传的资料的。

叶佩三顿时来了精神,再三盘问,两人坚称自己是大世界旺记茶庄的大小姐与少东家,是来印刷所洽谈印制茶庄包装袋的。叶佩三暗喜,用印刷所的电话直接打给旺记老板,说怀疑这二位有地下党的嫌疑,考虑到大家都是在大世界地面上混的,旺记茶庄又是上海滩茶业行业的翘楚,总得通报一下,想必你也是拎得清的。

电话筒声音:"叶组长,我的子女肯定不是共产党,但麻烦了你,我拿五根大黄鱼补偿,可以吧?"

"那就一言为定。"叶佩三放下电话,对靓女帅哥道,"你们可以走了。"

一大清早,马路上又响起了报童的叫卖声,"卖报,卖报,时评综述,上海人民和平请愿团赴京途中遭暴行""卖报,卖报,下关惨案"。

许一清赶紧停下脚步,买了一份报纸,便站在电车站点阅读起来,大幅通栏标题下说:"综合美联社、法新社等国家通讯社报道,六月二十三日,上海人民和平请愿团从北站登上火车后,被'路警'阻挠和监视,经过反复交涉,火车晚点一个多小时才发车;火车抵镇江站后,被一批'苏北难民'责问纠缠,火车又耽搁了两个多小时;火车抵南京下关站时,又一批'苏北难民'围攻辱骂,车站警察人员居然都视而不

三十一、民生困顿 申九惨案

见,到了午夜时分,候车室外突然有人喊'打',几十个'难民'从门窗一拥而入,对请愿代表大打出手,木棒、竹棍乱打,汽水瓶、玻璃瓶乱砸,暴行持续一刻钟后,才有警察人员到场驱散'难民'。代表团众人受到不同程度伤害,于次日凌晨被送至中央医院。中共在梅园新村的主要代表闻讯后即刻赶往医院慰问。由于当局的新闻管制,当天的《南京人报》专栏刊登了'今日无话可说'六个大字以示抗议。"

一辆电车"叮叮当当"开了过来,在车站停下。华九日教授走下电车,环视了四周情况后,走向了正在边阅报边等候的许一清。怒火中烧的许一清默默地把报纸递给了华九日。

"情况我们已经清楚。"华九日教授摇了摇手没有去接,低声道,"代表团成员已全部回到上海了。地下党的几个负责同志也分别拜访了每一位代表团成员,他们均表示不辱使命,让人们更加看清了国民党的反动性。大家都表示中国的唯一希望寄托在中国共产党身上。"

许一清沉声道:"上海各界应即刻发动大规模的罢工、罢市、罢课运动,以进一步唤起民众、打击反动派。"

"这方面一定会有一个通盘计划,甚至要跟前线的全面军事斗争相配合。"华九日低声道,"现有一项极为特殊的任务交给你。"

突然,几辆警车开着警灯呼啸而过。许一清稍作观察后,高兴接道:"特殊任务最好。"

"提篮桥监狱里关了不少我们的革命同志,包括相忠年。"华九日接道,"你知道,这座监狱号称远东第一大监狱。

471

五年前,地下党组织已经开始在监狱看守中秘密发展党员,目前建立了监狱内地下党支部。现在,一直负责组织与其联络的那位同志已经有暴露的危险,被紧急撤离。这项工作由你立即接手。"

"坚决完成任务。"许一清坚定回应,"如何与监狱里的同志联系呢?"

"这里有。"华九日从口袋里摸出了一包骆驼牌香烟递了过去。

当天晚上,提篮桥附近的绿叶西餐馆,柔和的灯光下,最里面的角落里,卡座上铺着洁白的桌布,许一清将两包骆驼牌香烟颠倒并叠摞在一起,并在上面放上了自己的手表。八点钟,来了一位洋装先生,问道:"这位先生,现在几点了?我的怀表坏了。"

许一清右手指了指手表,谐谑道:"您瞅,晚上六点八刻。"

洋装先生笑道:"这位先生有意思,我们拼桌聊聊?省得一人无聊。"

"请坐。"许一清伸手示意,接道,"您的怀表啥时坏的?"

洋装先生在卡座对面坐下后,笑道:"就是刚才,晚上五时十一刻。"一次暗号没错,两人悄悄握手后,同时低声道出二次暗号:"我们将战斗到底。"

"这句话,是组织委派的前任联络员与我约定的紧急暗号,取自于二战时期英国首相丘吉尔的一次著名演讲。"洋装先生低声道,"我是赵衍赋,提篮桥监狱看守长。"

餐厅服务生过来,给双方各递了一份菜谱,问:"两位先生点点什么？"

许一清打开菜谱，接道："我们先看一下，然后麻烦你过来再点，可以吗？"服务生连连点头，走开去别处服务了。

"相忠年同志现在身体怎么样？"许一清不无忧虑道，"真担心他啊。"

"老相同志是顶着经济犯的罪名被关进来的，不是政治犯。因此我安排他协助伙房送牢饭，这样他就能相对自由地在监狱里面走动，正好能够为狱中地下党组织传递信息。"赵衍赋介绍，"在押的革命人士，已经在狱中办起了秘密刊物《牢讯》《地下战报》，把不同途径得到的外面革命进展情况写在草纸上，在熟识的、信得过的难友中悄悄传递，让他们及时了解革命形势，坚定必胜信念。"

还有十余天就是农历戊子年春节了，上海滩民生困顿、物价飞涨、通货膨胀严重，老百姓的切身体会就是"用钞票直接擦屁股，比用钞票去买草纸擦屁股还省钱"。位于苏州河边上的申新第九棉纺织厂作为本行业内的中国最大企业，已经连续数日没发配粮和煤球了，工人人心惶惶。

结伴下班的路上，陆文立悄悄道："方师傅，这几天我所在车间的工人们都在传年终红包要打对折并要分次拆分发放，也有人在传即将要大幅度裁员。工人兄弟们都憋着一口气，要用大罢工与黑心资本家斗一斗。"

方秋明接道："这几天党小组的几个老党员也商量了，组织一次全厂大罢工已刻不容缓。我要立即把申新九厂的情况向上级党组织报告并请求指示。另外，你要跟乔威成叮嘱一下，他们那个车间工人最多，更要妥善准备，不能匆忙行事。"

不知何因，次日上午九点，申新九厂突然响起阵阵刺耳的汽笛声，当班工人们拉下了车间电闸，关闭了所有机器，纷纷走出车间，在凛冽的寒风中开始静坐示威，全厂大罢工提前匆匆开始了。

工人代表与厂商代表唇枪舌剑谈判两天毫无进展。突然，在原本寂静的清晨大早，工厂大门方向传来了激烈的枪声和装甲车撞毁工厂大门的重击声，当局调来了一千多名警察。其中一部分将工厂包围，另一部分用装甲车开道、马队冲踏、囚车殿后，冲进工厂逢人就开枪扫射，致使工人牺牲了三人、重伤四十余人、轻伤百余人。工人们虽然奋起反抗，无奈还是被逼入车间内躲避，随后又被抓走数百人。

申九惨案消息传出，地下党组织立即下令发动上海滩百余家工会成立"申九惨案后援会"，开展大规模的声援抗议活动，当局迫于压力，释放了大批被捕工人，并恢复了一大批工人的工作。

几乎与此同时，保密局上海站钟离志站长下令，悄悄地派遣特务混入新招工人中潜入申新九厂，以待跟踪、发现申新九厂地下党组织的活动踪迹。

三十二、春去秋来　三案并案

春去秋来，保密局上海站办公室。钟离志站长问道："柳组长，你们侦防组一直负责侦察河南路上那家上海利群书报联合发行所的工作，进展怎么样？"说罢，示意对面站着的柳山青坐下。

柳山青稍稍整理了一下思路，报告："抗战胜利后，原来内迁大后方的不少上海文化机构纷纷回迁。利群所就是原生活书店等六家公司合股，前年成立的，这几年已经在全国建立起广泛的经销网络。它发行的书刊明显偏左甚至亲共，而且把香港出版的宣传共产党政治主张和共产党解放区新面貌等方面的违禁印刷品，通过各种渠道大量销售给广大市民。我个人认为这就是一个地下党文化据点。"

"是可忍孰不可忍，是该采取措施了。"钟离志接道，"去年中统破获《文萃》杂志共产党案，抓了几个共产党分子，在蒋总裁那里露了一把脸。随后我们查获的威海卫路富士印刷所案，抓获的其实是去那里校对《电工月报》的电力公司工会人员,后来迫于社会舆论压力不得不陆续释放了他们。所以,你们千万要小心,要办成铁案。"

"叮铃铃",办公桌上的电话铃又一次急促地响了起来,钟离志拿起电话筒接听了一会儿,最后对电话筒道:"你们小心跟踪,不要暴露,近几天就有行动。"

放下电话筒后,笑道:"都说无巧不成书,如今验证。"

柳山青组长不解,好奇问:"怎么回事?"

钟离志回道:"年初申新九厂发生大罢工事件以后,我派了两名特勤人员利用工厂复产招工的机会潜了进去。现在已确认工厂内的三个人有地下党重大嫌疑,其中两个人还就是从静安寺好生活书店逃匿的年轻伙计。他们秘密搜查这两个人的更衣箱,发现了从利群发行所购买的《整风文献》《人民公敌蒋介石》等共产党文件或政府禁书。"

柳山青立马起身,接道:"说干就干,以防夜长梦多。"

钟离志应道:"可以。你可将利群案、申九案、书店案三案并案。"接着提示:"另外还得注意,申新九厂的三个共产党嫌疑,不能在厂里抓捕,以免激起公愤,只能在下班途中或跟踪到其住处下手。"

"双十节"后的一天中午,一个穿邮局制服的人走进利群所大门,让所里人员签收香港寄来的两个大邮包,签收人边签字边问:"你们邮局不都是发通知给我们,然后用户去自提包裹的吗?今天怎么送货上门了?"来人不耐烦回应:

"快签就是，啰嗦什么？"话毕拿起签单转身离去。

签收人将邮包搬到桌上，正待打开，忽见八九个持枪便衣人员冲进所内开始强行搜查。所内众人抗议，柳山青拿出市政府调查处的工作派司，高声叫嚷："例行检查，不得妨碍。"话毕，指着桌上尚未开封的两个大邮包道："这是什么？开包检查。"两个手下随即过来撕开外包装，发现是整袋的《中共整风文献》，随即下令："公然经营违禁书刊，把利群所的所有人都带回去，逐个审查。"

"是。"一个年长一点的手下应道，"不过有二十几个嫌犯，另外还查获了一百多种其他的违禁书刊，我们开来的两辆吉普车不够用。"

"你马上打电话，让淞沪警备司令部第一稽查大队派两辆大点的军车过来。"柳山青接道，"你带几个兄弟在此蹲守一段时间，捉拿那些过来联络业务的嫌犯。"

半个小时不到，来了六个佩戴"警备"臂章、身着美制国民党军服的人员，他们进所与柳山青等汇合后，即将利群所内的所有人员押上马路对面上停着的两辆军用卡车。

利群发行所的二十几个被捕人员与押解人员有几十人，经过二楼下到一楼的楼梯时，场面乱糟糟的。趁此档口，所长朝一楼店堂的房东做了一个手势，房东会意点头。待众人离开后，房东立即把楼梯转弯处摆放的一个仙人球大盆景搬到了一楼店门口，发出了"利群出事、楼上有刺"的警报，使前来联系工作的人员都迅速地脱离了险境。日夜蹲守近半个月的几个特务无功而返。

当天深夜，所有的被捕人员就被逐个审讯。利诱与威胁轮番，酷刑与诡诈交替，被捕人员个个虽受尽各种折磨却大义凛然、忠贞不屈。

钟离志接到柳山青报告，心生一计，指示："立即抓捕所有与利群有业务往来的学校、书店、印刷、银行等关联单位的负责人或关联人，或许会有意外的收获。"

次日傍晚，在申新九厂忙碌干活一整天的方秋明，拖着疲惫的身子，下班骑上自行车返回虹口的住宅。途中几次在路口转弯时，发现有人在自己车后不远不近地跟骑，不由得提高了警惕，稍作思考便停车靠边，蹲下身去似乎要检查轮胎。眼睛的余光却瞄向身后，只见后面一直尾随的两个骑车人略有迟疑后，一个人骑车直行，擦着方秋明停车的地方骑了过去，另外一个人只明显地放慢了速度，稍后也晃晃悠悠擦身而过。方秋明想了一想，便掉转方向向另一条马路骑行而去。

方秋明边骑边捉摸自己是否已经暴露了。如果暴露了那原因是什么？自己该不该回到住处？特务是不是已经知道了住址？一连串的疑问不止。

方秋明唯一放心的是宁咏春，这一个星期她正好被华九日书记安排去完成地下党组织的另一项特殊任务，这几天都不会在虹口住处。那么电台呢？电台的安全对地下党组织来说可是比个人生命还重要的。转念细想，如果自己对已被特务跟踪的判断是错误的，那现在回家必然无虞；如果自己对已被特务跟踪的判断是正确的,那现在不回家并立即转移肯定可以保证自己的安全,但保密局特务亦会因此确认自己的地下党身份,可能用不了几天就能侦知自己的住处,也可以去搜出电台;再如果宁咏春回家了呢?所以必须趁其不备,迅速回去转移电台,并向组织立即发出报警信号。

想到这里,方秋明赶紧加快车速,回到住处便三步并作两步上楼,开窗打开鸽笼放走信鸽。刚把另一个窗台上的示警花盆搬下来放到梳妆台上,楼下就传来了"嘭嘭嘭"的砸门声。方秋明想了一想,从抽屉里找出了一副平时不太用的眼镜,稍加擦拭后戴上,从容下楼开门。

保密局上海站办公室,钟离志站长望着办公桌上摆放的从方秋明住处搜查到的电台,心花怒放道:"柳组长,我说会有意外的收获,怎么样?居然破获了地下党的电台。"

"站长指挥有方。"柳山青接道,"这个人很可能也是申新九厂大罢工的幕后指挥者,家里又搜出了电台,他必定是共产党骨干分子。该怎样审讯?"

"利群所里抓捕的所有人,审讯手段用尽,也没有招供的。"钟离志接道,"你先审吧,但不能把人给审死了。我要先去警备司令部开会。"柳山青"是"。

数个小时后,钟离志开完会返回保密局上海站刑讯室时,发现方秋明已经奄奄一息地躺在冰冷的水泥地上,接问:"怎么回事?"

柳山青气哼哼应道:"本来想用怀柔政策感化,先把他安置在四楼的优待室内,没想到他居然砸坏眼镜,吞镜片玻璃自尽未遂后又跳窗,幸好被兄弟们及时发现摁住了,这才被送到这里上大刑。"

钟离志想了一下,无可奈何道:"先行关押吧。"

过后数月中,与利群发行所相关的地下党员、民主人士、文化人士、青年学生等,先后有二百多人被逮捕,除所长等少数同志被地下党组织成功营救外,方秋明等一部分同志被保密局杀害于龙华,陆文立、乔威成等被送进提篮桥监狱关押。

一九四九年元旦,凛冽的寒风依旧刺骨,皑皑白雪依然覆盖着江南的苍茫大地。伴随着黄浦江上正在入港的一艘巨轮发出的雄浑长笛,一缕金色的阳光刺穿过层层乌云,直射在外滩海关大楼巨大的钟面上。

外滩不远的沧浪书画装裱店里。"这是霜女通过电台抄录的由新华社播发的元旦献词。"华九日递给许一清一叠文稿纸后,续道:"这份新年献词,开明宗义提出,'中国人民将要在伟大的解放战争中获得最后胜利,这一点,现在甚至我们的敌人也不怀疑了'。"

"将革命进行到底。"许一清接过稿纸,大声读出了标题,接道,"这是冲锋号。把这份重要文献给我吧,我要带回去和同志们好好学习。"

"就是给你准备的。"华九日接道,"三大战役中的辽沈战役已经胜利结束,淮海战役、平津战役估计不出半月,也能胜利结束。也就是说,中国的长江以北地区将实现彻底解放。那接下来,人民解放军一定会挥师南下,解放全中国。"

许一清急问:"我们做什么?"

"根据以往的经验,国民党败离某座城市时,一是留下潜伏特务组织,以图谋东山再起,或对新生政权进行颠覆;二是退却撤离前进行大规模的破坏活动,尤其会针对水厂、电厂等最关键的民生设施,让新生政权举步维艰;三是对狱中被关押的革命志士进行疯狂屠杀。"华九日严肃道,"从现在起,我们就要做好迎接上海解放的准备。因此,地下党组织命令,第一,立即重启暗香这条线,以便及时获得国民党保密局特务的潜伏破坏计划;第二,明确提篮桥监狱地下党支部的唯一任务,确保监狱中的几十位革命志士在革命胜利的那一天,全部可以安全走出监狱。"

许一清坚定"是"。

几天后,保密局上海站办公室。随着门外一声清脆的"报告",站长钟离志回应"进",并把手头正在看的文件立即放入抽屉中。身着国民党军装的苏曼云进门,把一夹文件递给了钟离志,并道:"站长,这些是今天刚刚收到的急件。最上面的是电讯科刚刚抄录的、中央社刚刚播发的蒋总统下野文告。"

钟离志似有不屑,接道:"意料之中的事。"

苏曼云惊道:"站长早就知道了?"

"这是蒋总统一生中的第三次下野。"钟离志翻阅了一下文告，随手丢在一旁，接道："不是我有什么先见之明，是蒋总统在今年发出的新年文告中已经有了强烈的暗示。不过蒋总统是不会真下野成为蒋先生的，这其实是以退为进。消息说他把全套的参谋助手班子带回了浙江溪口的老家，并在那里架设了多部大功率电台。再说他还是国民党总裁。"

苏曼云没有接话。

"说得有点多了。"钟离志接道，"有一件事，保密局的周副局长已从溪口到上海了，下午要去拜访你父亲，要求我们两个人作陪。"

苏曼云"是"。

下午，一辆林肯高级轿车驶入苏家花园并在一处大宅门前停下，着便装的周副局长等三人下车后，与已在门口迎接的苏老头子相互见礼，一起步入客厅分宾主坐下后，佣仆上茶退下。

"周局长降尊纡贵，大驾光临，蓬荜生辉。"苏老头子示意各位喝茶，接道，"你们都是公门中人，到小民草屋，不知有何指教？"

"您可不是草民。"周副局长笑道，"我这次在溪口，蒋总裁非常关心您，说前一段时间专门给您写了一封信，期望您能考虑举家搬到香港，当然最好是搬到台湾去。这次，又嘱咐我到上海时要专门当面邀约。"

苏曼云心中一惊。苏老头子接道："蒋总裁深情厚谊，草民心领了。只是我家大业大岁数也大。你知道的，我的不少产业如大世界等都是不动产，现在想变现也不成，想搬迁也不成，总不能都拆了吧。"

"蒋总裁是担心您的人身安全。"周副局长放下茶盅，一手指着头顶上方悬挂的匾额，接道，"这上面挂着的匾额'文行忠信'是总裁亲书的吧？听说八年抗战中，您还专门将此匾额深埋于地下,光复后才重新挂出。就冲这个,共产党能饶您？"

"台湾孤岛乃弹丸之地，如果国民政府搬迁台湾，一下子要多上百万人口，那还能活得下去吗？"苏老头子似乎老谋深算，接道，"就拿法币来说，抗战开始那年，一百法币能买两头牛，一年后只能买一头牛了，再过三年只能买一头猪，再后两年只能买一只鸡，光复那年只能买一个鸡蛋，又过了两年，连一盒火柴也买不到了。去年的物价比前年涨了五百万倍。不得已搞金圆券币制改革，结果打老虎行动失败，国民政府最后一丝复苏的希望也破灭了。"

周副局长等三人各自低首喝茶没有回应。

苏老头子接道："我说这么多是把你们当自己人。通胀猛于虎，我这点家当到台湾也经不住那么折腾。"

"苏先生不必担心，而且国民政府正在做工作，大陆的许多社会名流都会迁徙台湾。"周副局长故作神秘接道，"因为您是自己人，我就要实话实说，蒋总裁深知财力之重要、金融之关键，所以近期已动用海军和空军，把中央银行上海国库中的黄金、白银、美元等硬通货全部运到台湾去了。而且，蒋总裁三年前就开始经营台湾，自信'有了台湾，就有了一切'。跟苏先生您再透个底吧，就算后面共产党真的接管了上海，上海也必定是一座废墟。"说吧，右手无意中拍了一下随身公文包。

这一细微动作被苏曼云看在了眼里,心中顿时捉摸:公文包里装的是什么文件呢?难道是毁城计划?

几个人又聊了一会,周副局长起身告辞,对钟离志道:"苏少校难得回家一趟,我们先走,让苏少校留下来陪他父亲多聊一会儿。"钟离志"是是"。

苏家父女送客至大门外停着的汽车处。苏老头子一挥手,佣仆把两只精致的礼品盒拎了过来,笑道:"区区薄礼,不成敬意,务必笑纳。"

双方挥手告别后,汽车加油门而去。车上,周副局长对钟离志道:"现在立即去你办公室,有两项重大任务要交由你们上海站具体实施。"

苏家父女在自己的花园中散步,苏曼云关切问道:"阿爹,真的决定不去香港、台湾了?"

苏老头子笑道:"几十年的乱世,经验告诉我,以不变应万变乃上上之策。再说了,人的命天注定,反正我只有老命一条,随便共产党把我怎么样。我这把年纪了,共产党总会讲点人道的。"

"共产党一定会给人们改过自新的机会。"苏曼云认真提醒,"现在的关键是不能再做啥坏事情,更要约束手下所有门徒不继续作恶。"

下海庙,位于长江船只入海口。附近渔民居民为祈佑平安,常常提篮过桥进庙烧香,久而久之该地区就俗称提篮桥。

抗战初期，庙宇房屋被日军炮火全部焚毁，后来逐步修建，香火更盛。这一天是农历己丑年四月二十三日，按习俗进庙上香信众不少。许一清与赵衍赋相约在此见面。

"革命形势发展得非常迅速，继渡江战役和南京解放后，人民解放军的第三野战军已接近完成了对上海的包围。"许一清压抑不住内心的喜悦，接道，"我想，一个月左右，上海必将彻底解放。"

"监狱里的同志们也了解到这一情况，大家都期盼着这一天的早日到来。"赵衍赋不无忧虑接道，"但是，最危险的时刻也已到了，国民党淞沪警备司令部已经下达密令，要将提篮桥监狱里关押的政治犯迅速移押舟山群岛。"话罢趁着周边人没注意，塞给许一清一张纸条，续道："这是'绝密令'正文。"

许一清接过稍作浏览：

司法行政部直辖上海监狱：

一、卅八年（1949）五月十一日，上监总字第八四号代电暨附件均悉。

二、查暂缓释放之政治犯及已、未决无期徒刑人犯暨未决死刑人犯，可移送定海及舟山群岛觅地羁押。

…………

淞沪警备司令部司令（签章）

中华民国卅八年五月十七日

"我立即向地下党组织报告。"许一清接问,"上次提到请你全力做好提篮桥监狱典狱长的工作,有什么消息吗?"

赵衍赋回道:"做了多次工作,曾典狱长态度有了很大的转变,估计也是因为看到上海快解放了,想留条后路。作为一种态度,他已同意把所有在押政治犯从'和'字监,全部调到条件稍好的感化院,并在伙食、放风、活动范围和报刊阅读等方面尽量从优对待,体现了诚意。"

两个人边走边交谈,出寺院大门后,行至木桥倚栏而立。许一清关切问:"老相同志怎么样?新近被关入监狱的申新九厂的两位年轻同志咋样?"

"都是好同志,"赵衍赋笑道,"因为他们入监时间相对不长,比较了解监狱外的革命斗争形势,现在经常被曾典狱长邀至办公室拉家常。"环视周边后接道:"曾典狱长对他们讲,'现在我是堂堂典狱长,你们是囚犯。如果过几天乾坤颠倒,我们之间的身份互换,一定要给我作书面证明啊'。三个人不失原则予以了明确答复。"

"这一条无论如何要转告给曾典狱长,我们共产党人历来实事求是。"许一清接道,"华书记愿意与其见面,让曾典狱长不要有任何顾虑。"

两人匆匆分手后,许一清赶紧找到一处公用电话亭,给华九日书记作了紧急汇报。

"你可让赵衍赋同志立即答复曾典狱长,我可以在他安排的任何时间地点见面。"电话筒声音,"今天,一九四九年五月十二日，人民解放军发起了上海战役。昨天深夜，三野的梁泓光团参谋长已率领一个加强排的战士先期潜进城中，现在闸北的一个地下党联络站，以配合、支持地下党组织完成粉碎敌人的潜伏毁城计划。你现在立即去与他接上关系。"

许一清兴奋问："是我们的老朋友梁泓光吗？"

电话筒声音："见到自知。"

城外隆隆的炮声催促着钟离志要立即作出"走"还是"留"的人生最重要的决定。就在刚才，自己的白老长官第二次亲自打电话，要其尽快去湖南衡阳出任华中军政长官公署情报处长，至于保密局上海站站长的位置，周副局长已另有安排。"还是老长官有人情味啊，性命攸关时没有忘记老部下。哪像现在这帮乱臣贼子，党国就是毁在他们手里的。"钟离志这么想着，又环视了一下办公室，一切并没有逃难前的乱样，似乎仍然井井有条，其心中也比较笃定，这几年在上海滩挣到的所有金银财物包括那颗二十四克拉大钻石，早已由家人带去台湾了。总不能有命挣没命花吧？想到这里，伸手按下了办公桌上的电铃。

门外传来敲门声，钟离志"进"，苏曼云推门而入。

钟离志急问："苏少校，这里的所有人员都已经撤退了吧？所有的档案资料文件也都处理干净了吧？"

"是的，楼里人员只剩下我们两个，另外就是大院警卫室还有几个看门的抗战伤残老兵。"苏曼云接道，"我们啥时撤？"

"苏少校，这几年你把上海站的文秘工作打理得非常出色，我要谢谢你。我现在奉命去办理一件紧急军务却不能带着你。反正你的父亲老头子在上海滩是永远的不倒翁，所以你接下去的工作安排，也不用我担心。"钟离志递给苏曼云一块 OMEGA 女式金表，严肃道，"希望你能继续为党国的事业潜伏下去。将来，有人会拿一块同款，但会晚点一刻钟的手表跟你联系。当然，来人定会了解我个人的某些爱好特征。"

苏曼云半嗔道："不愿带着我走就直说，扯什么老头子。"接过手表续道："我就当它是纪念品吧。"

钟离志自嘲般嘿笑，右手拿起办公桌上的一个信封，站起来递给苏曼云，接道："柳山青和叶佩三分别执行重要任务去了，考虑到事关重大不得不小心，能联络到他们的电话号码已重新作了调整。你一定要把这封信转交给柳山青。"

真是踏破铁鞋无觅处，得来全不费功夫。苏曼云心里这样想，手却没有去接，摇头道："这可是绝密，您还是亲自交给他吧。"

"你就帮我这个忙吧。"钟离志把信封塞到苏曼云手中，接道，"我今晚就要离开上海，还有几件事情必须去处理，时间来不及了。"

苏曼云收下信封，勉强道："好吧，我勉为其难，其实我真的不想干了。"接着又关切道："听说上海已经被共军包围了，站长怎么出去啊？"

三十二、春去秋来 三案并案

"你不知道?"钟离志吃惊道,"是你父亲老头子帮的忙,走水路出城,他已经安排一条快艇,天黑后在黄浦江上的码头等我。"

在闸北的一处地下党联络站,许一清与梁泓光终于在炮火纷飞的解放大上海的战役中胜利重逢了。热情握手后,双方即刻切入了正题。许一清介绍了暗香取得的这两组电话号码,认为这很可能是执行潜伏和毁城计划的敌特组织负责人柳山青和叶佩三的联络电话,至于这两个人是否是执行相关计划的具体负责人还不能确定,但是抓到了这两人就等于打到了蛇的七寸。

梁泓光认可这个想法,提示道:"这两个是电话号码,很可能是烟幕弹,你只要一打通,对方就知道已经泄露,那就麻烦了。"

"如此一来,暗香的身份就会暴露。"许一清分析,"我们只能通过电话局先确定这两组号码是不是真的电话号码,如果是真的就马上派人去暗中调查;如果不是直接能使用的两组号码,就必须要像破译敌军密码一样,进行破译后才能使用。"

梁泓光接道:"这是合理的推测,否则不能解释钟离志留下两个无用数组有何意义。也就是说,不管是真假电话号码,都要做技术处理后才能使用。"

许一清想了一想猜测:"有没有可能是某个地址的密写数组?"梁泓光点头"有可能"。

"这方面你经验丰富,侦察参谋出身。"许一清接道,"我们立即请示组织。"

第二天,许一清带着宁咏春匆匆赶回闸北的地下党联络站,传达了组织对相关情况的分析意见,并介绍宁咏春作为多年的译码老手一起参与分析破解工作。

说干就干。

宁咏春开言:"昨晚接到任务后,我就立即开始对'12080'和'19827'这两组数字的各种可能性进行分析。这第二组数字,如果每个单个数字乘以2,即1乘以2得2,9乘以2得18,8乘以2得16,2乘以2得4,7乘以2得14,分别取后面的五个数字得到一组新数字即28644,正好是老西门司马坊绸布店的电话号码。"说罢,打开随身带来的《上海市电话号码公用簿》,并指给许、梁两人看。

许一清仔细看后,接道:"还真是的。"

"一般来说,密码编制是一门专门的学问,可以编得非常复杂,也可以编得非常简单。但即便是最简单的密码,如果没有相当的经验,破解起来也是非常困难的。"梁泓光由衷赞道,"真行。"

"抗战时期,曾经多次收到过敌方密电,后来我发现,不少密电就是在明码电报基础上编制的,敌人双方约定了一个改变数码的规则,根本就不需要密码本。"宁咏春解释,"这样的好处是快捷便利还能起到保密作用。我想,采用这样的方式对重要的电话号码保密,属于一种谨慎行为。"

许一清急问:"那另一组号码呢?"

"百思不得其解。"宁咏春接道,"没有头绪。"

"我看这样,立即跟组织报告,我这里即刻派人对那家绸布店进行监视。"梁泓光接道,"另一组数字也可能另有含义,破解不放弃,但也不能被束缚手脚。因为时间实在是太紧了。"

许一清看了看两人,严肃道:"还有一件大事。在大马路上四大公司之一的新新公司五楼,有一家完全由中国人创办经营的广播电台,叫凯旋电台。组织命令我们做好准备,控制凯旋电台并学会使用它,以便为迎接上海解放发挥作用。"

梁泓光立即应道:"我马上派战士化装前去侦察,但技术和业务上还得靠上海师傅支持。"

宁咏春认真接道:"参谋长,您看我这个上海师傅成吗?"

三人一起会声大笑。

第三天,梁泓光将一叠黑白照片放到了许一清面前,告诉:"这是几名侦察战士两天的工作成果,你看看那家司马坊绸布店和进进出出的人物吧。"

许一清接过照片一张一张看过去,突然大声道:"这不是叶佩三吗?不错,就是他。"

梁泓光急问:"何许人也?"

"上海滩帮会人物,七十六号汪伪特工总部行动队长,抗战胜利后摇身一变成为保密局上海站学运组组长。"许一清接道,"此人罪恶累累,在保密局上海站撤离后居然出现在老西门。"

梁泓光拿过照片,边翻看边道:"这就对了,侦察战士在店门口听到有人叫其阿三老板。"

"应该立即抓捕,免得其逃逸。"许一清担心道,"如果抓捕,会不会惊走另一条尚未解开的线索上的国民党特务?"

"有可能。"梁泓光胸有成竹道,"但可以放出风去,黑道人物寻仇,事情的焦点就会变化。"

许一清回道:"好的,我立即上报组织批准行动。"

"据我们观察,自上海战役开始以来,全市绝大多数工厂运转如常,学校继续上课,商店照常营业,市区水、电、煤气从未中断过,电话也畅通。上海工人阶级真的很伟大。"梁泓光接道,"要不然,这些照片也没地方冲洗出来,耽搁大事。"

"是啊。上海是中国经济中心。国民党幻想守半年,一方面是为了抢运物资和引来国际干预,一方面又算计一旦战事失利,就把上海搬空打烂。组织传达中央指示,上海战役要文打,不要武打。上海解放不需要采取城市工人武装起义的方式。明确上海地下党组织的主要工作是发动群众,反对国民党破坏,保护工厂、机关、学校等,配合解放军接管城市,维持社会秩序,迅速恢复生产。"许一清感慨道,"实践证明,党中央的决策太正确了。"

"现在还不能掉以轻心。"梁泓光接道,"抓到叶佩三后,相信会得到有用的情报。"

三十三、阳光灿烂　延安路上

当天深夜,在地下党闸北联络站后院的一间屋内,叶佩三被脱下黑色头套后,睁开眼睛,一看周边坐着十几个身着军装、手持冲锋枪的解放军战士,立马浑身筛糠,嘴里不停地"我交代,我交代,不要杀我,不要杀我"。

"我们现在无权杀你,你必须接受人民的审判。"许一清激愤道,"你现在要做的,只能是把一切罪行从头开始原原本本地全部交代出来。"

"是是。"叶佩三稍微定了定神,交代,"我平生的第一次杀人,是一九二七年四月份,按当时的中华共进会苏老头子命令,在枫林桥那边与平阿生等几个人一起,将时任上海总工会委员长装进麻袋后活埋。"

许一清闻言激愤起身正要怒斥,梁泓光将他拉坐下来,审问:"叶佩三,你的罪行一桩桩一件件罄竹难书。我们有的是时间,也有的是耐心等你彻底交代。我先问你，保密局的潜伏和毁城计划，是不是你在执行？从实招来。"

"这个你们也知道了？"叶佩三接过一名战士递过来的水杯，低头敞喝了几口，交代，"这个计划是保密局周副局长亲手交给上海站钟离志站长的。后来钟离志单独召见我，要我负责毁城计划的实施，因为我是本地人，对上海情况特别熟悉。"

梁泓光与许一清对视了一下，挥手命令屋里的其他战士全部离开，只留两人在大门外站岗后，审问："计划文本现藏在何处？主要内容是什么？"

叶佩三交代："我只有毁城计划的副本，目前藏在司马坊绸布店二楼的暗保险箱里。正本在哪里确实不清楚。"想了一下，赶紧补道："你们说的潜伏计划，我的确不知道。"

许一清审问："什么是暗保险箱。"

"二楼有一只很大的保险箱，一眼就能看到。移开后的夹墙里藏有一只小保险箱，那就是暗保险箱。"叶佩三顿了一下，交代，"暗保险箱的钥匙和密码都在大保险箱里面。"

梁泓光接审："先说说计划的主要内容吧。"

"是是。"叶佩三交代，"毁城计划主要就是破坏杨树浦水厂、杨树浦电厂、闸北电厂、煤气厂等五十个重点爆炸目标，要求三个月内至少把它们的主要设备炸掉。"

梁泓光审问："你们是否已经开始行动了？"

"没有。"叶佩三摇头，交代，"我自己到杨树浦发电厂去踩点时，正好碰到向外撤退的一连国军官兵。我悄悄打

三十三、阳光灿烂 延安路上

听,才知道厂里有个护厂队队长跟他们连长说'这里的五号锅炉是远东地区最大的高温高压锅炉,如果被流弹打中,不仅会立即引起大爆炸,同时方圆几里内也立即被夷为平地,你们谁都跑不了,大家都完蛋'。我以前多次听苏老头子说过锅炉爆炸的惨景,那只是些小锅炉而已。所以,我也就没敢再混进去。当然,也是怕被护厂队员捉牢。"

许一清审问:"你们的武器特别是炸药都藏在哪里?"

叶佩三赶紧交代:"报告长官,我现在手底下只剩下三十来个兄弟了,而且很多人已不想再干。现存的武器大都是各人原来随身的,重火力不多。至于炸毁工厂所需要的TNT炸药、雷管、定时器等,钟离志站长在将毁城计划交给我时说,按计划实施每个具体目标的炸毁计划的前一天,会有人跟我联络的。"

许一清与梁泓光交换了一下神色。梁泓光会意,随即找来侦察排长及两名战士接着往下审并做好审讯记录。两人出了小屋后,许一清急道:"我们应该把这些情况马上向组织报告,听取指示。"

"是的。"梁泓光接道,"我立即派出几名侦察战士,让他们悄悄进入绸布店取出暗保险箱里的毁城计划。"

晚餐后,苏家花园大宅,苏曼云与父亲留在客厅闲聊。苏曼云哆问:"阿爹,您真的留在上海,不去香港、台湾了。"

"不去了。"苏老头子苦笑道,"中国人讲究树高千丈、叶落归根,我已过了杖朝之年,何必呢。"

苏曼云点头赞同:"我相信共产党是讲人道的,应该不会为难您。"

两人正聊着,大沙发边的电话铃响了,守门人来电话,说有位姓柳的先生自称是小姐的老同事,欲进来拜访。苏曼云看了看父亲后说:"好吧。"

"夜猫子进宅,没有好事。"苏老头子沉吟道,"据我所知,柳山青刚被任命为保密局上海站的代理站长。战事这么紧,这时找你,一定要千万注意安全。这样,我在隔壁书房等着。万一有事,你把他领进来,我来对付他。"

见女儿犹豫,苏父老头子笑道:"别看我岁数大了一点,但要在自己家里对付这一号的,小事一桩。"说罢,先自行离开了。

柳山青进厅后,放下公文包、摘下礼帽、脱下黑色风衣,苏曼云请其入座,佣仆端上香茶和几碟小点心后退下。

苏曼云开言道:"柳大站长亲临家宅,有何指教?"

"消息灵通,佩服。不愧是上海滩鼎鼎大名的大人物的女儿。"柳山青从公文包中取出委任状,递给苏曼云验看。

"请柳站长用茶。"苏曼云笑着摇手道,"这个我可不敢看。对了,钟离志站长离沪前有个信封要我交给你的,可是我联系不到你。"

柳山青略有尴尬收好委任状,自嘲道:"所以我就不请自来了。"

苏曼云起身走到客厅大门口,从落地衣架上取来平时常用的随身小包,从里面取出那个信封交给柳山青。放下茶盅,

三十三、阳光灿烂 延安路上

柳山青接过信封，稍微瞄了一眼觉得没有被拆过的痕迹，便笑道："苏少校知道这封信里装的是啥？"

苏曼云认真道："不知。保密局有规矩，我可没权私下打开。"

"这里面有两组数字，一组是一个银行的地址及私人保险箱号码；另一组既是那个私人保险箱密码，也是一个需要解密后才能使用的电话号码。现在，电话号码这一组出了问题，叶佩三失踪了。"柳山青阴恻恻接道，"我可以明确地告诉你，通过你转信就是钟离志站长和我商定的对你的测试计划。他早就怀疑你跟共产党地下组织有牵连，而且在抗战时期一直有联系，不过那时为了抗日，钟离志站长就睁一只眼闭一只眼算了，你知道他是个坚定的抗日分子。"

"那抗战胜利后，你们为什么不立即抓我？他还让我进军统上海站并负责敏感的文秘工作？"苏曼云沉着道，"再说了，叶佩三失踪很正常啊，现在共军攻城正猛，马上要改朝换代了。他以前在上海滩道上混的时候，在七十六号里面混的时候，不知道害了多少人，结了多少仇家，现在正是人家报仇的最好的时机。"

"你说得也有一定道理。"柳山青踌躇了一下，接道，"我选择先相信你。这样，明天上午九点，就是银行刚开门时，我们到外滩一家外国银行的地下私人保险库，你配合我取样东西。"说罢起身，拿起风衣准备穿上后离开的时候，苏老头子走进客厅，邀请柳山青到书房稍坐聊片刻。柳山青感觉有点为难，但苏老头子在上海滩的大名让他很快点头"谢谢，荣幸之至"。

两人一前一后进入书房不久，苏曼云只听得里面传来父亲老头子的朗朗笑声，随后是柳山青的声音"好自为之，好自为之"，接着便是一声沉闷的倒地声。苏曼云赶紧跑进去一看，柳山青已倒地不起。

苏曼云大惊，急问："怎么回事？怎么回事？"

苏老头子正端坐在大书桌后，双手在擦拭着手中的钢笔，阴森道："我帮你除掉了他。"

苏曼云不解："为什么？"

"为了你。"苏老头子不紧不慢道，"刚才你们在外面的谈话，我都听到了。按照我的经验，他已经肯定你是共产党。他说得似是而非，并亲自来我们家里邀你明天去外滩的什么外国银行，是怕你有了怀疑，于是专门上门来还给你讲两组数字的用处，这就是给你吃定心丸的。你明天去银行的路上就会被他们绑了。现在这个档口，被保密局绑了，还会有申辩、有活下去的机会吗？"

苏曼云还在惊骇中，不过她对自己的父亲在这些方面的精准判断从不怀疑。

苏老头子拿起钢笔手枪，又端详了几下，接道："这钢笔手枪还是那年平阿生送给我做防身用的，并关照我说此枪威力不大，一般不能致人死亡，但子弹上涂上剧毒药则当另论，想不到我天天备着，今天派上了用场。"

苏曼云随即翻查了柳山青的随身公文包，搜出了一家银行私人保险箱钥匙，即循紧急联络通道与许一清取得了联系。

许一清迅速赶到闸北联络站，与梁泓光、宁咏春一起，结合苏曼云最新的两组数字的情况，综合研判：第一组数字"12080"的"12"指的是汇丰银行所在的外滩12号，"080"是银行私人保险箱的号码；第二组数字"19827"是该保险箱锁之密码。

次日一早，许一清与苏曼云一起到汇丰银行，从地库私人保险箱中取到了一只资料袋，急忙打开一看，果然就是国民党保密局制订的《潜伏计划》《毁城计划》。

中午，海关大楼顶钟发出的威斯敏斯特曲刚刚飘过，提篮桥监狱的曾典狱长和看守长赵衍赋从停在近外白渡桥头的一辆轿车上下来，并肩朝外滩公园的大门口走出。

华九日和许一清迎面走了过来，双方相互介绍低调握手后，许一清开言道："曾典狱长，今天我们地下党组织的华书记亲自来跟你见面，就是为了表明我党的最大诚意。"

曾典狱长应道："谢谢贵党的信任，我定诚信守约。"随即从口袋里摸出一封信交给华九日，接道："这是现在在押所有政治犯的名单，包括共产党及民主党派五十人，请您过目。"

华九日随即打开信封，迅速从头到尾扫视了一遍，再仔细看了一下，眉头锁紧，急问："怎么没有相忠年的名字？"

"他也是共产党？"曾典狱长赶紧解释，"入狱时定的是经济刑事犯，由于罪刑并不严重，赵看守长特批他可以在狱内走动，帮忙分发牢饭。"

"他是最优秀、最忠诚的共产党人。"许一清接道，"赵看守长这么安排,也是方便他能在狱中为政治犯们传递消息。"

曾典狱长狐疑般地看着赵衍赋看守长,没有说话。

华九日书记微笑道:"曾典狱长,赵衍赋同志是我们地下党组织在提篮桥监狱中最早发展的中共党员之一。实话告诉你,现在提篮桥监狱的各个部门中,已有二十来名地下党员了,他们为了在押人员的人权,如狱方克扣囚粮、虐待犯人等,长期开展秘密的斗争,特别是为政治犯提供力所能及的救助。"话锋一转又道:"接下来主要看你的表现了。"

曾典狱长赶紧点头称"是"。

"最多还有三天,解放军将全部解放大上海。"许一清接道,"我们在外面全面配合监狱里的同志按计划行动。"

华九日书记严肃强调:"只要全体政治犯安全出狱,监狱中不发生恶性骚乱,曾典狱长的人身安全及今后的工作,我们就会予以保证。"

"是是。"曾典狱长应道,"从现在开始,我一切听赵看守长的。"

"赵衍赋同志,你们一定要组织好监狱内同志自保,但千万不要急于冲出监狱,以防战场流弹伤及大家,避免无谓的牺牲。"停顿了一下,华九日进一步明确,"你们只有在监狱中通过收音机听到'上海解放了',才能带大家冲出监狱。当然,许一清会与你保持随时联系。"

众人分手后,赵衍赋对曾典狱长道:"老曾,今天我们碰面的地方是华书记定的,我想他选择此地是有特定意义的。"

曾典狱长茫然。赵衍赋严肃道:"这里以前是'华人与狗不得入内'的地方。"

"是的是的。"曾典狱长恍然大悟,"真正的改朝换代了。"

回到监狱,赵衍赋立即把所有地下党和积极分子组织起来布置护监工作。相忠年带两个人立即进入总机室,以防止坏人告密,保证信息畅通。电话只允许打入,不允许打出。陆文立、乔威成两个人立即带着部分护监人员到枪械库。把那里的武器发放给每位护监队员后,陆文立带着一部分护监人员在监狱内进行武装巡逻,严防有人滋事;乔威成则带着另一部分护监人员封锁住早已紧闭的监狱大门,防止外面的敌人冲入监狱杀害或押解政治犯。

时间一分一秒地过去。

五月二十五日清晨,绚丽的朝霞照映在黄浦江上空,滔滔江水被染得彤红彤红,上海人民终于迎来了一个清明世界,朗朗乾坤!

早晨六时,相忠年打开监狱总机房的收音机,突然收到凯旋电台中宁咏春的激动而高亢的声音:"我们上海解放了!"接着传来的是梁泓光播送的《中国人民解放军布告》。

相忠年定了定神,又把收音机调到国民党上海广播电台的频道,那里的一位男播音员冲破了重重阻力,正在播出自己撰写的二十三字新闻稿:"今天凌晨,中国人民解放军攻入上海市区,大上海解放了。"

不一会儿,所有的政治犯都在左臂缠上了早已准备好的红布条,排成整齐的队伍,迈着坚定的步伐向监狱大门方向行进而去。

沉重的监狱大门被完全打开。华九日、许一清等奔上前去，与相忠年、赵衍赋、陆文立、乔威成等出狱的革命志士深情握手拥抱，庆祝自由与解放。

一九四九年五月二十七日，上海全部解放。在欢乐的游行队伍里，华九日对兴奋不已的许一清提醒道："党中央反复强调，夺取全国胜利，这只是万里长征走完了第一步。中国革命是伟大的，但革命以后的路更长、更艰苦。我们不但善于破坏一个旧世界，我们还将善于建设一个新世界。"

许一清庄重应道："我们接下来的工作呢？"

"敌人绝不会甘心失败，一定会不断地进行各种严重的破坏活动，不断地恐吓人民，幻想着卷土重来。"华九日严肃道，"有情报显示，盘踞在舟山群岛的国民党空军正策划利用空中优势，对上海进行反复大轰炸。另外，虽然我们已经粉碎了保密局的潜伏计划、毁城计划，但其他的潜伏特务组织或者新派的特务也会与其遥相呼应，对大上海进行各种破坏活动。"

游行队伍中不断传来阵阵歌声和欢呼声，许一清热情地朝他们挥了挥手，坚定应道："保卫新生政权是我们的神圣使命，请组织下命令吧。"

"是的。"华九日坚定道，"党组织正在组建上海市公安局。你们原来薪火党支部的几位同志，以及梁泓光带领的先期入沪的几十名部队战士将首批加入其中。"

许一清点点头，忽问："暗香怎么办？"

"她的身份尚不能暴露，今后很有可能作用更大。"华九日慎重道，"准备让她进入广播电台工作，毕竟她当过多年的记者。"

许一清想了一想，又问："苏老头子，该怎么处理呢？"

"今天上午，上海市军管会派出代表，向苏本人进行了训诫，即'坦白从宽、抗拒从严、立功受奖，只要老老实实，不再做一切不利于人民的活动，过去的罪恶，可以从宽处理'。"华九日严肃道，"苏父当场表示今后一定老老实实、不再作恶。随后上交了一份四百门徒名单，还把一支精致的钢笔手枪及几发带有剧毒的子弹交了出来，希望解放军能缴枪不杀。"

下班了，许一清和苏曼云走在大上海的马路上。看着脚下马路，苏曼云笑问："为什么中国人把人走的路叫马路呢？"

许一清笑回："因为我们中国现在走的是马克思主义道路。"

苏曼云刁钻又问："那以前呢？"

许一清认真回答："脚下的这条路在租界时期叫爱多亚路，汪伪时期改叫大上海路，蒋政府时代改为中正路，现在正名为延安东路了。就是说，我们走的是延安路。"

（全文完）

后　记

　　黄浦江水滔滔，流淌着无数仁人志士忧国为民，抛头颅、洒热血的英雄史迹；历史车轮滚滚，碾碎掉多少魑魅魍魉巧取豪夺，假仁义、真野蛮的一枕黄粱。

　　在庆祝建党百年学党史的过程中，作者萌发了用长篇小说的形式，把一九二七年四月十二日（"四一二"）至一九四九年五月二十七日（上海解放）期间，上海滩上发生的许多历史往事一体描述出来的想法，以追忆启思考。

　　作者初试长篇，定有不妥之处，敬请各位朋友斧正。

　　衷心感谢各位亲朋好友的鼎力支持，尤其是刘斌、杜光明、王军先生的热情相助。

夏盛
二〇二四年十二月

图书在版编目（CIP）数据

闯滩者 / 夏盛著. -- 上海：上海文艺出版社，
2025. -- ISBN 978-7-5321-9223-6
Ⅰ. I247.5
中国国家版本馆CIP数据核字第2025F53Q53号

策 划 人：杨　婷
责任编辑：李　平　韩静雯
特约编辑：汪冬梅
封面设计：观止堂_未　氓
排版制作：观止堂_未　氓

书　　　名：闯滩者
作　　　者：夏　盛
出　　　版：上海世纪出版集团　上海文艺出版社
地　　　址：上海市闵行区号景路159弄A座2楼 201101
发　　　行：上海文艺出版社发行中心
　　　　　　上海市闵行区号景路159弄A座2楼206室 201101 www.ewen.co
印　　　刷：上海中华印刷有限公司
开　　　本：890×1240　1/32
印　　　张：16
插　　　页：4
字　　　数：319,000
印　　　次：2025年4月第1版　2025年4月第1次印刷
Ｉ Ｓ Ｂ Ｎ：978-7-5321-9223-6/I.7240
定　　　价：98.00元

告 读 者：如发现本书有质量问题请与印刷厂质量科联系　T:021-59404766